1953년 결혼식을 마치고 지인들과 함께

1970년 『여성동아』에
장편 「나목」이 당선되어 수상하던 날.
남편과 함께

1991년 부산 분도수녀원에서
이해인 수녀와 함께

1992년 영국에서 셋째딸 부부와 함께

1996년 티벳 5000m 고지에서

배반의 여름

박완서
단편소설
전집 2

배반의 여름

박완서 소설

문학동네

2판 작가의 말

문학동네에서 등단 후 삼십 년 동안 쓴 단편들을 모아 다섯 권 짜리 전집을 낸 지 칠 년 만에 장정을 바꾸면서 한 권을 더 보태게 되었다. 추가하게 된 여섯 권째는 역시 칠 년 전에 창비에서 나온 단행본 『너무도 쓸쓸한 당신』을 제목만 바꾼 것이다. 처음 다섯 권을 전집으로 묶기 위해 훑어볼 적엔 내 개인사뿐 아니라, 마치 내가 통과해온 시대와의 불화를 리와인드시켜보는 것 같아 더러 지겹기도 하고 더러는 면구스럽기도 했다. 한때는 글의 힘이 세상을 바꿀 수도 있을 것처럼 치열하게 산 적도 있었나본데 이제 와 생각하니 겨우 문틈으로 엿본 한정된 세상을 증언했을 뿐이라는 걸 알겠다.

새로 추가하게 된 『그 여자네 집』은 그런 전작들보다 한결 편안하게 읽힌다. 독자로서의 나의 현재의 나이 탓인지, 혹은 그 작품을 집필할 당시의 작가로서의 연륜 탓인지, 아마 둘 다일 것이다. 편안한 게 반드시 좋은 것만은 아니라는 건 나도 안다. 그러나 지금 내 나이가 치열하게 사는 이보다는 그날그날의 행복감을 놓치지 않도록 여유를 가지고 사는 사람이 더 부럽고, 남들이 미덕으로 치는 일 욕심도 지나치면 오히려 돈 욕심보다 더 딱하게 보이는 노경에 이르렀다는 걸 무슨 수로 숨기겠는가. 내가 쓴 글들은 내가 살아온 시대의 거울인 동시에 나를 비춰볼 수 있는 거울이다. 거울이 있어서 나를 가다듬을 수 있으니 다행스럽고, 글을 쓸 수 있는 한 지루하지 않게 살 수 있다는 게 감사할 뿐이다.

새로 선보이는 여섯 권짜리는 한 권이 더해졌을 뿐 아니라, 장정도 젊은 취향으로 새로워져서 마치 내가 구닥다리 옷을 최신 유행으로 갈아입은 것처럼 으쓱하다. 나에게 이런 기분을 맛보게 해준 문학동네 여러분에게 깊은 감사를 드린다.

2006년 여름, 지루한 장마를 견디며
박완서

작가의 말

내년이면 등단한 지 삼십 년이 된다. 늦게 시작했기 때문에 이젠 나이도 많이 먹었다. 틈만 나면 은근히 주변 정리를 하는 게 일이다. 정리라고 해도 무얼 가지런히 하는 게 아니라 주로 없애는 일을 한다. 평생 비싼 걸 소유해본 적이 없기 때문인지 아까운 것도 없고 버릴 때 망설임도 없다. 꽉 찬 서랍보다 빈 서랍이 훨씬 더 흐뭇하다. 끄적거려놓은 일기나 비망록 따위도 이미 다 없앴고 그때그때 필요에 의해 남긴 메모도 시효가 지나는 대로 지딱지딱 없애는 걸 원칙으로 하고 살고 있다. 그렇게 말하고 나니 도통이라도 한 것 같지만 이미 활자가 되어 세상에 내놓은 글에 대해서는 그렇게 무심한 편이 못 된다. 세상에 퍼뜨려놓은 활자를 다 없이 할 수 없는 바에야 생전에 한 번쯤은 가지런히 해놓고 싶은 마음은 책임감 같지만 어쩌면 과욕인지도 모르겠다.

장편은 이미 전집으로 묶였고, 단편도 한 권 분량이 되는 족족 책을 냈으니 늦어도 사오 년 터울로 작품집을 냈는데도 더러 빠진 것도 있고, 절판된 것도 있고, 선집이란 명목으로 중복된 것도 있고 하여 뒤숭숭하던 차에 문학동네에서 전집 제안을 받고는 못 이기는 척 응하고 말았다. 책임감이든 과욕이든 내 마음을 읽어준 출판사가 있었다는 걸 큰 복으로 생각하면서 지난 삼십 년 동안 쓴 단편들을 연대순으로 통독할 수 있는 기회를 가졌다. 그중에는 이런 글을 언제 썼을까, 잘 생각나지 않는 것까지 섞여 있었다. 발표 당시 주목도 못 받았고 내가 생각해도 완성도가 떨어져 아마 잊고 싶었던 글이 아니었나 싶다. 그런 글까지 이번 전집에는 포함시켰다. 한 작가가 걸어온 문학적 궤적을 가감 없이 정직하게 드러내 보여주는 것도 전집 발행의 의의라고 생각해서이다. 수준작이건 타작이건 간에 기를 쓰고 그 시대를 증언한 흔적을 읽는 것도 나로서는 흥미로운 일이었다.

이 어려운 시기에 아무리 생각해도 장사가 될 것 같지 않은 일을 선뜻 맡아준 문학동네에 깊은 감사를 드린다.

1999년 11월
박완서

일러두기

『박완서 단편소설 전집』(전7권)은 1971년 3월, 작가가 처음으로 발표한 단편소설 「세모(歲暮)」부터 2010년 2월까지 발표한 단편소설 작품 전부를 연대순으로 편집하였다. 각권은 수록 작품들의 발표 시기에 따라 다음과 같이 나누었다.

1권 : 1971. 3~1975. 6
2권 : 1975. 9~1978. 9
3권 : 1979. 3~1983. 8
4권 : 1984. 1~1986. 8
5권 : 1987. 1~1994. 4
6권 : 1995. 1~1998. 11
7권 : 2001. 2~2010. 2

차례
배반의 여름

2판 작가의 말	4
작가의 말	6
겨울 나들이	11
저렇게 많이!	30
어떤 야만	45
포말(泡沫)의 집	63
배반(背叛)의 여름	85
조그만 체험기	105
흑과부(黑寡婦)	138
돌아온 땅	157
상(賞)	176
꼭두각시의 꿈	204
여인들	259
그 살벌했던 날의 할미꽃	281
낙토(樂土)의 아이들	304
집 보기는 그렇게 끝났다	330
꿈과 같이	354
공항에서 만난 사람	382
해설 하응백 모성, 그 생명과 평화	410
작가 연보	433
단편소설 연보	439

겨울 나들이

 나는 온천물에 몸을 담그고 기분좋아하기 전에, 이 온천물이 진짜일까 가짜일까, 고작 이런 주접스러운 생각부터 했다. 이류 여관 특실의 평범한 타일 욕조에 달린 냉수 온수 두 개의 수도꼭지와 샤워기는 여느 허름한 목욕탕과 조금도 다르지 않았다. 빨간 동그라미 표시가 있는 수도꼭지에서 쏟아지는 더운물이 수돗물 데운 게 아니고 땅에서 솟은 진짜 온천물이란 증거가 어디 있냐 말이다.

 꼭 온천물에 몸을 담가야 할 만한 특별한 지병(持病)이 있는 것도 아니요, 또 이러쿵저러쿵 떠들어대는 대로의 온천물의 효험 따위를 믿어온 바도 없거늘 나는 그런 트집이라도 잡아 나를 더더욱 처량하게 만들고 싶었다. 처음부터 재미있으려고 시작한 여행은 아니었다. 무엇인가 어긋난 데서 시작된 여행이고 보니 끝내 어긋나 종당엔 엉망진창이 돼버려라, 뭐 이런 심보였다.

상업적으로 날리는 화가는 아니었지만 꽤 개성 있는 특이한 자기 세계를 고집하고 있어 그런대로 알려지고 평가도 받고 있는 중견 화가인 남편은 요즈음 세번째 개인전을 앞두고 그 준비 때문에 집에 들어오지 않고 시내에 있는 아틀리에에 묵는 일이 많았다. 남편의 건강이 염려돼 나는 가끔 먹을 것을 해가지고 나가보고, 남편은 옷을 갈아입으러 집에 들르곤 하는 정도였다. 어제도 나는 시내에 나갔다가 로스 고기를 좀 사가지고 아틀리에에 들렀다. 출가한 딸이 와 있었다. 남편은 출가한 딸을 모델로 그림을 그리고 있었다. 극도로 단순화, 동화화한 풍경이나 동물을 즐겨 그릴 뿐, 인물이 남편의 그림에 등장하는 걸 거의 본 적이 없는 나는 적이 놀랐다. 그리고 그 인물화는 남편의 종래의 화풍과는 전연 다른 끔찍하도록 섬세하고 생생하고 사실적인 그림이었다. 그렇게 똑같이 닮게 그린 그림이 좋은가 나쁜가는 둘째고 나는 울컥 혐오감부터 느꼈다. 혼까지 옮아붙은 영정(影幀)을 보는 느낌이었다. 더욱 질린 건 모델인 딸과 화가인 남편이 이루고 있는 미묘한 분위기였다. 부드럽고 따습고 만족한 교감은 사랑하는 부녀 사이의 그것으로서 이해할 수 있었으나, 부녀 이상의 비밀스러운 무엇인가가 있었다. 둘이만 친하고 싶은 눈치가 역력했다. 둘은 나를 예의바르게 반겼는데도 나는 밀려난 것처럼 느꼈다.

출가해서 삼 년째, 갓 돌 지난 첫애를 두고 있는 딸은 처녀 때와는 또다른 윤택하고 기품 있는 아름다움으로 소파에 단정히 앉아 있었다. 한창때구나 하는 찬탄과 동시에 섬광처럼 눈부시게 어떤 깨달음이 왔다. 그렇지, 꼭 저맘때였겠구나! 남편이 난리통에 첫번째 아내와 생이별한 게 꼭 첫번째 아내가 지금 딸만한 나이 때였겠구나 하는 깨달음은 나에게 얼마나 충격적이었던가. 더군다나 딸은 내 친딸이 아니고 남편과 첫번째 아내와의 사이에서 난 딸이었다. 딸은 엄마를 닮는 법이다. 남편은 딸을 통해 이북에 두고 온 당시의 아내의 모습을 되살렸음에 틀림없다. 나는 그 여자보다 훨씬 손아래지만 지금 옆에서 볼품없는 꼴로 늙어가는데 그 여자는 남편의 가슴속에 지금의 딸의 모습처럼 빛나는 젊음과 아름다움으로 간직돼 있었구나 싶자 질투가 독사 대가리처럼 고개를 드는 걸 느꼈다. 여자의 질투를 위해선 휘어잡을 머리채가 마련돼 있어야 하는 법이다. 그러나 나는 지금 누구의 머리채를 휘어잡을 수 있단 말인가. 나는 점잖게 예사롭게 굴 수밖에 없었고, 그건 여간만 고통스러운 게 아니었다. 발산시키지 못한 질투심은 서서히 여직껏 산 게 온통 헛산 것 같은 허탈감으로 이어졌다.

사느라고 열심히 살았건만— 이북에 노부모와 아내를 남겨두고 어린 딸 하나만 업고 내려온 빈털터리, 게다가 나이는 나보다 열두 살이나 더 많고 직업도 불안정한 무명 화가를 불쌍해하다가 그만 사랑하게 돼서 결혼까지 하고, 홀아비와 어미 없는 어린것의 궁기를 닦아내고, 사랑하고, 섬기며 살아온 게 큰 허탕을 친 것처럼 억울하게 여겨졌다. 속아 산 것 같은, 헛산 것 같은 기분은 씹으면 씹을수록 고약해서 나는 얼굴을 찡그렸다. 어디가 아프냐고 남편과 딸이 근심스러운 듯이 물었다. 나는 속상하는 일이 좀 있는데 어디로 훨훨 혼자 여행이나 떠나고 싶다고 했다.

"하필 이 겨울에 혼자서 여행을?" 남편이 놀라다 못해 신기해했다. 요 며칠 혹독한 추위가 계속되고 있었다. 문득 아틀리에의 창을 통해 해골 같은 가로수와 인적이 드문한 얼어붙은 보도가 내려다보였다. 나는 이런 을씨년스러운 도시의 겨울 풍경에 느닷없이 뭉클한 감동을 맛보았다. 그리고 그냥 투정처럼 해본 여행 소리가 비로소 현실감을 갖고 다가왔다. 정말 당장 떠나리라 마음먹었다. 서울을 떠나보고 싶다거나 남편 곁을 떠나보고 싶다거나 하느니보다는 여직껏 악착같이 집착했던, 내가 이룩한 생활을 헌신짝처럼 차버리고 훨훨 자유로워지고 싶었다. 여직껏 산 게 말짱 헛것이었다는 진실을 가르쳐준 게 바깥의 황량한 겨울 날씨였던 것처럼 나는 무턱대고 어느 먼 곳의 겨울 풍경에 그리움을 느꼈다. 나는 남편과 딸이 의아해하건 놀라워하건 상관하지 않고 당장 떠나겠다고 보챘다.

"당신이 히스테리 부릴 때가 다 있으니 원."

남편은 그 정도로 날 이해하고 제법 두둑한 여비를 주면서 겨울이니 온천장으로 가는 게 좋을 거라는 조언을 했다. 소중하게 움켜쥐었던 보물이 가짜였다는 걸 알았을 때 소중해했던 것만큼이나 정나미가 떨어지면서 우선 내던져놓고 보는 심리로 나는 남편 곁을 떠났다. 교통이 편한 대로 온양으로 왔다. 고속버스에서 낯선 거리에 내리자마자 추위와 고독감이 엄습했다. 눈앞의 풍경에 울먹울먹 낯가림을 했다. 훨훨 자유롭다는 기분조차 이 온천장 거리만큼이나 생소하고 싫었다. 그런 기분에 도저히 익숙해질 것 같지가 않았다. 그런 중에도 몸만 떠나왔다뿐 마음은 오랫동안 몸에 밴 내 나름의 생활의 관습에 얽매인 나를 발견하고 고소를 머금었다. 두둑한 여비를 갖고도 관광호텔 앞까지 갔다간 돌아서서 허름한 이류 여관을 찾고 참기름을 살 때의 버릇으로 온천물이 진짠가 가짠가를 심각하게 의심하고, 여관비에서 목욕값이라도 뺄 양으로 피곤을 무릅쓰고 목욕을 또 하고 또 했다. 다음날 반찬이 열다섯 가지쯤 되는 여관의 아침상을 받자 두번째 받는 상인데도 허구한 날 약비나게 그것만 먹었던 것처럼 울컥 비위에 거슬려왔다. 집을 떠난 지가 오래된 것 같은데도 실상은 하룻밤밖에 안 잤다는 게 서러워서 눈물이 핑 돌았다.

여관에서 일하는 소년이 오늘 떠날 거냐 하루 더 묵을 거냐를 물어왔다. 하루 더 묵겠다면 소년이 나를 불쌍해할 것 같아 곧 떠나겠다고 했다. 조그만 여행백을 챙겨가지고 거리로 나온 나는 여관에선 소년에게, 집에선 남편과 딸에게 쫓겨난 것처럼 느꼈다. 이 고장도 혹독한 추위는 서울과 마찬가지였다. 낮고 어둡게 흐린 하늘과 매운 바람은 여직껏 산 게 말짱 헛산 것 같은 허망감을 쓰디쓰게 되새김질하기에 아주 알맞았다.

온천장 거리는 손바닥만했다. 열 번을 넘어 돌아도 한 시간도 안 걸렸다. 관광호텔 커피숍에 들러 커피도 한잔 마셨다. 남편에게 관광호텔에서 묵은 척하려면 그곳 내부 사정을 좀 알아두어야겠기에 그렇게 했다. 호텔 건너편에 차부가 보였다. 생소한 이름의 행선지를 써붙인 고물 버스들이 지친 듯이 부르릉대며 손님을 부르고 있었다. 나는 뭔가 좀 숨통이 트이는 것 같았다. 아무나 붙들고 이 근처에 어디 구경할 만한 명승고적이 없냐고 물었다. 막 움직이기 시작하던 버스에서 차장이 뛰어내리더니 미처 내가 뭐랄 새도 없이 나를 자기 버스에 짐짝처럼 쓸어넣었다. 나는 앞으로 고꾸라지면서 버스에 탔다. 내부는 손님이 여남은도 안 돼서 휑했다. 비닐 시트가 빙판처럼 찼다.

"이게 어디 가는 건데?"

버스가 속력을 내자 나는 겁먹은 소리로 물었다.

"가다가 호수에서 내려드리면 되잖아요."

내가 언제 저더러 호수까지 데려다달랬던 것처럼 차장은 당당했다.

"호수?"

"네, 호수요. 이 근처에서 경치 좋은 곳은 거기밖에 없어요. 겨울만 아니면 거기까지 가는 손님이 얼마나 많다구요."

오 분도 안 돼서 차장은 나에게 버스값을 재촉하더니 호수 다 왔다고 나를 밀어냈다. 과연 호수는 있었다. 낮고 힐벗은 산에 둘러싸인 얼어붙은 호수는 찌푸린 하늘이 그대로 내려앉은 듯 암울하고 불투명해 보였다. 별안간 호수의 빙판을 핥으며 휘몰아쳐온 암상스러운 바람이 모진 채찍처럼 뺨을 때렸다. 나는 황

급히 버스에 다시 올라타려 했다. 그러나 이미 다음 정거장을 향해 흙먼지만을 남기고 떠난 뒤였다. 심한 낭패감으로 울상이 된 채 우선 모진 바람을 피해서 호숫가의 상지대(商地帶)로 뛰어들었다. 겨울이 아닌 철엔 호경기를 누렸던 듯 무슨무슨 유원지란 간판이 상지대의 입구 아치형의 문 위에 제법 크고 높게 달려 있었다. 그러나 지금은 식당도 다방도 잡화상도 선물가게도 빈지문을 굳게 닫아 인기척이라곤 없는데, 퇴색한 간판들만 바람이 불 때마다 을씨년스럽게 덜컹대 황량한 느낌을 한층 더했다. 노천 탁구장의 탁구대엔 언젯적 내린 눈인지 녹지도 않고 먼지만 첩첩이 뒤집어쓰고 있어 흡사 더러운 홑이불을 펼쳐놓은 것처럼 궁상스러워 보였다. 인기척이 있는 집은 한 집도 없는 것 같았다. 나는 너무 막막해 이게 꿈이었으면 했다. 상지대를 한 바퀴 돌자 다시 눈앞에 얼어붙은 호수가 펼쳐졌다. 꽁꽁 얼어붙은 호수엔 배를 띄울 수도 없지만 몸을 던져 빠져 죽을 수도 없겠거니 싶자 그게 조금도 다행스럽지 않고 두렵게 여겨졌다.

나는 다시 허둥지둥 딴 골목을 찾아들었다. 역시 인기척이라곤 없는 골목 저만치 대문이 열리고 문전이 정갈한 '여인숙'이란 간판이 붙은 집이 보였다. 대문간엔 연탄재가 쌓여 있고 안마당 빨랫줄엔 흰 빨래가 이상한 모양으로 비틀어진 채 얼어붙어 있었다. 나는 떨리는 목소리로 주인을 찾았다. 오십대의 정갈한 아주머니가 안채에서 반색을 하며 나타났다. 나는 그 아주머니를 보자 내 집에 온 것처럼 마음이 놓이고 어리광이라도 부리고 싶어졌다. 참 묘한 분위기를 지닌 아주머니였다. 솜옷처럼 너그럽고 착하고 따뜻하게 사람을 감싸는 무엇이 있었다. 나는 마치 오랫동안 잊고 있던 무엇인가가 다시 나에게 찾아드는 것처럼 느꼈다.

"좀 녹여 가고 싶은데 따뜻한 온돌방 있어요?"

아주머니는 얼른 줄행랑처럼 붙은 손님방 중 한 방으로 먼저 들어가 아랫목에 깔아놓은 다후다 포대기 밑에 손을 넣어보더니 따뜻하긴 한데 외풍이 세어서 어쩌나 하면서 어쩔 줄을 몰라했다. 내가 되레 안돼서 내가 그렇게 추워 보여요? 하면서 웃으려고 했지만 뺨이 얼어붙어서 제대로 웃어지지가 않았다.

"네, 꼭 고드름 같아 보여요. 참 안방으로 들어가십시다. 구들도 따뜻하고 난로도 있어요."

그러더니 친동기간처럼 스스럼없이 나를 안채로 잡아끌었다. 난로가 있는데도 삥 둘러 방장을 쳐서 안방은 마치 동굴 속처럼 침침하고 아늑했다. 처음엔 아무도 없는 줄 알았는데 차츰 어둠에 눈이 익자 아랫목에 단정히 앉았는 한 노파를 볼 수 있었다. 미라에다 옷을 입혀놓은 것처럼 바싹 마른 노파는 무표정하게 나를 바라보며 고개를 좌우로 저었다. 나를 거부하는 몸짓 같아서 나는 어색하게 멈칫댔다. 그러나 아주머니는 한사코 나를 아랫목으로 끌어다 앉히고 손을 노파가 깔고 있는 포대기 밑에 넣어주었다. 노파의 입이 조금 웃었다. 그러나 고개를 저어 도리질을 하는 것은 멈추지 않았다. 아주머니는 나에게 우리 시어머니예요, 하고는 노파에겐 손님이에요, 하도 추위하시길래 안방으로 모셨어요, 했다. 그것으로 노파와 나와의 인사 소개는 끝났으나 노파는 여전히 도리질을 해쌓았다. 아주머니는 노파의 도리질에 대해 나에게 아무런 설명도 하지 않았다.

노파는 수척했으나 흰머리를 단정히 빗어 쪽 찌고, 동정이 정갈한 비단저고리에 폭신한 모직 스웨터를 걸치고 꼿꼿이 앉았는 모습에 특이한 우아함이 있었다. 그것은 지극히 비현실적인 우아함이기도 했다. 도리질도 처음 내가 봤을 때보다 훨씬 유연해져 꼭 미풍에 살랑이는 것처럼 보였다. 아마 저러다가 멎으려니 했으나 아무리 기다려도 멎지는 않았다. 몸이 녹자 잠이 오기 시작했다. 누가 죽인대도 우선 한잠 자놓고 볼 일이다 싶게 꿀 같은 잠이 덮쳐왔다.

"이제 어지간히 몸도 녹았으니 아까 그 방에서 한잠 잘까봐요. 참 온천장으로 나가는 버스는 몇분만큼씩이나 있나요?"

"몇분은요, 겨울엔 아침나절에 두 차례, 저녁나절에 두 차례밖에 안 다니는데, 타고 들어오신 게 아침나절 막차니까 이따 네시 반에나 있을걸요. 그리고 저어 점심은 어떡허시겠어요. 준비할 테니 드시고 가셨으면—"

오로지 졸리다는 생각뿐 밥 생각 같은 건 전연 없었으나 그렇게 하라고 했다. 아주머니는 몇 번이나 고맙다고 했다. 나는 그까짓 밥 한 상 팔아서 얼마나 남겠다고 저렇게 굽실대나 싶어 속으로 측은했다. 손님방으로 내려온 나는 따끈한 맨바닥에 다후

다 포대기만 하나 덮고 깊은 잠 속으로 빠져들었다.

깨어나자마자 웬일인지 도리질하던 노파 생각이 먼저 났다. 꿈에서 봤던가, 현실에서 봤던가 그것조차 아리송한 채 메마른 노파가 고개를 젓던 모습만 선명히 떠올랐다. 졸음 때문에 미루었던 궁금증이 서서히 고개를 들었다. 시계를 보니 아직 두시도 채 안 된 시간이었다.

"손님, 아직도 주무세요? 시장하실 텐데."

미닫이 밖에서 아주머니의 나직한 소리가 들렸다. 나는 인기척을 내며 미닫이를 열었다. 행주치마를 두른 아주머니가 내가 이 집에 찾아들었을 때 반가워했던 것과 똑같은 모습으로 내가 잠에서 깬 걸 반가워해주는 것이었다. 너무 반가워해 저 아주머니 혹시 나를 약이라도 먹고 영영 잠들려는 손님으로 오해했던 게 아닌가 하는 생각까지 들었다.

곧 점심상이 들어왔다. 장에 삭힌 깻잎이나 풋고추 더덕 등 짭짤한 솜씨의 밑반찬과 김치, 깍두기, 뭇국 등은 조금도 영업집 밥상 같지 않고 시골 친척집에 들러서 받는 밥상 같아서 흐뭇했다. 그러나 입 속은 칼칼하고 식욕도 일지 않았다. 뭇국만 훌쩍대는 걸 보고 아주머니는 더운 뭇국을 또 한 대접 갖고 들어왔다. 나는 같이 좀 들자고 아주머니를 내 옆에 붙들어앉혔다.

"원 별말씀을요. 저는 어머니 모시고 벌써 먹은걸요."

아주머니가 먼저 노파 얘기를 꺼냈기 때문에 나는 자연스럽게 노파의 이상한 도리질에 대해 물을 수가 있었다.

"할머니께서 제가 몹시 못마땅하셨나보죠? 말씀은 안 하셨지만 제가 안방에 있는 내내 고개를 젓고 계셨어요."

"벌써 이십오 년 동안이나 그러고 계신걸요."

"이십오 년 동안이나!"

나는 기가 막혀서 벌린 입을 못 다물었다.

"네, 이십오 년 동안이나 허구한 날, 자는 시간만 빼놓고—"

나는 아주머니의 눈이 젖어오는 것처럼 느꼈으나 말씨는 침착하고 고즈넉했다.

그녀의 시어머니는 이십오 년 동안을 자는 시간만 빼고는 허구한 날 도리질을 하는 게 일이란다. 건강과 기분이 좋을 때는 미풍에 살랑이는 것처럼 보일 듯 말 듯 유연하게, 건강이 나쁠 때는 동작이 크고 힘들게, 마음이 불안하거나 집안이 뒤숭숭할 때는 동작이 좀더 크고 단호하게, 마치 "몰라 몰라, 정말 모른다니까" 하고 발악이라도 하듯이 죽자구나 도리머리를 어지럽게 흔든다. 그것 때문에 없는 돈, 있는 돈 긁어모아 한약도 많이 써보았고 용하다는 침도 많이 맞아봤지만 허사였다. 먼저 지친 것은 그녀 쪽이었고 시어머니는 마치 죽는 날까지 놓여날 수 없는 업보처럼 그 짓을 고통스럽게, 그러나 엄숙하게 감당하고 있는 것이었다.

그것은 6·25 동란통에 발작한 증세였다. 동란 당시 젊은 면장이던 그녀의 남편은 미처 피난을 못 가서 숨어 살아야 했다. 처음엔 집에 숨어 있었지만 새로 득세한 패들의 기세에 심상치 않

겨울 나들이 21

은 살기가 돌기 시작하고부터는 집에 숨겨놓는다는 게 암만 해도 불안했다.

어느 야밤을 타 그녀는 남편을 집에서 이십 리쯤 떨어진 광덕산 기슭의 산촌인 그녀의 친정으로 피신을 시켰다. 시어머니와 그녀만이 알게 감쪽같이 그 일은 이루어졌다. 어떻게 된 게 세상은 점점 더 못되게만 돌아가 이웃끼리도 친척끼리도 아무개가 반동이라고 서로 고자질하는 짓이 성행해, 피비린내 나는 끔찍한 일이 이 마을 저 마을에 하루도 안 일어나는 날이 없었다. 끔찍한 나날이었다. 이렇게 되자 그녀는 시어머니까지도 못 미더워지기 시작했다. 어리숙하고 고지식하기만 해 생전 남을 의심할 줄 모르는 시어머니가 행여 누구 꼬임에 빠져 남편이 가 있는 곳을 실토하면 어쩌나 싶어서였다. 시어머니 같은 사람이 살 세상이 아니었다.

그녀는 공부 못하는 아이에게 구구셈을 익혀주듯이 끈질기게 허구한 날 시어머니에게 '모른다'를 가르쳤다.

"어머님은 그저 모른다고만 그러세요. 세상 없는 사람이 물어도 아범 있는 곳은 그저 모른다고 그러셔야 돼요. 난리 나던 날 집 나가고 나선 어떻게 됐는지 모른다고 딱 잡아떼셔야 돼요. 입 한번 잘못 놀려 사람 목숨이 왔다갔다하는 세상이에요. 큰댁 식구들이나 작은댁 식구들이 물어도 그저 모른다고 그러셔야 돼요. 이쁜이 할머니가 물어도, 개똥이 할머니가 물어도 그저 모른다고 그러셔야 돼요. 아무도 믿으시면 안 된다구요. 네, 아셨죠,

어머님?"

그녀는 힘차게 도리질까지 곁들여가며 거듭거듭 이 '모른다'를 교습했다. 시어머니는 늘상 겁먹고 외로운 얼굴을 해가지고 혼자 있을 때도 "몰라요, 난 몰라요" 하며, 역시 도리질까지 해가며 열심히 연습을 하는 것이었다.

난리가 났다고는 하지만 순박하던 마을 사람들이 무슨 도척의 영신이라도 씐 것처럼 서로 죽이고 죽는 것 외에는 대포 소리 한 번 제대로 난 적이 없던 마을에 별안간 비행기가 날아와 기총소사와 폭탄을 쉴새없이 퍼붓고 앞산 뒷산에서 총소리가 며칠 계속해 콩 볶듯이 나더니만 이어서 죽은 듯한 정적이 왔다. 집 속에 쥐 죽은 듯이 처박혔던 마을 사람들이 하나 둘 조심조심 고개를 내밀었다간 재빨리 움츠러들었다. 아직은 서로의 대화를 꺼리고 있었다. 빨갱이가 물러갔다는 증거도 안 물러갔다는 증거도 없었다. 그쪽에 붙어서 세도 부리던 패거리들의 모습은 안 보였지만 인민위원회가 쓰던 이장집 마당 깃대꽂이엔 아직도 그쪽 기가 펄럭대고 있었으니 말이다.

이런 어중간하고 모호한 때에 벌써 성질이 급한 남편은 야밤을 타서 집에 돌아와 있었다. 서울이 이미 수복됐는데 제까짓 것들이 여기서 버텨봤댔자 며칠을 더 버티겠느냐는 거였다.

텃밭엔 이미 김장배추를 간 뒤였지만 울타리엔 기름이 잘잘 흐르는 애호박이 한창 잘 열 찬바람내기였다. 아침이슬을 헤치며 뒤란으로 애호박을 따러 나갔던 시어머니가 별안간 찢어지는 소리를 냈다.

"몰라요, 몰라요. 정말 난 모른단 말예요."

소름이 쪽 끼치고 간담이 서늘해지는 처참한 비명이었다. 그녀도 뛰어나가고 그녀의 남편까지도 엉겁결에 뛰어나갔다. 잠깐 아무도 분별력이 없었다. 저만치 뒷간 모퉁이에 패잔병인 듯싶은 지치고 남루한 인민군이 서너 명 일제히 총부리를 시어머니에게 겨누고 있었다. 그들도 놀란 것 같았다. 그들은 처음부터 누굴 해치려고 나타났다기보다는 그냥 시어머니와 마주쳤거나 마주친 김에 옷이나 먹을 것을 달랄 작정이었는지도 모른다. 그런데 그들이 무슨 말을 걸기도 전에 시어머니는 그 자리에 꼼짝도 못 하고 못 박힌 채 고개만 미친 듯이 저으며 "몰라요, 난 몰라요"를 딴사람같이 드높고 새된 소리로 되풀이했다. 패잔병 중 한 사람의 눈에 살기가 번뜩이는가 하는 순간 총이 그녀의 남편을 향해 난사됐다. 그녀의 남편은 처참한 모습으로 나동그라지고 그들도 어디론지 도망쳤다. 이런 일은 일순에 일어났다.

그후 거의 실성하다시피 한 시어머니를 오랫동안 극진히 봉양한 끝에 어느 만큼 회복은 됐지만 그때 뒷간 모퉁이에서 죽길 기를 쓰고 흔들어대던 도리질만은 그때 같은 박력만 가셨다뿐 멈출 줄 모르는 고질병이 되고 말았다. 그래서 도리도리 할머니라는 이 동네 명물 할머니가 됐다.

아주머니는 이런 얘기를 조금도 수다스럽지 않고 담담하고 고즈넉하게 했다.

"이젠 고쳐드려야겠다는 생각보다 도와드려야겠다는 생각뿐이에요."

"도와드리다니요? 어떻게요?"

"당신 임의로는 못 하시는 일이고, 얼마나 힘이 드시겠어요. 삼시 잡숫는 거라도 정성껏 잡숫게 해드리고 몸 편케 보살펴드리고, 뭐, 그런 거죠. 대사업을 완수하시고 돌아가시는 날까지 그거야 못 해드리겠어요."

치매가 된 채 허구한 날 도리질이나 해대는 걸 '대사업'이라고 하는 아주머니의 농담에 웃으려다 말고 입을 다물었다. 아주머니의 태도가 조금도 농담 같지 않아서였다. 정말 대사업을 힘껏 보필하는 이의 사명감과 긍지로 아주머니의 얼굴이 은은히 빛나 보이기까지 했다. 나는 어쩌면 이 아주머니야말로 대사업을 하고 있는 게 아닌가 하는 생각이 들면서 등골에 전율이 지나갔다.

점심값과 방값이 도합 팔백원이라고 했다. 나는 천원을 내주면서 그냥 넣어두세요, 했다. 아주머니는 내가 불쾌할 만큼 굽실굽실 고마워했다. 아까 점심을 시킬 때도 그랬지만 통틀어 천원인데 몇푼 떨어지겠다고 저렇게 비굴하게 구나 싶었다. 아주머니의 비굴한 태도가 싫은 건 그만큼 내가 아주머니를 아끼고 좋아하기 때문일지도 몰랐다. 그리고도 그 아주머니의 비굴한 태도는 몸에 배지 않고 어색하게 겉돌아 더 보기 흉했다.

아주머니는 내가 준 돈 천원을 소중하게 스웨터 주머니에 넣고 나더니 지극히 안심스럽고 감사한 얼굴을 하고는 또 한번 이

겨울 나들이 25

상스러운 소리를 했다.

"이걸로 노자 해가지고 서울 갈 겁니다. 오늘요."

"서울을요? 왜요? 하필이면 이 추운 날."

나는 나중 이 추운 날 소리를 하고는 내가 여행을 떠난다고 할 때 남편이 놀라면서 나에게 하던 말과 똑같은 말을 내가 했구나 생각했다. 문득 남편이 서럽도록 보고 싶어졌다.

"우리 아들이, 외아들이 서울에서 대학에 다니고 있어요. 그때 즈이 아버지가 그 지경 당하는 걸 내 등에 업혀서 무심히 보던 녀석이 벌써 그렇게 자랐거든요. 군대도 갔다 오고 삼학년인데 아주 착실하고 좋은 애죠."

"그렇지만, 지금은 겨울방학중일 텐데요."

"네, 그렇지만 학비라도 보탠다고 아이들을 맡아 가르치고 있어 못 내려오죠. 여기서 내가 제 학비쯤은 실컷 벌 수 있는데 글쎄 그 녀석이 그런답니다. 겨울 동안만 여기가 이렇게 쓸쓸하지 봄부터 가을까지는 여기 장사도 꽤 괜찮거든요. 관광철에 공일이라도 낀 날은 방이 모자라 법석인걸요. 새학기 등록금이랑 하숙비까지 다 해서 꽁꽁 뭉쳐놓았답니다. 겨울날 양식이랑 밑반찬도 넉넉하구요. 딴 영업집들은 이렇게 벌어놓으면 겨울엔 문을 닫고 집에 가서들 쉬죠. 우린 여인숙이고 또 여기가 살림집이기도 해서지만 늘 한두 방쯤 불을 때놓고 손님을 기다리죠. 돈 벌자고가 아녜요. 가끔 손님처럼 멋모르고 호숫가를 찾는 이에게 더운 방을 내드리는 게 그저 좋아서요. 정말이에요. 그럴 땐 돈 생각 같은 건 정말 안 한다니까요. 그야 몇 푼 주시고 가면 어머님 고기라도 사다드리면 좋긴 하지만요. 근데 오늘은 그게 아니었어요. 돈 계산부터 츱츱하게 하면서 손님을 기다렸답니다. 손님이 안 드셨으면 어쩔 뻔했을까 모르겠어요. 손님, 고마워요."

이번에는 굽실대는 대신 내 손을 꼬옥 잡았다. 굽실대는 것보다 훨씬 기분이 좋았다. 그러나 영문을 모르긴 마찬가지였다.

"어제 글쎄 서울서 이상한 편지가 왔답니다."

"아드님한테서요?"

"아뇨, 아들이 하숙하고 있는 주인집 아주머니한테서요. 벌써 일 주일이 넘도록 아들이 하숙집에 들어오지를 않는다는군요. 평소 품행이 허랑한 학생 같으면 이만 일로 고자질 같은 건 않겠는데 하도 착실한 학생이었던지라 만의 하나라도 무슨 일이 있는 게 아닌가 싶어 알리는 거니 어머니가 한번 올라와 수소문을 해보는 게 어떻겠느냐는 사연이었어요. 허랑한 학생 아니더라도 제 집도 아니고 하숙집이것다 나가서 친구 집 같은 데서 며칠 자고 들어올 수도 있는 일 아니겠어요? 그만 일로 편지질을 해서 사람을 놀라게 하는 하숙집 주인도 주인이지만 나도 나죠, 괜히 온갖 방정맞은 생각이 다 나지 뭡니까. 어젯밤에 한잠도 못 자고 뒤척이면서 온갖 주접을 다 떨다 미신을 하나 만들어냈는데, 글쎄 그게……"

"미신이라뇨?"

"네, 주책이죠. 오늘 우리 여인숙에 손님이 들어 그 돈으로 노자를 해갖고 서울 가면 아들의 신상에 아무 일이 없을 게고, 꽁꽁 뭉쳐논 돈을 헐어서 노자로 쓰게 되면 아들의 신상에 좋지 않은 일이 있을 게고, 뭐 이런 거랍니다. 이렇게 정해놓고 손님을 기다리려니 어찌나 초조하고 애가 타는지 혼났어요. 그런데 손님이 내가 만든 미신의 좋은 쪽 점괘가 돼주신 거죠. 정말 고마워요."

아주머니는 또 한번 고마워했다. 나는 그런 기묘한 방법으로 외아들의 신상에 대한 크나큰 근심을 달래려 들었던 이 과부 아주머니에 대한 연민으로 가슴이 찐했다. 내가 점괘가 됐다는 게 조금도 언짢지 않았다.

"그럼 곧 떠나시겠네요."

"네, 준빈 다 됐어요. 이웃 사람에게 어머님 부탁도 해놨구요. 이제 곧 온천장으로 나가는 네시 반 버스만 오면 돼요."

"동행하게 됐군요."

"참 그렇군요. 네시 반 버스로 온천장으로 나가신댔지……"

"아뇨, 서울까지 동행할 거예요."

오늘 안으로 서울로 가리라는 결정을 나는 순식간에 내렸고, 그러자 마음이 그렇게 편안해질 수가 없었다. 아주머니가 시어머니에게 다녀오겠다는 인사를 하러 들어갈 때 나도 따라 들어갔다. 고부간의 비슷하게 늙은 손이 서로 꼭 맞잡았다.

"어머님, 저 서울 좀 다녀오겠어요. 물건 살 것도 좀 있고 방학인데도 공부 평계로 안 내려오는 태식이 녀석도 보고 싶고 해서요. 어머님은 뒷집 삼순이가 잘 보살펴드릴 거예요. 아무 걱정 마시고 진지 많이 잡수셔야 돼요."

알아들었는지 못 알아들었는지 노파는 여전히 고개만 살래살래 흔들었다. 나에겐 그 도리질이 "몰라요 몰라요"가 아니라 "며늘아, 태식이 녀석에겐 아무 일도 없어, 글쎄 아무 일도 없다니까. 우리가 무슨 죄가 많아서 그 녀석에게까지 무슨 일이 있겠니" 하는 것처럼 보였다.

나는 불현듯 아직도 마주 잡고 있는 고부의 손 위에 내 손을 포개보고 싶어졌다. 남남끼리이면서 가장 친한 두 손, 대사업의 동업자끼리이기도 한 이 두 손 사이를 맥맥이 흐르는 그 무엇을 직접 내 손으로 맥 짚어보고, 느끼고, 오래 기억해두고 싶었다. 마치 이 세상 온갖 것 중 허망하지 않은 단 하나의 것에 닿아볼 수 있는 처음이자 마지막 기회라도 되는 듯이 나는 감지덕지 그 일을 했다. 거칠지만 푸근한 두 손 위에 내 유약한 한 손이 경건하게 보태졌다.

"할머니, 안녕히 계세요."

노파는 고개만 살래살래 흔들었지만 나는 노파가, "너는 결코 헛살지만은 않았어. 암, 헛살지 않았고말고" 하는 것처럼 느꼈다.

저렇게 많이!

 나는 한(韓)을 우리의 모교 앞에서 만났다. 칠 년 만이었다.
 우리의 모교는 참담한 모습으로 분해되고 있었다. 장차 그 자리에 호화 아파트가 선다고도 하고 아니라고도 했다. 그 자리에 뭐가 서든지 말든지 내 알 바 아니었다.
 다만 뒤숭숭한 분해의 현장을 보자 안됐다(!)는 생각이 들었고 그 안됐다는 느낌은 의외로 절실한 것이어서 온종일 그 느낌의 영향을 못 벗어날 것 같은 예감이 들었다.
 젠장. 나는 막돼먹은 머슴애처럼 소리내어 내뱉고 어깨를 크게 추슬렀다. 마침 그때 저만치 앞에서 누가 야, 이거 얼마 만이냐, 하며 당장 나를 얼싸안을 듯이 달려들었다. 그는 내가 저를 누구라고 알아차릴 틈도 안 주고 급속히 내 앞으로 달려들었다. 그러나 얼싸안지는 않고 악수를 청했다.
 손을 아프게 쥐고 들입다 흔들어대면서도 연상 이거 몇년 만이냐를 되풀이했다. 그사이에 나는 그가 한이란 걸 알았다.

오, 칠 년 만이야, 꼭 칠 년 만이야. 마침내 그는 제 물음의 해답을 제 스스로 찾아내고 유쾌하게 너털웃음을 웃었다. 나는 그 말을 듣자 칠 년 만에 한을 만나서 반갑다는 생각보다는 내가 올해 서른 살이구나 하는 생각이 먼저 번개처럼 떠올랐다. 속이 쓰렸다.

남자도 아니고 여자가 대학을 졸업하고 칠 년, 나이가 서른이 되도록 결혼도 못 하고 그렇다고 딴 출세도 못 한 채 남자 동창을 만난다는 건, 나니까 속이 쓰린 정도지 딴 여자였더라면 까무러치거나 당장 그 자리에서 수증기로 화하거나 했을 것이다. 더군다나 한과 나는 대학 시절 자타가 공인하는 애인끼리였으니 말이다. 내가 더 비참해지기 전에 그래도 한이 나를 구제했다.

"야, 너 시집 잘 갔구나. 귀부인 티가 잘잘 흐르는데."

잘됐다, 그까짓 거 시집간 척해줘야지 하고 마음을 먹자 한과 만난 게 재미있어졌다.

더군다나 오늘 나는 가발을 쓰고 있었다. 나는 꼭 일 주일에 한 번씩은 가발을 쓰고 거리에 나오는 이상한 습관이랄까 버릇이 있었다.

그것은 아주 멋있는 가발이었다. 어깨까지 늘어지는 굵고 우아한 웨이브도 좋았지만 그 빛깔이 독특했다. 방 안에서 볼 땐 평범한 검정색이다가도 햇볕에 나서면 갈색으로 보였다. 또 보는 각도에 따라 그 갈색에 화려한 붉은색이 섞여 보이기도 하고 우울한 비둘기색이 섞여 보이기도 했다. 한번은 남산 지하 터널을 차를 타고 지날 때였는데 내 가발이 창백한 배추색으로 변해 보였다.

그러나 내가 내 가발을 좋아하다 못해 사랑까지 하는 것은 우아한 웨이브와 요변하는 빛깔 때문만은 아니었다. 그걸 쓰면 화장을 하고 싶고, 향수를 뿌리고 싶고, 제일 좋은 옷을 입고 싶고, 거리로 나가고 싶어지고, 이렇게 해서 거리에 나와서 맛볼 수 있는 해방감 때문에 나는 내 가발을 좋아했다.

나는 일 주일에 꼭 한 번, 내가 쉬는 날만 가발을 썼다. 가발 밑에는 요즈음 머슴애들보다 더 짧게 커트를 친 내 더벅머리가 있고, 나는 그 머리에 어울리는 티셔츠와 바지 차림으로 일 주일 내내 이리 뛰고 저리 뛰며 나와 내 가족의 먹고사는 문제와 직결된 일에 종사했다.

그러다가 내가 쉴 수 있는 날, 가발을 쓰고 야한 화장을 하고 드레시한 옷을 입고 거리로 나오면, 발이 땅에서 붕 뜨는 것처럼 기분이 좋아지면서 거리의 풍경과 거기서 펼쳐지는 남의 인생들이 즐거운 구경거리로 변한다.

어떤 사람의 인생은 먹고사는 문제가 구더기처럼 편한데 어떤 사람의 인생은 먹고사는 문제가 암초에 붙은 따개비보다 힘들다는 걸 구경하는 게 즐겁다. 나야말로 내 하루하루를 먹고사는 문제에, 따개비가 바위에 엉겨붙듯이 악착같이 밀착시키고 살기 때문에 그 문제에서 자유로워질 수 있고, 그 문제를 남의 일처럼 우습게 여길 수 있는 하루가 달고 소중하다.

그러니까 가발을 쓴 날은 내가 행복한 날이었고 모든 것에 자신이 있는 날이었고 모든 것이 최고급이었다. 화장도 옷도 구두도 핸드백도 기분도 서울 장안에서 최고급일 건 없어도 내가 갖고 있는 것 중에선 최고급이었다. 이런 상태로 옛 동창이자 애인을 만났다는 건 나로선 불행 중 다행이었다.

한은 요란스러운 악수를 끝내더니 이대로 헤어질 수 있나, 다방에나 가지, 했다. 다방에나 가지, 그 소리가 이상하리만치 자포자기적으로 처량하게 들렸다. 칠 년 만에 만난 걸 크나큰 횡재처럼 설치다가 결국 다방에나로 귀결되는 꼴을 지켜보는 나도 맥이 빠졌다.

그래도 나는 으레 길 건너 학풍다방으로 나를 꼬일 줄 알았다. 나는 지금도 가끔 가발을 쓰고 나오는 날 거기에 들르는 일이 있는데 그곳 내부 장치나 분위기는 우리의 대학 시절과 별로 변한 데가 없었다. 손님도 그때나 마찬가지로 거의가 다 대학생들이었다. 나는 그들이 끼리끼리 모여 앉아 주고받는 이야기에 끼어들지는 못하는 채, 무슨 이야기들을 할까, 전에 우리들이 주고받던 이야기와 얼마만큼 달라진 이야기들을 할까를 막연히 궁금해하다가 나오곤 했다.

한과 나도 거기서 많은 이야기를 주고받았었다. 그런데 한은 '학풍' 앞을 무심히 지나치는 게 아닌가. 남자가 옛 애인을 만났고, 그 애인과의 추억의 장소가 바로 지척에 있는데도 아무렇지도 않게 그곳을 지나칠 수 있다는 건 무엇을 뜻하는 것일까. 나는 한이 나처럼 그곳에서의 추억도, 다시 한번 마주 앉아보고 싶다는 감상도 전연 없다는 데 모욕감 비슷한 걸 느꼈다.

한은 느글느글 나를 곁눈질을 하며 자꾸 종로5가 쪽으로 내려갔다. 한은 어느 동네 사냐, 아이는 몇이나 있냐, 남편은 사장족이냐 교수족이냐 정치족이냐, 뭐 그런 너절한 걸 옆에서 자꾸만 물어쌓는다.

나는 되는대로 대답을 하면서 내가 왜 한을 처음부터 한이라고 못 알아보다가 한참 만에야 알아봤을까 하는 생각을 했다. 어떤 특정한 사람을 여러 사람과 구별해서 알아보게 하는 포인트는 무엇일까. 눈일까 코일까 인상일까 거동일까 목소리일까, 이런 생각을 하며 나 역시 한을 할금할금 곁눈질했다.

칠 년 전보다 약간 몸이 난 것 같고 옷도 최고급으로 쪽 빼입었다. 그렇지만 그걸로 그를 못 알아봤을 것 같진 않다. 그의 사람됨이 확 다르게 보일 만큼, 몸 전체가 마치 더러운 폐유(廢油) 속을 헤엄쳐 나온 것처럼 추하게 번들대는 그 무엇이 있었다.

종로5가를 다 와서 한은 내 의향 같은 건 묻지도 않고 어떤 이층 다방으로 올라갔다. 삐걱대는 계단은 좁고 지저분해서 기분이 상했다.

마담과 레지가 합창이라도 하듯이 일제히 어머머⋯⋯ 한사장님 오래간만이에요. 어쩜 그 동안 그렇게 무심하실 수가 있어요, 정말 너무했어요, 하며 간드러지게 애교를 부렸다.

나는 한 방 먹었구나 싶었다. 계획적으로 자기를 과시할 수 있는 장소를 택한 게 분명했다. 그건 그렇다 치더라도 서른남은 살에 사장이면 출세가 빠른 것도 같았다. 사장도 사장 나름이겠지만 한의 야심을 잘 아는 나는 덮어놓고 시시한 회사 사장이겠지 하고 얕잡아지지만은 않았다. 아마 뜻대로 된 모양이다. 한은 재벌집 딸을 꼬드겨서 결혼을 함으로써 남이 계단으로 오르는 출세의 길을 엘리베이터로 단숨에 오를 꿈을 줄기차게 추구했었으니까.

막상 마주 앉았지만 할 말이 없었다. 나는 예전처럼 반말을 할까 존댓말을 할까 망설이다가 저도 나에게 반말을 했던 게 생각나 당돌하게 반말로 나갔다.

"보아하니 제법 바쁘신 몸 같은데 이러고 있어도 되는 거야?"

"아니 안 바빠, 오늘이 우리 회사 쉬는 날이거든."

"오늘이 무슨 요일인데 쉬어? 세상에 금요일날 쉬는 회사도 있어?"

"그래, 우리 회산 금요일날 쉰다. 어쩔래?"

"어쩌긴 어째, 무슨 회사가, 어떤 껄렁한 회사가 그래 금요일날 쉰담. 별꼴이야."

우린 철딱서니 없는 아이들이 하는 것보다 더 유치한 입씨름을 했다. 나는 한의 회사가 금요일날 쉰다는 사실에 지나치게 분개하고 있었다. 내 특권을 부당히 침해당한 것 같아서였다.

내가 금요일날 쉬는 데는 그럴 수밖에 없는 당당한 이유가 있었다. 나는 영문과 출신다운 직업을 갖고 있었다. 좀 불안정하기는 하지만 그런대로 벌이가 괜찮은 직업이었다. 대학입시 준비생을 위한 영어 과외선생질인데, 대학 재학중에도 아르바이트 삼아 사 년 내내 쭉 했었기 때문에 그 연줄로 졸업 후 그 방면으로 풀리기가 아주 수월했다.

나는 그 방면에 고도로 연마된 기술을 갖고 있었다. 나는 영어를 가르칠 필요가 없었다. 영어시험을 치는 기술을 가르치면 족했다. 나는 특히 여고생들 사이에서 이름난 과외선생이어서 저희끼리 그룹을 짜놓고 나를 모셔가지 못해 안달을 했다. 그래서 나는 세 그룹씩이나 일 주일에 두 번씩 과외지도를 했고, 그러다 보니 자연히 하루가 비게 되고, 그 비는 날이 바로 금요일이었다. 그래서 나는 금요일을 아꼈고, 낮에 개인지도를 받고 싶어하는 재수생들도 금요일날은 배정하지 않았다.

나는 『정통영어』니 『천이백제』니 하는 이름난 참고서 몇 페이지에 무슨 문제가 있고, 어디에 함정이 있고 어디가 배배 꼬였나에 무불통지였을 뿐 아니라, 입시생이나 그의 부모들을 다루는 데도 능구렁이가 다 돼 있었다. 어떤 맹꽁이도 어떤 맹꽁이의 부모도, 얘는 머리는 기가 막히게 좋은데 노력이 좀 모자란단 소리를 좋아했다.

그러나 나는 내 제자를 결코 사랑하진 않았다. 골이 빈 부잣집 딸년들을 경멸하고 미워했다. 심지어 그녀들이 시험을 치른 대학에 합격했으면 하고 바란 적조차 없었다. 떨어졌으면 싶었다.

생전 좌절하곤 인연이 없을 것들이 한 번쯤 좌절을 겪고 울고불고 하는 걸 보는 건 통쾌한 일이었다.

이런 내가 나쁘다고도 생각지 않았다. 은행에서 온종일 돈 세고 월급 받는 행원이라도 남의 돈 세는 일을 사랑하고 하는 건 아니잖은가. 어떤 직업이고 간에 돈 받을 때 빼고는 지긋지긋할 것임에 틀림이 없고 그럴 바에야 돈을 많이 벌 수 있는 직업이 제일이잖은가.

더군다나 나는 돈이 많이 필요했다. 한때 나는 돈이 많이 필요하다는 내 가정적인 입장 때문에 돈 많은 남자와 결혼하기를 열렬히 소망한 적이 있었다. 그때가 아마 대학 삼학년 때던가 사학년 때던가 그쯤일 게다.

일이학년 때만 해도 그렇게 치사하진 않았다. 철없고 신선하고 실로 기고만장했다. 적어도 인간의 장래를 위해 고민하면 했지 나 개인의 장래 같은 걸 갖고 시시하게 고민하진 않았다. 공부도 열심히 했다. 기갈이 들린 것처럼 지식을 주위삼켜도 잘 삭고 이내 허기증이 났다. 그 시절 한과 나는 친했고 서로 죽이 잘 맞았다.

삼사학년쯤 되자 지식이 잘 소화가 안 되고 체증을 일으키는 듯하더니 차츰 나 개인의 장래를 걱정하게끔 되었다. 한도 똑같이 그런 문제로 고민을 시작했다. 스스로의 고민을 서로 조금도 감추지 않고 털어놨기 때문에 우린 서로 죽은 잘 맞지만, 궁합은 안 맞는다는 걸 인정 안 할 수가 없었다.

그때 벌써 한은 재벌의 사위 되기가 열렬한 소망이었다. 그는 곧 정년퇴직을 앞둔 아버지와 어머니와 여러 동생을 거느리고 있는 장남이어서 자기 책임에 대한 공포와 아버지가 보여준 월급쟁이의 말로에 대한 공포로 전전긍긍했다.

어떡하든, 수단 방법 가리지 않고 재벌의 사위가 될 수밖에 없다고 이를 부드득부드득 갈았다.

그런데 난 재벌의 딸이 아니었다. 즈네보다 더 가난하고 형편이 한심했다. 과부 어머니와 맨 계집애뿐인 동생을 한 바가지나 거느린 말뼉다귀 같은 계집애와 결혼을 해서 뭘 어쩌겠는가. 보나 마나 훤한 건 고생문뿐이었다. 한도 나도 고생문인 줄 알고 들어설 바보는 아니었다. 그런 면으로도 우린 죽이 잘 맞았다.

나는 한을 경멸하면서도 닮아갔다. 그러면서도 한보다는 좀 고상하게 굴려고 안간힘을 썼다. 이를테면 나도 그까짓 거 부잣집으로 시집가줄까보다는 결심을 굳혔지만 그냥 무의미하게 호강만 하고 살긴 싫었다. 교양 있고 기품 있고 존경받는 생활을 하고 싶었다. 그래서 재학중 교지에 투고했던 경험으로 시(詩)를 쓰리라 마음먹었다. 그러니까 내 남편이 될 사람은 재벌이 아니어도 좋지만 처갓집 식구를 도와주고도 살 수 있을 만큼만 돈이 있으면 됐다. 또 시인인 아내를 위해 이 년이나 삼 년에 한 번씩 또박또박 시집을 내줄 만큼만 돈이 있으면 됐다. 또 시집이 나오자마자 호화롭고 우아한 출판기념회를 해줄 만큼만 돈이 있으면 됐다. 그만큼만 돈이 있으면 됐지 정말이지 재벌 같은 건 안 바랐다.

그렇지만 그게 한일 수는 없었다.

한과 나는 졸업식 후 다시는 안 만나기로 약속을 했다. 서로의 소원 성취를 위해선 그게 편할 것 같았다. 하긴 한이 약간 미련 섞인 어조로, 이렇게 되면 우리가 한 사랑이란 어떻게 되는 거지, 했다. 나는 지금 세상에 사랑이 어디 있냐고 야멸차게 쏘아붙였다.

그리고 나서 이제 칠 년 만에 만난 거니까 상대방이 그 동안 얼마만큼 소원 성취를 했나 궁금하지 않다면 거짓말이었다. 한이 먼저 다이아가 박힌 백금 반지를 낀 새끼손가락으로 콧구멍을 후비며 소원 성취 했겠지? 했다. 나는 부정도 긍정도 아닌 신비한 미소를 지었다. 약이나 올려주자 싶었다. 한이 채신머리 없이 또 묻고 또 물었다. 그래도 대답을 안 하니까 행복하냐고 물었다. 행복이란 소리가 당돌하고 신기하게 들렸다.

한에게서 질질 흐르는 저 더러운 기름기가 바로 부티라는 거라면 부자한테 시집 못 간 게 오히려 행복인지도 모른다고 생각했다. 나는 금요일날 쉬는 회사 이름이나 대보라고 딴전을 부렸다. 문득 한의 얼굴에 천진한 장난기가 돌았다. 그러니까 네댓 살은 더 앳돼 보였다.

"알아맞혀보지 않을래? 내가 지금 뭐 하고 지내고 있는지."

"그걸 내가 어떻게 알아."

"그러지 말고 좀 성의 있게 알아맞혀봐. 네가 귀부인이 아닌 것처럼 나는 사장이 아냐."

"그래도 부잔 것 같은데."

"음, 부잔 부자야. 아주 짭짤한."

"뭐 해서 벌었어?"

"벌긴, 순전히 처덕이야."

"흥, 집념이 대단하더니 기어코 부잣집 사위가 되긴 됐구먼. 그런데 아직 회사만 하나 못 얻어가졌다 이 말이로군. 그거야 장인 죽는 날만 기다리면 해결될 거 아냐. 장인은 건강해? 젊어?"

나는 갱의 여두목이라도 되는 것처럼 비정한 쇳소리로 따졌다.

"순전히 처덕이라니까. 장인 같은 건 없어."

"그럼 능력 있는 여자겠군. 그것도 나쁠 건 없네 뭐. 대관절 뭐 하는 여자야? 돈 많은 과부? 술집 마담?"

나는 심통인지 쾌감인지 모를 것이 속에서 거품을 내며 부글부글 끓어오르는 걸 느끼며 점점 더 한을 얕잡아갔다. 이런 내 흥분에 반해 한의 태도와 말씨는 점점 더 가라앉았다.

"다 아냐, 그냥 장사하는 여자야."

"무슨 장살 하는데 그렇게 돈을 잘 벌어."

"별로 밑천도 안 드는 장사야. 요행, 재수, 희망 그런 걸 팔고 있어. 사람들이란 그런 걸 줄기차게 원하거든."

"누굴 놀리는 거야?"

나는 여직껏 말 같지도 않은 말을 상대했다고 생각하니 피곤이 한꺼번에 밀려왔다. 일 주일의 피곤도 아니었고, 별볼일 없이 하루를 쏘다닌 피곤도 아니었다. 한의 불결함을 참고 견딘 피곤이었다.

"놀리긴 내가 누굴 놀려. 정말이야, 우리 여편넨 무당이거든. 놀라긴, 무당이라니까. 무당이라니까 뭐 귀신인지 신령님인지 모셔놓고 빌고 점치고 굿하는 세습적인 무당인 줄 알아? 어엿한 학사 무당이라구. 근사한 사무실에 출근해서 점잖은 손님을 접견하고 그의 고민을 명쾌하게 해결해주는 신식 무당이란 말야. 그러니까 난 무당 서방이고. 돈 벌 때가 돼서 그런지 무지무지하게 성업중이야. 아침부터 미리 악을 쓰고 장사진이야. 나는 일찌거니 적어도 여편네보다 두세 시간은 일찍 출근해서 번호표를 교부하고 새치기꾼을 잡아내서 점잖게 꾸짖기도 하지. 그리고 세상엔 고민하는 사람이 많기도 하구나 하고 감탄도 하지. 하루 백 명 이상은 절대로 받지도 않아. 그게 다 상술이야. 백 명에 천 원씩만 해도 얼만 줄이나 알아. 그뿐인가. 시원한 소리 들었다고 소매치기 왕초가 계집년들한테 팁 던져주듯이 돈을 마구 쓰는 기분파 손님은 또 얼마나 많다구. 기똥차지, 기똥차. 여편넨 무당이지만 신령님 같은 건 안 믿어. 신령님더러 중개해달랄 필요가 어디 있냐는 거야. 손님과 직접 영통(靈通)을 하면 되지. 여편넨 손님들이 무엇을 바라나를 쪽집게처럼 집어내서 그걸 적당히 부추기는 비상한 재간을 갖고 있거든. 그러나 그것도 알고 보면 별거 아니야. 사람 머릿수가 아무리 많아도 바라는 건 두서너 가지로 요약될 만큼 단순하니까. 언제 부자가 되나, 부자는 언제까지 부자를 유지하고 더 불릴 수 있나, 출세는 언제 하고, 진급은 언제 하고, 언제쯤 외국을 갈 수 있나, 뭐 그런 거지. 뱃속의 아이가 아들인가 딸인가를 묻는 머저리도 있지만 우리 여편넨 그런 명확한 답을 요구하는 점은 절대로 쳐주지 않아. 우리 여편넨 학사 무당이거든. 아 참 그 소린 아까 했지. 우리 여편네가 실상은 엉터리라는 걸 나는 알지. 그렇지만 우리 여편네 돈을 아주 잘 벌어. 아무도 해치지 않고, 아무도 억울하게 하지 않고, 누구에게나 아낌없이 희망을 주고 행복을 주면서 말야. 어때, 나 장가 하난 잘 갔지, 안 그래? 참 우리 회사가 금요일날 쉬는 걸 이상해했지? 알고 보면, 그것도 별거 아냐. 여편네의 상술이야. 일요일날 쉬는 건 너무 당연해서 시시하고 그러다가 골라잡은 게 금요일이야. 금요일날을 기피하는 건 뭔가 좀 서구적인 느낌이 들잖아. 서구적인 건 지적(知的)인 거고, 지적인 것은 자못 학사 무당답고 뭐 그런 거지."

"이왕 쉬는 날이면 동부인해서 나오지 그랬어? 나도 점 좀 쳐보게, 언제나 부자한테 시집갈 수 있나……"

"우린 쉬는 날은 각자 행동이야. 일 주일의 밤낮을 붙어사니까 냄새가 나거든. 하루만이라도 서로의 자유를 침해 않기로 약조가 돼 있어. 난 오늘 자유야. 연애도 할 수 있어."

"연애? 어떻게 하는 건데—"

"한번 해볼래? 재미있을 것 같잖아?"

"무당 서방하고?"

"넌 뭐니? 귀부인이라도 되니? 여염집 여편네도 못 됐잖아."

나는 냉랭하게 코웃음을 치고 내 정체는 기어코 안 밝히고 다방을 먼저 나왔다. 시집 못 간 게 그럭저럭 탄로나버린 것도 분한데 그것까지 고백할 내가 아니었다. 그런 면으로는 여자가 남자보다 몇 배 현명한 법이다.

침침하고 사람도 별로 없는 다방에 오래 앉았다 나왔더니 눈이 부시면서 바삐 움직이고 있는 거리의 사람들이 꿈속처럼 비현실적으로 보였다. 바로 앞에 육교는 어찌나 많은 사람들이 오르내리는지 마치 육교 자체가 사람으로 돼 있는 것 같았다.

나는 그 많은 사람들이 다 눈 뜨고 걸어가면서 시시덕대기까지 하는데도 살아 있는 사람 같지를 않고 죽어 있는 망령의 떼거리처럼 보였다.

저렇게 많이! 나는 망연히 입을 딱 벌린 채 감탄을 했다. 그러자 오래 전에 깡그리 까먹어버린 엘리엇의 시의 한 구절이 주절주절 저절로 입에서 흘러나왔다.

"저렇게 많이, 나는 죽음이 저렇게 많은 사람을 멸망시켰다고는 생각지 못했다."

그건 밑도끝도없이 단 한 구절만 떠오른 것이고, 왕년엔 한때 시인 지망이기도 했으니 시 한 줄쯤 욀 수 있는 나를 심히 못마땅하고 아니꼽게 여겼다.

같잖은 것 같으니라구. 같잖은 것 같으니라구…… 나는 나 자신에게 화가 나다 못해 구역질이 났다. 그래서 나는 이런 나를 망신시키고 골탕먹여줘야겠다고 생각했다.

나는 길에서 홀러덩 내 가발을 벗어들었다. 한 손에 들고 빙빙 돌리며 나도 육교를 올라 군중 속에 섞였다. 사람들이 나를 웃음거리로 삼아주길 바랐으나 아무도 나에게 주의조차 하는 것 같지 않았다.

다만 내가 왕년에 그토록 소망한 고상한 허식(虛飾)의 마지막 잔해인 가발이 내 손 위에서 효수당한 대가리처럼 징그럽게 흔들릴 뿐이었다.

어떤 야만

 어떤 시인이 자기 동네를 똥차가 똥 푸러 오는 동네라고 읊은 걸 어느 잡지에서 우연히 보고 나는 당장 그 시인에게 친밀감을 느낄 수가 있었다. 나는 시를 잘 모를뿐더러 시인이라곤 아는 사람이 한 사람도 없어서 그저 막연히 시인이란 고결하고, 청백해서 구질구질한 고장엔 절대로 발을 안 붙이고, 허공에 붕 떠서 살 수 있는, 우리네와는 사뭇 족속이 다른 특제의 고상한 인간인 걸로 알고 있는 게 고작이었다.

 그런데 그 시인은 똥차가 똥 푸러 오는 동네에 살고 있다니 바로 우리 골목 같은 데 살고 있을 게 아닌가. 그리고 아침마다 화장실이 아닌 뒷간에서 똥을 누고 주간지를 찢어서 밑을 씻을 게 아닌가. 허허, 그것 참, 나는 갑자기 시인을 어깨라도 툭툭 치며 친해질 수 있는 이웃사람처럼 느꼈다.

 골목 안 식구들과는 아침 출근길에 만나면 가볍게 고개를 숙이는 둥 마는 둥 날씨가 좋다든가, 어젯밤 과음했더니 아직도 핑 핑 돈다든가 하는 얘기를 두어 마디 주고받는 정도지, 통성명을 하거나 직업을 알린 바는 없다.

나는 그런 가벼운 인사를 할 때마다 혹시 저 사람이 시인일지도 모르지 않나, 시인의 눈에 내 모양이 어떻게 비칠까, 이렇게 넘겨짚으면서 괜히 격에도 안 맞는 신비한 미소까지 지으려고 애썼다. 시인이 제일 싫어하는 게 속물이라는 건, 들은 풍월로 알고 있었기 때문이다.

그렇다고 똥차가 똥 푸러 오는 동네를 읊은 바로 그 시인을 우리 골목에서 찾고 있었던 것은 아니고, 우리 골목의 집들 중에 시인의 집도 있을 수 있다는 생각이 나를 즐겁게 했던 것이다. 시인이나 시를 좋아해서가 아니었다. 나는 아무짝에도 쓸데없는 짓을 업으로 삼는 사람의 얼굴과 만나고 싶었던 것이다.

내가 처음 집을 장만해온 이 골목 식구들은 남자들은 하나같이 내 또래의 착실한 월급쟁이로 아침에 출근했다가 저녁 일곱 시에서 여덟시 사이에 들어오고, 여자들은 또 하나같이 내 아내처럼 아이를 둘만 낳고, 기다란 홈웨어를 입고, 전자밥통 계니, 밍크담요 계니로 살림 장만하기를 좋아하는 모범 주부들이었다.

협동심이 강해서 똥차가 오면 일제히 똥을 치고, 똥 푸는 사람들에게 통 수효를 사기당할까봐 집집마다 나와서 지키고 똥 푸는 사람들과 싸움도 했다. 똥냄새로 얼굴을 찡그리고 비위를 상해하는 같잖은 여편네는 한 사람도 없었다.

나는 우리 골목 속의 이런 착실한 사람들을 좋아했고, 그런 사람들이 이룩한 화목을 좋아했지만, 가끔가다 느닷없이 고지식한 월급쟁이 줄로만 알았던 앞집 김씨가 실은 소매치기여서 수갑을 차는 걸 봤으면 얼마나 통쾌할까, 또 골목 계의 계주인 영애 엄마에게 정부가 생겨 남편한테 두들겨맞는 소리가 우리 집까지 들렸으면 얼마나 재미있을까, 하는 객쩍은 생각도 자주 했다.

우리 골목 어느 집에 시인이 살았으면 하는 바람도 이런 객쩍은 생각과 어느 만큼 닮은 생각이었다. 그러니까 나는 은근히 우리 골목 규격품이 아닌 자유로운 얼굴을 만나고 싶었던 것이다.

그런 내 소망은 엉뚱한 방향에서 이루어졌다. 어느 일요일 우리 골목의 어느 집 앞길이 파헤쳐졌다. 하수도 고장인가 했더니 그게 아니라 변소를 수세식으로 고친다는 거였다. 일꾼을 지휘하는 부부가 바빠서 그랬겠지만 구경 나온 골목 사람들은 거들떠도 안 보고 거만하게 굴었다.

"여보, 우리만 이렇게 고치면 뭘 해요. 딴 집들은 다 그 야만적인 구식 뒷간 그대로니, 똥차가 적어도 한 달에 두 번은 들어와서 그 고약한 냄새를 풍기고 갈 게 아니냔 말예요. 아이 속상해."

구경하는 동네 사람 다 들으라는 듯이 철이 엄마는 이맛살을 곱게 찌푸리고 자기 남편한테 이런 푸념을 했다.

원 세상에, 저 여자가 저럴 수가…… 지금 수세식 변소 공사를 하는 철이네는 바로 우리 옆집이었고, 철이 엄마는 똥차가 올 때마다 똥 푸는 사람과 제일 시비를 잘하는 극성 부인이었다.

똥 푸는 사람은 다섯 지게를 폈다는데, 철이 엄마는 네 지게를 푸는 걸 똑똑히 지켜보고 섰었는데 무슨 딴소리냐고 악다구니를 쳤고, 똥통을 왜 가득 채우지 않고 반밖에 안 채웠냐고 호령을 했고, 이렇게 갖은 시비를 다 해가며 자기네 똥을 다 치고 나서도 들어가지를 않았다. 동네 참견까지 끝내야 직성이 풀리는 여자였다. 남의 집 똥 푸는 델 기웃대면서, 똥통을 가득 채우지 말고 칠 부만 채우라고 안달을 했다. 똥통을 가득가득 채워가지고 겅정겅정 뛰어다니면 똥물이 골목에 엎질러질 테고, 그러면 그걸 누가 책임지고 닦아내느냐는 거였다.

이래놓으니 철이 엄마는 똥차가 왔다가 갈 때까지 골목에 버티고 서서 입을 한시도 안 다물고 입과 코로 똥냄새를 왕성하게 들이마셨기 때문에 나는 철이 엄마가 똥냄새에 대한 변태적인 기호라도 갖고 있는 줄로 알 지경이었다.

자연히 철이 엄마에 대한 내 인상은 좋은 게 못 됐다. 나는 그 여자의 천격스럽고, 수다스럽고, 인색한 것에 강한 혐오감을 느끼고 있었다. 실상 이 천격스럽고 인색하다는 건 똥차가 똥 푸러 오는 우리 골목에 사는 여인들의 공통의 표정이었고, 차이가 있다면 엷고 진함의 차이가 있을 뿐이었다. 철이 엄마는 그 표정이 남보다 적나라하고 남보다 진한 데에 불과했다. 그러니까 나는 골목색이 가장 진한 철이 엄마를 통해 우리 골목의 구질구질한 생리에 대한 내 혐오감을 풀고 있는지도 모를 일이었다.

그런 철이 엄마가 지금 딴사람처럼 고상하게 굴고 있었다. 이맛살을 곱게 찌푸리고 입술을 뾰족하게 오므리고 있는 게 제법 귀부인다웠다. 다시는 똥냄새를 맡으며 똥 푸는 일에 상관할 것 같지도 않았고, 골목 여자들과 어울려 수다를 떨 것 같지도 않았다.

똥뒷간에 쭈그리고 앉아 똥누다가, 화장실에 흰 사기의자에 앉아 일보게 됐다고 세상에 사람이 단박 저렇게 달라질 수가 있을까.

철이네는 자기네 화장실이 완전히 개통될 때까지 이삼 일만 우리집 뒷간을 같이 쓰자고 했다.

"그러믄요, 그러믄요, 아 이웃 좋다는 게 뭐겠어요. 염려 말고 쓰세요."

아내는 괜히 굽실대기까지 하며 그러라고 했다.

아침이면 철이네 식구들이 먼저 우리 뒷간을 다녀가는데 미안해하고 고마워하기는커녕 식구마다 코를 쥐고 불쾌한 표정을 하고 나가는 건 정말 아니꼽고 더러워서 못 참아주겠는 광경이었다.

아내는 더욱 열심히 뒷간 청소를 하고 화장지까지 사다가 매달아놨다. 한 사흘 나는 뒷간에서 묵은 주간지를 읽는 그 아기자기한 재미마저 양보해야 했다. 주간지는 싱싱한 것보다 한물간 걸, 온장보다 토막낸 걸, 꼭 뒷간에서 뜯어맞춰가며 읽어야 제맛이 나는 법이다.

나는 몇 년째 변비가 있어 뒷간에 들어가면 적어도 삼십 분 이상은 좋이 걸렸고, 그 동안 뒤지로 비치해놓은 주간지를 통독하는 재미로 변비의 고통을 달래고 그것을 즐길 수조차 있었다.

철 지난 주간지를 보고 있으면 사람들이 얼마나 흥분도 잘하고 잊어버리기도 잘하나에 새삼 놀라게 된다. 사람들은 박동명 사건을 잊은 지 이미 오래다. 그 사람 권총 강도였던가, 뺑소니 운전사였던가, 아니지 참 대마초 가수였지, 이 정도다.

그런데 난 어느 날 뒷간에서 그가 누군지는 물론 그의 사랑을 받은 무수한 여인들까지 알아낼 수 있는 것이다. 이렇게 망각된 스캔들을 들쑤셔내려 새로운 냄새를 맡는 야비한 쾌락을 뒷간 말고 어디에서 즐길 수 있단 말인가. 이 땅에 주간지가 있는 한 단연 똥뒷간도 있어야 했다. 사흘 동안 아내는 뒷간을 화장실처럼 맨숭맨숭하게 청소를 해내 이런 쾌락마저 빼앗았다.

다행히 사흘 만에 철이네 식구들은 우리 뒷간 출입을 않게 됐다. 드디어 철이네는 우리 골목에서 최초로 수세식 변소를 가지게 된 것이다. 사람이 똥을 누는 모습과 장소의 차이로 인격의 차이까지 나 보인다는 걸 나도 어쩔 수 없이 인정하게 됐다. 철이 엄마는 고상해졌다.

우리만 아니라 우리 골목 사람들이 다 그렇게 느끼는 모양으로 철이네를 경원했다. 똥차가 오는 날은 똥을 안 풀 수도 없고, 푸자니 철이네로 똥냄새가 끼칠 것이 미안스럽고, 그래 푸긴 푸면서도 괜히들 조마조마해했다.

어느 날 아내가 나한테 철이네에 대한 골목 안 소문을 종합해서 들려줬다.

"여보, 철이네가 왜 별안간 화장실 공사를 한 줄 아슈? 그리고 그 집 식구들이 별안간 왜 그렇게 시큰둥 거만을 떠는지 모르시죠? 글쎄 그 집이 이제 곧 살판이 난대나봐요. 철이 아빠 육촌형님이 일본 사는데 이제 곧 다니러 나온다지 뭐유. 일본서 크게 돈을 벌어서 이제 내 나라에도 좀 투자를 해야겠다 싶어서 뭐 마땅한 사업이 없나 시찰 겸 온다는데 그 사람 아주 사람이 됐습디다. 그렇게 큰 부잔데도 호텔에 묵는 것보다 친척집에서 한국의 가족적인 분위기를 맛보고 싶단대요. 그런데 친동기간은 다 이북에 있고 남한에서 제일 가까운 친척이 철이네라니 생각만 해봐요. 철이넨 큰 수가 났지 뭐예요. 사람 팔자 시간 문제라더니 참 철이네야말로 금시발복을 하려나봐요. 이 더러운 골목도 곧 면하게 되겠죠. 이번에 변소만 고친 게 아니라 도배하고 칠하고 마루에 양탄자도 깔고 아주 새 집을 만들었습디다. 그러고도 매일매일 뭘 그렇게 사들이는지. 여보, 당신네 일가붙이 중엔 누구 외국 나가 성공한 사람도 좀 없어요? 소식이 끊긴 사람이라도 한 사람쯤 없어요? 아유 시시해."

며칠 있다 아내는 또 새로운 보고를 해왔다.

"여보, 여보, 왔대요. 왔어. 누군 누구예요. 철이네 교포 부자 친척이 드디어 왔다니까요. 부잔 다릅디다. 글쎄 애완용 개까지 데리고 왔습디다. 철이가 안고 나왔는데 그렇게 깜찍하게 예쁜

어떤 야만 51

개는 생전 처음 봤다니까요. 크기는 꼭 주먹만한 게 사납긴 또 어찌나 사나운지 조금만 건드리면 암팡지게 짖으면서 대가리 털을 사자 새끼처럼 곤두세우는데 그 털이 꼭 새빨간 불꽃 같더라니까요."

그후 나도 철이가 그 개를 안고 나온 걸 봤는데 털이 불꽃 같다는 건 심한 허풍이고, 갈색인데 갈색치곤 특이한 붉은기가 도는 밝은 갈색이었고, 크기는 주먹보다는 커서 우리나라에도 흔한 스피츠 새끼 젖 떨어질 때 크기만은 했다. 눈이 영리해 뵈는 예쁜 개였다.

어느 날 아내는 또 철이네 얘기를 꺼냈다.

"글쎄 그 재일교포가 돈은 얼마나 가져왔는지 모르지만 물건은 아무것도 안 사왔다나봐요. 어째 그럴 수가 있어요? 돈은 돈이고 선물은 선물이지, 자기 입고 벗을 옷하고 큰 보루바꼬로 깡통이 한 상자더래요. 그래도 그 깡통만은 철이 줄 먹을 건 줄 알았더니, 그게 아니고 글쎄 그게 다 봇짱의 먹이라는군요."

"봇짱의 먹이? 봇짱이 뭔데?"

"그 개 있잖아요. 그 조막만한 일본 개 이름이 봇짱이라는군요."

"제기랄, 구들장은 아니고 봇짱이야."

어느 날 내가 회사에서 돌아와 옷을 벗고 있는데 다섯 살 먹은 딸년이 제 동생을 데리고 노는 소리가 도무지 못 알아들을 소리였다. 돌 지난 지 얼마 안 되는 두 살짜리는 요새 걸음마가 한창이다. 비틀비틀 방 안을 맴돌다 누나나 엄마한테 가서 덥석 안긴

다. 아내와 딸은 서로 제가 아기를 안고 싶어 두 손을 펴고 "이리 온, 이리 온. 엄마한테 오면 착하지" 또는 "아가 이리 온, 누나한테 오면 까까 주지, 요것 봐라 까까 봐라" 이래가면서 아기를 제 품에 안으려고 서로 경쟁을 하는 게 우리집 일가 단란의 풍경이었다.

그런데 딸애는 지금 동생한테 두 손을 벌리고 "이리 온" 대신 "오이데, 오이데" 하는 것이 아닌가. 그 소리가 무슨 소린지 의아해하며 서 있는 나한테 딸애는 또 이상한 소리를 했다.

"아빠, 오스와리, 오스와리."

"여보, 쟤가 지금 하는 소리가 무슨 소리요? 갑자기 혀가 짧아졌나 웬일이야?"

"당신 그것도 못 알아들으세요? 호호, 개만도 못해서."

"뭐?"

나는 하마터면 이 버르장머리 없는 여편네한테 손찌검을 할 뻔했다. 아내도 좀 지나쳤다 싶었는지 고개를 움츠리고 눈웃음을 살살 치며 해해거렸다.

"당신도 참 농담 좀 했기로서니 뭘 그렇게 얼굴이 붉으락푸르락하세요. 무서워 죽겠네. 당신이야말로 정말 봇짱이에요."

"뭐 또 그놈의 개 소리야."

아내의 말인즉슨 '오이데'는 '이리 온', '오스와리'는 '앉아라'라는 일본말이라는 거였다. 그 봇짱이라는 일본서 데리고 온 개는 일본말밖에 못 알아듣는다고 교포 손님이 철이네 식구한테 제

어떤 야만 53

일 먼저 개하고 통할 간단한 일본말 교습부터 시켰다는 거였다.

그게 철이의 입을 통해 온 동네 아이들에게 퍼져 아이들마다 그 정도의 일본말을 자랑삼아 지껄이고 다닌다는 아내의 설명을 들으며 나는 구정물을 마신 듯한 께적지근한 기분으로 상을 받았다.

밥상을 보더니 돌쟁이가 덤벼들어 손으로 음식을 휘젓기 시작했다. 이것을 본 딸년이 "이께나잇, 이께나잇(안 돼, 안 돼)" 하고 소리를 지르고 아내까지 "이께나잇" 하면서 돌쟁이를 안아 갔다.

맙소사, 나는 참았던 울화통이 터진 것처럼 속에서 무엇이 울컥 치밀면서 숟가락을 내던졌다. 그리고 아내에 대한 손찌검 대신에 다섯 살 먹은 딸년을 끌어다가 엉덩짝을 까고 사정없이 찰싹찰싹 볼기를 쳤다. 영문을 모르는 딸은 불에 덴 듯이 울었다.

"다시 또 그런 소리 할래 안 할래? 다시 또 했단 봐라."

나는 숨을 헐떡이며 자꾸자꾸 때렸다. 아내가 내 손에서 딸을 빼앗아갈 때까지 때렸다. 연한 살에 내 손자국이 빨갛게 부풀어 올랐다.

"세상에 이 어린 게 뭘 안다고, 알아도 그렇지, 자기 자식을 어떻게 이렇게 되도록 때려요? 아유, 무슨 사람이 이렇게 독할까."

아내는 눈에 눈물이 다 글썽해가지고 딸의 엉덩이를 어루만졌다. 나도 곧 딸년을 때린 게 후회가 되면서 가슴이 딸년 볼기짝만큼이나 쓰리고 아팠다.

집 안에 별로 뜰이 없는 이 골목 아이들은 대개 골목 안에서 논다. 공일날이면 골목 안이 어찌나 시끄러운지 낮잠도 제대로 잘 수가 없다. 차도 못 들어오는 좁은 골목이기 때문에 시끄러울 뿐 위험하지는 않으니까 어른들도 골목 안이 무슨 대운동장이나 되는 것처럼 나가 놀아라, 나가 놀아라, 하며 아이들을 집에서 내쫓는 것만 수로 안다.

모처럼의 공일날 빈둥빈둥 낮잠을 청하려니 골목 안의 시끄러운 아이들 소리가 귀에 거슬려 죽겠는데 점점 더 귀에 거슬리는 소리가 들렸다.

구슬인지 딱지를 셈하는 모양인데, "하나, 둘" 하고 세지를 않고 "이찌, 니, 상" 하는가 하면, 계집애들이 뭐가 수틀렸는지 저희끼리 싸우는데, 아이들답지 않은 걸쩍한 쌍소리 끝에 꼭 "고노야로, 바가야로" 소리를 붙였다.

미꾸라지 한 마리가 강물을 흐려놔도 분수가 있지. 어디서 굴러온 똥개 한 마리가 우리 골목 예쁜 아이들 말을 저 모양으로 망쳐놨을까.

아이들은 철이나 없어서 그렇다고나 치자. 내 아내까지 그 장단에 잘 놀아나고 있었다. 내가 골목 안 아이들의 일본말을 들으며 하도 분통이 터져서

"복이 아직 멀었나? 저 왜놈의 똥개 누가 잡아다 개장국이라도 끓였으면 맛 좋겠다."

했더니 아내는 질겁을 했다.

"여보, 봇짱이 왜 똥개예요, 일본 갠데. 봇짱이 얼마나 똑똑한지 당신 알기나 알아요. 아무리 고깃국을 끓여줘도 여기 음식은 입에도 안 대고 가지고 온 일본 깡통 음식만 꼭 먹는다지 뭐예요. 말도 어쩌면 그렇게 일본말은 잘 알아듣고 고대로 하는지, 철이 엄만 봇짱 어르느라고 이젠 웬만한 일본말은 다 배웠겠습디다."

참 개가 다 웃는다더니 우리나라 순종 똥개들이 들으면 웃기는커녕 울어도 시원치 않을 일이었다. 어디 똥개뿐일까. 나도 웃어도 울어도 풀릴 것 같잖은 고약한 기분이었다.

철이 엄마와 아빠는 점점 더 거만해지고 고상해져서 이제 완전히 이 골목 사람이 아니었다. 이 골목 어귀의 똥차가 대기하던 자리엔 매일 아침나절이면 전세낸 고급 승용차가 대기하고 있다가, 우아한 양장을 하고 봇짱을 품에 안은 철이 엄마와 커다란 선글라스로 얼굴을 반쯤 가린 쥐새끼처럼 작고 날렵하게 생긴 재일교포 신사를 태우고 어디론지 미끄러지듯이 사라졌다. 아내 말에 의하면 매일 관광도 다니고 쇼핑도 다닌다는 거였다.

그들의 이런 모습을 아내가 침을 흘리며 부러워하는 것까지는 그대로 참아주겠는데, 철이 엄마 품에 안긴 봇짱을 쓰다듬으며 "봇짱 오하요, 봇짱 오하요" 하며 해해대는 건 정말이지 눈깔이 곤두서지 않고는 못 봐줄 광경이었다.

사람도 외국여행을 하면 그 나라 말을 인사말이라도 배우려고 애쓰는 법이거늘 개란 놈이 이 무슨 오만일까.

나는 그놈의 봇짱인지 똥갠지의 아가리를 벌리고 된장국에 만 보리밥덩이를 처넣어주면서 우리나라의 풍부한 욕을 총동원해서 퍼부어주고 싶다는 충동에 몸을 떨었다.

더욱 고통스러운 것은 내 변비가 그놈의 봇짱이 오고 나서 부쩍 더 심해진 거였다. 아침에 변소에 가 앉았으면 철이 엄마의 개 어르는 소리가 그대로 들렸다. 이 골목의 집들은 그렇게 염치없이 서로 붙어 있었다.

"사아, 봇짱. 운도오 시마쇼오네. 이찌, 니, 상. 이찌, 니, 상(자아, 아가야, 운동하자, 하나, 둘, 셋. 하나, 둘, 셋)."

개에게 어떻게 무슨 짓을 시키는지, 똥지게를 가지고 흥정을 할 때의 철이 엄마라곤 도저히 생각할 수 없는 상냥하고 부드러운 목소리가 '이찌, 니, 상'을 한없이 되풀이했다. 이 소리를 듣고 있으면 나의 배설구는 튼튼한 마개로 밀봉이라도 당한 것처럼 완강하게 굳어지며, 배설물은 방향을 잃고 거꾸로 치솟으려고 했다. 이건 여간한 고통이 아니었다. 이런 고통이 극에 달해, 내일쯤 아마 나는 뒷간에서 물구나무를 서서 입으로 배설을 할 수밖에 없으려니 싶은 어느 무덥고 절망적인 날, 아내가 실로 시원하고도 희망적인 소식으로 나를 구원했다.

"여보. 철이네 그 교포 손님이 떠났대요. 글쎄 그런 얌체가 어디 있어요. 그 동안 실컷 얻어먹고 실컷 구경 다니고, 무슨 사업을 벌일 듯 벌일 듯 철이 아빠 감질만 내놓고 철이 엄마 뱃속에 바람만 넣어놓고는 쓰다 달다 말도 없이 훌쩍 떠났다지 뭐예요.

그 동안 철이 엄마 내외가 그 교포 친척인지 날도둑놈인지한테 들인 돈이 말도 못 한대요. 집 치장하랴, 관광시키랴, 여기 사업가들하고 교제하는 돈까지 다 철이네서 댔다는군요. 회사 하나 차리면 사장은 자네가 해줘야지 누가 해주겠나, 글쎄 이렇게 그 교포가 능청을 떨었다니 누가 안 넘어가고 배기겠어요. 그래서 아까운 줄 모르고 처넣은 돈이 그게 다 제 돈도 아니고 빚이었다니, 아유 별 미친 여편네도 다 있지."

"여보, 여보, 이제 그 남의 집 흉은 고만 좀 보고 그 교포 손님 봇짱인지 똥갠지는 데리고 갔겠지?"

내가 제일 궁금한 건 그거였다. 그러나 아내의 대답은 날 실망시켰다.

"호호호, 글쎄 구두주걱 하나 손톱깎이 하나 흘리지 않고 싹싹 쓸어가면서 봇짱은 남기고 갔다지 뭐유. 아주머니가 하도 사랑하시니 인정상 어떻게 떼어갈 수가 있냐더래요."

"뭐야? 봇짱 하나는 남기고 떠났다구?"

내 실망은 이만저만이 아니었다. 그러나 그후 다시는 뒷간에서 철이 엄마의 '이찌, 니, 상'을 들을 수가 없었다. 그것만 해도 살 것 같았다.

철이네선 그후 며칠 인기척이라곤 안 들려 사람 사는 집 같지도 않았다. 어느 날 아침 나는 뒷간에서 변비의 고통을 주간지의 삼류 연예인의 침실 기사로 달래고 있는데 느닷없이 철이 엄마의 찢어지는 듯한 악다구니 소리가 들리고 봇짱의 깨갱깨갱 하는 처량한 비명이 들렸다.

"이 육시랄 놈의 개야, 이 우라질 놈의 개새끼야, 처먹어라, 처먹어. 어디 네놈이 언제까지 안 처먹고 견디나 두고 보자……"

철이 엄마의 욕설은 구정물을 가두었던 둑이라도 터진 것처럼 거침없이 좔좔좔 흘렀다. 고무신짝 같은 것으로 땅바닥과 볏짱의 뺨따귀를 번갈아가며 때리는지 찰싹찰싹하는 소리도 섞여 들렸다. 아마 지금 철이 엄마는 된장에 만 보리밥을 개 아가리에 처넣으려고 혈안이 돼 있을 것이다. 개는 눈깔을 뒤집으면서도 한사코 보리밥을 거부하리라. 둘은 지금 결사적으로 대결하고 있다. 철이 엄마가 이겨야 한다. 나는 철이 엄마 편이다. '철이 엄마 이겨라, 짝짝. 철이 엄마 이겨라, 짝짝.' 나는 속으로 열심히 철이 엄마를 응원했다.

"이 육시랄 놈의 개, 이 우라질 놈의 개, 어디 네가 이기나 내가 이기나 두고 보자."

실로 얼마 만에 듣는 철이 엄마의 싱싱한 육성인가. 똥 푸는 사람과 똥지게 수효를 갖고 다툴 때의 그 생기발랄한 철이 엄마의 목소리였다.

내 가슴에서 오래 묵은 체증 같은 게 시원스럽게 아랫도리로 몰리더니, 뭉클하고 시원한 쾌변을 봤다. 실로 오래간만이었다. 몸이 날아갈 것 같았다.

그후에도 철이 엄마의 욕설과 개의 비명은 자주자주 들렸다. 아마 아직도 그 조그만 왜구를 다스리지 못한 모양이다. 그러나 언제고 꼭 그녀는 그 일을 할 수 있을 것이다.

아이들이란 배워 흉내도 잘 내지만, 곧 잊기도 잘해 골목에서도 우리집에서도 '오이데' '오스와리' '이찌, 니, 상'을 들을 수 없게 됐다.

철이네 집에서 철이 엄마의 욕설과 개의 비명이 너무 크게 담을 넘어오는 날이면 아내는 나에게 철이 엄마 흉을 보고 싶어했다.

"저 여자가 저럴 만하긴 해요. 그 동안에 진 빚에 몰려 요새 사는 게 말이 아니라거든요. 그런데 여보, 사람이 아주 죽으란 법은 없습디다. 그 봇짱 있잖우. 그게 글쎄 일본 개도 아니고 서양 무슨 순종 개래요. 지금 내다팔아도 당장 이십만원을 받을 수 있대요. 지금 그 집 형편에 이십만원이면 어디예요. 빨리 팔아서 돈 마련할 생각은 안 하고 허구한 날 저렇게 두들겨패니, 저러다 죽으면 이십만원이 그냥 날아가는 거 아녜요? 아이 듣기 싫어. 동물을 저렇게 학대하다니, 야만적이야."

철이 엄마는 변소를 수세식으로 고칠 때, 재래식 똥뒷간을 가진 우리들을 야만적이라고 했었다. 내 아내는 지금 동물 애호의 정신에 어긋나는 짓을 하는 철이 엄마를 야만적이란다.

아내가 쓰는 '야만적'이란 말이 괜히 나를 웃긴다. 사람들은 어째서 수세식 변소나 동물 애호 정신으로 자기가 야만적이 아니란 걸 증명할 수 있다고 생각하는지 모르겠다. 그래놓으니 야만적이 아니기가 얼마나 어렵다는 걸 알 리가 없고, 야만인이 정

글에 살지 않고 도시에서 리본 맨 개를 안고 활보를 하고, 몸에 풀잎을 두르지 않고 일류 재단사가 재단한 양복을 입고 수세식 변소에서 뒤를 보고 에스컬레이터를 타고 커피숍에 간다.

철이 엄마는 아직도 욕을 하고 봇짱을 때린다.

나는 그녀가 쉬이 개를 팔지는 않을 것을 안다. 그녀에게 지금 절실하게 필요한 건 돈보다 분풀이의 대상일 것이다. 그녀의 모진 채찍질에 아프게 신음할 가학의 대상일 것이다.

그런 짓은 아내 말짝으로 야만적이다. 그러나 그녀의 가학의 대상엔 봇짱뿐 아니라 그녀 자신도 포함되어 있는 것으로 나는 그녀를 이해하고 싶다. 깨갱깨갱 하는 경망스럽고 드높은 개의 비명 밑에 가라앉은 그녀 자신의 둔중한 신음 소리를 나만은 알아들을 것 같다.

어느 날인가. 봇짱은 처먹으라는 우리말을 알아듣게 될 테고, 된장국에 만 보리밥의 진미를 알게 될 테고, 철이 엄마 또한 한때의 허황한 꿈으로부터 자유로워질 수 있으리라.

그녀의 요즈음의 봇짱에 대한 가학행위가 이런 자유로워지려는 몸부림의 표현이라면, 그때 가서 아마 가학행위도 끝날 것이다. 개를 십만원에 팔든 이십만원에 팔든, 그때 가서 팔아도 늦지는 않을 것이다.

나는 요새 봇짱의 비명과 철이 엄마의 싱싱한 욕설 덕분에 변비로부터 놓여나 쾌변을 즐기지만, 철이 엄마가 하루속히 봇짱을 다스릴 수 있기를, 스스로를 다스릴 수 있기를, 그래서 철이

네가 조용해질 날을 기다린다.

  나 역시 내가 변비로부터 완전히 놓여났나, 임시로 놓여났나를 확인하고 싶은 것이다.

포말(泡沫)의 집

전기밥솥의 스위치를 누르려다 말고 나는 아차했다. 감전이라도 된 것처럼 손가락을 오므라뜨리고 우두망찰을 했다.

동석이와 나는 지난 일 주일 동안 거의 말을 안 하고 지냈다. 동석이는 워낙 입이 뜬 애라 전에도 말이 없었지만 요새 더 심해진 것 같다. 말이 없는 애는 아무리 내 자식이지만 나는 겁났다.

그런 동석이가 어젠 학교에 갔다 와서 책가방에서 도시락을 꺼내놓으며 자못 공손하게 말했다.

"내일부터는 보리를 좀더 많이 섞어야 돼요. 우리 선생님이 혼식을 엉터리로 해오는 놈은 이제부터 그 부모를 고오발하도록 하겠다고 했어요."

녀석은 입술을 휘파람 불 때처럼 병의 주둥이를 만들어가지고 고발을 '고오발'로 강조했다.

그게 어제 동석이가 나에게 한 말의 전부다. 일 주일 만에 아들이 엄마에게 한 말의 전부다.

그런데 오늘 아침 마침 보리쌀이 떨어졌을 터인데도 나는 동석이한테 그런 말을 들은 즉시 그걸 사다놓을 생각을 못 했다. 나는 다만 교탁에서 선생님도 학생들한테 입을 병의 주둥이처럼 뾰족하게 빼고 너희 부모님을 '고오발' 하겠다고 했을까, 그 생각만 했었다. 그 생각은 저녁을 지으면서도, 텔레비전을 보면서도, 잠자리에서도 떠나지 않았다.

시계를 보니 다섯시 반이었다. 가스에다 급하게 짓는다면 지금부터 보리를 사다가 지어도 늦지 않을 것 같았다.

나는 아파트 계단을 내려다보며 가벼운 현기증을 느꼈으나 그대로 아래를 향해 곤두박질을 쳤다. 발밑에서 계단이 무너져내리는 느낌과 함께 손바닥에선 난간과의 마찰로 찌릿찌릿 열과 전기가 나면서 심장도 날카롭게 찌릿찌릿했다.

발로 뛰어내렸다기보다는 계단이 와르르 무너져내리면서 저절로 땅을 디딘 것처럼 나는 사층에서 삽시간에 보도를 밟고 있었다.

상가를 향해 달음질쳤다. 반듯반듯한 모양으로 직립한 아파트들 사이로 난 널찍널찍한 보도엔 아직도 간밤의 어둠이 남아 있고 사람이라곤 한 사람도 없었다.

저만치서 달려오는 승용차의 헤드라이트가 꼭 나를 해칠 목적으로 달려드는 괴물의 눈빛 같은 공포감을 무릅쓰고 나는 용감하게 앞으로 달렸다.

교탁에서 또다시 동석이 선생님이 입을 병의 주둥이처럼 만들게 할 수는 없지. 암, 그럴 수는 없지. 나는 보리를 사야 했다.

 제일 가까운 상가의 싸전은 셔터를 굳게 내리고 있었다. 나는 손바닥으로 몇 번 셔터를 때렸다. 늦가을의 쇠붙이의 냉기와 쇳소리가 나를 견딜 수 없게 했다. 나는 다시 시범 아파트 쪽 상가로 달음질쳤다. 그쪽의 상가도 닫혀 있었다. 다시 공무원 아파트 쪽으로 달렸다. 그쪽의 상가도 닫혀 있었다.

 이러단 도시락은커녕 아침도 굶길 것 같았다. 나는 이번엔 내 아파트를 찾아 달음질치며 몇 번이나 길을 잃었다. 매연 같기도 하고, 안개 같기도 한 어둠이 서서히 엷어지는 속에 무수히 직립한 아파트와 그 사이로 난 널찍널찍한 보도는 거기도 여기 같고, 여기도 거기 같은 모습으로 나를 혼미시켰다.

 설사 내 아파트가 내가 찾아오기 쉽게 잠시 역립(逆立)을 하고 나를 기다려준대도 사정은 마찬가지였을 게다. 아파트는 성냥갑처럼 아래위가 없었으니까.

 이런 혼미 속에서도 나는 동석이 선생님 생각을 했다. 선생님은 참 농담도 잘하시나봐. 그 철부지들 앞에서 그런 농담을 하신 걸 보면 보나 마나 젊은 선생님이실 거야. 한번 찾아가 뵈야지.

 드디어 나는 내 아파트를 찾았다. 아파트 측면 회색 콘크리트 벽의 노란 숫자 108을 읽을 수 있을 만큼 날이 밝았다.

 사층까지 뛰어오르긴 뛰어내리기처럼 쉽지 않다. 헉헉 숨이 차고 침이 마르면서 나중에는 입천장과 혓바닥이 따갑게 옥죄어

포말(泡沫)의 집 65

왔다.

 사층 왼쪽 문의 벨을 눌렀다. 안에서 들리는 누구냐는 물음이 시어머니의 목소리보다 훨씬 젊게 들렸지만 개의치 않고 대답 대신 다시 한번 짧게 벨을 눌렀다.

 도어가 조심스레 열리고 머리가 포도송이 같은 여자의 얼굴이 기웃이 밖을 내다봤다. 가끔 본 일이 있는 얼굴이다. 아마 내 아파트와 같은 동에 사는 여자일 게다. 그나저나 그 여자가 이 시간에 내 집에 와서 마치 주인처럼 굴다니. 나는 무슨 말을 하려고 해도 아직 입에 침이 돌지 않아 말을 할 수가 없었다.

 "무슨 일이시죠? 이 시간에."

 도어 위에 문패를 보니 404호였다. 내 집은 406호인데. 그러니까 나는 우리 동의 셋째번 문으로 들어와 계단을 올라야 하는 건데 둘째번 문으로 들어온 모양이다.

 "도대체 무슨 일이냐니까요?"

 머리가 포도송이 같은 여자가 화를 냈다. 나는 겨우 침이 돈 입으로 더듬거렸다.

 "저, 미안하지만 보리쌀이 있으면 한 움큼만 꾸려구요, 마침 보리쌀이 떨어졌는데 싸전도 아직 안 열었고······"

 여자의 얼굴이 갑자기 너그러워지면서 알았다는 듯이 고개를 끄덕거렸다. 이 집에도 학생이 있나보다. 우리 사이엔 삽시간에 어떤 이해가 이루어지고 있었다.

 "아주 보리밥으로 꾸어드리죠."

여자의 포도송이 같은 머리가 안으로 사라졌다.

이 무슨 전화위복인가. 입구를 잘못 찾아든 걸로 이런 복이 터지다니.

교탁에서 또다시 동석이 선생님의 입을 병의 주둥이처럼 만들게 할 수는 없지, 암 그럴 수는 없지. 그러면서 나는 여자가 보리밥을 꾸어주기를 기다렸다.

곧 문이 방시레 열리고 보리밥이 나왔다. 꽁보리밥이 담겨 있는 네모난 쿠킹호일의 은빛과 그것을 받쳐든 여자의 뾰족한 손톱의 진홍빛의 대비가 너무 강렬해 나는 부르르 진저리를 쳤다.

언젠가도 한번 아파트 단지에 새로 생긴 화랑에서 열린 전위미술전이라는 걸 심심풀이로 보러 들어갔다가 같은 느낌으로 진저리를 치며 돌아나온 일이 있다.

"어서 받아요."

여자가 짜증을 냈다. 며칠 동안 냉장고에 저장돼 있었던 듯 보리밥은 얼음처럼 찼다.

"흰밥을 두어 숟갈만 섞으면 될 거예요."

여자는 친절했다. 조리법까지 가르쳐주는 것이었다.

"여기다 더운밥을 섞으면 쉬지 않을까요?"

"어차피 애들이 먹으려고 가져가는 건 아니잖아요?"

여자는 내가 못 알아들을 소리를 하고 문을 닫아버렸다.

가스에 급히 익힌 밥을 여자가 일러준 대로 냉동 보리밥에 두어 숟갈 섞어서 도시락을 싸고 나니 동석이 교복이 보이지 않는다. 또 시어머니가 감춘 모양이다. 급히 필요한 물건을 감쪽같이 감추고 시치미 딱 떼고 있는 시어머니의 이상한 노망은 요즘 더 심하다.

시아버지가 돌아가시고 나서 시어머니와 합친 지 삼 년째다. 합치고 나서 서로 서먹서먹한 느낌도 채 가시기 전에 남편이 미국으로 갔기 때문에 시어머니는 불쌍한 외톨이가 되고 말았다. 그래도 시어머니는 나나 동석이에게 정을 붙이려고 무척 애를 썼던 것 같다. 거의 온종일 아부하는 웃음을 띠고 말을 시켰다.

나는 그저 잠자코 듣고만 있었다. 비린 것을 좋아하는 시어머니의 식성을 안 것으로 나의 시어머니에 대한 지식은 충분했다. 옛날 옛적에 시집살이하던 얘기, 칠남매나 낳아서 홍역으로 잃고 감기 촉상으로 잃고 남매밖에 못 건진 얘기, 동석이가 애비 자랄 때를 빼다박은 것 같다는 얘기가 나하고 무슨 상관이란 말인가.

시어머니도 차차 말수가 적어졌다. 살 것 같았다. 그러더니 조금씩 노망의 낌새가 보이기 시작했다. 뭐든지 물어봤다.

에미야, 나 아침 먹었냐 안 먹었냐? 에미야 나 머리 빗을까 말까? 에미야 전깃불 끌까 말까? 수돗물이 넘치는데 잠글까 말까?

온종일 이런 백치 같은 질문을 하면서 내 뒤를 쫓아다녔다. 나는 귀찮아하면서, 그러나 똥오줌 싸는 노망 안 들린 것만 다행해 하면서 될 수 있는 대로 짧은 대답, '네' '아니오'만 가지고 시어머니를 상대했다.

그러더니 요즘 들어 새 노망이 생겨난 것이다. 아이들이 새록새록 재롱을 부리듯이 시어머니는 새록새록 새 노망을 부렸다.

어느 날, 북엇국을 끓이려고 북어를 찾았으나 한 쾌를 사다 찬장에 넣어놓은 지가 엊그젠데 온데간데가 없었다. 찬장은 물론 부엌 구석구석을 샅샅이 뒤지고 나서 하도 답답한 김에 혹시나 해서 시어머니한테 물어봤더니 생긋 웃으면서,

"응, 북어 말이냐? 북어는 찬장 속에 넣어두는 게 아냐. 내가 빈 독 속에 넣어두었느니라."

하면서 베란다의 빈 독에서 북어를 꺼내 자랑스럽게 받쳐들고 왔다. 그때만 해도 그게 그냥 노인네의 예전 생활습관이려니 했다.

그러나 그런 일은 자주 일어났고 차츰 심해졌다.

외출하려면 좀 전까지도 거기 있던 구두가 없어졌다. 또 시어머니 짓이려니 싶으면서도 물어보기가 싫어서 어떡하든 혼자 찾아내려 들지만 하도 기상천외의 장소에 감추는 까닭에 그건 거의 불가능했다.

그러더니 며칠 전서부터 동석이 것까지 손을 대기 시작한 것이다. 나는 오늘 아침이야말로 물어보기가 싫었다. 동석이 교복 어디 있느냐고 물어봐주길 자신 있게 기대하며 자는 척하고 누워 있을 시어머니를 보기 좋게 배신하고 싶었다.

나는 덮어놓고 시어머니 방으로 들어가 시어머니의 장롱 서랍을 뒤지기 시작했다. 동석이 것은 내 것과 달라 함부로 아무 데나 감추지 않는다는 것을 알고 있기 때문이다.

시어머니가 이불 속에 반듯이 누운 채 새된 소리로 악을 썼다.

"왜 남의 세간을 뒤지냐 뒤지길. 내가 죽었냐 죽었어? 나 너희들 것 훔쳐 가진 것 하나도 없다. 다 내가 갖고 들어온 세간에다 우리 영감이 해준 옷가지야."

돌아간 시아버지의 검정 세루 두루마기 사이에서 동석이 교복을 찾아냈다. 서로 빛깔이 똑같아서 하마터면 못 알아보고 넘길 뻔했다.

동석이가 학교에 가고 나서 시어머니의 아침상을 본다. 그 동안에 시어머니는 욕실로 들어가 양변기 속에 고여 있는 물로 세수를 한다. 혼자서 투덜대며 세수를 한다.

"물이 또 다 식었잖아. 세숫물을 떠놓았으면 떠놓았습니다고 한마디 해줘야 식기 전에 씻지. 아유 쯧쯧, 신식 며느리 쌀쌀맞은 것……"

시어머니는 언젯적부터인지 양변기 속에 고여 있는 물이 내가 자기를 위해 떠놓은 세숫물인 줄 안다. 생각하면 구역질이 나지만 그건 또 그것대로의 신종 노망이려니 하고 있을 수밖에 별 도리가 없다.

아침이 끝나면 시어머니에게 옷을 갈아입혀야 한다. 오늘은 노인학교에 가는 날이기 때문이다. 시어머니는 한 번도 옷을 순순히 갈아입은 적이 없다. 꼭 핑계를 댄다. 머리가 아프다느니, 감기 기운이 있다느니, 어지럽다느니 하면서 마치 옷 갈아입는 일이 누구를 위한 힘든 노동이라도 되는 것처럼 꾀를 부린다. 나는 마치 귀중품을 약탈하는 것처럼 힘겹게 모질게 헌 옷을 벗겨 내고 새 옷을 입힌다. 노인의 나체를 보는 건 참 싫은 일이다. 더군다나 살갗에 닿는 일은 그분이 그걸 즐기기 때문에 더욱 싫다.

아마 노인학교만 없었던들 나는 이런 싫은 일을 일 주일에 한 번씩이나 하려 들진 않았을 것이다.

그러니까 시어머니도 싫어하고 나도 싫어하는 일을 오직 남의 이목 때문에 하는 것이다. 노인학교만 해도 그렇다. 나는 시어머니가 노인학교에 가서 어떤 즐거움을 맛볼 수 있으리라곤 생각 안 한다. 다만 이 아파트 단지에 사는 노인네들이 노인학교에 가는 게 유행이기 때문에 보낼 뿐이다.

이 아파트 단지엔 노인네가 귀하다. 한 동에 한 명꼴이나 될까. 그러니 얼마나 고독할까.

여기 착안해서 아파트 단지의 극성스러운 젊은 부인들의 친목 단체인 진달래회 회원들이 교회를 빌려서 일 주일에 한 번씩 노인학교를 열기로 한 것이다.

노인학교가 열리는 수요일이면 며느리나 딸이나 손자들이 성장을 한 노인을 부축해서 교회당으로 가는 모습을 어디서나 창을 통해 볼 수 있었다. 그것은 어찌나 아름다운 광경인지 노인네가 없는 가족도, 어머머, 우리 어머니도 우리하고 사셨으면 얼마나 좋아, 일 주일에 한 번씩 노인학교에도 가실 수 있고, 매일매일 효도도 받으실 수 있고— 이러면서 애기 못 낳는 사람 유모차에 탄 애기 탐내듯이 노인네를 다 탐내게 했다.

포말(泡沫)의 집 71

남들은 노인네를 어디서 꾸어다가라도 모시고 가고 싶어하는 노인학교를 버젓이 노인을 모시고 있으면서도 안 보내보랴. 내가 지나가면 돌팔매라도 던지고 싶게 고약한 며느리로 소문이 나리라.

나는 이 아파트 단지에 사는 아무하고도 친하지 않았지만 아무하고나 대개는 낯이 익었고 남 하는 대로 휩쓸리지 않으면 뒤로 욕을 먹을 것 같은 막연한 공포감을 갖고 있었다.

한 번도 노인을 모셔본 일이 있을 것 같지 않게 싱싱하고 버르장머리 없어 뵈는 진달래 회원들과 교회의 부설 유치원의 원아들이 갖은 애교를 다 떨며 노인들을 맞아들이면, 모시고 간 젊은 이들은 노인네를 떼어놓고 차마 발길이 안 떨어지는 것처럼 아쉽고 정겨운 얼굴로 돌아보고 진달래 회원들한테 감사하고 또 감격하며 교회당을 떠나야 한다.

시어머니를 모셔다놓고 온 나는 오랫만에 남편의 편지를 꺼내놓고 본다. 남편이 미국에 가 있은 지 이 년이 넘건만 그 동안에 온 편지가 삼십 통이 채 안 된다. 그러니까 한 달에 한 번꼴로 편지가 온 셈이다. 내용도 비슷해서 나는 그 톱밥처럼 재미없는 말들을 욀 수도 있다.

'동석이 엄마 보시오……'

그는 미국에 그만큼 오래 있었건만 사랑하는 은영이라든가 사랑하는 아내여라든가 이런 말을 쓸 줄 모른다.

'어머님은 안녕하시오? 당신이 극진히 보살펴드리리라 믿

소…….'

 나는 이 대목을 읽을 때마다 번번이 어쩌면 남편은 어머니가 안녕하시지 않기를 바라고 있을지도 모른다는 짙은 의혹을 품었다. 왜냐하면 남편은 결코 효자가 아니었기 때문이다.

 따로 살 때도 부모님 안부를 자발적으로 궁금해한 적이 한 번도 없어서 내가 대신 가끔 찾아뵙고 남편이 보내서 온 것처럼 시부모의 섭섭한 마음을 달래드렸었다.

 한 집에 모시게 되고 나서 남편이 같이 지낸 건 불과 반년 남짓하지만 그 동안에도 남편이 어머니에게 알뜰하게 구는 걸 본 적이 없다. 그렇다고 구박을 하거나 불손하게 군 적도 없다. 한마디로 어머니가 계시다는 걸 의식하지도 않는 것처럼 굴었다. 이런 무관심이 얼마나 잔혹한 대접이란 걸 나는 옆에서 보기만 하고도 느낄 수가 있었다.

 그러나 그것만 가지고 내가 그런 의혹을 품게 된 건 아니다. 남편이 미국에 가고 나서 초기의 일 년, 그러니까 그가 근무하던 무역회사의 로스앤젤레스 지점에 근무할 때의 편지에는 전혀 어머니에 대한 안부가 없었다. 내가 어머니를 모시고 있다는 걸 알고 있는 티조차 안 비쳤다. 집에 있을 때처럼 철저하게 어머니의 존재에 무관심했던 것이다.

 그러다가 본사 근무로 발령이 나자 귀국하는 대신 회사에 사표를 내고 그곳에 눌러앉아 상업으로 성공했다는 친구의 가게 일을 도우며 영주권이 나오는 대로 가족을 데려갈 계획을 세우고 나서부터 그는 별안간 효자스러운 편지를 쓰기 시작한 것이다.

또 그의 이런 새삼스럽게 효자스러운 편지는 내가 답장에서 시어머니의 급격한 노쇠와 새록새록 새로워지는 새로운 노망을 낱낱이 고자질하기 시작한 때와도 일치했다.

우리가 이민을 가면 천생 시어머니까지 모시고 갈 수밖에 없었다. 시어머니는 우리 말고 의지할 데라곤 없었다. 시누이가 하나 있지만 첫번째 결혼에 실패하고 방탕한 생활을 하고부터는 의절하다시피 하고 살고 있었다.

양변기 속에 고인 물에 세수를 하는 노인을 미국의 기계문명 속으로 끌어들이기도 그렇고, 떼어놓을 마땅한 고장은 없고, 팔순이 내일모레 이제 그만 돌아가셨으면 얼마나 좋을까 하는 남편의 조바심을 '어머님은 안녕하시오?'의 뒤통수에서 읽었다면 내 눈이 지나치게 밝았을까?

'이달에도 백 달러만 부치오. 수입은 훨씬 더 되지만 한푼이라도 더 저축해서 나도 빨리 내 가게를 가져야지 밤낮 남의 고용살이만 하겠소. 나도 삼 년 안에 내 가게를 가질 수 있을 것이오. 내 계획에 추호의 차질도 없을 것이니 믿고 기다려주오.'

믿다마다. 남편의 당부가 아니더라도 나는 남편이 한번 한다고 한 것을 얼마나 독한 의지력으로 밀고 나가나를 알고 있었다. 그의 의지는 차고도 단단하다. 같이 살 때도 나는 그의 정열이 동반하지 않은 의지력에 가끔가끔 진저리를 치곤 했다.

동석이를 낳고 남편은 동석이 하나를 잘 키우기 위해 아이를 더 낳지 말라고 했다. 나는 속으로 약간 아쉬웠지만 동의를 했다. 어차피 피임에는 실패율이란 게 따르니까 하나 둘쯤 더 낳을 수 있겠지 하는 꿍꿍이속이 있었기 때문이다.

그러나 우리는, 아니 그는 한 번도 실수를 안 했다. 그렇다고 그나 내가 불임수술을 한 것도 아니고 약물이나 기구를 쓴 것도 아니다. 그는 피임은 자기에게 맡기고 나는 거기에 조금도 신경을 쓰지 말라고 했다. 그는 동석이를 낳고 나서 한 번도 내 몸 안에 사정을 하지 않았다. 그것은 놀라운 의지력이었다. 나는 남편을 잘 만난 덕택으로 그 흔한 중절수술 한 번 못 해본 것이다.

나는 그가 삼 년 만에 자기의 가게를 갖고 가족을 데려갈 수 있으리란 걸 추호도 의심하지 않는다.

'이곳 생활은 한마디로 고달프오. 솔직히 말해 당신을 그리워할 새도 없소. 당신도 여기 오면 처음엔 상당히 고통스러울 거요. 그러나 동석이를 위해서라도 우리는 어떡허든 이 고장에 자리를 잡아야 할 줄 믿소.'

동석이를 위해 동석이를 위해…… 그는 피임을 할 때도 그러더니, 미국에 자리를 잡아야 하는 것도 동석이를 위해서란다. 철수네 부모도 미국으로 이민 가면서 철수를 위해서라더니, 혁이네 부모도 캐나다로 이민 가면서 혁이를 위해 낯선 땅에 자리를 잡아야 한단다.

알 수 없는 아이 동석이를 위해, 자기는 서른 살 때 시작한 불효— 어머니와 말이 하기 싫은 불효를 이미 열다섯 살에 시작하고 있는 동석이를 위해 남편은 낯선 땅에서 고생을 하잔다.

도대체 미국이란 데선 사람들이 어떻게 살기에 남편이나 딴 사람들이 그런 생각을 하게 됐을까.

내가 미국이란 고장에 대해 알고 있는 확실한 몇 가지 지식으론 미국 사람은 주로 미제만 먹고, 미제만 입고, 그리고 개인주의가 극도로 발달해 에미 애비, 특히 늙은이를 개떡같이 안다는데 왜 우린 늙어가면서 그 고장에 가서 동석이를 위해 고생을 해야 한단 말인가.

자기가 자기 어머니에 대한 마음 씀씀이만 갖고 짐작하더라도 부모의 자식에 대한 희생처럼 억울할 건 없다는 걸 알 터인데 왜 동석이를 위해 희생을 각오하자는 걸까.

예전에 만주로 흘러가던 이민들이 베보자기에 바가지쪽을 못 버리고 악착같이 달고 다니듯이 미국까지 가서도 자기의 삶의 의미를 오로지 자식을 위한 걸로 국한시키는 낡은 의식을 못 버리고 있다.

'여기는 멋진 나라요. 사람 살 만한 나라요. 여기서 우리의 삶을 다시 시작해보지 않겠소. 사랑하오.'

이럴 수도 있으련만 한 번도 남편은 이래준 적이 없다.

남편의 재미없는 편지를 다 읽고 나도 시간은 열두시도 안 됐다. 시어머니를 노인학교로 모시러 가려면 아직 다섯 시간이 남아 있다. 나는 그 귀중한 다섯 시간을 심심하게 보내서는 안 될 것 같다.

솔직히 말해서 나는 그 동안에 재미를 보고 싶다. 부정을 저지르고 싶은 것이다. 꿀 같은 부정을, 불같은 부정을.

조금 있으면 그 부정이 내 문을 노크할 것이다. 나는 물론 문을 안 열어줄 수도 있다. 안 열어줄 수도 있기를 바랐기 때문에 남편의 편지를 꺼내보았는지도 모른다. 그러나 남편의 편지는 내 부정에의 충동에 제동의 역할을 할 힘이 없었다.

나는 가슴을 조이며 일 주일 전에 만났던 청년을 기다린다. 일 주일 전 시어머니를 노인학교에 모셔다드리고 오는 길에 나는 아파트 단지에 새로 생긴 화랑에 들렀다. 이 화랑에선 여직껏 신통한 전시회가 열린 일이 없지만 나는 그냥 들러본다. 나는 미술 애호가도 아니요, 안목도 없으니까 노인학교에서 우리 아파트로 오는 길목에 화랑이 있다는 게 거기 자주 들르는 가장 큰 이유일 게다. 또 노인네를 맡기고 난 후의 홀가분한 기분이 은연중 약간 현대적이고도 문화적인 자극을 원했기 때문인지도 모르겠다.

요전 수요일은 미전이 아니라 건축전이 열리고 있었다. 이름 있는 건축가의 것이 이런 데서 열릴 리는 없고 K대학 건축과 학생들의 작품으로 대부분이 소형 주택이었다. 불쌍하도록 관람객이 없었다.

어쩌자고 여기서 이런 전시회를 열었을까. 이 아파트 단지의 주민들은 거의 개인주택을 원하지 않는다. 개인주택에 살던 시절을 지긋지긋해하지 않는 사람은 하나도 없다. 좀더 나은 생활에 대한 꿈은 더 큰 아파트 아니면 더 호화로운 아파트지 개인주택하곤 상관이 없다. 아파트라는 첨단의 주택의 주민들은 이 첨단의 주택에 지극히 만족하고 이 첨단의 주택을 사랑한다.

이런 고장이니 단독주택의 설계도가 관심을 끌 리 만무했다. 혹시 아파트 단지의 주민일수록 개인주택에 대한 향수가 있으리라고 짚었다면 잘못 짚어도 크게 잘못 짚은 거였다. 아마 이 학생들은 몹시 전시회가 하고 싶은 나머지 대관료가 싸다는 데만 정신이 팔렸음에 틀림이 없다.

나도 입구에서 돌쳐나오려다 말고 회장을 지키고 있는 학생들이 안된 생각이 들어서 한 바퀴 휘둘러봤다.

K교수의 집, 호반의 집, 그린룸이 있는 집, 비탈에 지은 집, 벼락부자의 집…… 등 다채로운 제목대로 개성 있는 예쁜 집의 투시도와 설계도가 있고, 그 집이 지닌 특색을 설명한 간단한 설명서가 붙어 있었다.

K교수의 집을 보고 있으면 K교수의 집을 설계한 학생이 옆에 붙어서 친절히 설명까지 해주려 들었다.

"이 집의 특색은 서재가 본채에서 뚝 떨어져 완전히 독립돼 있다는 점이죠. 학자에게 있어서 서재란 자기의 우주인 동시에……"

나는 가벼운 미소로써 답례를 하고 다음 집으로 옮아간다. 원룸 시스템의 독신자의 집이 있는가 하면 궁전 같은 벼락부자의 집이 있다. 맨 나중 제일 구석진 곳에 포말(泡沫)의 집이라는 게 있다. 포말이면 물거품이 아닌가. 설마 물거품처럼 불면 꺼질 집은 아니겠지.

투시도를 보니 아닌게 아니라 둥근 방들이 방울방울 물거품처럼 모여 있는 묘한 집이다.

특징을 설명한 글도 간단했다. '미래의 주택을 종래의 주택의 직선으로부터 해방시키자!' 설명서라기보다는 무슨 격문 같았다.

어떤 괴짜가 설계한 건가 싶어 학생들 쪽을 휘둘러봤더니 한 청년이 뒤통수를 긁으며 다가왔다.

장발에다 옷이 남루하고 얼굴이 썩 잘생긴 청년이었다. 그는 그냥 내 옆에 섰다뿐 구차한 설명 따윈 하려 들지 않았다. 청년은 나를 경멸하고 있음이 분명했다. 설명을 해봤댔자 네까짓 여편네가 뭘 알아들을까 하는 불손한 낯짝을 하고 있었다.

나는 이 청년이 저 변두리 산동네 형편없는 판잣집에 살면서 단순하고도 견고한 도심의 현대식 건축에 신경질적인 적의를 품고 살아왔을지도 모른다고 생각했다. 그런 생각이 들자 그 청년이 나를 경멸하는 것만큼이나 나도 그 청년을 경멸할 수 있을 것 같은 마음의 여유가 생겼다.

"재미있는 집이군요. 이런 집은 방바닥도 평면이 아니라 곡면이겠네요?"

"그럴 테죠."

청년은 무책임한 대답을 했다.

"불편하지 않을까요?"

"습관 들이기 나름이겠죠."

"혹시 학생은 무주택 서민이 아닌가 몰라?"

청년이 눈에 띄게 당황하고 있었다.

"우리집에 놀러 오지 않을래요?"

"뭣 하러요?"

"그냥 차 같이 마시게. 굳이 설명을 붙이자면 직선으로 된 집이, 적어도 바닥만은 평면으로 된 집이 살기 편하다는 걸 가르쳐주고파서요."

나는 수첩을 찢어서 '칸나맨션 108동 406호'를 적어주면서 기다리고 있을 테니 점심때쯤 오라고 덧붙였다. 청년은 그날 틀림없이 왔다. 볼수록 잘생긴 청년이었다. 숱이 풍부한 지저분한 장발과 남루한 복장이 그의 수려한 이목구비를 한층 돋보이게 하고 있었다.

"좋은 집이군요."

청년은 내 직선으로 된 집을 칭찬해줬다. 그리고 이런 얘기 저런 얘기를 했다. 그가 가난하다는 얘기, 학비 벌기에 짓눌린 나머지 그의 유일한 소망은 어디서 돈 많은 과부를 만나 과부에게 실컷 재미나 보여주고 학비나 얻어썼으면 하는 거란 얘기까지 했다.

청년은 내가 돈 많은 과부이기를 바라고 있었다. 나는 어느 틈에 돈 많은 과부 행세를 하고 있었다.

나는 세련된 폼으로 청년에게 조니워커를 권했다. 남편이 있을 때 어디서 두어 병 들어온 건데 마실 사람이 없어 그대로 있었다.

청년의 얼굴이 꿈같은 행운과 양주에 취해서 보기 좋게 상기했다. 나는 청년에게 키스했다. 조니워커를 몇 잔 마신 남자의 입은 얼마나 뜨겁고 향기로운 것일까.

이때 동석이가 돌아왔다. 우리는 둘 다 당황했지만 곧 평정을 회복했다. 돈 많은 과부라고만 했지 자식 없는 과부란 소리는 안 했으니까.

다음 수요일 다시 오기로 하고 청년은 돌아갔다. 그리고 오늘이 그 다음 수요일인 것이다.

나는 다탁 위에 흩어진 남편의 편지를 한데 묶어 꼭꼭 숨겼다. 그리고 가슴이 넓게 파인 홈웨어로 갈아입었다. 몸의 요소요소에 향수를 뿌리고 입술도 실제보다 약간 크게 진하게 그렸다.

모든 준비가 완료된 후 청년은 나타났다. 나는 말없이 조니워커를 권했다. 청년은 눈에 띄게 서둘고 있었다. 오늘은 우리 애가 늦게 돌아오는 날이니 천천히 놀다 가라고 알아듣게 일러줘도 청년은 서둘렀다.

그의 입술은 전처럼 향기롭지 않았다. 딱하게도 단내를 풍기고 있었다. 나는 그가 하는 대로 내버려두기로 했다. 내 옷을 벗기든지 찢어내든지 그의 마음대로였다. 실은 나도 약간 떨고 있었다.

내가 향수를 뿌린 데를 우선적으로 그의 단내 나는 입술은 핥았다. 그러나 그는 서두르고 서두르면서도 마지막 행동은 못 하는 것이었다. 나는 내가 할 수 있는 데까지 온갖 기교를 다해 그를 도왔으나 우린 끝내 합쳐지지 못했다.

"불능인 주제에 돈 많은 과부를 낚을 꿈을 꿨단 말이죠?"

나는 그를 비웃었다.

"불능이라뇨? 당치도 않아요. 몇 번 경험이 있어요. 싸구려 창녀였지만요. 그리고도 매일 마스터베이션을 해야 할 만큼 왕성한 편이죠. 마스터베이션을 할 때마다 환상의 상대는 아름다운 처녀가 아니라 바로 돈 많은 과부였는데 정작 돈 많은 과부를 안고도 그게 안 되다니."

"호호! 그림의 떡도 팔잔가봐."

나는 허리를 비틀고 그의 어처구니없는 불능을 조소했다.

청년은 갔다. 아마 다시는 오지 않을 것이다. 그가 배척한 확실하고 힘찬 직선으로 된 아파트군 사이로 곧게 난 보도를 휘청거리며 걷는 그의 뒷모습이야말로 흡사 불면 꺼질 포말처럼 허약해 보였다.

불쌍한 예언자―, 나는 창을 통해 멀어져가는 그의 뒷모습을 바라보면서 문득 그가 그린 미래의 집의 포말의 모습은 건물의 모습이 아니라 미래의 가족의 모습일지도 모른다고 생각했다. 그렇다면 그는 얼마나 끔찍한 걸 예언한 것일까. 나는 진저리를 쳤다.

노인학교에서 시어머니를 모셔오고, 동석이가 돌아오고 세 식구가 말없이 저녁을 먹고, 그리고 각각 방을 하나씩 차지하고 문을 안에서 잠갔다.

 어째 또 잠이 올 것 같지가 않았다. 나는 경대 서랍에서 알약을 꺼내 삼켰다. 그것으로 오늘 밤의 안면이 보장된 것이다. 나는 아마 내일 아침 다섯시까지 잘 잘 수 있으리라. 이 알약은 실은 시어머니 몫의 알약이었다. 시어머니가 남의 물건을 감추는 증세와 거의 같은 시기에 생긴 또하나의 증세는 오밤중에 일어나 이 방 저 방의 문을 두드리며 다니는 거였다.

 애간장을 끊는 것 같은 슬프고 애달픈 소리로, "애야, 문 좀 열어다우" "애야, 나 문 좀 열어다우".

 처음엔 밤에 급한 병환이라도 난 줄 알고 급히 문을 열었더니 머리를 풀어헤친 채 알몸으로 떨고 서서 "너희들은 갑갑해서 어떻게 문을 걸어잠그고 자냐?" 하는 거였다.

 그후부터는 아무리 그 소리가 소름이 끼쳐도 아예 못 들은 척했다. 그러나 "애야, 문 좀 열어다우"에 한번 단잠이 깨어나면 그 소리가 제풀에 사그라진 후에도 좀체 잠을 이룰 수가 없었다. 슬픈 원혼이 흐느적거리며 문틈으로, 열쇠구멍으로 들어와 방을 하나 가득 채운 것 같은 무서움증을 느꼈다. 생각다 못해 약국을 하는 친구한테 상의를 했더니, 그 약을 지어주었다.

 "매일 밤 이것 한 알씩만 드리면 아침까지 잘 주무실 수 있을 거야."

 "몸에 해로운 건 아니니?"

 "이로울 거야 없지. 습관성이 있으니까. 그렇지만 젊은 사람이 우선 살고 봐야지 어쩌겠니? 습관성이 있다곤 하지만 사셔야 몇 해나 더 사시겠다고, 그 동안 쭉 복용하시면 될 거 아니니?"

"혹시 수명엔 상관없을까. 조금씩 조금씩 쇠약해져서 결국 제명에 못 간다든가, 뭐 이런 거 있잖아?"

"아무려면 약사가 그런 약을 지어줄까. 큰일나려고."

나는 어쩌면 그게 수명을 단축시킬 수 있는 약이길 바라고 있었는지도 모른다. 그러나 나는 그 알약을 한 번도 시어머니에게 드리지 않았다. 내 바람이 무서워서 드릴 수가 없었다. 대신 내가 먹는다. 이제 그 약을 먹지 않고는 잠을 이루지 못한다.

내가 잠든 후 시어머니는 아마 방마다 굳게 잠긴 문을 두드리며 "애야, 문 좀 열어다우. 애야, 나 문 좀 열어다우" 슬피 울부짖겠지.

동석이는 잠귀가 어두워서, 나는 알약을 먹어서 우린 아무도 그 소리를 듣지 못할 것이다.

깜깜한 밤을 시어머니는 혼자서 귀신처럼 울부짖다가 날이 새면 귀신처럼 잠잠해지겠지.

나는 멀어져가는 의식 속에서 내가 사랑하는 아파트군이 그 견고하고 확실한 선을 뒤틀면서 해체되고 드디어는 방울방울 불면 꺼질 듯한 포말의 모습으로 겨우 그 잔재를 남기는 걸 보았다.

배반(背叛)의 여름

 그때가 아마 내 나이 일곱 살 때였을 게다. 연년생의 누이동생이 다섯 살 나던 해 여름 마을 앞을 흐르는 강이랄 것도 없는 개천에 빠져 죽은 다음해 여름이었으니까.
 지금은 신흥주택가가 되었지만 그때만 해도 돼지우리와 돼지우리 비슷하게 생긴 인가가 지독한 똥냄새를 풍기는 채소밭 사이에 띄엄띄엄 흩어져 있는 시골이면서, 인심과 주소만은 서울인 변두리에 우리는 살고 있었다.
 마을 앞엔 개천이 있었는데 채소밭에서 나는 것과 같은 진한 똥냄새를 풍기며 어디서 어디로 흐르는지 모르게 질펀히 고여서 무수한 장구벌레를 키우고 있었다. 그러나 비가 오면 흐름이 빨라지면서 어른 한 길도 넘게 물이 불어나는 수도 있었다.
 누이동생은 장마가 개고 불볕이 나는 칠월의 어느 날 거기에 빠져 죽었다.

내 뒤만 졸졸 따라다니는 게 성가셔서 감쪽같이 따돌리고 나서 불과 한 시간도 안 돼서 그 일은 일어났던 것이다.

칠월의 불볕 밑에 마을의 온갖 쓰레기가 버려져 왕벌만한 쉬파리가 붕붕대는 개천가 둔덕 위에 죽은 누이는 내다버린 커다란 스펀지 인형처럼 누워 있었고, 사람의 목소리 같지도 않은 기성을 지르며 울부짖는 엄마의 얼굴에선 땀과 눈물과 머리카락이 뒤범벅이 되어 흘러내리고 있었고, 삥 둘러선 마을 사람들은 복날 힘을 모아 개를 두들겨잡을 때처럼 무시무시하게 무표정했다.

나는 어디로든지 무작정 달아나야지 싶으면서도 한 발짝도 못 움직이고 그 자리에 못 박힌 채 내가 저 스펀지 인형처럼 생명 없는 것의 오빠란 사실이 무서워서 울음을 터뜨렸다.

이 일이 있은 후 아버지는 엄마가 깜짝 놀랄 만큼의 돈을 들여 나를 어린이 수영강습회나 하계 캠프 같은 데 참가시켜주며 수영을 배우기를 바랐지만 나는 막무가내 뺑소니를 쳤다. 물 밑에는 어느 물 밑에고 내 누이동생의 원혼이 있어 나를 잡아당겨 놓아주지 않을 것 같았다. 아버지도 내가 수영을 배우게 하는 것을 단념한 것 같았다.

다음해 여름 아버지는 해질녘이면 내 손목을 잡고 언덕 너머에 새로 생긴 사립 국민학교로 산보를 가는 일이 잦았다. 언덕 너머는 우리 동네보다 한 발 앞서 아름다운 주택가가 형성되고 사립 국민학교까지 들어서고 그 사립 국민학교 수위하고 아버지는 친구였다.

학교 교정에는 별별 놀이틀이 다 있어 나는 세상 만난 듯이 놀이틀에서 장난을 치고 아버지는 수위실에서 잡담을 했다.

그 학교엔 놀이틀 말고도 풀이 있었다. 여름방학에도 풀장만은 개방을 하는 모양으로 늘 물이 충충하게 고여 있었다. 해질 무렵의 풀 속은 깊이를 헤아릴 수 없을 만큼 짙푸른 색을 하고 있었고, 귀신의 감은 머리가 휘감겨오는 것처럼 음습하고도 냉랭한 바람이 불었다.

나는 될 수 있는 대로 풀가에는 가지를 않았다. 그 헤아릴 수 없이 충충한 깊이에서 나를 끌어잡아당기는 힘이 작용하고 있는 것 같은 두려움 때문이었다.

유난히 무더운 어느 날이었다. 거의 어둑어둑해질 때까지 수위실에서 잡담을 하던 아버지가 미끄럼틀까지 나를 데리러 왔다. 심한 장난을 한 뒤라 온몸이 땀으로 끈적끈적했다.

아버지는 등에 찰싹 달라붙은 내 티셔츠를 들추고 통풍을 시켜주며, 짜아식 집에 가서 목욕하고 자야겠다고 했다. 그러고는 내 손목을 잡고 풀장이 있는 데로 갔다. 아버지와 같이라면 풀도 조금쯤은 덜 무서웠다. 아버지는 건장한 몸집과 솥뚜껑 같은 손을 갖고 있었다.

아버지가 풀가로 걷고 나는 안측으로 걸으면서도 겁이 나서 아버지에게 꼭 매달렸다.

별안간 내 몸이 공중으로 붕 떴다. 나는 비명을 지르면서 아버지에게 엉겨붙었다. 그러나 아버지는 나를 가볍게 털어냈다. 나는 물 속으로 조약돌처럼 풍덩 빠지며 낄낄낄 하는 아버지의 웃음소리를 들었다.

얼마 동안을 물 속에서 죽을 기를 쓰고 허우적댔는지 모른다. 가까스로 풀장가의 손잡이를 붙잡고 보니, 어처구니없게도 목 위가 물 밖에 나왔는데도 발이 땅에 닿는 게 아닌가.

그때까지도 아버지는 허리를 비틀고 낄낄대고 있었다. 마치 웃음이 사레가 들린 것처럼 격렬하고 괴롭게 아버지는 낄낄댔다.

순간 나는 아버지가 나를 물에 빠뜨려 죽이려 했구나 하고 생각했다. 아버지는 나보다 죽은 누이동생을 더 사랑했고, 그래서 내가 살아남은 게 미워서 나도 누이동생처럼 물에 빠져 죽기를 바랄 수도 있다고 나는 내 추측에다 제법 논리적인 체계를 세웠다.

그것은 지독한 배신감이었다. 아버지뿐 아니라 풀도 나를 배신했다. 늘 헤아릴 길 없이 충충한 깊이로 나를 겁주던 풀이 내 한 길도 안 되는 깊이일 줄이야.

배신당한 충격과 분노가 도리어 나에게 수영을 배울 용기가 되었다. 그해 여름 처음 나는 자진해서 동네 교회당에서 가는 하게 캠프에 참가해서 수영을 익혔다. 처음에는 아버지에 대한 복수심으로 이를 부득부득 갈며 물에 대한 공포감에 도전하다가 어느 틈에 물개처럼 자연스럽게 물과 친해졌다. 아버지에 대한 오해와 앙심도 저절로 풀렸다.

국민학교 이학년 때 우리집은 갑자기 부자가 되었다. 우리 동네도 언덕 너머 동네처럼 새로운 주택지로 개발이 된다고 땅값이 오른 것이다. 아버지는 옳다구나 남보다 첫밭에 돼지우리보다 조금 더 큰 집과 채마밭을 팔더니 서울 시내의 벽에 타일이 붙은 집을 사서 이사를 했다. 변소와 부엌에까지 타일이 붙은 집은 너무 으리으리해서 꼭 꿈만 같았다.

그리고 아버지는 취직을 했다. 아아 아버지는 얼마나 훌륭하고 늠름해진 것일까. 내가 아는 어떤 애의 아버지도 나의 아버지처럼 훌륭하지 않았다. 자기 아버지가 사장이라고 대령이라고 교수라고 으스대는 애 아버지도 봐봤지만 나의 아버지에 대면 아무것도 아니었다. 나의 아버지에겐 어떤 딴 아버지하고도 안 닮은 훌륭함이 있었다.

나는 나의 아버지 아닌 딴 아버지를 볼 때 하나같이 한마디로 쪼오다라고 생각했다. 어쩌면 그렇게 세상의 아버지란 아버지는 허약하고 비굴하고 비실비실해 뵈는 쪼오다일까.

나의 아버지만 아니었다면 나는 아예 어른이 되고, 아버지가 되는 일을 면할 수 있는 방법에 공부 대신 몰두했을 것이다. 나에겐 나의 아버지가 있었다. 나는 나의 아버지의 훌륭함을 사랑했고 자랑스러워했고 거기 황홀했다.

채마밭을 가꾸며 과수원으로 품팔이를 다니던 아버지는 단단하고 장대한 체구를 가지고 있었다. 든든한 목과 정직한 눈과 완강한 턱과 넓은 가슴과 대들보 같은 허리와 길고 날렵하고 건강한 다리는 아무하고도 안 닮은 아버지만의 것이었다. 제아무리 보디빌딩으로 단련된 훌륭한 육체도 아버지의 것과 견주면 생귤과 플라스틱 귤을 견주는 것만큼이나 뚜렷한 차이가 났다.

게다가 아버지는 아무하고도 안 닮은 아버지만의 복장을 하고 있었다. 그것은 아버지가 취직하고 나서 하루도 안 빼고 입는 옷으로 아버지의 늠름함을 더욱 돋보이게 하기 위해 재단된, 아버지같이 잘난 사람에게만 허락된 특별한 옷이었다.

그 옷은 여름이나 겨울이나 까마귀처럼 윤택하게 새까맣고 찬란한 금빛 단추가 필요 이상으로 여러 개 달렸고 소맷부리와 모자에 굵은 금줄을 두른 비상식적이리만큼 화려한 옷이었다. 그런 옷에 의해 압도되지 않고 돋보일 수 있는 사람은 세상에 아버지밖에 없을 것 같았다.

세상에 검은빛과 황금빛의 대비처럼 화려하면서도 장엄한 대비가 또 있을까. 그 옷엔 넥타이 따위는 필요 없었다. 넥타이란 넥타이 빼면 남성으로서 헛것인 쪼오다들이나 맬 것이구나 하는 생각이 그 옷만 보면 저절로 났다.

그 옷을 입은 아버지는 나에게 힘과 권위의 상징처럼 보였다. 그때 내 밑에는 사내동생이 둘이 있어서 우리는 아들만 삼형제였다. 아침에 아버지가 그 옷을 입고 막내동생의 몸통만한 새까만 구두를 신고 출근을 할 때면 우리 삼형제는 일렬로 정렬을 했다. 그리고 내가 늠름하고 훌륭한 우리 아버지에 대한 벅찬 경의와 감동으로써 '차렷' '경렛'을 호령하면 동생들은 엄숙하고도 진지한 내 동작을 그대로 흉내내 두 발을 모으고, 꼿꼿이 서서 오른손을 눈썹 위로 올려붙였다.

그러면 아버지는 고개를 끄덕이고, 보일 듯 말 듯한 미소를 짓고 걸음나비가 넓은 특이한 걸음걸이로 뚜벅뚜벅 걸어나갔다. 그 보일 듯 말 듯한 미소, 고집스러운 턱의 선이 약간 부드러워지는 정도의 미소에 나는 얼마나 매혹됐던가.

나의 아버지는 자식들이나 아내의 낯간지러운 "빠이빠이" "일찍 들어오셔야 돼요" 따위 소리를 들으며 출근하는 쪼오다 아버지가 아니었다. 나의 아버지는 백만 대군을 사열하는 장군처럼 장엄하게 출근해야 했다.

동생들은 어른들이 커서 뭐 될래 하고 물으면 하나같이 아버지가 될래라고 대답했다. 대통령이나 장군이나 사장이나 그런 게 되겠다는 대답을 기다렸던 어른은 실망을 했고, 그 실망을 이상한 잡소리로 위로하려 들었다. "오메, 요 대가리에 피도 안 마른 쪼오그만 녀석 하는 소리 좀 봐. 뭔 노릇 해서 밥벌이할 것인가가 급하잖구 아새끼 만드는 게 더 급한 줄 아나베."

동생들이 되겠다는 아버지가, 결코 남자가 여자 만나서 애 낳게 하면 되는 생리적인 아버지가 아니라 나의 아버지같이 뛰어나게 훌륭한 인격이라는 걸 어른들은 이해하지 못했다.

그때도 여름이었다. 방학한 지 며칠 안 되는 어느 날 아버지는 느닷없이 나를 데리고 출근하겠다고 선언했다. 나는 너무 좋아서 펄쩍펄쩍 뛰었다. 그 금빛 찬란한 옷을 입고 수행하는, 이 세상에서 가장 남자다운 훌륭한 일의 현장에 있을 수 있다는 흥분으로 몸도 마음도 마구 뛰었다.

뜻밖에도 엄마가 그건 안 된다고 내 몸을 꽉 붙들었다. 아버지는 왜 안 돼, 왜 안 된다는 거야 하면서 나를 빼앗았다. 워낙 힘의 대결에 있어서 엄마는 아버지의 적수가 못 되었는데다 아버지에게로 가겠다는 내 힘까지 작용하고 보니 엄마는 검부락지처럼 무력하게 나를 아버지에게 빼앗겼다.

엄마는 나를 빼앗기고 나서도 몇 번 더 안 된다고 부르짖는 것 같았다. 그러나 그때 이미 나는 아버지에게 손목을 잡힌 채 껑충껑충 신바람이 나서 뛰고 있었다.

아버지와 나는 버스를 탔다. 버스가 달릴수록 우리 동네보다 길도 넓어지고 집도 커지고 차와 사람이 많아지는 것 같았다. 나는 우리 동네가 서울 시내인 줄 알았는데 아버지는 넋을 잃고 창밖을 내다보는 나한테 "정신이 없지? 여기가 시내란다" 하고 말을 걸었다. 내가 대답을 안 하자 "짜아식 촌놈이라 별수 없구나. 질려서 얼이 쑥 빠져버렸잖아" 하기도 했다.

무지무지하게 높은 집만 있는 동네에서 버스를 내렸다. 사람이 너무 많아 여기서 아버지를 잃으면 생전 못 찾을 것 같아서 나는 아버지의 손을 더욱 꼭 붙들었다. 문득 아버지를 따라나온 게 후회스러워졌다. 몇 년 전 나를 뿌리쳐 풀 속에 팽개쳤듯이 이 엄청난 인파 속에 아버지가 나를 팽개칠지 모른다는 생각이 들기 시작했다.

물 속에선 헤엄이라는 거라도 칠 수 있지만 인파에 빠진 촌놈은 도대체 무엇을 할 수 있단 말인가. 그러나 아버지는 나를 뿌리치지 않았을뿐더러 더욱 꼭 붙들어주었다.

  칠층인가 팔층인가 되는 회색 빛깔의 집 앞에서 아버지는 멎었다.

  "여기가 아빠 직장이란다."

  큰 집이었지만 그 근처엔 십층도 넘는 집이 수두룩해서 나는 가볍게 실망했다.

  아버지와 내가 문 앞에 서자 문이 저절로 열렸다. 나는 아버지를 위해 문을 열어준 시중꾼을 찾아내려고 두리번거렸으나 아무도 찾지를 못했다.

  저절로 열리는 문을 들어서자마자 제일 먼저 있는 방으로 아버지가 들어섰다. 그 방은 드나드는 사람을 빤히 살펴볼 수 있는 유리창이 달려 있고 딱딱한 비닐의자가 서너 개, 회색빛 호마이카 테이블과 전화가 있을 뿐인 좁고 살벌한 방이었다.

  게 좀 앉았거라, 하면서 아버지는 모자를 벗고 이마의 땀을 닦았다. 나는 처음으로 이 여름에 아버지는 저 검은 양복으로 얼마나 더울까 하는 생각을 했다.

  자동문 밖에 새까만 차가 멎더니 대머리가 까진 키가 작고 넥타이를 맨 쪼오다 티가 더럭더럭 나는 남자가 나타났다. 아버지는 질겁을 해서 뛰어나갔다. 그러더니 꼿꼿이 서서 우리 삼형제가 매일 아침 아버지한테 하는 것 같은 '경렛'을 그 쪼오다한테 엄숙하게 올려붙이는 것이었다.

나는 너무 놀라서 그 쪼오다가 아버지를 거들떠봤는지 안 봤는지 그것을 살필 겨를도 없었다. 승용차는 연달아 자동문 밖에 와서 멎고, 아버지와는 너무도 딴판인, 억수같이 퍼붓는 소나기 속을 물 한 방울 안 맞고 십 리도 가게 생긴 새앙쥐 같은 사내들이 그 속에서 내렸고 그때마다 아버지는 경의를 과장한 '경렛'을 올려붙였다.

넥타이 맨 새앙쥐 같은 사내들은 하나같이 아버지의 존재를 무시하고 점잖게 걸어들어갔지만 실은 아버지의 존재를 강렬하게 의식하고 있다는 걸 나는 알 수가 있었다.

아버지의 당당한 거구와 비상식적인 화려한 옷은 실은 아버지의 것이 아니었던 것이다. 넥타이 맨 새앙쥐들의 우월감과 권위의식을 충족시키기 위한 어릿광대의 의상이었던 것이다.

나는 그제서야 아버지의 방 유리창에 '수위실'이라고 써 있는 걸 읽을 수가 있었다. 그나저나 아버지는 왜 나에게 자기의 어릿광대질을 보여주려고 했을까. 높은 분의 아침마중을 끝낸 아버지가 수위실로 들어왔다. 그리고 별안간 낄낄댔다. 웃음이 사레가 들려 더 지독한 웃음이 되어, 아버지의 웃음은 좀체 멎지를 못했다. 그것은 질자배기 깨지는 소리였으며, 동시에 나의 우상이 깨지는 소리였다.

나는 수위실을 뛰어나왔다. 내 앞을 가로막는 문이 다시 스르르 열렸다. 나는 어느 틈에 건물 밖으로 밀려나 있었다. 아버지는 나를 붙들지 않았다. 아니 또 한번 팽개쳤던 것이다. 나는 도시의 인파 속에서 몇 년 전 풀 속에서 허위적대듯 허위적댔다. 그리고 풀 속에서 듣던 것과 똑같은 아버지의 웃음소리를 들었고, 풀 속에서처럼 고독했고 풀 속에서처럼 이를 갈며 아버지에게 앙심을 먹었다.

내가 고등학생이 되자 아버지도 많이 늙었다. 나는 그 나이가 되도록 그런 어릿광대스러운 양복을 입고 수위 노릇을 해야 하는 아버지에게 연민을 느낄지언정 앙심이 남아 있을 리 없었다.

나는 아버지를 우상처럼 섬기는 대신 사랑했고, 대신 새로운 우상을 섬기고 있었다. 새로운 우상은 전구라 선생이었다. 내 방에는 전구라 선생의 다섯 권 전질의 전구라 사상전집이 있었고, 일곱 권 전질의 전구라 수필집이 있었고, 여섯 권 전질의 전구라 문학전집이 있었고, 열 번도 넘어 읽어 종이가 풀솜처럼 부드러워진 『청소년이여, 야망을 가져라』는 전구라 선생의 청소년을 위한 문집이 있었고 액자 속엔 전구라 선생의 사진이 있었다.

전구라 선생이야말로 내 흠모와 동경을 아무리 바쳐도 아깝지 않은 인격이었다. 그는 뛰어난 사상가요 문필가였을 뿐 아니라, 명교수였고, 정치에도 깊은 관심이 있어 높은 관직을 여러 번 거쳤고, 현재도 모 고위층의 막후인물로 널리 알려져 있었다. 간혹 그런 걸 갖고 그분의 인격의 옥의 티로 삼으려는 사람도 있었지만, 나는 오히려 그런 것으로 더 그분을 존경했다. 이론과 행동을 한 몸에 갖춘다는 것, 그건 아무나 할 수 있는 일이 아니기 때문이다. 그분은 이론과 행동뿐 아니라 한 몸에 지(知), 정(情), 의(意)가 원만히 조화된 전인이었다.

그는 『청소년이여, 야망을 가져라』의 서두에서 그의 생애를 지배해온 세 가지의 정열에 대해 말하고 있다. 그것은 사랑에 대한 동경과, 지식의 탐구와, 고통받고 박해받는 약하고 가난한 이웃들에 대한 참을 수 없을 연민이라는 거였다. 그 대목은 늘 내 정결한 피를 끓게 했다. 그것이야말로 사람이 죽는 날까지 정열을 바칠 가치가 있는 거였다.

나의 이런 감동을 마음에 맞는 친구에게 나누려고 했을 때 그 친구는 시들하니 말했다. "야, 야, 웃기지 마라. 그 소리는 전구라가 하기 전에 이미 러셀이 써먹은 소리야."

나는 그 순간부터 그 친구를 경멸했다. 그 소리를 먼저 했느냐 나중 했느냐가 무슨 그리 큰 문젠가. 누가 정말 온몸으로 그렇게 살았나가 문제지. 나는 그의 그 소리가 결코 러셀의 메아리가 아닌 그의 육성임을 믿어 의심치 않았던 것이다.

나는 그의 생애를 지배해왔다는 세 가지 정열 중 특히 버림받고 약한 이웃에 대한 연민에 깊이 공감하고 있었다. 노년으로 접어든 근래의 그를 지배하는 것 역시 그 세번째 정열이라는 걸 나는 알고 있었다.

빼놓지 않고 읽은 그의 글 도처에 이 희생자들에 대한 연민과 이들에게 희생을 강요하는 악에 대한 분노의 괴로움이 진땀처럼 끈끈하게 배어 있었기 때문이다.

나는 그의 저서와 그의 사진이 있는 옹색한 내 방에서 그의 인격을 흠모하며 원대한 꿈을 키웠고, 그의 사상과 이념을 정신의 지주로 삼아 면학에 힘썼다.

어느 무더운 여름날이었다. 나는 더위를 무릅쓰고 교과서와 씨름하고 있었다. 친구들은 산으로 바다로 바캉스를 떠났지만 나는 조금도 그들이 부럽지 않았다. 친구들이 살을 태우고 기타를 치고 고고를 추고, 여학생을 꼬드길 동안 나는 내 내면에 보화를 축적하고 있다는 자부심이 있었다.

아버지가 내 방으로 들어왔다. 좀처럼 없는 일이었다. 비좁은 방을 아버지의 거구가 가득 채우니까 숨이 막혔다. 나는 아버지가 빨리 나가주길 바랐다. 더위 때문만은 아니었다.

아버지는 마치 벽에 걸린 전구라 선생의 사진에 이끌려서 들어온 것처럼 그것만 바라보면서 나갈 척도 안 했고, 나는 아무리 내 아버지지만 전구라 선생을 그런 시선으로 바라보는 걸 참을 수 없었다.

아버지는 아마 그 사진이 내 또래의 고등학생이 흔히 좋아하는 가수나 배우의 사진인 줄 아는 모양이었다. 그럴 법도 했다. 내가 걸어놓고 있는 사진은 전구라 선생의 저서에서 떼어낸 사진으로 근영이 아니라 젊었을 적의 사진으로 상당한 미남이었으니까.

아버지는 배우 가수를 통틀어 딴따라라 불렀고, 무슨 근거로 그러는지 딴따라를 자기만 못한 유일한 직업으로 알고 경멸하는 버릇이 있었다. 젊은 애들 생각을 거의 무조건 추종하는 아버지였지만 그 낡은 생각만은 못 버리고 있었다.

틀림없었다. 아버지는 전구라 선생을 딴따라로 알고 있었다. 그렇지 않고서야 저다지도 심한 경멸과 천대의 시선으로 바라볼 까닭이 없었다.

나는 그 사진이 딴따라 사진이 아니란 걸 설명하기 전에 우선 그 사진을 모독으로부터 지키고 싶었다. 나는 그 사진과 아버지 사이를 가로막고 섰다.

"비켜 인석아, 신성한 공부방에 저따위 사진을 붙여놓고 공부가 될 성싶으냐, 인석아."

"아버지 이분은 딴따라가 아녜요."

"알아 인석아, 저 작자가 딴따라만도 못한 작자라는 걸."

딴따라만도 못한 작자라니, 나는 화끈한 분노를 느꼈고 아버지 역시 나만 못지않은 분노에 떨고 있다는 걸 알 수 있었으나 그 분노를 이해할 수는 없었다.

"아버지 말조심 하세요. 이분은……"

"알아. 그 작자 전구라 아니냐?"

"아니 아버지가 어떻게 이분을……"

"왜 아버진 그 작자 좀 알면 안 되냐? 한땐 그 작자가 아버지 발밑에 엎드려 살려달라고 싹싹 빈 적이 있었느니라."

아버지는 어느 틈에 분노를 가라앉히고 있었고, 싱글싱글 입가에 웃음마저 감돌고 있었고, 길게 얘기하고 싶은 모양으로 이불 개켜놓은 걸 의자 삼아 편한 자세를 취하고 있었다.

 나는 어떤 예감으로 가슴이 고통스럽게 죄어왔다. 그건 아버지가 또 한번 낄낄거릴 것 같은 예감이었다. 나를 풀 속으로 팽개치고 나서, 또 자동문 밖으로 팽개치고 나서 낄낄대던 그 기분 나쁜 웃음을 뱃속 가득히 품고 있는 얼굴로 아버지는 나를 쳐다보고 있었다.

 "그, 그럴 리가요. 아버진 뭔가 잘못 알고 계신 겁니다."

 나는 허위적대듯이 가까스로 말했다.

 "인석아, 서둘지 말고 남의 말을 좀 들어봐."

 아버지는 밉살머리스럽도록 유들유들했다.

 "너도 알지? 우리가 저 녹번리 지나 구파발 살 때 놀러 다니던 사립 국민학교 수위아저씨 말야. 그 사람 좋은 장씨 아저씨 생각나지? 우리가 지금 집으로 이사 오고 나서 몇 년 있다 일어난 일인데 어느 날 그 아저씨가 얼굴이 사색이 돼가지고 우리집으로 돈을 꾸러 왔지 않겠니. 그 아저씨 장가든 지 십 년이 넘도록 애가 없어서 이제 영 못 낳겠거니 하고 있던 차에 마누라가 애를 배게 되어 세상에 자기 혼자서만 애아범 되는 것처럼 열 달 내내 싱글벙글 입을 헤벌리고 산 것까지는 좋았는데 막상 달이 차고 나서도 배만 들입다 아프지 그 빌어먹을 놈의 아새끼가 나와야 말이지. 산모, 장모, 애아범이 합세를 해서 이빨이 다 근덩근덩하도록 안간힘을 써도 이놈의 아새끼는 안 나오고 산모는 그만

숨이 넘어가려고 하더란 말이야. 그제서야 부랴부랴 병원으로 데리고 갔더니 한시바삐 수술을 안 하면 산모고 아기고 다 가망 없다고 하더라지 뭐냐. 이 친구 어서 수술을 해달라고 의사한테 애걸을 하고는 나한테 수술비를 꾸러 달려왔더라. 나도 온 집 안에 있는 돈을 다 긁어모아봐도 택도 없고, 생각다 못해 구파발 땅 판 돈에서 집 사고 남은 걸 장사하는 친구한테 주어갖고 이자 몇 푼씩 받는 돈이라도 달래볼까 해서 장씨 아저씨를 앞세우고 나섰지 뭐냐. 그런데 그때만 해도 택시 요금이 어찌나 싼지 어중이떠중이 택시 아니면 요기서 조기도 못 가는 줄 알던 때라 엥간한 재주 갖곤 당최 택시를 잡을 수가 있어야지. 참 환장하겠더라. 어쩌다 빈 택시가 오면 열 명 스무 명 달려드는데 하여튼 그땐 재빨리 손잡이를 잡고 뛰는 놈이 임자였으니까. 별수 있니, 내가 차도로 나섰지. 손님이 내릴 듯이 속도를 늦추기 시작하는 택시 손잡이를 잡고 무작정 뛰었지. 거진 버스 한 정거장 거리는 되게 뛰고 나서 정말 택시가 서고 손님이 내리더라. 나는 우선 장씨 아저씨를 찾았다. 이 친구 고꾸라질 듯 고꾸라질 듯하면서도 잘 뛰어오더군. 근데 그사이에 어떤 작자가 그야말로 꼭 새앙쥐같이 내 겨드랑 밑으로 쏙 빠지더니 택시 속에 들어앉는 거야. 그러더니 운전사 갑시다, 하며 제법 점잖을 떨잖아. 나나 장씨 아저씨나 눈에서 불이 안 나게 생겼냐 말이다. 그래도 우린 애걸을 했다. 통사정을 하면서 말이다. 근데 이 새앙쥐 같은 작자가 뭐랬는 줄 아니. 우리한테는 아예 대꾸도 안 하고 운전사한테,

어서 가잖구 뭘 하고 있어. 택시는 먼저 타는 게 임자야. 글쎄 이러더란 말야. 나는 암말 안 하고 이 새앙쥐 같은 작자를 내 이 단 두 손가락으로 끄집어냈지. 젓가락으로 간장 종지에 빠진 파리 집어내기보다 더 쉽더라니까. 근데 이 작자가 별안간 계집아이 지를 것 같은 비명을 지르더니 길바닥에 나자빠지는 거야. 그러더니 어디 대령하고 있었다는 듯이 순경이 달려오고 우린 어느 틈에 폭력사범이 되어 있더란 말야. 장씨 아저씨가 자기가 쳤다고 순순히 폭력 사실을 인정해서 난 곧 풀려났지. 뭐 인석아, 내가 비겁하다구? 원 녀석도 눈치가 그렇게 없냐. 내가 우선 풀려나야 돈을 돌려다가 수술을 시켜서 산모고 아이고 살릴 거 아냐. 나는 그까짓 장씨 아저씨야 어찌 되든 간에 걸음아 날 살려라 그 자리를 비켜나 장사하는 친구네로 가서 돈을 마련해갖고 병원으로 갔지. 그래도 병원 하나는 잘 만나 수술비도 내기 전에 수술을 해서 산모와 아기가 다 목숨을 건졌더라. 게다가 아이가 아들이야. 한숨 돌리고 경찰서로 달려갔더니 맙소사 그 새앙쥐한테 삼 주일의 상해진단서가 떨어지고 장씨 아저씬 유치장이야. 그 새앙쥐가 고소를 취하하지 않는 한 재판받고 실형이 선고되기가 십중팔구라지 뭐니. 그 녀석 지지리도 복도 없는 놈이지, 장가가고 십사 년 만에 첫아들 보는 날 유치장엘 들어가다니 별수 없더구나. 그래서 솔직히 털어놓았지. 실상은 내가 그 새앙쥐에게 상해를 입힌 장본인이라구. 그러나 이미 장씨 아저씨가 범인이 되어 있는 게 엿장수 마음대로 번복될 수 있는 게 아니더라. 방법은 딱 하나 그 새앙쥐가 고소를 취하하는 방법밖에 없다는 거야. 나는 거의 매일같이 그 새앙쥐네를 드나들며 갖은 구차한 통사정을 다 하고 제발 우리 불쌍한 친구를 위해 자비를 베풀어달라고 애걸을 했다. 그 새앙쥐 해놓고 살기도 으리으리하게 해놓고 살더라만 거만하긴 또 어찌나 거만한지. 나는 그때서야 그가 만만치 않은 세도가인 걸 알았지. 그는 내 애걸을 듣는 즉시 나를 거들떠도 안 보고 경찰서 누구누구, 검찰청 누구누구에다 대고 전화를 거는 거야. 여보게, 내 차가 볼링하러 간 사이 생전 처음 택시를 이용하려다 내가 이만저만한 봉변을 당했으니 그놈은 중벌로 다스려줘야겠네, 추상같은 법의 맛을 보여줘야겠네, 이런 따위 전화 말야. 정말 미치고 환장하겠더라. 그런데 사람이 아주 죽으란 법은 없다구, 내가 그놈에게 고소를 취하시키든지, 그놈을 쳐죽이든지 둘 중 안에 하나를 해야겠다는 비상한 각오로 간 날, 실로 요절복통한 일로 사건이 거꾸로 됐지 뭐냐. 나는 어떡하든 살인죄는 안 범하려고 덮어놓고 그 새앙쥐에게 손이 발이 되도록 빌고 또 빌었지. 새앙쥐는 끄덕도 안 하더군. 그러다가 나는 별안간 그 집 재떨이를 내 주머니에다 털어넣고 가가대소를 하며 일어섰지. 그놈이 새파랗게 질리면서 내 바짓가랑이를 붙들고 늘어지더군. 재떨이에 뭐가 있었냐구? 인석아, 재떨이에 뭐가 있긴, 꽁초가 있었지. 그 새앙쥐는 그때 켄트를 피우고 있었고, 그때 한창 양담배 단속이 심할 때였거든. 신분의 고하를 막론하고 양담배를 피는 걸 들키면 오백만원의 벌금을 물린다고 엄포를 놓을 때였으니까. 세상에 그 거만하던 새앙쥐가 일 초 간격으로 그렇게 비굴해질 수 있을까. 알고 보니 거만과 비굴은 종이 한 겹 사이도 안 되더라. 그 새앙쥐 내 바짓가랑이를 붙들고 뭐라더라. 응, 빠다제로 합시다, 이러더군. 빠다제가 뭔 소린지 알아들을 수가 있어야 말이지. 나는 아암 켄트 피는 양반이니까 미제 빠다도 잡수셨겠지 어쩌구 하며 방바닥에 있는 그 작자의 켄트갑까지 얼른 내 호주머니에 집어넣었지. 그 작자 떨리는 음성으로 그게 아니구 켄트 꽁초하고 고소 취하장하고 맞바꾸자고 하더군. 나는 얼씨구 고소 취하장에 도장 받고, 그래도 부족한 것 같아 전화로 높은 사람한테 고소 취하의 뜻까지 밝히게 하고 그제서야 주머니를 뒤집어 꽁초를 훌훌 털어내고 나왔지. 꽁초도 미제 꽁초가 참 좋긴 좋더구나. 말이 꽁초지 끝만 조금씩 그슬린 장대 같은 꽁초였지만 말이다. 그후 장씨 아저씨는 제꺼덕 풀려나서 아들 생면하고 마누라 붙들고 울먹이고 그랬지 뭐. 그 새앙쥐가 누구냐구? 원, 녀석도 그걸 몰라서 물어? 바로 전구라였다, 이 말야."

그러더니 아버지는 허리를 비틀면서 낄낄대기 시작했다. 낄낄낄, 낄낄낄, 낄낄은 연방 사레가 들리면서 새로운 낄낄낄을 불러일으켜 격렬하고 고통스러운 웃음은 좀체 끝나지를 않았다.

나는 한꺼번에 여러 개의 질자배기가 깨지는 것 같은 웃음소리를 들으며 서 있는 땅이 자꾸 어디로 가라앉고 있는 것처럼 허전해진 채 허우적댔다.

아버지가 나를 풀 속으로 팽개쳤을 때 허우적대다 땅바닥을 딛기까지는 순식간이었고, 아버지가 자신의 우상을 스스로 깨뜨리고 나를 자동문 밖으로 팽개쳤을 때 허우적대다가 설 자리를 찾기까지는 꽤 오랜 시간이 걸렸었다.

그러나 지금의 이 허우적거림에서 설 자리를 찾고 바로 서기까지는 좀더 오랜 시일이 걸릴 것 같다. 어쩌면 내가 외부에서 찾던 진정한 늠름함, 진정한 남아다움을 앞으론 내 내부에서 키우지 않는 한 그건 영원히 불가능한 채 다만 허우적거림만이 있는지도 모르겠다.

내 홀로 늠름해지기란, 아, 아 그건 얼마나 고되고도 고독한 작업이 될 것인가.

나는 고독했다. 아버지의 낄낄낄이 내 고독을 더욱 모질게 채찍질했다.

조그만 체험기

 이제나저제나 하고 기다리던 남편이 통금시간이 지나고도 안 들어올 때 보통 아내들은 어떤 걱정을 할까.
 대개 교통사고 아니면 으슥한 골목길에 입을 벌리고 있을지도 모를 맨홀 걱정을 하리라. 나도 이 두 가지 걱정을 번갈아 하느라 거의 뜬눈으로 밤을 새웠다.
 날이 밝고도 아무 소식이 없는 걸로 봐서 통금에 걸리지 않은 게 분명해지니 더욱 앞의 두 가지 방정맞은 생각밖에 할 게 없었다.
 그러나 가게(남편은 전기용품상을 하는 장사꾼이다)를 열 즈음 해서 가게에다 전화를 걸었더니 점원으로부터 뜻밖의 소식을 들었다.
 "어제 안 들어가셨다고요? 그럼 큰일났는데요. 실은 어제 저녁 무렵 검찰청 수사과에서 나왔다는 형사하고 같이 나가셨거든요. 잠깐이면 된다고 하면서 데리고 가길래 아마 일 보고 댁으로 바로 들어가셨거니 하고 댁에 연락도 안 드렸는데."

"검찰청 수사과? 분명해요?"

"그러믄요. 주인어른이 꼬치꼬치 따지는 걸 들은걸요. 참 검찰청 K지청이라고 했어요."

나는 그때까지도 검찰청이라면 덕수궁 옆 재판소 속에 있는 것밖에 몰랐기 때문에 K지청이 어디쯤인지 짐작할 수 없었다. 그래도 덮어놓고 집을 나섰다.

무슨 나쁜 짓을 했기에 남편은 검찰에 연행됐을까. 나는 남편이 하고 있는 장삿속에 대해 전혀 무지했기 때문에 겁밖에 나는 게 없었다.

내가 믿을 거라곤 남편의 친구들이 남편을 평할 때 하던 말 "저 사람은 법 없이도 살 사람이라니까" 하는 것밖에 없었다.

그 말은 남편이 오래 장사라는 걸 했으면서도 남과 같이 큰돈도 못 벌고, 큰 실패도 안 하고 십 년이 여일하게 그저 그만하게 사는 걸 빗대놓고 하는 소리여서 나는 그런 평은 별로 좋아하지 않았었다. 그러니까 그건 장사판에선 일종의 경멸의 소리였던 것이다.

그러나 나는 길에서 우왕좌왕하면서 다만 그 소리에 남편의 인간성에 대한 신뢰를 걸밖에 없었다.

겨우 차를 하나 잡을 수 있어 K지청까지 데려다달랬더니 차는 돌고돌아 여기도 서울특별시일까 싶게 멀고 낯선 고장 허허벌판을 굽어보는 언덕 위의 청사 앞에 내려줬다. 신축한 듯한 청사는 법원과 검찰 두 건물로 나누어져 있었다.

수위가 꼬치꼬치 용건을 따졌다. 수위라기보다는 형사에 가깝게 말투가 위압적이고 심문조였다.

나는 남편이 이곳에 연행되어온 것 같은데 확실한 행방과 혐의 사실을 알고 싶어서 왔노라고 했더니, 사건이 수사과에 걸려 있는 동안 수사과 출입은 엄금되어 있다고 했다.

나는 다시 울먹이며 애원했다. 가족은 가족의 거처를 알 권리가 있는 게 아니겠느냐고 따져보기도 했다.

"뭐 이런 여자가 다 있어. 여기가 어딘 줄 알고 따져요, 따지길. 따질 데가 따로 있지. 썩 비켜나지 못해요."

나는 초췌한 몰골로 처음부터 그에게 저자세로 나온 걸 후회했다. 몇호 검사실에 볼일이 있다든가, 당당한 얼굴과 당당한 용무를 가진 사람은 주민등록증만 보관시키고 수월하게 통과하는 걸 보았기 때문이다.

수위는 젊고 토실토실한 귀여운 얼굴이었으나 눈빛만은 특이했다. 자기가 일단 죄인의 가족이라고 단정한 사람이면 단박 걸레쪽처럼 비참하게 주눅들게 할 수 있는 섬뜩한 무엇이 있었다.

나는 유월의 뙤약볕 아래 후끈후끈 악랄한 열기를 내뿜고 있는 검찰청 건물과 수위에게 잔뜩 주눅이 든 채 지독한 절망을 느꼈다.

그곳엔 맨 주눅들린 여편네들 천지였다. 피의자 대기실 주변의 맨땅에 뙤약볕을 무릅쓰고 파김치처럼 늘어져 있는 초라한 여편네들은 살아 있는 사람 같지도 않았다. 뙤약볕에 생기와 수분은 다 증발해버리고 마지막 남아 있는 사람의 가장 흉한 찌꺼기처럼 보였다.

이런 여편네들이 어디서 피의자를 실은 버스가 온다든가 대기실에서 굴비두름처럼 묶은 피의자를 법정으로 끌고 간다든가, 아무튼 푸른 수의 자락만 흘긋 비쳤다 하면 도저히 믿어지지 않을 만큼 생기발랄해지면서 민첩하게 그곳으로 엉겨들면서 힘차게 손짓도 하고 새된 소리로 악도 썼다.

그럴 때마다 교도관이나 사복 차림의 감시꾼들의 구박은 혹독했다. 반말지거리로 욕설을 퍼부으면서 짐승 몰듯이 내몰았고 여편네들 역시 억세고 줄기차게 이 구박에 맞섰다. 그럴 때 여편네들은 죽은 듯이 늘어져 있을 때와는 또다른 의미로 사람 같지 않았다.

나는 그때까지 사람의 얼굴에서 그렇게 완전히 수치심이 제거되고 절망과 독기로만 빛나는 것을 본 적이 없었다.

나는 그 여편네들이 피의자의 가족, 그러니까 아내나 어머니나 누이라고 알아차렸고, 푸른 수의를 보고 느끼는 것과 비슷한 혐오감을 느꼈고, 이어서 깜짝 놀라면서 나 역시 피의자의 아내라는 데 생각이 미쳤다.

어떡하면 남편을 이 끔찍한 고장에서 빼낼 수가 있을까. 문득 섬광처럼 이럴 때 빽이라는 게 있으면 하는 생각이 떠올랐다. 동시에 지금 당장 생각이 나지 않는다뿐이지 나에게는 빽이 있는 것 같은 생각이 들었다.

남편과 내 나이를 합하면 거의 백 세, 사람이 백 년씩 살면서 사귄 연줄 중 그래 이럴 때 돌봐줄 유력한 빽줄 하나가 없대서야 그게 말이 될까. 꼭 있을 것이다. 다만 지금 당장 생각이 나지 않는다는 뿐일 것이다.

나는 그 생각나지 않는 걸 빠르게 생각해내려고 머리를 쥐어뜯다시피 조바심했다. 큰집, 작은집, 친정집, 사돈집, 외갓집, 이웃집, 동창생…… 나는 될 수 있는 대로 한꺼번에 많이 나와 남편이 아는 사람들을 떠올리고 그중에서 든든한 빽이 돼줄 만한 사람을 골라잡으려 했지만 기억상실증이라도 걸린 것처럼, 생전 아무하고도 안 사귀고 산 것처럼 떠오르는 그럴 만한 얼굴이 없었다.

그래도 나는 단념하지 않았다. 몰래 숨겨놓은 물건의 소재를 확신하듯이 나의 연줄 중 반드시 빽이 있을 것을 믿었다. 다만 생각해내기만 하면 되는 것이다.

나는 그것을 생각해내기 위해 조용히 있어야겠다고 생각했다. 검찰청 문턱까지 와서 끝내 아무것도 알아내지 못한 채 줄달음쳐 집으로 왔다. 집에 혹시 남편으로부터의 소식이 와 있을지도 모른다는 한 가닥 희망이 더욱 나를 조급하게 했다.

그러나 집에도 아무런 소식이 없었고, 안방에 혼자 들어앉아 머리를 짜도 빽을 찾아낼 순 없었다.

마지막으로 행여 무슨 단서라도 얻을까 해서 남편이 옷을 갈아입을 때마다 먼지 떨구듯이 털어낸, 남편이 밖에서 받은 명함을 모아둔 상자를 뒤엎어봤다.

실상 명함이란 게 얼마나 친하지 않은 사이끼리나 주고받는다는 걸 알고 있으면서도 혹시 그 명함들 중 권세 있는 관청의 그럴듯한 직위에 있는 사람의 명함이라도 있으면 나는 체면불구하고 달려가서 빌붙을 수 있을 것 같았다. 아무래도 생판 모르는 사람한테 빌붙는 것보다는 낫지 않겠는가.

언제고 한몫에 불태워버려야지 하면서 주워둔 명함을 쏟아놓으니 한 소쿠리는 될 것 같았다.

사장, 사장 대표, 소장, 사장, 사장…… 세상에 남편은 얼마나 많은 사장족을 알고 있는 것일까. 그러나 나는 남편이 알고 있는 이들 사장들이 얼마나 보잘것없는 점포나 가내공업 규모의 공장의 주인들이라는 걸 알고 있었다.

이번에는 내 핸드백과 서랍을 뒤졌다. 몇 장 안 되는 것이었지만 나는 또 언젯적부터 이렇게 소위 문화인들하고 상종을 하며 산 것일까. 신문이나 잡지, 주간지의 기자, 출판사 사장, 편집부장, 방송국 프로듀서…… 그나마 한 번 만났을 뿐 그후 교우관계를 가진 일이 없어 얼굴과 연결되지 않는 무의미한 이름뿐인 명함들이었다.

결국 나는 빽이라는 게 급하게 필요하다고 깨닫고 나서부터 일가친척 친구로부터 어쩌다 인사를 한 번 교환한 정도의 아는 사람까지를 총망라해서 샅샅이 뒤져본 끝에 단 한 사람의 세도 가는커녕 한 사람의 권세 부리는 관청의 수위도 찾아낼 수가 없었던 것이다.

그것으로 나는 우리 부부의 생애, 합하면 근 일 세기의 기나긴 생애를 말짱 헛산 것처럼 느꼈다. 그것은 대포알이 가슴을 뚫고 지나간 것만큼이나 엄청난 허망감이었다.

나는 너무 외롭고 막막해서 장판방에 몸을 던지고 울음을 터뜨렸다.

실컷 울고 나니까 정신이 말짱해지면서 나에게도 빽이 있는 것 같은 환상에서 깨어났다. 나에게 빽이 없다는 사실을 받아들이기 위해서라도 나는 용감해지지 않으면 안 되었다.

별안간 수치감과 이성을 떨어버린 미친년 같은 기운이 솟았다. 나는 다시 K지청으로 달렸다. 달리면서 좀 전까지도 혐오감 없이는 떠올릴 수 없었던 뙤약볕 속의 여편네들에게 진한 친화감을 느꼈다.

K지청에 당도하자마자 나는 그 여편네들 중 하나를 붙들고 내 답답한 사정을 이야기했다. 그리고 그 여편네들이 가르쳐준 대로 했다.

나는 수위에게 애걸할 필요가 없었던 것이다. 그 대신 주민등록증 밑에 오백원권 접은 걸 받쳐서 내밀면서 감정이 섞이지 않은 맨숭맨숭한 목소리로 간단하게 수사과에 볼일이 있다고 했다. 수위 역시 무표정한 얼굴로 주민등록증을 보관하고 번호표를 내주었다.

수사과의 문을 밀치자마자 앳된 여사무원이 보였다. 나는 이 어마어마한 관청 속에서 여자를 만났다는 게 그렇게 반가울 수가 없었다.

"저어, 말씀 좀 여쭈어보겠는데요. 김기철이라고 이리로 연행되어온 사람에 대해 좀 알고 싶은데요."

"권주임님, 이분 김기철이 가족인가봐요."

여사무원은 내 묻는 말에는 대답을 안 하고 권주임을 불렀다. 권주임이라고 불리는 남자는 사십대의 기골이 장대한 남자로 냉정하고 비웃는 듯한 작은 눈을 가지고 있었다.

"당신 뭐요, 김기철이 처요?"

그는 '요' 소리를 '요'도 아니고 '야'도 아닌 미묘한 발음을 했다. 아마 '으어' 쯤 됐을 게다. 그 존댓말도 해라도 아닌 묘한 발음은 나에게 모욕감보다는 공포감을 일으켰다. 나는 기어들어가는 소리로 겨우 "네"라는 대답을 했다.

"당신 남편은 사기꾼이오. 사기 중에도 선량한 시민을 괴롭힌 악질 사기꾼이오. 이런 자는 중벌을 받아 마땅해. 알겠소?"

나는 뭐라고 변명을 해야겠다고 생각했으나 혀가 돌지를 않았다.

"기가 막혀서— 글쎄 큰 공장에서 불량품으로 폐기처분한 형광등을 어떤 전공 출신이 재생한 걸 싸게 사가지곤 신품처럼 속여서 팔아먹었다니까. 재생한 놈이나 산 놈이나 죽일 놈들이야.

액수는 많지 않아도 액수가 문젠가, 피해자가 서민이란 말야. 서민생활을 좀먹는 이런 새앙쥐 같은 놈들은 일벌백계주의로 중벌로 다스려야 돼."

권주임은 옆에 있는 동료한테 이렇게 사건을 설명했다. 그러나 나 들으라고 하는 소리였다. 나는 눈에 보이는 게 온통 희뿌옇게 바래 보이면서 다만 시신도 안 남기고 죽어버리고 싶단 생각밖에 없었다. 겨우 정신을 가다듬어 한다는 소리가,

"지금 그이는 어디 있나요?"

"어디 있는 건 알아 뭘 할라우?"

권주임이 입가에 야릇한 웃음을 띠고 빈정댔다.

"지금 영장을 신청중인데 아마 오늘 해 안으로 떨어질 거요. 떨어지면 오늘 저녁부턴 서대문 큰집 신세야. 어젯밤은 임시로 여기서 재워줬지만."

영장이 아직 안 떨어졌단 소리가 나에게 일루의 희망을 주었다.

"어떻게 좀 선처해주실 수 없을까요. 절대로 도망치거나 그럴 사람 아녜요. 정말예요. 그것만은 제가 보증할 수 있어요."

"이 여자가 누굴 웃기려고 맘먹었네."

그리고 정말 큰 소리로 낄낄댔다. 동료들도 낄낄대고 여사무원들도 깔깔댔다.

"그럼 지금 그이는 이곳에 있겠군요. 이곳 어디 있죠? 한번 만나봐야겠어요."

"누구 맘대로 죄인을 함부로 만나나? 권주임, 이제 저 여자를

내보내요."

 권주임보다 나이 들고 점잖아 뵈는 사람이 회전의자를 빙그르르 돌려 내 쪽을 보면서 꾸짖었다. 나는 즉각 내쫓겼다.

 나는 다시 피의자 대기실 근처로 갔다. 아까보다 더 많은 여편네들이 한 곳을 향해 고개를 길게 빼고 땅바닥에 주저앉아 있었다. 나는 나에게 수위 앞을 통과하는 법을 가르쳐준 여자를 다시 찾아서 어떡하면 내 남편을 만날 수 있을까를 의논했다.

 "여기 그냥 있어봐요. 기소돼서 재판받으러 온 사람이나 검찰의 취조받으러 온 사람이나, 다 저 대기실 속에 갇혀 있다가 저녁때 한꺼번에 구치소 버스로 실려갈 테니까."

 "그럼 실려갈 때 서로 만나 말을 할 수 있나요?"

 "말은 무슨 말을 해요. 먼발치로 서로 알아보면 다행이지. 여기 이 사람들이 다 먼발치로 안부나 알려고 모여 있는 사람들이니까 이따가 서로 악머구리 끓듯 덤벼들 테고 간수들은 간수들대로 악착같이 내몰려고 할 테니 그때 가서 정신 바짝 차려야 돼요."

 "안 돼요, 그렇겐. 난 꼭 남편을 만나서 할 얘기가 있단 말예요."

 나는 남편의 입을 통해 그가 사기치지 않았단 소리를 들어둬야 한다. 그걸 안 들어두고 내가 무슨 힘으로 앞으로 그의 옥바라지를 할 수 있을까.

 그 여자는 또 한번 나에게 대기실 속의 피의자를 만날 수 있는 방법을 가르쳐줬다. 그리고는 측은한 듯이 덧붙였다.

 "아주머니가 처음이라 몰라서 그렇지 그렇게 돈을 함부로 쓰다가 어쩌려고 그래요. 옥바라지 잘못 하다간 한두 달 내에 집 한 채 들어먹긴 문제도 없는데."

그리고 또 이왕 만나는 김에 뭐 먹을 걸 좀 사다주는 게 좋을 거라고도 일러줬다. 참 나는 어쩌면 그 생각도 못 한 것일까. 먹을 걸 사러 줄달음쳐 K지청 밖으로 나왔다. K지청 주위는 막막한 푸른 초원이었다. 도대체 어쩌자는 초록색일까. 나는 유월의 초록에 불같은 분노를 느꼈다. 마침 택시가 있기에 집어타고 시내 쪽으로 나오다가 빵집이 있는 곳에 세워놓고, 빵과 우유와 요구르트를 사고, 다시 저만치 통닭집이 있기에 그리로 가서 통닭을 사고, 다시 햄버거를 샀다.

주책없이 많은 것을 사가지고 택시 속에 들어앉아서 나에게 친절했던 여자가 옥바라지 잘못 하다간 한두 달 내에 집 한 채 들어먹기는 문제없다고 한 말이 생각나면서 슬며시 두려워졌다. 그러나 나는 적어도 천만원짜리 집을 쓰고 살고, 여직껏 쓴 돈은 기껏 오천원밖에 더 되나 하며 마음을 눙쳐먹었다.

나는 오백원짜리 몇 장을 손아귀에 꼬깃꼬깃 꾸겨갖고 대기실을 지키고 있는 사람만 바라보고 있다가, 그 사람과 눈이 마주치자 스스럼없이 웃으며 다가가 "좀 봐주세요" 하며 돈 가진 손으로 빠른 악수를 하고 대기실 속으로 들어갔다. 대기실 속 전면은 허술한 숙직실 겸 사무실처럼 보이고, 다시 내부는 어둡고 깊고 경계도 엄해 재판이나 취조를 받으러 나온 피의자들은 모두 그 속에 있는 것 같았다.

그러나 남편은 숙직실같이 생긴 앞칸에 있었다. 아직 영장이 떨어지지 않았기 때문이었다.

"어떻게 된 거예요?"

"괜찮다, 괜찮을 거야."

뭐가 괜찮을 건지 남편은 몰라보게 초췌해진 얼굴로 그래도 남편이라고 나를 위로하려 들었다.

"괜찮긴요. 영장이 신청됐는데두요?"

"신청했어도 떨어질 리가 없어. 기각될 거야."

"재생한 형광등을 사서 신품으로 팔았다면서요."

"모르고 산 거야. 정말이야. 우리 가게 몇 년째 단골이던 전공이 공사하고 남은 거라면서 인수해달라기에 무심히 인수한 것뿐이야. 몇십 년을 신용 하나로 장사해온 내가 설마 알고야 그런 짓을 했겠어?"

"그럼 당신이 그 전공한테 사기를 당한 셈 아녜요."

"참 착실한 전공이었는데 왜 그런 짓을 했는지 몰라."

"지금 남의 걱정 하게 생겼어요. 제가 그 사람을 당장 잡아넣고 당신을 꺼내도록 하겠어요."

"여봐, 침착하라구. 그 사람하고 그 사람을 고용해서 그런 공장을 차린 사람하고가 먼저 체포되고, 그 사람들이 나한테로 갖다팔았다고 불어서 내가 붙잡힌 거야."

"당신은 여직껏 그 장사를 했으면서 그래 재생품과 신품의 구별도 못 해요?"

"그래, 이상해. 단연 신품이었어. 그리고 딴 건 몰라도 형광등을 재생한단 소리도 듣기는 처음이거든."

"그런데도 당신의 결백을 증명 못 해요?"

"내가 약점을 잽힌 건 내가 그 물건을 공장도 가격보다 싸게 샀다는 거야. 구만원어치를 샀는데 실은 십만원어치가 넘는 분량이거든. 저 사람네들 계산으론 이만원이란 부당 이득이 나오고 그 이득을 위해 내가 사기를 친 것으로 되나봐."

겨우 이만원 때문에 그가 사기를 치다니. 나는 되레 안심이 되었다. 그의 장사 규모로 보나 우리의 살림 규모로 보나 이만원 때문에 사기칠 정도로까지 우린 가난하지 않았다. 그렇다면 남편의 저 꼴은 뭔가. 나는 미칠 것 같았다.

"억울해요, 억울해. 차라리 사기를 친 게 낫겠어요. 아마 당신은 사기를 쳤을 거예요. 싼 물건을 의심도 안 하고 좋다구나 샀으니까 사기꾼이지 뭐예요."

"진정하라구. 당신까지 그 사람들하고 똑같은 소리를 하다니. 장사를 하자면 그런 덤핑 물건은 얼마든지 들어와. 큰 메이커 주인들도 돈만 아쉬우면 자기 제품도 덤핑을 하게 마련이야."

이때 권주임이 들어왔다. 그의 손엔 남편의 영장이 있었고 그의 얼굴은 방금 우등상장을 받은 국민학생처럼 행복해 보였다. 그는 너무 행복해서 내가 감히 대기실 속에 들어와 있는 것을 야단치지도 않았다. 그는 오히려 내 앞에서 그의 다음 행동을 할 수 있게 된 걸 즐거워하고 있었다.

그의 다음 행동은 남편의 소지품을 검사하고 혁대를 빼내고 손에 수갑을 채우는 일이었다. 나는 내 머리의 피가 손끝 발끝으로 빠져버리는 것과 같은 현기증을 느끼며 남편의 입술이 희게 바래는 걸 바라다봤다.

곧 대기실 안쪽 문이 열리고 수갑만으로도 모자라 노끈으로 열 명 스무 명 줄줄이 묶인 피의자들이 끌려나와 버스에 실리고, 저만치서는 피의자의 가족들이 조금이라도 더 이쪽으로 가까이 오려고 몸부림치고 있었다.

악담 중 아주 듣기 싫은 악담으로 '오라질 놈' '오라질 년'이란 악담이 있다. 그러나 '남편이 오라질 년'이란 악담이 있다면 아마 최상의 악담이 될 것이다.

어느 틈에 버스도 떠나고, 악머구리 끓듯 하던 여편네들도 긴 그림자를 끌며 하염없이 흩어져갔다.

권주임이 가까이 왔다. 말씨가 은근했다.

"아주머니, 이제 아주머니는 싫든 좋든 서대문 큰집이랑 여기랑 번갈아가며 자주 드나들 텐데 정신 똑바로 차려야 돼요. 별의별 놈들이 다 있으니까요."

"별의별 놈이라뇨?"

"이 근처에 사건 브로커들이 우글우글하면서 어수룩한 아줌마들을 꼬드긴다구요. 얼마만 주면 당장 빼준다고요. 죽일 놈들이지. 물에 빠진 놈 검부락지에 매달리는 심리를 전문적으로 이용해먹고 사는 놈이 다 있으니."

"왜 안 잡아넣으세요? 다른 데도 아니고 검찰청 주위에 그런 놈들이 끓게 내버려둔다는 게 말이 돼요?"

"이 아줌마가 남은 생각해서 일껀 귀띔해주려니까 누굴 충고하려고 들어."

"저하고 좀 조용히 만나주실 수 없겠어요? 퇴근 후에요. 남편의 혐의 사실에 대해서 정확한 걸 알고 싶어요."

내가 그에게 만나자고 할 수 있었던 것은 그가 조금씩 보이기 시작한 허점 때문이었다. 그는 쉽게 승낙했다.

나는 그날 밤 아홉시에 약속한 다방에 나갔다. 그는 나보다 먼저 와 있었다. 대뜸 남편을 사기꾼이라고 할 때와는 딴판으로, 김선생님 참 좋은 분입니다. 요새 세상에 그렇게 착한 분이 계시다니, 하는 것이었다. 처음엔 김선생님이 누구를 가리키는 말인지 몰라 어리둥절했다.

"그런데 말씀이야. 김선생님이 하도 착하시다보니 그만 못된 놈들한테 속으셨다 이 말씀이에요."

그의 말에 의하면 중앙시장 일대에서 폐기처분된 형광등구를 재생하는 공장이 성업중이란 정보를 입수해서 그 일대를 급습했는데 사전에 정보가 샜는지 굵직한 것들은 다 도망가고 어디서 신출내기가 잡혔는데 황가라는 공장 주인하고 문가라는 전공 출신의 직공이었다는 것이다. 두 사람을 문초하다가 드러난 재생품의 첫 거래가 남편의 가게였고, 이제 남편을 체포하다보니 이럭저럭 한 사건을 일망타진한 구색이 완전히 갖추어졌다고 그는 껄껄댔다. 그러면서도 문초해본 결과 김선생님이 죄가 없다는 심증을 얻었다는 걸 강조했다. 나는 그가 남편을 김선생님, 김선생님 할 때마다 사기꾼이라고 할 때보다 더한 두려움을 느꼈다. 그는 내가 다루기에는 너무도 해묵은 능구렁이였다.

"무죄라는 심증을 얻고도 구속영장을 신청하다니 그게 말이 됩니까?"

"이 아주머니 이렇게 빡빡하긴. 일당 세 명을 체포해가지고 어떻게 한 명만 놓아줍니까?"

"세 명 아니라 백 명 중에서라도 죄 없는 사람은 놓여나야지 않겠어요?"

"글쎄 며칠만 기다려보시면 아시겠지만 검찰에서 불기소로 풀어주게 되어 있다구요."

그는 K지청엔 검사가 통틀어 다섯 명밖에 안 되는데 자기가 그들과 얼마나 친하다는 얘기며, 검찰청 수사과는 경찰의 수사과보다 얼마나 질이 높고 세도가 당당하다는 얘기를 장황하게 늘어놓고 나서 갑자기 딴사람같이 낮고 곰살궂은 소리로 소곤소곤 속삭였다.

"내가 이 사건을 맡을 테니까 아줌마는 아무 걱정 안 해도 돼. 괜히 급한 마음에 여기저기 부탁하고 덤벼봤댔자 뭐가 되는 게 아니라구. 아줌마가 사람 하나는 기차게 잘 만났어. 몇 다리 건너는 거하고 직통 코스하곤 드는 비용이 곱절도 넘어 차이가 나거든."

그러면서 내가 궁금하지 않게 수시로 사건의 진전을 알려주겠다며 우리 전화번호를 수첩에 적어 가지더니, 자기네 전화와 수사과로 통하는 직통 전화번호를 적은 쪽지를 건네주었다.

그 다음엔 내가 그에게 뭔가를 건네줄 차례였다. 뭔가를.

나는 음식점에서 음식을 잔뜩 먹고 나서 수중에 한푼도 없다는 걸 발견한 사람처럼 어쩔 줄을 몰라했다. 어쩔 줄을 몰라하면서도 나는 좀 전에 그가 제 입으로 경계해준 악질적인 사건 브로커에 대해 생각했고, 나에게 친절했던 여편네의 말, 옥바라지 잘못 하다간 한두 달 내에 집 한 채 들어먹긴 문제도 없다던 말을 생각했다.

나는 두려웠다. 그에게 돈을 주는 것도 안 주는 것도. 그가 남편을 이롭게 할 수 있을는지 그건 몰라도, 그가 마음만 먹으면 얼마든지 남편을 해롭게 할 수 있으리라는 예감은 얼마나 두렵고 기분 나쁜 것일까.

나는 울렁대는 가슴을 진정하고 가까스로 입을 열었다.

"나중에 다시 뵙겠어요. 지금은 가진 게 없어서요. 아시겠지만 장사꾼이란 모갯돈에 인색해서 생활비도 그날 그날 타 쓰고 살다가 이런 일을 당하고 보니 막막하군요."

"알아요, 알아. 누가 당장 교제비 달랬나. 본격적인 비용은 사건이 검사한테 넘어가고 나서 드는 거고, 에에또, 사건은 아직 우리 수사과에 걸려 있으니까 서류는 내가 알아서 잘 꾸밀 테고, 우리 과장님 식사 대접 할 정도의 비용이야 일간 어떻게 마련하실 수 있겠지?"

나는 그렇도록 해보겠노라고 했다. 그는 일어서면서 한마디 했다.

"김선생님 그 양반, 보아하니 법 없어도 살 양반이던데, 참 안됐단 말야."

그 소리가 나에겐 김기철이 그 머저리 우리 밥이더라 하는 소리처럼 들렸다.

나는 내 남편이 권주임 같은 남자의 심문에 걸려들어 도저히 자기의 결백을 증명할 수 있을 것 같지가 않았다. 법 없어도 살 수 있는 사람이란 정의감이 투철한 사람을 의미한다기보다는, 법이라면 달라는 것 없이 두렵고 싫어서 자기 양심에 걸리는 일과 법에 걸리는 일을 동일시하며 조심조심 살아온 사람을 의미하는 것일 게다. 법의 그물에 대해 아무것도 모르면서 어떻게 그걸 피할 수 있는 법을 안다고 할 수 있겠는가. 이건 실제로 죄가 있고 없고와는 상관없는 일이었다. 총이 결코 총 없이 살 수 있는 사람을 보호하지 못하며, 칼이 결코 칼 없이 살 수 있는 사람을 이롭게 할 수 없듯이 법이 결코 법 없이 살 수 있는 사람의 편일 수는 없을 것 같은 깨달음이 왔다. 뭔가 점점 나빠지고 있는 것 같았고, 남편은 쉬이 풀려날 것 같지를 않았다. 생각할수록 미칠 것 같았다. 억울하다는 느낌이 목구멍까지 차니까 울음도 안 나왔다.

나는 남편의 초저녁 코 고는 소리와 새벽녘의 줄담배를 싫어하고 있을 터였다. 그것 때문에 짜증도 많이 내고 늘 침실을 따로 쓰기를 벼르고 있는 터였다. 그러나 남편이 없고 보니 내가 그 코 고는 소리와 줄담배에 얼마나 깊이 길들여졌었나, 아니 그것들을 얼마나 좋아했었나를 알 것 같았다. 그게 없는 곳에서 내 안면은 아예 상상도 할 수가 없었다.

한때 나는 작가랍시고 언론의 자유니 표현의 자유니 하는 문제로 제법 잠 못 이루는 밤을 가진 적도 있긴 했다. 그러나 이런 일을 당하고 보니 세상 하고많은 지붕 밑, 어느 지붕 밑에고 다 계집 서방이 만나 자식 낳고 사는 게 사람 사는 기본형태라면 서방은 저녁에 계집이 기다리는 집으로 돌아갈 수 있고, 계집은 서방을 맞아 바가지 긁을 자유만 있으면 됐지 그 이상의 자유가 무슨 소용이랴 싶었다.

제정신으론 잠들 것 같지 않아서 이 홉들이 소주를 한 병 병째 벌컥벌컥 들이켰다. 그래도 잠은 오지 않았다. 대신 자포자기해지면서 제법 윤락한 여자다운 기분이 났다.

나는 단 몇 달 며칠이라도 남편 없이 아이들을 잘 기르고 떳떳하게 사는 세상의 모든 과부와 이혼녀에게 울면서 경의를 표하고 싶다고도 생각했다.

다음날부터 내 생애에서 잊을 수 없는 소위 옥바라지가 시작됐다.

아침 일찍 갔는데도 서대문 구치소 앞 너른 마당엔 너무 많은 사람이 모여 있었다. 처음에 나는 거기서 무슨 특별한 모임이나 행사가 있는 줄 알았다. 그러나 알고 보니 그 많은 사람들이 다 재소자의 가족들이었다. 매일 그렇다는 거였다.

창구마다 사람들이 고개를 길게 늘이고 줄을 서 있었고, 긴 폭이 얽히고 설켜 자기가 원하는 창구의 줄의 끝을 찾는 것만도 수월치 않았다.

면회 신청하는 줄, 신청서하고 번호표하고 바꾸는 줄, 번호 부르기를 기다리는 서너 시간 내지 네댓 시간, 번호 부르고 나서 구치소 정문 앞에서 또 줄서기, 주민등록증과 번호표를 교환하고 들어선 어딘지 모르게 딴 세상같이 서러운 구치소 안마당, 어둡고 음산한 대기실의 발돋움하고 올라서야 손이 닿는 높은 창구, 그 창구로 신청서를 디밀고 다시 또 번호 부르기를 기다리는 기진맥진한 것도 같고 악에 받친 것도 같은 이삼십 분…… 이렇게 무려 대여섯 시간도 넘어 걸려서 면회실에 들어가니 철망이 든 두터운 유리 너머에 번호가 붙은 푸른 수의의 남편이 있었다. 그런 옷은 형이 확정된 후에나 입히는 건 줄 알았기 때문에 나는 가슴이 내려앉으면서 앞을 분간 못 하게 눈물이 났다.

울음을 참느라 이를 악물고 눈을 크게 뜨고 있는 사이에 면회 시간은 끝났다.

내가 울면서 나오니까 어떤 여자가 어깨를 치면서 부드럽게 웃었다.

"오늘이 첫 면회죠? 첫 면회 때는 다 운답니다."

"글쎄, 우리집 그이가 죄수복을 입고 있지 뭐예요."

그 소리를 마치고는 마음놓고 크게 울었다. 그 여자는 내 등을 토닥거렸다.

"저런, 그게 그렇게 보기 싫었어요? 그럼 한복을 차입할 수도 있어요."

옥바라지는 그저 물어보는 게 제일이었다. 옷 차입하는 일, 사식 차입하는 일, 세탁물 찾는 일, 모든 것이 수속이 복잡해 면회하는 것과 맞먹는 시간이 걸리고도 세밀한 사전 지식 없이는 마지막 창구에서 트집을 잡히고 퇴박맞기가 일쑤였다.

면회하는 날엔 세탁물을 찾을 수 없고, 한 사람은 하루 두 번 면회할 수가 없었다. 한 사람의 재소자에게 하루 두 번의 면회가 허락 안 되는 규정은 때때로 웃지 못할 희비극을 연출했다.

아내가 길고긴 기다림 끝에 겨우 면회 신청을 했지만 곧 기각된다. 까닭인즉 이미 한 건의 면회가 있었다는 것이다. 아내는 이상한 생각이 든다. 누가 자기보다도 이르게 와서 면회를 한 것일까. 그럴 만한 친척도 없고 친한 친구치곤 너무 정성이 지나친 것 같다. 이럴 때 여자의 육감은 이상한 데로 뻗게 마련이다. 다음날부터 아침 일찍 와서 아예 면회 신청은 안 하고, 이미 신청한 면회인의 번호를 부르는 창구에 지키고 있다. 사나흘 이 짓을 계속한 끝에 드디어 자기 남편의 수감번호를 부르는 소리를 듣는다. 네, 하고 대답하는 사람은 낯선 여자다. 다짜고짜 멱살을 잡고 끌어낸다. 이년, 네년이 누구냐? 이렇게 해서 벌어지는 구치소 앞마당에서의 시앗싸움은 어느 시앗싸움보다도 열렬했다.

조그만 체험기 125

이년, 저년을 섞은 갖은 욕설은 어찌나 날카로운지 허공에 번갯불 같은 균열을 일으키고 사람들의 귀청을 찢었다. 오죽잖은 남자, 아내에게 겨우 옥바라지나 시키는, 남편치고는 최악의 남편을 구치소 드높은 담장 속에 두고 여자들은 이 세상의 남자란 남자가 동이라도 난 것처럼 싸우는 것이었다.

사랑싸움하는 여자들답지 않게 여자 기라곤 한푼어치도 남아 있지 않은 찌든 여자들의 이런 정열적인 싸움을 보고 있으면 세상에 남자 여자 두 인종이 있다는 데 대한 숙명적인 슬픔 같은 게 가슴에 뭉클하니 왔다.

옥바라지하면서 가장 견디기 어려웠던 건 복잡하고 까다로운 수속도 수속이지만, 그런 수속절차를 치면서 수없이 부딪쳐야 하는 해당 직원의 철저한 불친절과 경멸과 냉대였다. 그건 사람다운 오기가 손톱만큼이라도 남아 있는 사람이면 견디기 어려운 천시요 구박이었다.

그렇다고 K지청의 수위들처럼 돈을 받아가며 사람을 차별하는 것 같지도 않았다. 그들은 누구에게나 공평하게 불친절했다. 한마디로 그들은 지쳐 있었다. 죄짓고 들어오고 나가는 사람이 너무 많아서, 그 보잘것없는 족속들의 뒤치다꺼리에 넌더리를 내고 있었다. 넌더리가 쌓이고 쌓이니까 대인관계에서 사람 개개인에 대한 이해나 보살핌을 철저하게 거부함으로써 스스로 기계처럼 될 수밖에 없는 것 같았다.

이 말 붙여볼 수 없는 기계 같은 냉혹성은 어떤 적극적인 구박보다 사람을 주눅들게 만들었다. 그들 앞에서 주눅들지 않았다가는 단박 그들의 비위를 상하게 되고 어떤 방법으로든지 손해를 보게 마련이었다.

나도 매일매일 주눅이 들면서 고분고분 길들여졌다. 나는 그전까지도 누구에게나 겸손했다. 행상이나 거지에게까지도 상냥하고 공손하게 대하는 게 몸에 배어 있었다. 그러나 그건 결코 겸손이 아니라 나 역시 어떤 세도가나 권력자에게도 동등하게 대우받아야 한다는 내 나름의 오만이었다는 걸 그때서야 깨달았다.

나는 매일 아침 면회 갈 때마다 서대문 못 미쳐 광화문서부터 내 오기를 달래야 했다. 오기를 달랠 때처럼 내가 얼마나 오기가 센 여잔가를 느낄 적도 없었다. 내 온몸에 가시처럼 돋은 오기를 부드러운 털이 되게 무마시키고 나서도 모자라 아예 구더기처럼 땅을 길 각오를 했다. 면회하기 위해 내가 통과해야 하는 절차와 사람을 가시철망으로 생각하면 됐다. 가시철망치고는 땅에 낮게 드리운 가시철망이라고, 그 가시철망을 상처 입지 않고 통과하는 길은 오로지 구더기처럼 그 밑을 기는 길밖에 없다고, 행여 구더기 이상의 고급 동물인 척 머리를 들다간 만신창이 되기 똑 알맞다고 알아차리는 데 그리 오래 걸리지 않았다.

여전히 면회시간은 짧았지만 나는 울지 않게 되었다. 그 대신 늘 같은 얘기만 되풀이했다.

"당신 정말 그게 재생품인 걸 모르고 샀죠?"

"그렇다니까."

"형사나 검사가 아무리 꼬여도 모르고 살다는 걸 번복하면 안 돼요."

"글쎄 그게 사실인 걸 번복이고 뭐고가 어디 있어."

남편도 이런 문답에 진저리가 나는지 제발 면회 오지 말라고 짜증을 냈다.

그러나 나는 어느 틈에 면회보다 면회하기까지의 그 길고긴 기다림의 시간을 좋아하고 있었다. 거기는 맨 억울한 사람들뿐이었고 이상하게도 그 억울한 사람들 사이에 섞여 있는 동안만은 나는 내 억울함을 느낄 수가 없었다.

길에서 버스칸에서 모르는 사람과 섞이거나, 친구를 만나거나, 아무튼 자유롭고 근심 없는 사람들 틈에 있으면 내 억울함이 예리한 톱니바퀴처럼 피부로 파고드는 고통을 맛보다가도 구치소 앞마당 벤치에 멍하니 앉았으면 갖은 억울한 사연들이 모여서 악머구리 끓듯 하는 속에서 내 억울함은 스스로 소멸되는 것 같은 편안감을 맛보았다.

그들의 억울함은 실로 각양각색이었다. 마침 폭력범 일소라고 해서 폭력범을 대거 잡아들일 때라 그런 사람들의 가족이 많았는데, 사연을 듣고 보면 단속기간을 역으로 이용한 악질적 폭력범들에 의해 만들어진 가장 무력한 비폭력범인 경우가 더 많았다.

이를테면 고단한 노무자가 저녁때 막소주 한잔으로 피곤을 달래는데 난데없이 놈팡이가 시비를 걸어온다. 좋은 말로 타일러도 듣지 않고 자꾸 시비를 걸더니 드디어 소주병을 깨뜨려 휘두르는가 했더니 제가 제 이마를 북 긋고 피를 철철 흘린다. 어째 오늘 벌이가 시원치 않더니 재수 옴 붙었군 하면서 자리를 피하려니 웬걸, 남의 이마를 이 꼴로 만들어놓고 그냥 가기냐고 정색을 하고 따지니 그때서야 아뿔싸 잘못 걸렸구나 해봤댔자 이미 때는 늦어 폭력범으로 구속되고, 가족끼리는 치료비를 놓고 목하 흥정중, 흥정이 잘 이루어져야 합의를 보고 합의를 봐야 풀려날 가망이 있고…… 이런 식의 폭력범이 그렇게 많을 수가 없었다.

어느 날, 옥바라지와 이런 흥정으로 얼굴에 검버섯이 새까맣게 핀 어떤 비폭력범의 부인을 검찰청에서 만났는데 희색이 만면해져 있었다. 마침 그 광경을 목격하고 억울한 사정을 알아주는 동네 사람이 몇 있어 오늘 검사한테 증언을 해주기로 했다는 것이다. 참 다행이었다.

그러나 곧 오기로 돼 있다는 동네 사람은 오후가 되도록 나타나지 않았다. 대신 중학생인 아들이 눈물이 글썽해서 혼자 터덜터덜 오더니,

"엄마 다들 못 오겠대. 그 깡패가 돌아다니면서 오늘 검사한테 가서 고자질하는 년놈은 모조리 이마빡에 유리를 박아놓겠다고 공갈을 쳐서 다들 무섭대."

이런 식이었다.

반면 별 파렴치한 억울함도 숱했다. 남들은 사람을 치어 죽이고도 뺑소니쳐갖고 잘만 운전해먹고 사는데 그까짓 다 죽게 된

노인 다리 하나 부러뜨리고 벌써 몇 달째 이 고생이라는 운전사의 아내, 왕초들은 지금도 계집질하고 갖은 호강 다 하며 돌아다니면서 대신 걸려든 송사리를 위해선 한푼에 치를 떤다고 억울해하는 소매치기의 아내, 텔레비전 냉장고 금붙이, 다 곱게 놓아두고 월급만큼 따져서 라디오 하나 갖고 나온 것도 죄가 되냐고 억울해하는 소년공의 어머니…… 이 여자들도 억울해서, 너무 억울해서 얼굴에 검버섯을 피우고 있었으니까.

목욕탕에서 알몸을 안 감추듯이 그 바닥에선 남편이나 자식의 죄과에 대해 감추지 않고 적나라하게 공개했다.

내가 이런 파렴치한 억울함까지를 포함한 모든 억울함을 진짜처럼 느낀 나머지 내 억울함을 가짜처럼 느꼈음은 그들이 모두 너무 가난했기 때문이다. 그들은 내가 여직껏 알고 지낸 누구보다도 가난했다. 마치 억울함만을 숙명처럼 보장받고 살아온 사람들 같았다. 구치소와 친해지기 전에 내 상식으로 구치소엔 살인범을 비롯한 흉악범은 물론이거니와 신문을 떠들썩하게 하는 억대의 밀수범, 억대의 도박범, 억대의 탈세범, 수회한 고급 공무원들이 갇혀 있어야 했고, 면회 온 사람도 돈을 물 쓰듯 하는 그들의 가족이어야 했다. 그러나 이상하게도 그와 비슷한 사람은 하나도 못 만났다. 궁금증은 곧 풀렸다. 어느 날, 누군가가 친절한 미소로써 나에게 접근해왔다.

"사모님 같은 분이 이렇게 오래 기다리는 면회를 하신대서야 말이 됩니까? 오죽한 사람들이 이 짓을 합니까? 돈푼이나 있는 사람은 다 특별 면회라는 걸 이용하니 사모님도 제가 그걸 알선해드리죠. 이거면 되니까요, 이거요."

그는 다섯 손가락을 짝 펴 보였다. 그후 나는 구치소 정문 앞 주차장에 즐비한 승용차가 이런 특별 면회자 중의 또 특수층의 차라는 것도 알게 됐다.

그러니까 오 분의 만남을 위한 갖은 수모와 다섯 시간의 기다림조차도 공평한 게 아니라 각양각색으로 억울한 사람들만의 이중의 억울함이었던 것이다.

특별 면회라는 것에 유혹을 안 느낀 건 아니지만 그 동안 내가 친해진 사람들과의 공통의 억울함에서 나만 놓여나는 게 무슨 배신 같아 꺼림칙한 것 또한 어쩔 수 없었다.

한편 K지청 권주임의 친절을 가장한 은밀한 공갈은 계속되었다. 어느 날은 남편이 K지청으로 검사 취조받으러 왔는데 자기가 사식을 대접했노라는 핑계로 상당액의 금액을 요구하기까지 했다.

그가 요구한 금액을 마련해갖고 그를 만난 날 그는 더 노골적으로 나왔다.

"아줌마, 왜 이렇게 정신 못 차려. 지금 검사 손에 달렸을 때 손을 써야 한다니까. 기소돼서 판사한테로 넘어가봐. 그때야말로 큰돈 든다구, 큰돈. 호미로 막을 것 가래로 막는다구. 불기소 처분하는 걸로 내가 아주 청부 맡고 아줌마는 이것만 준비하라니까, 이것만. 날짜가 없어, 날짜가."

그러면서 다섯 손가락을 두 번인가 세 번 폈다 접었다 하면서 안달을 했다.

내 소박한 법률상식으론 그가 영장을 신청한 검사한테 다시 불기소처분을 교제하겠다는 게 도대체 씨가 먹지 않아 상대를 안 하려 해도 그가 담당검사와 같은 건물 안에 있다는 것만으로 그를 아주 냉대할 수가 없었다. 그만큼 나는 어리석었고 의지할 데라곤 없었다. 그가 남편을 결코 이롭게 할 순 없어도 수틀리면 해롭게 할 수 있으리라는 기분 나쁜 예감은 백주의 악몽이 되어 늘 나를 소름 끼치게 했다.

드디어 나는 변호사와 의논해서 사건을 의뢰해볼까 해서 친구의 소개로 강변호사를 만났다. 친구의 말대로 유능한 변호사인 듯 번화가에 으리으리한 사무실을 갖고 있었다. 나는 내가 의뢰하려는 사건이 그에겐 너무 작은 사건일 것 같아 미리 위축됐다.

강변호사는 내가 설명하는 사건내용을 시종 비웃는 듯한, 지루한 듯한 미소로써 들었다. 다 듣고 난 그는 사건에 대한 일언반구의 반문도 없이 엉뚱스럽게도 작가의 남편이 장사꾼이란 것에 대한 호기심과 흥미를 나타냈다. 아마 친구가 내가 작가라는 소리까지 해놓은 모양이다.

"거 참 이상한데요. 암만 해도 이상해요. 작가의 남편이 상인, 이래도 이상하고, 상인의 부인이 작가, 이래도 이상하고……"

사건을 검토할 척은 안 하고, 당사자들이 이십 년 넘어를 조금도 이상해하지 않으면서 산 것을 제가 뭐라고 혼자서 이상해하기에 여념이 없는가.

나는 남의 삶에 대한 그의 이런 속기(俗氣)스러운 호기심과 안이한 이해방법이 마음에 안 들었지만 친구의 소개도 있고 해서 그가 호기심을 제풀에 가라앉힐 때까지 참았다.

그는 저절로 직업적인 자신만만한 태도를 회복하더니 간단히 말했다.

"불기소로 해드리면 되죠?"

"네?"

"검사가 기소 안 하고 풀어주도록 해드리면 되냐구요?"

"그러면 오죽이나 좋겠어요. 그렇지만 그게 그렇게 쉬울까요?"

"다 되는 방법이 있죠. K지청 쪽은 훤히 통하니까요."

"그러세요?"

나는 어정쩡했다. 어쩜 그렇게 말하는 식이 권주임하고 똑같을까 하고 정이 떨어졌다. 그는 불기소처분을 아주 청부 맡겠다며 삼십만원을 요구했다.

친구에게 강변호사가 이리저러하게 말하더라고 얘기했더니 친구는 뛸 듯이 좋아하면서 강변호사가 그랬으면 그 일은 그렇게 될 걸로 믿어도 좋을 거라고 했다. 그러나 나는 믿어지지가 않았고 마음이 썩 내키지도 않았다.

한편 옥바라지하면서 귀에 박이도록 들은 말, 큰집에 들어가 있는 사람 쉬이 나오고 더디 나오는 건 뒤에서 손쓰기에 달렸다는 말이 내 의식에 따끔따끔 걸렸다. 나는 남편을 위해 손쓰는 일을 너무 안 하고 있었다. 돈 없는 사람들이 밑져야 본전식으로 누구나 한 번씩은 해본다는 검사실에 가서 애원하는 일조차 나는 못 했던 것이다. 그 밖에 손쓴다는 일은 다 불법적인 수회의 방법이었고, 그때는 마침 폭력범 단속과 함께 공무원 부조리 단속이 한창이었다. 나는 모든 불법에 그저 겁밖에 나는 게 없었다.

결국 남편을 위해 합법적으로 손을 쓰는 길은 변호사한테 의뢰하는 길밖에 없었기 때문에 강변호사에게 삼십만원을 주고 사건을 맡겼다.

그러나 남편은 기소됐다. 기소된 걸 나한테 재미난 듯이 알려 준 건 권주임이었고, 정작 강변호사는 의뢰인이 기소된 것도 모르고 있었다. 내가 그 사실을 알려주자 그럴 리가 없는데 하면서 전화로 알아보더니,

"거 어떻게 그렇게 됐나. 그럼 그까짓 거 보석으로 꺼내드리지."

또 한번 힘 안 들이고 큰소리를 했다. 그러나 나는 위임을 취소했다.

결국 남편은 재판받았다. 쌀을 훔치러 들어갔다가 밥을 훔쳐 먹은 도둑놈, 주인의 옷가지를 훔쳐낸 식모, 사고 낸 운전사, 버스칸에서 싸우다가 이를 부러뜨린 폭력범, 수금한 돈을 가로챈 점원 등, 삼십여 명의 조무래기 잡범들과 함께 무더기로 재판을 받았다.

신의 능력으로도 한꺼번에 그렇게 많은 사람을 심판할 수는 없으리라.

그러나 재판은 빠르게 진행되었다. "네" 하고 대답할밖에 없는, 사건의 표피를 건드리는 데 불과한 판사의 신문이 한 사람 앞에 두 번 내지 세 번씩이나 돌아갔을까. 그런데도 워낙 피의자가 많고 보니 서너 시간은 후딱 지나갔고 곧 검사의 구형이 있었다.

나는 변호사를 취소한 걸 은근히 뉘우치고 있었는데 재판을 보면서 백 번 잘한 일이다 싶었다. 왜냐하면 삼십여 명 중 단 한 사람도 변호사가 딸린 사람이 없었기 때문이다. 만약 남편에게만 변호사가 딸렸더라면 나머지 사람들은 법정에서까지 그 고약한 억울함을 맛보았을 게 아닌가.

십오 일 후의 언도공판에서 남편은 자유의 몸이 됐다.

그는 다시 아침에 나갔다 저녁에 돌아오게 됐고, 처음엔 그것만으로도 그렇게 행복할 수가 없더니 차츰 시들해지면서 나는 다시 바가지를 긁게 됐다.

달라진 건 아무것도 없다. 생활의 평온이 돌아오니 다시 그전처럼 자유의 문제를 생각하는 밤까지도 돌아왔다. 어느 날이고 자유를 유보하고 있는 상황이 좋아져서 우리 앞에 자유의 성찬(盛饌)이 차려진다면 어떻게 할 것인가. 그전 같으면 아마 가장 화려하고 볼품 있는 자유의 순서로 탐을 냈을 것이다. 그러나 그런 일이 있은 후로는 하고많은 자유가 아무리 번쩍거려도 우선 간장종지처럼 작고 소박한 자유, 억울하지 않을 자유부터 골라 잡고 볼 것 같다.

억울한 느낌은 고통스럽고 고약한 깐으론 거기 동반한 비명이 너무 없다. 그게 워낙 허약하고 참을성 많은 사람들의 것이기 때문일 게다.

자기나 자기 가족에 대한 편애나 근시안에서 우러나는 엄살로서의 억울함에는 그래도 소리가 있지만, 약하고 가난한 사람들에게 숙명처럼 보장된 진짜 억울함에는 더군다나 소리가 없다. 다만 안으로 안으로 삼킨 비명과 탄식이 고운 피부에 검버섯이 되어 피어나기도 하고, 독한 한숨으로 피어나기도 하고, 마지막엔 원한이 되어 공기중에 떠 있을지도 모른다.

각종 공해가스가 충만한 공기중에 그까짓 무해무익한 원한쯤 떠 있기로서니 어떨까도 싶지만, 글쎄 원한이 인체에 정말 무해무익할까. 화학적 공해처럼 그것도 일정량이 넘으면 공해의 구실을 할지 누가 아나. 육신을 해치는 공해가 아니라 심정을 해치는 공해로서 말이다.

내 친구의 동생이 이런 병을 앓은 일이 있다. 일류 대학 나와 일류 기업체에 취직해서 승진도 순조로운 전도유망한 청년이었는데 초기엔 세상 살맛 없는 우울증에서 시작해서 괴상한 증세를 나타냈다. 그가 딛고 선 땅이 무수한 맨홀 구멍을 숨기고 있다가 그가 발만 내디디면 그 음흉한 아가리를 벌리고 그를 삼켜버릴 것 같은 황당한 환상이 그것이었다. 이런 증세가 점점 심하게 되자 직장까지 그만두고 심한 불안감에 시달리게 되었다.

의사는 전지요양을 권했다. 공기 좋은 데를 아무리 찾아다녀도 별 차도가 없자 마지막으로 형이 있는 미국으로까지 전지요양을 갔다. 미국에 닿자마자 그 병은 감쪽같이 완쾌되어 지금은 아주 유능한 청소부 노릇을 하면서 행복하게 지낸다고 한다.

그 청년도 혹시 그런 공해병 환자가 아니었을까. 잠 안 오는 밤, 문득 그런 생각을 해본다.

흑과부(黑寡婦)

"엄마, 흑과부 남편이 죽었대."

밖에서 놀다가 어디서 그 말을 듣고 급히 뛰어들어온 듯 막내는 숨을 헐떡이고 있었고 심각하고 어른스러운 표정을 하고 있었다. 아이들이란 길에서 영구차를 보고도 그런 표정을 할 때가 있다.

"저런, 그럼 흑과부가 진(眞)과부가 됐겠네."

나는 가볍게 대꾸했다. 그리고 곧 내 경솔함을 뉘우쳤다. 사람이 죽었다는 데 대한 즉각적인 반응이 어떻게 그런 경망스러운 말장난일 수 있었을까.

나는 잠깐 실수로 내가 깊이 숨긴 야박한 인간성을 드러내 보인 것처럼 무안했다. 그래서 부랴부랴 막내 앞에서 표정을 가다듬으며 그게 정말이냐고 물어봤다.

"그럼, 흑과부 아줌마 아들한테 직접 들었는걸."

"저런, 안됐구나. 이러구 있을 게 아니라 엄마가 조문을 가봐야겠다."

그러면서 수수한 옷으로 갈아입고 막내 보라는 듯이 봉투에 조의금까지 넉넉히 집어넣었다. 그러나 그건 어디까지나 내 무안감을 얼버무려보려는 허풍스러운 몸짓이었을 뿐 속마음은 흑과부가 진과부 됐군 하고 우스갯소리를 할 때와 조금도 다르지 않았다.

나는 흑과부 남편이 죽은 걸 조금도 놀라워하거나 동정하고 있지 않았다.

흑과부란 우리 동네의 어느 집과도 단골인 광주리장수 아줌마의 별명이었다. 아줌마는 광주리장사를 하는 사이사이 단골집의 허드렛일을 시원스레 거들었고 부탁만 하면 온종일 일을 봐주기도 했다. 그러니까 광주리장수와 날품팔이를 겸하고 있는 셈이었다.

이른 봄 산나물에서 시작해서 푸성귀, 과일, 옥수수 따위를 닥치는 대로 받아 이고 다니며 팔다가 겨울이면 김, 북어, 곶감, 엿 같은 걸 팔러 다녔다. 파는 방법은 거의 강매였다. 과부라는 게 큰 밑천이요 세도였다.

그녀는 누가 묻지도 않는데 우선 광주리를 내려놓고는 죽은 남편 욕부터 시작했다.

"오살을 할 놈, 자식만 내깔겨놓고 제놈만 편하게 뒈져가지고, 계집은 이 고생을 시킨다니까."

그러면서 광주리 속에서 그녀의 상품을 제 마음대로 적당히 덜어냈다. 산나물이나 묵 같은 거면 아주 물에 담가까지 주고, 과일은 씻어서 냉장고에 넣어까지 주었다.

상품은 가까운 경동시장에서 받아오는 것으로 싸구려로만 받아와서 그런지, 손질을 잘 못해서 그런지, 가게나 시장의 상품보다 때깔이 떨어지는 탐탁지 않은 거였으나 안 살 도리가 없었다.

식구가 많은 집엔 많게, 적은 집엔 적게 자기가 알아서 내놓았다. 돈이 없다는 핑계도 안 통했다.

"사모님도 참, 아 외상은 뭐 할려고 있는 줄 알아요? 아무리 내가 돈에 열병거지 난 년이기로서니 딴 댁도 아니고 사모님이 맞돈 없댄다고 내가 이 좋은 딸기를 사모님 댁 애기들한테 한번 실컷 못 먹일 줄 알아요?"

이렇게 화까지 내면서 더 많이 덜어내놓기가 일쑤였다. 그러고는 으레 허드렛일 밀린 거 없냐고 물어왔다. 장사보다는 품팔이가 훨씬 낫다는 거였다.

품팔이는 배불리 얻어먹고 천원 벌이는 떼어놓은 당상인데 장사는 우선 배가 곯아 싫고, 남기도 하지만 밑질 때도 있어 종잡을 수가 없어서 싫다는 거였다.

그러나 막상 일을 시키려면 아침에 꼭 경동시장에 들러 아무 물건이라도 좀 받아가지고 와서 일하는 집에 강매를 하고서야 일을 시작했다. 그러니까 장사와 품팔이를 겸하려 들었다.

그러고도 온종일 투덜대며 일을 했다. 뭐니뭐니 해도 장사가 낫지 하루 종일 이렇게 중노동을 하고 천원 남짓한 돈이 말이 되냐는 거였다.

"오살을 할 놈, 오살을 할 놈, 자식만 한 바가지 내깔겨놓고 저만 편하게 뒈져갖고 계집은 이 고생을 시킨다니까. 사모님 댁이니까 내가 큰맘 먹고 해드리지 딴 댁 같으면 국물도 없다구요. 장사를 하면 아무리 쉬엄쉬엄 놀면서 해도 하루 삼천원 벌이야 못 할라구."

아줌마의 이런 푸념이 듣기 싫어서 다시는 일을 시키지 말자고 벼르다가 일이 밀릴 만하면 와서 장사보다는 품팔이가 낫다고 빌붙으면 별수 없이 일을 시키게 됐다.

장사를 마치고 돌아가는 길에 들러서 시원시원 쓰레기통도 비워주고, 마루 걸레질도 쳐주는 일도 있었다. 이렇게 시키지 않은 일을 했을 때는 아무리 돈을 주어도 받지 않았다. 아무리 돈에 열이 났어도 단골댁에서 그까짓 반나절품을 받겠느냐는 거였다. 그러면 또 별수 없이 다음날 일을 안 시킬 수가 없었다.

이렇게 해서 어쩔 수 없이 아줌마한테 허드렛일을 시키는 집이 우리 이웃에도 네댓 집은 되었다.

그러나 아줌마가 과부라는 것과 숭인동 돌산 위 판잣집에서 산다는 것 외에 아줌마의 근본이나 가족상황에 대해 자세히 아는 사람은 아무도 없었다. 그런 아줌마가 어느 날 갑자기 우리 동네로 이사를 오게 됐다.

산동네의 판잣집들이 헐리는 대신 녹지대가 들어서는 불량지

구 정비계획에 따라 아줌마는 집을 잃게 됐다. 대신 잠실 아파트 입주권을 준다니까 당장은 좀 고생스럽지만 결국은 잘된 일일 터인데도 아줌마는 어떻게 된 게 새카만 얼굴에 열이 잔뜩 올라 매일같이 욕만 하고 다녔다.

"오살을 할 놈, 오살을 할 놈, 지지리도 복도 없더니 뒈지는 복 하나는 타고나갖고 계집년이 밥바가지 자식새끼 데리고 길거리에 나앉는 꼴 보기 전에 뒈져버렸으니, 오살을 할 놈, 복도 좋아, 오살을 해도 시원치 않을 놈."

이런 푸념이 듣기 지겨워서라도 그저 얼른 물건을 팔아주는 게 수였다.

우리도 과히 넉넉한 살림은 아니었는데도, 여자가 아줌마같이 될 수도 있다는 걸로 아줌마의 가난은 내 이해를 초월한 흉측한 악몽이었다.

아줌마가 지겨울수록 아줌마한테 허드렛일을 시키고 천여원을 주는 일이나 물건을 팔아주고 물건값을 준다는 당연한 일조차 무슨 큰 적선이라도 베푸는 것 같은 아니꼬운 자비심을 가지고 하게 됐다.

그러나 세상 인심은 나보다는 훨씬 넉넉하고 푸근해서, 한데 나앉게 된 아줌마에게 지하실을 집세 없이 내주겠다고 자청한 집이 있었던 것이다. 서마담이라고, 남편 없이 혼자 요정을 해서 꽤 넉넉한 살림을 하는 우리의 이웃으로, 역시 아줌마의 품팔이와 광주리 장사의 단골집이었다.

과부 설움은 과부가 안다고 혼잣손으로 자식 기르고 사는 여편네끼리 도와가며 살자고 서마담이 말했다지만, 어둡고 습기찬 지하실 방을 집세 내고 세들 사람은 없을 테니까 거저 빌려준 답시고 힘드는 허드렛일이나 공짜로 시켜먹을 속셈이거니 하고 나는 짐작했다. 서마담네 지하실에는 방도 있었지만 중탄이 하루 예닐곱 개나 들어가는 연탄 보일러가 있어 겨울이면 그거 갈기가 힘들다고 식모가 안 붙어 있는 게 서마담의 커다란 고민거리였던 것이다.

그래서 아줌마는 바로 우리 이웃으로 이사를 오게 되고 동시에 그녀의 생활의 전모를 우리 앞에 드러냈다. 아이들이 넷에다가 놀랍게도 그녀에겐 남편이 살아 있었던 것이다.

그녀의 남편은 겨우 지팡이에 의지해서 걸음을 옮길 만큼 깊은 병색이 들어 보였지만 아무튼 두 눈이 시퍼렇게 살아 있었던 것이다. 그런데도 아줌마에겐 무안쩍어하거나 겸연쩍어하는 기색이 조금도 없었다.

"언제 숨 넘어갈지 모르는 서방, 그까짓 서방 구실도 못 하는 서방 있으나 마나지 서방 있다고 쳐들 게 뭐 있대요? 난 과부라요. 과부. 벌써 몇 년째 과부라요."

이러고 능청을 떨었다.

산전수전 다 겪어 사람 다루는 솜씨가 보통이 아닌 서마담도 아줌마의 뻔뻔스러움엔 질린 것도 같고 겁을 먹은 것도 같았다. 또, 세상에 인정도 많으셔, 복받을 양반이야, 암 복받을 양반이

흑과부(黑寡婦) 143

고말고, 하며 동네 사람들이 일제히 서마담을 추켜세우는 소리도 한몫 거들었으리라. 서마담은 아줌마에게 남편이 있다는 걸 탓하지 않고 그 여섯 식구를 지하실로 맞아들였다.

아줌마를 과부로 알 때는 아무도 아줌마를 과부라 부르지 않았는데 아줌마에게 남편이 살아 있는 걸 알고부터는 동네 개구쟁이들이 아줌마만 지나가면 과부, 과부 하고 수군대고 킬킬댔다. 과부가 다시 흑과부가 됐다. 아줌마 살갗이 유난히 까맣대서, 또 속셈이 시커멓대서 흑과부라는 거였다. 개구쟁이들이 지어 부르는 별명을 어느 틈에 어른들도 따라 부르고 요새 와서는 맞대놓고 흑과부라 부르고 있었다.

"흑과부, 내일 우리집에 배추 들어오는데 수고 좀 해주어야겠어."

"어메, 교장 댁에도 내일 배추 들이신댔는데 어쩔고. 그래도 사모님 댁을 우선적으로 해드려야지, 안 그래요? 메뚜기도 한철이라더니만 요새 흑과부 바쁘다 바뻐."

본인까지 이렇게 받아넘기게 됐다. 이런 흑과부를 아무도 사람 대접 하지를 않았다. 그러나 경멸하는 것하고는 달랐다.

얼굴은 옹기 빛깔로 새까맣고, 가뜩이나 큰 키가 가슴을 늘 몽당치마의 치마끈으로 친친 동이고 있어 장대같이 멋대가리 없이 뻣뻣하고, 사시장철 여자 건지 남자 건지 분명치 않은 찌들고 헐렁한 윗도리를 걸치고, 입으론 끊임없이 욕지거리를 투덜대며 힘든 일을 척척 해내는 흑과부를 보고 있으면, 보통 인간의 희로애

락과는 전혀 다른 감정세계를 가진 괴물 같은 느낌이 들곤 했다.

희로애락뿐 아니라 상식적인 선악의 기준이나 성별, 연령, 용모의 미추가 사람에게 끼치는 영향으로부터도 초월한 것 같았다.

그녀가 거울을 본다는 걸 상상할 수 없었고, 그녀가 울 수 있다는 걸 상상할 수 없었고, 그녀에게 어린 시절이나 꽃다운 시절이 있었다는 것도, 앞으로 늙으리라는 것도 상상할 수가 없었다.

아무도 그녀와 인간적인 감정의 교류를 위한 대화가 가능하다고 상상할 수도 없었다. 그런 의미로 그녀는 사람 대접을 못 받고 있었다.

그녀가 서마담네 지하실로 이사를 오고 나서 서마담네 식모 입을 통해 그녀에 관한 갖은 소문이 다 났지만 그것 역시 그녀 일이고 보면 놀랄 일이 못 되었다.

그녀의 남편은 양쪽 폐가 다 결딴나 죽을 날만 기다리는 폐병쟁이라는 게 제일 먼저 난 소문이었다. 이사 오는 날 그녀의 남편을 본 사람은 누구나 속으로 그 정도의 진찰은 하고 있었기 때문에 신기할 것도 없는 소문이었다.

이어서 그녀가 병든 남편을 얼마나 심하게 구박하나 하는 소문이 퍼졌다. 밥을 줄 때도 오살을 할 놈, 물 한 모금을 떠다주고도 오살을 할 놈, 이렇게 구박을 받으면서도 그녀의 남편은 아직도 살고 싶은 욕심을 못 버리고 파스니 나이드라지드니 하는 결핵약을 갓난애 젖 보채듯이 보챈다는 거였다. 그러면 그녀는 아스피린 같은 싼 약을 사다가 절구에 쿵쿵 찧어서 적당량을

흑과부(黑寡婦) 145

봉지에 나누어 싸가지고 결핵약이라고 속여서 먹이는데, 그것도 충분히 주는 게 아니라 정 보챌 때 겨우겨우 돈 마련해 사온 것처럼 조금씩만 주면서 오살을 할 놈, 오살을 할 놈, 밥 벌어먹이기도 뼛골이 빠져 죽겠는데 이런 비싼 약을 무슨 수로 대란 말이냐고 들입다 공갈을 치면서 먹인다는 거였다. 그러면 병든 남편은 그 가짜약을 감지덕지 눈물을 주룩주룩 흘리면서 받아먹고 나서 여보 미안해, 내 어떡하든지 병 고쳐가지고 당신 편히 먹여살릴게, 호강도 시켜줄게, 한다는 거였다. 들을수록 끔찍한 소리였다.

그런 그녀의 남편이 죽었다는 거였다. 오래 버틴 셈이었다.

나는 조의금 봉투를 스웨터 주머니에 끼고서 마담네 마당을 돌아 뒷마당으로 갔다. 뒤꼍에 지하실로 내려가는 계단이 있었다. 계단 입구는 열려 있었고, 그 속은 어두웠고 눈물이 나도록 자극적인 냄새가 피어오르고 있었다.

나는 이유가 분명치 않은 두려움을 느끼고 뒷걸음질을 쳤다. 그 속의 어둠은 아가리를 벌리고 있는 무덤의 어둠처럼 이 세상 어둠 같지가 않았다.

나는 조금도 마음에서 우러나지 않은, 순전히 막내한테 보이기 위한 제스처에 불과한 문상을 이미 후회하고 있었다. 그대로 돌아가고 싶었다.

그런데 마침 서마담네 식모한테 내 모습을 들키고 말았다.

"어머머, 혁이 엄마가 여기 웬일이세요?"

식모애는 눈을 똥그랗게 뜨고 내가 거기서 서성대는 걸 이상해했다.

"수남이 아버지가 돌아가셨다며? 너무 놀랍고 안돼서, 수남이 엄마를 좀 위로하려고……"

나는 울상을 하고도 제법 고상하게 꾸며댔다.

"네, 어젯밤에 죽었다나봐요. 그래도 친척이고 동네 사람이고 아무도 와보는 사람이 없지 뭐예요. 폐병쟁이는 죽을 때 자기 몸의 병균을 모조리 밖으로 내뿜고 죽는다면서요? 아마 그래서 겁을 내고 아무도 안 와볼 거예요. 그래서 우리 아주머니가 벌써 소독하는 사람 불러다 구석구석 소독을 시켰는데 우리 아주머니도 소독 끝나고 나서 한참 있다 들어가보시고 나가셨어요. 그러니까 혁이 엄마도 지금 들어가보셔도 상관없어요. 어서 들어가보세요."

식모애는 생글생글 웃으며 자꾸만 들어가라고 나를 그 어두운 동굴로 들이몰았다.

나는 별수 없이 엉금엉금 지하실 계단을 내려갔다. 내려가서 골목 같은 통로를 지나 꼬부라지니까 촉수 낮은 전깃불이 켜져 있는 넓은 헛간 같은 데가 나왔다. 역시 불이 켜진 방이 보이고 비교적 정갈한 부엌도 보였다.

아줌마는 성성한 팔뚝을 걷어올리고 빨래를 하고 있었다. 비록 찌들었을망정 화려한 진분홍 바탕에 노랗고 흰 꽃을 미싱 자수한 캐시밀론 이불을 시멘트 바닥에 멍석처럼 활짝 펴놓고 북

북 솔질해 빠는 모습과, 내가 평소 품고 있는 상가의 이미지와의 엄청난 위화감을 어떻게도 처리할 수가 없어 나는 그저 멍청히 서 있었다. 다만 그녀의 팔뚝의 싱싱함과 이불의 진분홍이 몸서리가 나게 지겨웠다.

그녀가 느릿느릿 허리를 펴더니 먼저 말을 시켰다.

"그 오살을 할 놈이 어젯밤에사 겨우 뒈졌다요."

표정 없이 담담하게 말했다. 나는 입 속에서 간신히 몇 마디 중얼대며 조의금을 내놓았다. 그녀는 물건 팔고 돈 받을 때처럼 당연하게 그것을 받아, 입고 있는 커다란 앞치마 주머니에 꾸겨 넣었다. 나는 부랴부랴 그곳을 도망쳐나왔다.

나오다 보니 헛간 한쪽 구석에 가마니를 깔고 소년 같기도 하고 청년 같기도 한 젊은이들이 대여섯 명 화투를 치고 있었다. 요새 공장의 견습공으로 들어갔다는 그녀의 맏아들과 그의 친구들이었다. 그 조그만 노름판이 상가다운 유일한 구색이었다.

집에 돌아오니 막내가 엄마 울었지 하고 근심스러운 듯이 내 눈치를 살폈다. 소독약 냄새가 지독하더니 아직도 눈이 아팠다. 나는 그럼, 수남이 그 어린 게 아빠 없는 애가 된 걸 보고 눈물이 안 날 수 있니, 하고 거짓말을 했다. 그러고 나서 심한 부끄러움을 느꼈다.

흑과부가 진짜 과부가 되고 나서도 그녀에 대한 지겨운 소문은 그치지 않았다. 산동네서 집이 헐린 사람은 잠실 아파트 입주권을 주는데 입주금 마련도 어려운 사람들은 언 발등에 오줌누기로 우선 입주권을 팔아서 쓰고 본다는 거였다. 그런데 아줌마는 입주금을 제일 먼저 마련해들였다는 소문이었다.

흑과부가 입주금 마련도 어려운 극빈자 속에 포함되지 않았다는 사실이 우리 인심 좋은 이웃들에게 안겨준 배신감은 엄청난 것이었다.

여직껏의 그녀와의 거래를 크나큰 자선처럼 느꼈고, 몰수할 수 있는 거라면 베푼 자선에 이자라도 붙여서 몰수하고픈 심정이었다.

"아유, 말도 말아요. 흑과부 얘기라면 소름 끼쳐요. 세상에 그년이 인제 벌을 받아도 천벌을 받지, 그렇게 약 먹고 살고 싶어하는 남편을 아스피린도 아까워 밀가루를 섞어 멕이면서 그만한 목돈을 꿍쳐놓았으니 그게 사람이유. 인두겁이 아깝지, 아유 끔찍해."

"밀가루를 섞어 먹였다지만 누가 알우, 독약을 조금씩 섞어 먹여 쥑였는지. 그년이라면 그만 일은 실컷 저지르고도 남지. 아유, 징그러워."

아무리 수군대도 울분이 가시지 않았다. 우리의 착하고 인정 많은 이웃들은 이런 울분이 절대로 사사로운 감정이 아니라 적어도 의분(義憤)이라고 생각했다.

그래서 마침내 이 의분을 어떻게 정당한 방법으로 행동화할 것이냐를 의논했다. 의논은 쉽게 모아졌다. 앞으로 흑과부 물건을 사지도 않고, 일거리도 주지 않기로.

흑과부(黑寡婦) 149

우리집을 포함해서 흑과부에게 단골로 힘든 일을 시키던 집들이 일제히 파출부를 알선하는 모 여성단체에 등록을 하고 앞으론 파출부를 쓰기로 했다.

 써보니 파출부는 교양도 있고, 말수도 적고, 시간관념도 철저해 어느 모로 보나 흑과부보다 나았다.

 그런데도 나는 어느 틈에 흑과부 생각을 하고 있었다. 아무리 힘든 일을 시켜도 안쓰럽지 않던 장사 같은 흑과부 생각이 굴뚝같을 때가 많았다.

 흑과부가 경동시장에서 받아다가 강매하다시피 하던 과일이나 푸성귀 생각까지 나기 시작했다. 때깔은 가게 것만 못했지만 과일도 푸성귀도 제 맛을 지닌, 어딘지 어릴 적 고향 것 같은 것이었다. 그녀가 그것들을 얼마나 작은 이익밖에 안 붙여먹고 팔았나도 차츰 깨닫게 된 것이다.

 우리 이웃의 몇 집에서 그녀를 배척하건 말건 그녀는 여전히 허구한 날 광주리를 이고 다녔고 품팔이도 다녔다. 그 뻔뻔스러움과 그 기운과 그 넉살 갖고 단골 몇 집 떨어졌다고 기가 죽거나 일거리에 궁색할 흑과부가 아니었다.

 김장 때가 됐다. 작년에 흑과부 솜씨로 처음 맛본 쪽파김치의 짭짤한 감칠맛이 되살아나면서 흑과부를 다시 부르고 싶은 마음을 억제할 수가 없었다.

 그러면서도 여러 이웃 중에서 내가 제일 먼저 흑과부를 다시 불러들일 용기는 나지 않았다.

어느 날, 김장독을 미리 묻으려고 아이들과 함께 땅을 파는데 서툴러서 힘만 들고 도무지 능률이 나지 않았다. 밖에서 놀다 들어온 막내가 이상한 듯이 물어봤다.

"엄마 왜 흑과부 아줌마 안 시켜? 이까짓 거 흑과부 아줌마라면 당장 해줄 텐데. 어저께 철이네는 흑과부 아줌마가 큰 독을 혼자서 셋이나 묻어주던데……"

"뭐 철이네를?"

철이 엄마도 우리와 함께 흑과부 배척운동에 참가한 우리의 이웃이었다.

"응, 오늘은 난이네서 총각무 다듬던데. 엄마, 우리도 총각깍두기는 그 아줌마더러 해달래. 작년처럼 맛있게 먹게."

난이 엄마도 흑과부 배척운동의 한 멤버였다.

그러나 나는 이미 철이 엄마도 난이 엄마도 원망스럽지 않았다. 오히려 나도 이제 아무의 눈치도 볼 것 없이 흑과부를 다시 불러들일 수 있게 된 걸 다행해하고 있었다.

우리가 김장을 들이던 날, 나는 내가 가기가 겸연쩍어 막내를 보내 흑과부를 불렀다. 흑과부가 곧 따라올 줄 알았는데 막내만 와서 이상한 소리를 했다.

"조금 있다 온대."

"왜, 뭐 하디?"

"아니."

"그럼 그 아줌마가 우리집에 오는 게 싫은 눈치던?"

"아니, 그 아줌마가 글쎄, 큰 소리로 엉엉엉 울고 있었어. 혼자서."

"뭐, 아줌마가 울어?"

나는 그녀가 왜 울고 있나 그 까닭이 궁금하기 전에 우선 푹 하고 웃음이 먼저 터졌다.

"정말이야, 엉엉엉 아이들처럼 큰 소리로 울었단 말야. 이따 오면 봐. 눈이 퉁퉁 부었을 테니."

그래도 나는 흑과부가 우는 걸 상상할 수가 없었다.

그녀는 곧 오지 않고 내가 혼자서 배추를 반 이상 다듬은 연후에야 왔다. 정말 눈이 퉁퉁 부어 있었다. 나는 또 웃음부터 나려는 걸 가까스로 참았다.

"어디가 아팠어요?"

"사모님도, 누굴 어린앤 줄 알아요? 아프다고 울게."

"그럼……"

나는 남편 죽은 날 예사롭게 빨래를 하던 그녀의 싱싱한 팔뚝과 진분홍 캐시밀론 이불 생각이 나면서 더욱 그녀가 울었다는 게 믿어지지 않았다.

그녀는 내가 여직껏 본 일이 없는 심란한 얼굴로 배추를 다듬으며 차분히 이야기를 시작했다.

"아파트를 다 지었잖아요. 집 헐어가고 대신 주는 아파트 말예요. 제비를 뽑았는데 운수가 터지느라고 남향에다가 삼층으로 걸렸지 뭐예요. 층수야 그까짓 거 어찌 됐든지 서향이나 북향이

걸리면 집값이 형편없어진다는데 무슨 복으로 남향에다 삼층이 걸렸는지. 제일 값나가는."

"팔 건가요?"

"팔긴요?"

내가 무심히 물어본 말을 그녀는 충혈된 눈을 무섭게 부릅뜨며 부정했다.

"아니, 그게 어떻게 장만한 내 집이라고 팔아요. 그거 장만하느라고 겪은 고역을 다 주워섬기면 아마 얘기책 수십 권이라도 모자랄 건데. 어찌 됐든 내 자식새끼들만은 제대로 된 집 같은 집에 한번 살아보게 하려고 내가 한번 결심 세우고 나서, 이를 악물고, 뼛골이 빠지고, 피눈물 흘린 건 말도 못 해요. 그래서 장만한 내 집을 누구 맘대로 팔아요?"

"내가 말을 잘못했나봐. 그럼 곧 이사를 가겠네. 섭섭해서 어쩌지?"

"사모님도, 이사 가려면 아직 멀었어요."

"다 지었다며?"

"그렇지만 아직이야 무슨 팔자로 그런 으리으리한 양옥집에 들어가 살 수가 있겠어요. 아직 멀었어요. 다달이 부어나가야 할 돈도 자그만치 만이천원씩이나 되는걸요. 그래서 세를 놓았지 않았나봐요. 워낙 자리가 좋으니까 말이 그렇지 남향에다 삼층이면 하늘에 별 따기지 흔한 게 아니라구요. 올해 우리 운수가 대통을 했으니까 그런 자리가 잡혔지. 그래 참, 워낙 자리가 좋으니까, 집세도 제대로 받고 잠을 손도 빠르데요. 신혼부부가 집세 이만원에 단박 세를 들었지 뭐예요. 접때 그거 계약하느라고 갔을 때만 해도 도배도 안 하고 해서 그저 그렇더니만 어제 그 사람들이 이사를 온다고 하길래 보증금도 마저 받을 겸 해서 갔더니만······"

별안간 입가가 씰룩씰룩하더니 눈에서 닭똥같이 탐스러운 눈물이 뚝뚝 떨어졌다. 그래도 나는 그녀가 왜 우는지를 알 수가 없었다.

"사모님도 아시다시피 요새 김장철이라 내가 보통 바빠요? 맘대로 했으면 대목 만났을 때 이까짓 몸뚱이, 열동강에라도 내고 싶지만 그럴 수도 없고. 어저께도요 아래 단골 댁에서 김장을 밤늦게까지 해드리고 아파트로 갔더니만 두 내외가 이삿짐을 벌써 다 제자리에 놓은 후라 이사 온 집 같지도 않습디다. 사람도 새 사람, 세간도 새 세간, 집도 새 집. 세상에 우리집, 그거, 무슨 집이 그렇게 탄탄하고, 아담하고, 예쁘고 편리하데요? 그림책에서나 봤지 처음 봤다니까요. 이게 바로 내 집이다고 생각하니까 꿈인가 생신가 종잡을 수 없이 기쁘면서도, 두 내외가 요렇게 찰싹 정분 좋게 붙어앉아서 테레비 구경을 하고 있는 걸 보니까, 세상에 어떤 사람은 저렇게 깨가 쏟아지게 재미난 세상을 사나 싶으면서 가슴에서 무슨 불덩이 같은 뜨거운 게 불끈 치솟으면서 들입다 눈물이 쏟아지는데 아무튼 그 두 내외가 내 통곡 달래느라고 애를 먹어도 이만저만 먹지 않았다구요. 겁나게 울었는데도 응어리가 여적지 들 풀려갖고 오늘 아침 내내 울었는데도 가슴이 이렇게 답답하니. 하기사 알짜 응어리야 운다고 풀리겠소. 사모님도 앞으로 지켜보시겠지만 난 아무래도 앞으로 형편이 피어도 그 좋은 집에 서방도 없이 나 혼자 들어가 절대로 안 살아요. 어차피 내 자식들 집 없는 고생 안 시키려고 장만한 집이니까, 아들 장개나 들거든 저희끼리 들어가 살라고 할 거구먼요. 우리 서방 복도 지지리도 없지. 그 양지바르고 깨끗한 새 집에서 단 하루라도 살다가 죽었어도 내 가슴에 이렇게 못이 박히진 않았으련만. 정말 두고 봐요. 사모님. 나 절대로 그 좋은 집에 들어가 살지 않을 테니까. 허구한 날 눈물이 쏟아져서라도 못 살 테니까. 아유 내 꼴 좀 봐. 집 하나 생겼다고 큰 부자라도 된 것모양 제일 먼저 서방 생각부터 하고 있으니, 주책이야 주책. 우리집 서마담이 맨날 이 서방 저 서방 갈아들이는 걸 짐승만도 못하게 알았더니만 내 꼴 좀 보게. 세상에 망측해라."

그러면서 울다 웃다 했다. 나는 이런 흑과부를 무참한 마음으로 지켜볼밖에 없었다.

그후 흑과부는 다시 우리집에 드나들게 됐고 다시는 눈이 부어서 오는 일도 없게 됐다. 여전히 시원시원 힘드는 일을 잘했고, 시시한 물건을 강매하는 버릇도 여전했다. 달라진 건 흑과부 쪽이 아니라 나였는지도 모른다. 말로 표현은 안 했지만 흑과부에게 일을 시키고 품삯을 줄 때, 자선을 베푼다는 엉뚱하고도 아니꼬운 생각을 다시는 안 하게 된 것이다.

어느 날 나는 흑과부에게 빨래를 시키고 외출을 했다 돌아왔다. 급하게 화장실 문을 열다 말고 나는 깜짝 놀랐다. 우리집은 화장실과 욕실 사이에 칸막이가 없이 비좁다. 흑과부가 마침 목욕을 하고 있었다.

"더운물이 콸콸 쏟아지길래 굵은 때만 대강 민다는 게 어찌나 때가 많은지 그만 사모님한테 들키고 말았구만요. 사모님 어서 들어와 일 보시이소. 같은 여자들끼리 뭘 그래요?"

나는 일이 급했기 때문에 그녀가 하라는 대로 했다.

사시장철 치마끈으로 꽁꽁 동여맨 납작한 가슴 속에 그렇게 아름다운 젖무덤이 감춰져 있으리라곤 누가 감히 상상이나 했겠는가. 흑과부의 속살은 매력적으로 검고, 피부는 섬세하고, 가슴은 풍부했다. 그러나 그런 아름다움엔 뭔가 개척되지 않은 처녀지(處女地) 같은 생경함이 있었다.

그 아름다움, 그 생경함은 그녀의 눈물보다 훨씬 충격적으로 내 아둔한 의식을 때렸다. 나는 쇠뭉치로 골통을 한 대 얻어맞은 것처럼 정신이 번쩍 나면서도 얼떨떨했다.

가난이란 그녀가 혼자서 감당하고 싸워나가기엔 얼마나 거대하고 공포로운 악(惡)이었을까? 혼자서라니!

광 속에 천 장의 연탄과 연탄 보일러로 물이 데워지는 작은 욕실이 있는 집 속에 안주한 나의 안일한 소시민성에 이제서야 그것이 쇠망치 같은 충격이 되어 부딪쳐온 것이다.

돌아온 땅

　버스가 부릉부릉 가쁜 숨을 몰더니 마침내 그 노구(老軀)를 경련하듯이 움직이기 시작했다.
　면사무소와 농업협동조합과 지서와 S일보 보급소와 K전자 직매장과 다방과 중국음식점과 예식장과 잡화상이 있는 읍내를 순식간에 벗어나 푸른 들판으로 접어들었다.
　"어딜 가나 길 하나는 잘 닦아놨단 말야."
　내 뒤에 앉은 남자가 남방셔츠를 풀어헤쳐가지고 양손으로 펄럭펄럭 부채질 시늉을 하며 혼잣말을 했다. 나도 동감이었다.
　몇 해 전만 해도 숫제 사람을 키질하듯이 들까불던 흙먼지가 지독하면서도 돌이 많던 시골길이 매끈히 포장돼 낡은 버스가 제법 미끄러지듯이 구르고 있었다.
　저만치 숨이 막히도록 짙푸른 들판 너머 미루나무숲 사이로 내가 떠나온 마을의 주황색 지붕들이 보였다.

농가도 많이 변했다. 초가가 슬레이트나 함석 지붕으로 바뀐 것은 누구나 다 아는 사실이지만 저런 강렬하다 못해 독기마저 서린 주황색으로 지붕을 칠할 줄이야.

미루나무숲 사이로 어른대는 주황색이 아직도 나에겐 지붕 같지 않고 팔월의 지열이 이글이글 열도 높은 불꽃이 되어 지각을 뚫고 분출한 것을 보는 것 같아 지겹다.

창가에 앉은 딸은 눈을 창 밖으로 둔 채 말이 없다. 찬바람에 곧고 긴 머리가 나부끼며 드러난 섬세한 귀와 목고개의 아름다움이 애처롭다.

처녀 나이 스물일곱이면 누가 뭐래도 과년한 편이다. 아직 고운 얼굴이지만 눈가에 잔잔한 애수 때문에 실제보다 더 나이 들어 보일 때도 있다.

그 애수가 오늘은 한층 짙다. 딸의 상심이 얼마나 깊은가 짐작된다. 그러나 나는 에미로서 도울 방도가 없다.

아무도—나뿐 아니라 이 세상의 아무도 지금의 딸을 도울 수 없다. 이 '아무도'가 나를 소름 끼치게 하고 절망시킨다.

만일 딸의 지금의 상심을 아물릴 약손을 가진 분이 있다면 그분의 발 아래 몸을 던지고 내 눈물로 그분의 발을 적셔가며 그분의 자비를 애걸하리라. 그러나 그런 분이 어디 있단 말인가.

몇 년 전 나는 지금의 딸의 상심과 똑같은 아들의 상심도 지금처럼 속수무책으로 바라다만 본 적이 있다. 그래도 그때는 내 마음이 지금처럼 아프지는 않았다.

아들은 공과대학을 졸업하던 해 국가기관인 모 연구원에 응시해서 합격했다. 모두 다 부러워했다. 최신 최고의 시설과 환경에서 연구에 몰두하면서 충분한 생활보장과 사회적으로 높은 신분까지 누릴 수 있는 곳이라 수재들이 운집하여 몇십 대 일이라는 치열한 경쟁률을 보였었다. 이런 곳에 외아들이 무난히 합격한 기쁨과 자랑은 보통이 아니었다.

그러나 아들은 신원조회에 걸려 이차에서 낙방을 하고 말았다. 월북한 삼촌이 있다는 게 문제가 된 모양이다.

나는 아들과 딸한테 6·25 때 공산당한테 무참히 학살당한 아버지에 대해 너무 많은 이야기를 했고, 그 이야기를 통해 너무 많은 것을 심어주려고 한 나머지 삼촌에 대해선 거의 아무 얘기도 해준 일이 없었다.

월북 당시 삼촌은 미혼이었으므로 남긴 가족도 없는데다가 나는 삼촌에 대해 아무 얘기도 안 했으므로, 그때까지 아이들에게 삼촌은 없었던 거나 마찬가지였다.

그러니까 나는 의식적이었든 무의식적이었든 간에 삼촌을 말살해버렸던 것이다.

그런 삼촌이 느닷없이 소생해서 아들의 장래를 가로막고 나선 것이다. 죽은 사람의 망령을 달래는 미신적인 방법에 대해 나는 여러 가지를 알고 있다. 그러나 산 사람의 망령을 달래는 법에 대해 나는 아무것도 알고 있질 못했다. 삼촌의 보이지 않는 존재가 그렇게 아이들의 앞길을 가로막음으로써 알려지자 여직껏 삼촌의 존재조차 몰랐던 만큼 아이들의 충격도 컸다.

나는 알 수가 없었다. 암만 생각해도 알 수가 없었다. 비록 아이들이 어렸을 때 학살당했다고는 하지만 훌륭한 인품으로 자유와 민주주의의 순교자로 아이들의 성장에 적지 않은 영향을 끼쳤고 지금도 아이들의 흠모를 한 몸에 모으고 있는 아버지보다 아이들에게 한 번도 존재해본 일이 없는 삼촌이 어째서 그런 엄청난 영향을 아이들에게 끼칠 수가 있나를.

만일 아이들의 운명에 그런 악랄한 간섭을 하고 나선 게 삼촌의 산 망령이 아니라 산 몸뚱이였다면 나는 칼부림도 서슴지 않았을 게다. 그러나 나는 삼촌이 진짜 빨갱이는 아니었노라고 웅얼웅얼 아이들에게 먹혀들지도 않을 변명이나 하는 게 고작이었다.

그러나 아들은 빠르게 상심을 아물리고 유수한 개인 기업체에 취직하더니 그런대로 잘 지내고 있다.

아들처럼 딸도 빨리 상심을 달랠 수 있어야 할 텐데. 그러나 이번 딸의 경우는 사랑의 문제까지 겹쳐 있어 아들의 경우보다 훨씬 심각하다.

나는 딸이 그 청년을 얼마나 깊이 얼마나 오래 사랑했는지 알고 있다. 딸이 그만한 인물을 가지고 스물일곱 살씩이나 나이를 먹게 된 것은 오직 그 청년 때문이었다.

대학교 일학년 때부터 사귀기 시작한 동급생으로 대학 사 년 동안을 서로 변함없이 사랑했다. 그들은 누가 봐도 어울리는 한 쌍이었다.

에미 마음에 연애라면 그저 덮어놓고 싫기만 하던 나도 둘을 같이 만나보니 너무도 천생연분 같아 축복하는 마음이 저절로 우러났었다.

딸은 대학 사 년 동안 충실히 그 청년만 사랑했고 군대생활 삼 년 동안을 충실히 기다렸다.

청년은 제대하는 대로 서독으로 유학을 가기로 돼 있고, 그곳에서 학위를 따기까지는 상당히 오랜 세월이 걸릴 걸 예상해서 결혼해서 동반하기를 바라고 있었다. 그것은 이쪽에서도 바라는 바였다. 딸은 자그마치 스물일곱이다.

실은 군대생활 삼 년 기다린 것도 내 딸이니까 할 수 있는 일이었다고 생각한다. 좋은 혼처 나서서 하나 둘 시집가는 동창을 볼 때마다 내 마음도 흔들렸지만 제 마음인들 어찌 좋았겠는가. 그런데 지금 와서 머나먼 이역으로 보내놓고 기약 없이 기다릴 수는 없는 노릇이었다. 딸은 스물일곱이다.

그런데 서독으로 떠날 수속중 또 그 삼촌의 산 망령이 훼방을 놓고 나선 것이다.

죽은 망령이라면 용한 무당 시켜 지노귀굿이라도 해서 좋은 곳으로 천도라도 할 수 있으련만, 용한 판수를 시켜 경이라도 읽어 다시는 못 헤어날 옥중에 가둘 수라도 있으련만, 북쪽에 살아 있는 자의 망령에 대해선 나뿐 아니라 우리 모두가 속수무책이었다.

청년은 딸이 못 가게 되면 자기도 서독 유학을 포기하겠다고 한다지만 그 어려운 유학시험에 합격한 청년의 전도를 내 딸이 가로막아서야 되겠는가.

그러면 딸은 또다시 기다려야 하는 것일까. 아니면 십 년 가까이 정성 들인 사랑을 포기해야만 하는 것일까. 나는 딸이 내릴 어떤 결정도 두렵다.

이번 딸의 문제는 아들의 문제와 달라 해결책이 쉬이 나설 것 같지 않다. 그러니까 딸은 상심하고 있는 정도가 아니라 절망하고 있으리라.

어제 느닷없이 딸이 고향에 내려가보자고 했다. 그곳은 아버지가 학살당한 끔찍한 고장이다. 이제 거기 남아 있는 친척도 없다.

"그곳엔 왜?"

"아버지와 삼촌에 대해 자세히 알고 싶어요."

"엄마가 다 말해줬잖니?"

"엄마 말씀이 정말이라면 이럴 수는 없는 거 아녜요? 제가 이런 벌을 받아야 할 까닭이 없잖아요? 반공투사의 유자녀다운 대우는 못 받을망정요."

"그럼 넌 엄마 말을 못 믿겠단 말이로구나."

"엄마 말씀 믿어요. 믿으니까 가봐야겠어요. 엄마 말씀처럼 아버지는 지방에서 덕망 있고 용기 있는 반공지도자였고 그래서 비참한 최후를 마쳐야 했고, 삼촌은 그저 철부지 소년이었고 월북한 것도 무슨 사상이 투철해서라기보다는 주체성 없이 휩쓸리다가 그리 된 거라는 걸 목격하고 기억하고 있는 사람들과 만나고 싶어요. 그런 사람들의 증언을 통해 내가 아버지의 딸임을 확인하고 싶어요. 삼촌의 조카이기 이전에 아버지의 딸임을 말예요."

그리고 또 딸은 고향을 내려가는 버스칸에서 나에게 말했었다.

"엄마, 그때 그 일을 기억하는 이가 될 수 있는 대로 많았으면 좋겠어요. 저는 누구의 딸, 누구의 손자, 누구의 무엇 하는 걸로 혈연의 덕을 입는 것도, 해를 입는 것도 싫어하면서 살아왔어요. 지금이니까 엄마한테 고백하지만 엄마가 아버지께서 얼마나 훌륭한 분이셨나를 말씀하시는 게 저한테 감동을 준 일도 없거니와 자랑스러웠던 일도 없었어요. 아버지는 저에게 다만 고인(故人)일 따름이었어요. 그렇지만 이왕 혈연의 간섭을 받게 된 이상 가까운 혈연의 간섭을 받고 싶어요. 전 이대로 있을 수는 없어요. 삼촌의 조카이기 때문에 제가 부닥쳐야 하는 장벽을 저는 아버지의 딸이라는 걸로 타개해보고 싶어요. 아버지가 살아 계실 때 하신 일, 학살당할 때의 상황, 그런 것들을 기억해주는 이가 될 수 있는 대로 많았으면 좋겠어요."

"그럼 어쩌겠다는 거냐?"

"아직 구체적인 계획은 없지만 어떻게 해보는 도리가 있을 것도 같아요. 그런 분들이 많기만 하다면 전 그런 분들한테 엎드려 빌겠어요. 도와달라고, 저를 위해 증언해달라고—"

결국 딸의 고향행은 물에 빠진 자가 검부락지 잡는 식과 비슷한 몸짓이었다.

그러나 그 동안 고향도 많이 변해 있었다. 서울행 직행버스가

돌아온 땅 163

삼십 분 간격으로 있을 만큼 서울과의 교통이 빈번해진 때문일까. 있는 집 자식들은 대개 서울 학교로 보내다보니 서울서 취직까지 하게 되고, 없는 집 자식들은 서울의 공장이나 상점으로 밥벌이를 내보내다보니 그럭저럭 서울에 눌러앉게 되고, 아직 남아 있는 본토박이는 무자식한 노인 아니면, 자식을 못되게 둔 노인뿐이었다.

고향의 새로운 주민은 서울이 가까운 이점을 이용해 고등채소 재배나, 도시인의 휴양을 위한 유원지식 농원 개발을 목적으로 이주한 상업 농민으로 바뀌어 있었다.

그렇다고 알 만한 얼굴이 아주 없는 건 아니었다. 그러나 야속하게도 그 난리통에 우리가 당한 일을 자세히 기억해주는 사람은 어쩌면 한 사람도 없었다.

노인네들 중의 한 분은 우리 시아버지의 유별난 주사나 시어머니의 깔끔한 반찬 솜씨까지를 자세히 기억하고 있으면서도 그때 그 일에 대해선 아무것도 기억하고 있지를 않았다.

내가 제일 기대를 걸었던 학종이 엄마까지도 내 딸을 보자마자 한다는 소리가,

"에구, 신통해라. 그때 미처 돌도 안 된 갓난쟁이가 그새 이렇게 자랐구먼, 아이구 대견해라. 그 양반 국으로 있었으면 처자식하고 깨가 쏟아지게 살 양반이 그때 암만 해도 제정신이 아니었나봐. 공연스리 이북으로 넘어가갖고 그 꽃 같던 새댁이 이런 할망구가 될 때까지 생이별을 하고 사니. 그 양반이야 남자니까 제

아무리 무서운 이북땅이라도 새장가 들었겠지만 여잔 무슨 팔잘고……"
하며 혀를 찼다.
"여봐, 학종이 엄마, 지금 누구 소리를 하는 거야. 누가 누구하고 생이별을 했다는 거야?"
"누군 누구야, 애 아버지하고 당신 말이지."
"애 아버지가 인민재판인가 뭔가 받고 동구밖 미루나무에 묶여서 총살당한 걸 제일 먼저 울면서 일러준 게 누구였는데 지금 와서 그런 소릴 해."
"아, 참 내 정신 좀 봐. 난 지금 애 아버진 이북 가고 애 삼촌이 그때 그 끔찍한 지경 당한 걸로 헷갈리고 있구만, 원체 지지리도 고생만 하고 살다보니."

그러면서 뉘 집 자식은 서울 가서 어떻게 자리잡고, 뉘 집 자식은 어떻게 돈을 벌어 부모 모셔다 호강시키는데, 학종이는 어디 가서 소식이 감감하다간 휙 나타나선 땅뙈기나 팔아가지곤 또 휙 달아나버리는 재주밖에 없으니 이년의 팔자를 어찌할 거냐는 푸념을 끝도 없이 늘어놓았다.

변하지 않은 건 동구밖 미루나무밖에 없었다. 그중 제일 큰 미루나무에 묶여서 남편은 총살당했다. 강렬한 태양으로 미루나무잎이 거의 은백색으로 보이던 그 지겹던 여름날에.

미루나무는 성장이 빠르다니까 그때 그 미루나무가 아닌지도 모르겠다. 그러나 나는 그때 그 미루나무라고 생각하고 싶었다.

돌아온 땅 165

미루나무라도 알고 있다고 생각하고 싶었다.

학종이 엄마가 우리를 하룻밤 자고 가라고 붙들었다. 나는 못 이기는 척 주저앉았다.

그리고 어스름 달밤 혼자 몰래 미루나무숲으로 갔다. 제일 큰 미루나무의 수피를 어루만졌다. 거기 남편이 총살당할 때 입은 총상이 남아 있을 터였다. 아무리 어루만져도 총상을 찾아낼 순 없었다. 그러나 나는 그 미루나무를, 그 유일한 목격자를, 남편이 피 흘릴 때 같이 피 흘린 몸뚱이를 껴안았다.

그러지 않고는 너무 허전해서 딸한테 면목 없음을 감당할 기력이 없었다.

정직하고 유일한 목격자 미루나무는 내 절박한 포옹에도 도무지 무감각했다.

이런 미루나무를 껴안고 있으니까 소년과부로 아이들을 기죽이지 않고 기르기 위해 또는 세상 형편에 눈치봐가며 아부하기 위해, 나도 모르게 왜곡하고 과장하고 은폐했던 진상에 대해 오랜만에 생각을 가다듬어볼 마음의 여유가 생겼다.

실은 남편은 신념 있는 민주주의의 투사도 덕망 높은 농촌지도자도 아니었다. 동네에서 제일 잘사는 집 맏아들이었고, 동네에서 제일 공부를 많이 한 젊은이였는데도 그 당시 직장을 안 가지고 놀고 있었다. 창백하고 귀족적인 인상을 갖고 있었다.

마을에 인민군이 들어오고, 남편은 어디로 숨을까 말까 일단 관망하고 있는 시기에 붙들려가 인민재판에 회부되어 더위에 약간 머리가 돈 사람들이 짝짝짝 박수를 치면서 우리 동네에서 제일가는 반동으로 남편을 지적하자, 제일가는 반동은 사상이 투철치 못한 동무들의 경각심을 높이기 위해서라도 사형에 처하는 게 마땅하지 않겠느냐고 동네 사람 아닌 낯선 사람이 한마디 하자 옳소 옳소, 짝짝짝 만장일치로 박수를 치고 나서 미루나무에 매달고 쏴 죽인 것이다.

나는 아이들에게 차마 아버지가 그렇게 허망하게 죽어갔다고 말할 수가 없었다. 사람이란 세상 형편에 따라서 같은 사람을 복날의 개보다도 쉽게 죽일 수도 있어진다는 것을 이해시키기가 싫었다.

그리고 무엇보다도 나는 아버지 없이 자라야 하는 애들의 정신적 지주로 강력한 아버지의 유지 유덕, 그런 걸 필요로 했고 그러다보니 어느 틈에 그런 아버지상을 날조했는지도 모른다.

아이들을 위해 실제의 아버지하고는 많이 틀린 새로운 아버지를 날조한 것까지는 그렇게 변명할 수 있다손 치더라도 삼촌을 말살하려던 것은 무슨 까닭일까.

삼촌은 비록 월북했다고는 하나 악질적인 공산당은 아니었다. 무엇보다도 그는 그때 철없는 소년이었다.

시아버지가 동네 과부를 건드려 낳아 들여온 남편의 이복동생인 삼촌은 어려서부터 우락부락한 용모에 반항적인 몸짓이 몸에 배어 있었다. 그것은 서자로서의 열등감의 몸짓이었을 뿐 사상 따위하곤 상관도 없는 것이었다.

돌아온 땅 167

다만 그런 몸짓을 남들이 막연히 온건한 형과의 불화라고 짐작했을 뿐이었다. 실제론 그렇지도 않았는데.

그런 중에 사변이 나고 형이 총살당하자 보기보다 겁이 많은 소년인 그는 남들이 짐작하는 불화의 관계를 적대의 관계로까지 인식시켜가며 저쪽에 아첨을 하다가 결국 넘어가게 된 것이다.

형은 공산당에게 학살당하고 아우는 공산당을 따라 월북했다면 한국적인 상황 아래선 오히려 통속적이지만, 아무튼 극적으로 상반된 운명을 산 형제끼리라고 볼 수 있다. 그러나 실제의 그들의 이념이나 인간성이 서로 뚜렷이 다른 것은 아니었다. 그때의 가장 가까운 이웃이었던 학종이 엄마까지 오늘날, 두 사람의 경우를 혼동해서 기억하는 것도 이런 까닭이었다.

그런데 나는 왜 오랜 세월 쉬쉬 굳이 삼촌을 말살하고자 했을까. 내가 그렇게 철저하게 삼촌을 말살하지만 않았던들 아들과 딸이 오늘날 받는 충격이 다소 덜할 수도 있었을 것을.

미루나무도 나에게 그 회답을 주지는 않았다. 미루나무는 다만 인간이 하는 그 미친 짓을 목격했을 뿐이지 이해하지는 못했으리라.

어젯밤 딸이 학종이네서 한잠도 못 잤음을 나는 알고 있다.

그런데도 딸은 단정한 자세로 앉아 눈 하나 깜박 안 하고 창밖을 노려보고 있다. 획획 스쳐가는 풍경을 보는 무심한 눈이 아니라 도저히 이해할 수 없는 걸 어떡하든 이해해보려는 비상한 노력을 집중한 눈이다. 조금도 흐트러뜨리지 않은 그런 단정한 모습이 내 가슴에 못이 되어 박힌다.

휴일이 아닌 평일의 시외버스는 자리가 서너 자리는 비어 있을 만큼 한산했다. 그래 그런지 정류장이 아닌 곳에서도 내려달라면 내려주고 태워달라면 태워주는 것 같았다.

급정거를 하더니 술냄새를 지독하게 풍기는 남자가 올라탔다. 그는 너무 거침없이 거친 숨을 확확 내뿜어서 혼자서 서너 사람의 취한이 풍길 수 있는 술냄새를 풍겨댔다.

뒷자리가 모조리 비어 있으니 거기 길게 누워서 한잠 잤으면 좋으련만 아가씨가 혼자 앉은 옆자리에 털썩 큰 엉덩이를 들이대더니 돼지 멱따는 소리로 노래를 부르기 시작했다.

이름도 모올라요, 성도 모올라, 처음 본 남자 품에 얼싸안겨, 푸른 등불 아래 붉은 등불 아래 춤추는 땐서의 순정. ……거기까지는 또 좋았는데 옆에 앉은 아가씨에게 노래를 부르라고 강요하기 시작했다.

"여봐, 남의 노래를 들었으면 화답을 해야 할 거 아냐, 화답을. 그렇게 시침 딱 떼고 있지 말고 어서 한 곡조 뽑으라구 어서. 아무리 순진한 척해도 노래깨나 해본 솜씬 걸 내 다 안다구—"

아가씨가 울상을 하고 버스 속을 휘둘러보았다. 아가씬 승객에게 구원을 요청하고 있었다. 모두 웅성웅성할 뿐 아무도 나서진 않았다. 그만큼 취한에겐 만만치 않은 데가 있었다.

딸은 버스 내에서 그런 일이 일어나고 있다는 걸 알기나 하는지 여전히 창 밖으로 향한 시선이 미동도 안 했다.

돌아온 땅 169

"어서 한 곡조 뽑으라니까, 아무리 얌전 빼고 있어도 누가 모를 줄 알구. 다 안다구 다 알아. 공순이 노릇도 좀 했겠구 주전자 운전사 노릇도 꽤 했겠는데 뭘 그렇게 도도하게 굴고 있어. 자아 한 곡조 뽑아. 어서!"

드디어 아가씨가 날카로운 소리로 울음을 터뜨리더니 차장보고 차를 세우고 내려달라고 했다.

내 뒤에서 꾸벅꾸벅 졸던 남자가 분연히 주먹을 휘두르며 일어섰다.

"야, 차장. 빨리 차 세우고 저 새낄 끌어내리지 못햇!"

"뭐 저 새끼? 야, 이 새끼야. 내가 누군 줄 알구 너 까부니. 날 끌어내리라구? 어디 겁 없는 놈 있으면 날 끌어내려봐. 어서!"

취한의 힘깨나 쓰게 생긴 몸집이 딱 버티고 섰다. 이 소동에도 아랑곳없이 딸은 외눈 하나 까딱 안 하고 창 밖만 노려봤다.

마침 검문소였다. 헌병이 경례를 하며 올라왔다. 차장이 헌병 귀에다 대고 뭐라고 수군댔다. 아마 취한을 끌어내려달라는 것 같았다. 내 뒤의 남자도 이때를 놓칠세라 한마디 했다.

"헌병 어른, 헌병 어른 소관은 아닌 줄 알지만 저 주정뱅이가 어디서 올라타가지고 제멋대로 행패를 부리니 여기서 내려놓고 가게 해주시구려. 제발 부탁입니다."

그런데 놀라운 일은 취한이 그 동안 주정을 딱 그치고 아주 점잖게 앉았는 거였다. 그리고 앉았으니까 버스 속 승객 중 제일 의젓해 보였다. 여북해야 헌병이 누가 주정뱅이냐고 물어봐야 할 지경이었다. 그 지독한 술냄새조차 안으로 홀딱 들여마신 것처럼 가셔 있었다.

차장과 내 뒤의 남자가 동시에 저 사람이 주정뱅이라고 취한을 손가락질하다 말고 되레 기가 죽어서 말끝을 흐리고 손끝이 불확실해졌다.

그래도 헌병은 취한에게 신분증 제시를 요구했다. 취한은 점잖게 약간 권태롭게 느릿느릿 신분증을 제시했다. 헌병은 신분증을 점검하고 나서 취한에게 공손히 되돌려주고는 승객 모두에게 말했다.

"여러분, 복중의 버스 여행이니만치 다소 짜증스러운 일이 있으시더라도 참으시고 즐거운 여행을 하시기 바랍니다."

다시 경례를 올려붙이고 헌병은 내려갔다. 버스가 움직였다.

별안간 취한이 숨을 크게 내뿜자 고약한 술냄새가 다시 진동을 했다. 취한이 벌떡 일어났다.

"야, 이 빨갱이놈의 새끼야."

너무 당돌한, 너무 뜻밖의 호칭에 승객들은 어안이 벙벙했다.

"나를 끌어내라고 한 놈은 빨갱이 아니면 공산당일 거야. 틀림없어. 나로 말할 것 같으면 ××당 ××군 위원장에다 지금 나는 새도 떨어뜨리는 권××의 직속부하다. 이런 나를 감히 끌어내리라고 한 놈이 빨갱이밖에 더 있냐 말야. 이 악질 빨갱이들아."

주정치곤 너무 어처구니없는 주정이었다. 취한은 자기를 끌어내리란 발언을 제일 먼저 한 내 뒤의 남자뿐 아니라 버스 속의 승객 모두를 살기등등한 눈으로 노려보며 고래고래 악을 썼다.

내 뒤의 남자도 어수룩하고 착하디착한 시골 농부였지만 딴 승객들도 초라한 부녀자 아니면, 죄지은 것 없이 주눅만 잔뜩 들어 뵈는 겁쟁이 남자들뿐이었다.

취한의 충격적인 발언에 분노에 앞서 겁부터 나는지 숨을 죽이고 딴전만 보고들 있었다.

취한은 더욱 기세가 등등해져서 손가락으로 아무 가슴이나 지적하며 신문조로 악을 썼다.

"너도 빨갱이지? 응 너도 빨갱이야. 너도 날 내쫓자고 했지?"

이상한 일이었다. 승객은 한결같이 취한의 좀 전의 횡포는 접어둔 채 취한의 너도 빨갱이지? 하는 지적이 자기 가슴에 떨어질까봐 그것만 전전긍긍하고 있었다.

입장이 완전히 뒤바뀌어 승객이 죄인이 되고 취한은 죄인을 응징하는 입장이 되어 있었다.

취한은 이 땅에 태어난 사람이라면 누구나 치를 떨며 미워하는 빨갱이라는, 악 중에도 최악을 내세워, 자기가 저지른 악을 최소한으로 축소하고 마침내 무화(無化)하는 데 성공한 것이다. 이 땅의 모든 악이란 악은 빨갱이라는 강렬한 최악만 만나면—그게 설사 허상이더라도—맥을 못 추고 위축되는 이 땅 특이한 풍토를 이 취한은 취중에도 교묘히 이용한 것이다.

버스에서 일어난 일에 여직껏 그렇게 무관심했던 딸이 취한의 빨갱이 소동에 민감한 반응을 나타냈다. 관자놀이에 푸른 힘줄이 발끈 솟으면서 작은 주먹을 부르르 떨더니 꼬챙이 같은 시선으로 취한을 노려보는 것이었다. 꼭 무슨 일이 날 것 같았다.

나는 딸에게 작은 소리로 애걸했다.

"애야, 참아라, 참아. 그저 참는 게 수니라. 똥이 무서워서 피하냐, 더러워서 피하지."

나는 그 소리를 주문처럼 자꾸자꾸 되뇌었다.

승객의 기를 완전히 죽여놓은 것을 확인한 취한은 다시 종전의 주정으로 되돌아갔다.

"한 곡조 뽑으라니까. 왕년의 솜씨 다 알고 있다구. 누가 모를 줄 알구 그렇게 얌전을 빼고 있어. 어서 한 곡조 뽑으라니까."

이를 어쩌나, 아가씨가 떨리는 목소리로 정말 한 곡조 뽑기 시작했다.

두만강 푸른 물에, 노 젓는 뱃사공, 흘러간 그 옛날에 내 님을 싣고서 떠나간 그 배는 어디로 갔소……

사이사이 흐느끼면서 모기 소리처럼 가늘게 노래는 끊어질 듯 끊어질 듯 이어졌다.

승객 아무도 아가씨를 돕지 못했다. 승객의 이런 비열한 심금을 아가씨의 가냘픈 노랫소리가 아프게 울려줬다. 뭔가 견딜 수 없는 기분이었다.

별안간 운전사의 운전 솜씨가 거칠어졌다. 분명히 탄탄대로를 달리고 있는데도 포장하기 전 잡석만 깔아놓은 위를 달리는 것 같은 진동이 오장을 흔들었다.

그러나 아무도 운전사를 탓하거나 눈살 하나 찌푸리지 않았다. 왜냐하면 승객은 모두 이심전심으로 운전사가 그런 방법으로나마 취한에게 저항하고 있다고 알아차렸기 때문이다.

직접 저항은 못 하나마 운전사의 그런 저항이나마 말없이 도와주어야 한다고 생각했기 때문이다.

그런데 나는 주책없이 차멀미를 시작하고 있었다. 정신을 차릴 수 없는 심한 멀미가 왔다.

나는 딸에게 매달려 헛구역질을 하고 손발을 비틀고 갖은 엄살과 갖은 추태를 다 부려 딸을 쩔쩔매게 했다. 딸이 나 외에 버스칸에서 일어나는 어떤 일에도 신경을 못 쓰게 내 멀미는 심했다. 실로 지옥의 고통같이 고약한 멀미였다.

그런 중에도 나는 내 멀미로 딸을 완전히 사로잡고 있다는 데 안도감을 느끼고 있었다.

어디쯤 왔는지 딸이 내리자고 했다. 겨우 정신을 차려 내다보니 서울인 것 같았다. 혼자 내릴 기운도 없었다. 기진맥진한 나를 딸은 업어 내리다시피 했다.

이상하게도 내려서 신선한 공기를 마시고 평평하고 굳은 땅을 디뎠는데도 멀미는 가라앉지 않았다.

서울 거리가 커다란 버스가 되어 내 발밑에서 출렁이는 것처럼 느꼈다. 나는 도저히 혼자 힘으로 발을 가눌 수 없어 다시 딸에게 매달렸다.

딸은 제 몸에 실린 내 체중을 잘 감당하며 확실하고도 늠름한 걸음걸이로 그 출렁이는 땅을 잘도 걸었다.

딸이 그럴수록 내 평지 멀미는 심해졌다. 어쩌면 나는 딸의 늠름함에 의지하고 응석부리고 싶었는지도 모른다. 딸의 그런 늠름함을 통해 딸이 상심을 능히 아물릴 수 있을 것으로 믿고 싶었는지도 모른다.

상(賞)

 국민학교 동창을 장가들고 아이가 둘쯤 생겨났을 때 노상에서 우연히 만나는 일은 생각했던 것보다 유쾌한 일이 못 되었다.
 우리는 동시에 알아봤다.
 "야, 석철이 아냐? 짜아식, 의젓해졌는데."
 그가 깜짝 놀라게 큰 소리를 지르며 내 손을 덥석 잡더니 다른 한 손으론 내 어깨를 두들겼다. 그는 나를 무지무지하게 반가워하고 있었다.
 "이거 얼마 만이야? 성태 아냐? 짜아식, 버르장머리 없는 것 하나는 여전하구나."
 나도 그의 손을 아프게 쥐어주며 어깨를 두들겨주었다. 그가 하는 대로 나도 그를 무지무지하게 반가워하는 척하면서 속으론 도대체 이 녀석이 지금 뭐 해먹고 살까, 앞으로 이용가치가 있는 녀석일까 아무짝에도 쓸모없는 녀석일까, 기껏 그 정도의 생각을 하고 있었다.

이십 년이 넘게 교우관계가 단절됐던 국민학교 동창이란 대개 한쪽이 알아보면 한쪽이 못 알아보거나, 양쪽이 다 알아봐도 이름이 알쏭달쏭하거나, 그래서 아는 척을 하는 둥 마는 둥 지나치게 마련인데 우리는 마치 엊그저께 헤어진 것처럼 단박 알아봤을뿐더러 이름도 안 잊어버리고 있었다. 우리는 그만큼 친한 사이였었나보다. 그냥 헤어질 순 없었다.

"차나 한잔 하자. 정말 반갑다."

"짜아식, 몇십 년 만에 만나서 기껏 차야? 내가 한잔 사지."

그러니까 그의 한잔은 차가 아니라 술일 터였다. 그가 앞장섰다. 마침 퇴근길이니 마다할 까닭이 없었다. 나는 개운치 않은 기분으로 그의 뒤를 따랐다.

그가, 내가 사겠다는 걸 가볍게 일축하고, 술을 사겠다고 앞장선 걸로 나는 그와 나의 관계의 주도권을 그에게 빼앗긴 것처럼 느꼈다.

그는 뒷골목의 과히 깨끗지 못한 횟집으로 들어섰다. 나는 그가 안내하는 술집의 등급으로 그가 뭐 해먹고 사나를 알아낼 단서를 삼으려고 했던 것처럼 너도 신통한 출세는 못 했으렷다, 하는 가벼운 실망과 또한 안도감을 동시에 느꼈다.

그러나 섣불리 속단할 게 아니란 것도 나는 알고 있었다. 옷차림으로나 돈 씀씀이로 뭐 해먹고 사나의 기준을 삼았다가 헛짚은 적이 한두 번인가. 요샌 어떻게 된 세상이 주머니에 땡전 한푼 없는 백수건달일수록 옷 잘 입고, 비싼 찻집, 비싼 음식점만 바치게 마련이다.

그의 단골집인 듯 주인아줌마와 소녀가 반색을 하며 우리를 아늑한 방으로 안내했다. 이윽고 소주와 낙지회가 들어왔다.

당초에 무지무지하게 반가워한 깐으론 할 말이 없었다.

직장동료라든가, 직업상 자주 만나는 친구의 얼굴은 지긋지긋한 대로 이렇게 술자리에 마주 앉으면 화제에 궁한 법이 없었다. 공통의 이해관계, 공통의 대인관계, 공통의 고민, 공통의 증오, 공통의 적은 아무리 여럿이 돌아가며 짓씹어도 단물이 안 빠지는 우리들의 화젯거리였다.

그러나 그와 나에겐 이 공통의 것이 없었다. 이미 이십 년 동안이나 전혀 다른 생활권에서 살아왔고, 그 다른 생활권에 대한 호기심이 없는 건 아니었지만 무엇 때문인지 그 호기심을 억제하고 있었다.

나는 조그만 주방용품 제조업체에서 초창기엔 외무사원 노릇까지 겸해가며 이리 뛰고 저리 뛴 끝에 회사도 이제는 기반이 튼튼히 잡히고 나는 어엿한 영업부장 자리에 앉아 안정된 생활을 하고 있다.

나는 적당히 고생이라는 걸 해봤기 때문에 현재의 내 생활을 사랑했다. 출세했다고까지는 생각 안 했지만 남에게 그다지 뒤지고 있다고 생각하지도 않았다.

그렇지만 그에게 으스대며 명함을 내놓는 일만은 신중할 필요가 있었다. 그가 이 친구 저 친구 돌아가며 신세지는 데 이골이 난 백수건달일지도 모르고, 질기고 끈끈한 서적회사 외판사원일지도 모르니까.

아까도 말했듯이 나는 현재의 내 생활을 사랑한다. 아름다운 아내의 털끝이라도 넘보는 놈을 절대로 용서할 수 없듯이 내 생활의 안락을 넘보는 놈을 용납할 수 없었다.

그도 같은 심보이리라. 그와 나는 서로 내기라도 하듯이 자기의 정체를 단단히 손아귀에 움켜쥔 채 딴전만 피우려 들었다.

자연히 화제는 이미 희미해진 그와 나의 공통의 기억에 매달릴 수밖에 없었다.

"참, 민항기 박사학위 받은 거 알아?"

"민항기가 누구더라?"

"짱구 말야. 별명이 짱구박사였지, 아마."

"잘 생각 안 나는데. 아무튼 걔가 박사가 됐다니 별명치곤 선견지명이 있는 별명이었군."

"그까짓 박사가 뭐 대순가. 뭐니뭐니 해도 크게 출세한 건 김광남일걸. 그 나이에 대재벌의 총수니. 학교 땐 영 변변치 않더니만, 사람 팔자 알 수 없다니까."

"그렇지만 그게 어디 김광남의 능력으로 된 건가, 부친으로부터 물려받은 거지. 내가 보기엔 걔가 선친의 유산을 제대로 지닐 그릇이 되나 몰라?"

"그랬으면 좋겠지만 전혀 안 그래. 생전의 그의 부친이 졸부

(猝富)답지 않게 재벌2세 교육만은 어쩌나 철저히 시켰는지 사업수완이 보통이 아냐."

"자네하고 그 친구하곤 사업상 거래가 있는 모양이군그래."

"아니 전혀."

그가 입을 꽉 다물었다. 기분 나쁜 녀석이다. 나는 괜히 무안했다. 김광남이 얘기를 단서로 그가 지금 뭐 해먹고 사나를 추리해보려다 실패했다고 나는 생각했다.

다시 화제가 끊겼다. 나는 미처 이 홉들이 소주 한 병도 비우기 전인데 벌써 그를 졸졸 따라 이 더러운 횟집에 들어온 걸 후회하고 있었다.

잘못은 그를 반가워할 때부터 이미 시작된 거였다. 내가 그를 반가워한 것은 순전히 그가 나를 반가워한 데 대한 즉각적인 보답이었을 뿐이다. 딴 이유는 아무것도 없었다. 속으로 손톱만큼도 그가 반갑지 않았다. 그가 누군 줄 알고 반가워할 수가 있단 말인가.

그런데 그는 왜 나를 반가워했을까. 요새 세상에 다만 국민학교 동창끼리란 게 반가워할 이유가 될까. 나는 암만 해도 그게 수상했고, 그가 백수건달 아니면 서적 외판원이나 보험회사 외무사원일 거라는 심증을 굳혀가고 있었고, 적당히 뺑소니칠 구실을 생각하고 있었다.

"감초 교장 생각나?"

그는 끈덕지게 그와 나의 공통의 추억 중에서 나의 관심을 끌만한 것을 찾아내려고 애쓰고 있었다.

"그럼, 우리 동창 중에 감초 교장 잊어버릴 놈이 어디 있어?"

나는 감초 교장에 대해서만은 누구보다도 내가 소식통이란 자신이 있었지만 그 정도로 시들하게 대꾸했다.

"얼마 전에 돌아가신 거 알아?"

"얼마 전에 돌아가셨다구?"

나는 젓가락을 내던지며 꽥 소리를 질렀다. 아마 그가 기대했던 것 이상으로 놀랐나보다.

"왜 그렇게 놀라나?"

"그렇게 정정하시더니만……"

"언제 봤게?"

"올 설에…… 아니지, 참 작년 설이었군. 해마다 세배를 갔었는데 올핸 어쩌다 그만 세배를 거르고 말았어."

"왜 걸렀나? 하필 올해."

그의 눈이 무슨 꼬투리를 잡은 형사의 눈처럼 음험하게 빛나며 심문조로 다그쳐 물었다. 나는 뱃속에 들어간 낙지회가 토막토막 살아서 꿈틀대는 것처럼 오장이 뒤틀렸다.

"그러는 자네는 한 번이라도 그분한테 세배 간 적이 있었나? 나는 매년 가다가 올해 처음으로 걸렀네."

"바로 그거야! 매년 가다가 올해 처음으로 걸렀다는 데 바로 문제의 핵심이 있는 거라구."

그는 점점 더 의기양양해지고 나는 점점 얼떨떨해졌다.

"문제의 핵심이라니?"

"그건 차차 얘기하기로 하고 자네 올해 왜 세배를 안 갔나? 바른 대로 대게."

그는 사뭇 나를 죄인 다루듯 했다. 나는 슬그머니 배알이 꼴렸다.

"집사람하고 여행을 가느라고 올핸 아무한테도, 심지어 우리 회사 사장한테도 세배를 안 갔네. 어쩔 텐가?"

"어쩌긴. 자네 아주 재미 좋구먼."

"신정 연휴에 마누라하고 여행 좀 갔기로서니 재미 좋달 것까지야. 옛날 스승도 좋지만 사람이 어느 만큼 생활의 여유가 생기면 그 동안 고생한 마누라를 위해 그 정도의 서비스쯤은 하고 싶은 거라고."

"온양 온천에라도 갔다 온 모양이군."

그가 민완형사처럼 비약했다.

"하필 온양 온천은. 비행기 타고 제주도 갔다 왔네."

나는 이제 그가 백수건달이건 외판원이건 눈치볼 것 없이 내 생활의 여유를 뽐내고 있었다.

그리고 속으로 생각했다. 아아 재수 옴 붙은 날이다. 이 세상의 모든 월급쟁이들이 권태로운 사무와 상사의 눈초리로부터 훨훨 놓여나 거리를 활보하고, 애인을 만나고, 맥주를 마시고, 고래고래 악을 쓰고, 아무리 재수가 나빠도 마누라가 기다리는 집으로 돌아가 아이들 무등을 태우고 있을 시간에 이 무슨 꼴일까.

하필 국민학교 동창을 만나다니.

"문제의 핵심은 말야……"

그가 다시 의기양양해지면서 문제의 핵심을 입 안 가득히 물고 우물대고 나는 본의 아니게 긴장했다.

젠장, 내가 왜 긴장까지 하나. 내가 내 뼛골 빠지게 일 년 내내 번 돈 쓰고 남아 마누라 데리고 제주도쯤 다녀왔기로서니, 그래서 국민학교 적 교장선생님 댁에 세배쯤 걸렀기로서니, 그게 지금 와서 어쨌다는 걸까.

자손이 없는 감초 선생이라 해마다 세배 오는 세배꾼은 자연히 옛 제자가 대부분이었고, 늘 일정한 얼굴이었지만 감초 선생이 전 생애를 건 오랜 교직생활에 비한다면 너무 적은 세배꾼이었다.

더군다나 남달리 오지랖이 넓은 감초 선생의 인간성으로 하여 작은 시골 국민학교와 인근 마을에 끼친 당시의 막강한 영향력에 비한다면 너무 적막한 숫자였다.

내 동기 중에도 감초 선생의 은혜를 입은 녀석이 한두 명이 아닌데 일 년에 한 번 세배라도 다닌 건 나 하나뿐이었으니까. 그런데도 녀석은 지금 나를 나무라는 눈치다. 한 번도 안 간 녀석이 한 번 거른 걸 갖고 무슨 트집을 잡을 기세다. 기분 나쁜 녀석이다.

"문제는 말야, 해마다 세배 오던 제자들이 올해는 모두 약속이나 한 것처럼 온양으로 제주도로 여행을 갔다는 데 있어."

"모두?"

"그래, 모두. 자네처럼 올해 모두 일제히 생활의 여유가 생기고 애처가가 된 모양이지."

"비꼬지 말게. 살다보면 세배보다 급하고 긴한 일은 얼마든지 생겨."

"비꼬는 게 아냐. 어쩌면 그렇게 한 녀석도 안 빼고 일제히 세배 올 수 없는 일이 생겼을까가 수상해서 그래. 자넨 그게 수상하지 않나?"

"아니."

나는 될 수 있는 대로 강력하게 부인했다. 그가 빙그레 웃었다. 이 기분 나쁜 녀석은 나를 믿지 않고 있었고 나는 그로 하여금 나를 믿게 하는 데 지레 절망하고 있었다.

민완형사 앞에 붙들려온 용의자처럼 죄가 있는 것도 같고, 없는 것도 같고, 억울한 것도 같고, 도망가고 싶은 것도 같았다.

"자네 혹시 무슨 소문 듣고, 세배 안 간 거 아닌가?"

"소문이라니?"

나는 될 수 있는 대로 능숙하게 시침을 뗄 작정이었다.

"감초 선생의 인격에 관계되는 소문 말야. 그래서 그런 분께 세배 가는 일에 대해 심사숙고하게 되고, 과거의 세배 다닌 것까지 창피해지고…… 뭐 그랬던 거 아냐?"

내가 능숙하게 시침을 뗄수록 녀석은 자신 있게 넘겨짚는다.

"당치도 않은 소리. 나는 전혀 모르는 소릴세."

"그럼 작년 연말에 감초 선생이 상(賞) 탄 소문도 못 들었겠군."

"그, 그건 알고 있네. 그렇지만 그게 어디 소문인가. 신문에 난 것 보고 안 건데 시상식에 가려다 마침 바쁜 일이 끼어서 못 가 뵌걸."

"그분이 상 탄 거 어떻게 생각하나?"

"그 상 이름이 뭐더라? 그래그래, '조약돌 선생 기리기 오백만원 타기 이웃돕기상'이었지 아마. 어느 기관에서 주는 상인지, 조약돌 선생이 누군지는 모르지만 조약돌치곤 너무 거액의 상금을 내놓은 것 같아. 또 '오백만원 타기 이웃돕기'라는 명칭도 듣기 거북하구 천박스럽구……"

나는 어떡하든 감초 선생이 상 탄 것에 대한 직접적인 논평은 회피하고 싶었기 때문에 일부러 슬쩍 딴 트집을 잡았다.

"조약돌은 김광남의 선친의 호야. 그러니까 상금을 내놓은 기관은 김광남의 사업체지."

"그래? 금시초문인데. 그 욕심쟁이 재벌이 호 하나는 되게 겸손하고 가난한 걸 지녔더랬었구만."

"실상 김광남의 선친이 생존시 실제로 그런 호를 지녔었는지 조차도 의심스러워."

"그건 또 무슨 소린가?"

"돌아가신 분의 인격을 재창조해서 그가 남긴 사업체의 PR로 써먹으려는 고등 수법일지도 모른다는 소리야. 이번 이웃돕기상은 그 시초일 뿐 아마 앞으로도 '조약돌 선생 기리기'라는 명목이 붙은 공익사업을 몇 개는 더 벌일 테니 두고 보게. 선친의 숭고한 박애정신을 추모하고 아울러 선친이 번 돈을 사회로 환원시킨다는 뜻, 얼마나 근사하냐 말야. 자네는 아까 '오백만원 타기 이웃돕기상'이란 명칭이 천박하다고 그랬지만 그것 역시 선친의 뜻이었다네. 생전의 그의 부친이 '대통령배 쟁탈 축구대회'를 '나라님 사발 따기 누가누가 공 잘 차나'로 하자는 안이 나왔을 때 박장대소를 하며 감탄한 적이 있었다는 것으로 상의 이름을 순우리말로 고치는 데까지 신경을 쓴 모양이야."

"김광남이가 부친의 별세로 돌연 젊은 사업가로 두각을 나타낸 건 알고 있었지만, 그런 효자인 줄은 미처 몰랐어."

"뭐 효자까지야. 그것조차도 일종의 PR을 위한 수법인지도 모르지. 요새는 각종 상이 하도 많으니까 명칭이라도 기발해야 사람들이 기억해줄 게 아닌가. 자네도 아마 명칭 때문에 여직껏 기억할걸."

"하긴 그럴지도 모르겠군."

나는 그가 그렇다고 단정을 하면 그런 것같이 되고 마는 내 무력증에 낭패감을 느꼈지만 어쩔 수가 없었다.

"그건 그렇고 감초 선생이 상 탄 것을 어떻게 생각하냐니까."

"지금 와서 어떻게 생각하고 말고가 어디 있겠나. 자네도 아다시피 그분의 이웃돕기는 그분의 타고난 체질이었잖은가. 학생들이나 동네의 궂은일, 어려운 일엔 안 끼는 데가 없어, 여북해야 별명이 감초 선생이었잖은가. 퇴직 후의 그분의 생활은 잘 모르지만 그 버릇이 어디 갔을 리 없지. 더군다나 딴 사람도 아닌 김광남이가 준 상이라면 제1회 수상자로서 손색이 없나 하는 실적 조사를 왜 안 했겠나. 요는 수상하고 나서가 문제지."

"바로 그걸세. 내가 묻고 싶은 게."

드디어 걸려들고 말았구나. 그의 눈이 먹이를 덮치기 직전의 독수리의 눈처럼 음흉하게 빛난다고 나는 생각했다. 그러나 그는 권태롭게 하품을 했다. 더러운 치석과 충치와 고춧가루가 보였다. 나는 또 한번 이 녀석이 뭐 해먹고 사는 녀석일까 하는 생각을 하며 천천히 씨부렁댔다.

"도대체가 말야, 감초 선생에게 상을 준 게 잘못이었어. 자네도 아다시피 감초 선생의 이웃돕기는 요즈음의 이웃돕기 정신하곤 차원이 다른 거 아닌가. 나쁘게 말하면 오지랖이 넓은 거고 좋게 말해야 전근대적인 후한 인심이었을 뿐이야. 거기다 그런 거액의 상금이 떨어졌으니 어찌 뒤탈이 없겠나. 세상에 돈으로 타락시킬 수 없는 인격이 어디 있다구. 황차 감초 선생이 무슨 그리 대단한 인격자라구……"

"그러니까 자네도 듣긴 들었군, 그 소문을. 감초 선생이 상금 타고 나서 사람이 확 달라졌다는……"

"응, 대강 들었네. 뭐 그리 탐탁한 소리라구, 귀담아들은 건 아니지만."

드디어 나는 그것을 시인하고 말았다. 녀석이 처음부터 원한 것도 바로 그 소리였던 것이다. 녀석은 왜 그렇게 집요하게 굴었고, 나는 또 왜 그것을 그토록 오래 끌다 시인한 것일까. 나는 지독한 피로감을 느꼈다.

"그렇지만 요샛돈 그깐 오십만원 정도가 그런 천성의 체질 변화까지 가져올까?"

그도 뭔가 기진맥진한 얼굴로 그런 엉뚱한 질문을 했다.

"오십만원은? 적어도 오백만원이야."

내가 급히 시정했다.

"아냐, 실수령액은 오십만원이었어."

"어려운 말도 아닌 쉬운 우리말로 분명히 '조약돌 선생 기리기 오백만원 타기 이웃돕기상' 이랬는데?"

"그럼, 그렇고말고. 시상식에도 여기저기 그 소리가 대문짝만 하게 수도 없이 씌어 있었으니까."

"그럼, 그러고도 오십만원밖에 안 줬단 말인가. 그런 사기가 어떻게 가능한가. 말도 안 되는 소리."

"수상자는 한 명이 아니라 다섯 명이었어. 사람들은 자기가 아는 이름만 기억나게 마련이야. 또 김광남이 옛 스승이랍시고 감초 선생을 특별히 부각시키기도 했고……"

"그럼 오백만원을 다섯 명이서 나누어 가지게 되는 건가?"

"그러면 좋게. 그래도 백만원씩은 돌아가니까. 올해는 아무리 물색해도 본상을 수상할 만한 적격자가 없다고 장려상으로 다섯 명을 뽑은 거야. 장려상의 경우는 상금 총액의 반액, 그걸 다시 다섯 사람이 나누면 얼마나 되겠나?"

"그러고도 뻔뻔스럽게 '오백만원 타기 이웃돕기상' 이야?"

"그건 어디까지나 상의 이름일 뿐이야."

"맙소사, 협잡꾼들 같으니라구."

"시상식 광경을 봤으면 더 가관이었을걸."

"자넨 보았나?"

"그럼 보았고말고."

나는 또 녀석이 뭐 해먹고 사는 녀석일까, 하는 생각을 했다. 그 궁금증은 녀석을 처음 만날 때부터 목에 걸린 가시처럼 나를 괴롭히고 있다. 녀석은 말을 계속했다.

"다섯 명의 수상자는 하나같이 나잇살이나 잡순 분들인데, 새 양복 맞춰입고 역시 새로 지은 비단 한복을 입은 부인 동반으로 가슴엔 꽃을 달고, 나잇값도 못 하고 장가드는 날의 새신랑처럼 상기해 있더군. 그러나 막상 시상식은 이들 수상자들하곤 상관없는 망령(亡靈)의 지노귀굿판이었어. 김광남은 박수무당 격이고."

"망령이라니?"

"돌아간 김광남의 부친, 조약돌 선생의 망령 말야. 아무리 '조약돌 선생 기리기 오백만원 타기 이웃돕기상'이기로서니 정말 너무들 했어. 어쩌면 축사를 하는 명사 하객 중 단 한 사람도 수상자의 업적이나 노고를 치하하는 작자는 없더라니까. 그저 입에 침이 마르도록 조약돌 선생의 거룩한 유지, 생전의 고매한 인품을 칭송하고 김광남의 효성과 인격을 찬양하는 거야. 하다못해 수상자를 소개하는 순서도 없더라니까. 마지막으로 김광남이

목이 메어 선친의 유덕을 기리는데, 여북해야 나 같은 목석이 다 가슴이 미어지는 것 같더군. 장장 세 시간이나 끈 수상식이 처음부터 끝까지 지노귀굿판이었다니까. 그러고 나서 수상자에게 쥐여진 돈이 오십만원이야. 무슨 세금인가를 빼면 오십만원도 안 될걸. 그러니까 그날의 수상자는 지노귀굿판의 장구잡이 신세만도 못한 셈이지. 조약돌 선생의 유덕에 잔뜩 주눅이 들어서 한구석에 끽소리 못 하고 앉아 있다가 파장에 이름을 부르니까 나가서 요란번쩍하게 차려놓은 높고높은 단상에서 김광남이가 하사하는 상장과 상금을 구십 도 각도로 허리를 굽히고 받고 나선 곧 잊혀졌으니까."

"감초 선생도 구십 도 각도로 허리를 굽히시던가?"

"그럼, 제일 먼저 받으셨으니까 수상자 모두에게 그런 본보기를 보이신 셈이지. 설상 그때까지도 그분 자기가 받는 상금의 실수령액에 대해 아무것도 모르셨을걸. 오백만원 타기 이웃돕기상이라는 걸 받고 있다는 천진무구한 감격밖에는. 아무에게도 수상자 각자에게 돌아가는 실수령액을 미리 밝히지 않았으니까. 또 수상자가 그런 걸 미리 묻는다는 것도 점잖은 체통에 어긋나는 일이니까."

밤이 무르익어감에 따라 더러운 횟집 속은 눈 오는 날의 벽난로처럼 이글이글 행복하게 달아올랐다. 내 앞에서도 뒤에서도 옆에서도 사내들이, 점잖은 체통의 사내들이 꿈틀대는 낙지회를 왕성하게 먹어댔다. 꿈틀대지 않으면 사내들은 식인종처럼 건강한 이빨을 드러내고 주인에게 시비를 걸었다. 이건 죽은 낙지 아냐? 산 낙지로 가져와. 꿈틀꿈틀 살아 있는 놈으로. 이거 사람을 어떻게 보고 사기를 치는 거야, 치길. 이런 고함 소리를 들으며 나는 우리 모두가 지금 급속도로 식인종으로 진화해가고 있는 과정에 있을지도 모른다는 생각을 무감각하게 했다. 점잖은 체통의 식인종다운 무감각함으로.

"그런데도 그런 고약한 소문이 나다니."

"아니지. 오히려 그러니까 그런 소문이 날 수밖에 없었던 게지. 그 순진한 양반은 오백만원을 혼자서 탈 줄 알고 정말 본격적으로 이웃돕기를 하실 작정으로 미리 들입다 허풍을 떠신 모양이야. 여직껏의 그분의 이웃돕기는 자네 말짝으로 그야말로 전근대적인 후한 인심이요, 인정이었을 뿐이니까. 지금 그분이 사는 동네가 워낙 빈촌 아닌가. 애 낳고 미역국밥도 못 끓이는 산모가 있으면 주머니 털어 미역 한 오라기 사고 집집마다 다니며 십시일반으로 쌀 조금씩 거둬다가 갖다주고, 젊은 놈이 게을러서 그런지 일자리가 없어서 그런지 빈둥빈둥 노는 놈 있으면 꾸짖어가지고 그럴 만한 자리에 앉아 있는 제자들한테로 끌고 다니면서 어떡하든 취직시켜주고…… 뭐 이 정도였지. 아무튼 궂은일만 났다 하면 발 벗고 나서는 모양이니까. 그래서 그 동네에서의 별명 역시 감초 영감이었다더군. 약간은 성가스러워하기도 했지만, 그래도 존경도 받으면서 노후를 바쁘게 보람 있게 지내셨나봐. 그런데 아닌 밤중의 홍두깨로 오백만원이, 그것도 이웃돕기상이란 명목으로 굴러들어왔으니 그 쇼크가 어땠겠나. 동네 사람들은 그 돈을 마치 저희들이 벌어들인 돈처럼 미리 기고 만장해서 들떠 있고, 감초 선생 역시 그 돈은 한푼도 사사롭게 안 쓰고 그저 이웃의 이익을 위해서만 쓴다고 장담을 하셨을 수밖에. 그 장담이 공수표가 되니 인심이 어떻게 됐겠나? 그러잖아도 없는 사람이란 공돈에 츱츱하게 마련인데. 뻔할 뻔자지."

"그거야 진상을 말해줌으로써 무마시킬 수 있는 문제가 아니었을까?"

"바로 그거야. 지금까지도 풀 수 없는 수수께끼가 되어 나를 괴롭히는 게 바로 그거야. 그분은 돌아가시는 날까지 그 문제에 침묵으로 일관하셨거든. 사모님 혼자 외롭게 변명하셨지만 그것조차 창피하다면서 못 하게 하셨다는군. 그것도 점잖은 체통 때문이었는지 원. 그나저나 사모님이 안되었더군. 자손이 있나. 이웃에선 외면당한 채고."

"언제 사모님 뵈었나?"

"최근에 뵌 게 장례날이었어."

"자네 그럼 감초 선생 장례식에도 갔었단 말이지? 어떻게 알고……"

"다 아는 수가 있지."

그가 푸듯이 말했다. 나는 속으로 네 정체는 도대체 뭐냐, 상가와 시상식장만 전문으로 드나드는 신식 각설이라도 된단 말이냐, 이런 구역질 같은 생각을 했다.

"초라하고 쓸쓸한 장례식이었어. 좌우간 동네 사람이고 제자고 한 사람도 들여다보는 사람이 없었으니까. 그래도 궂은일엔 일가밖에 없다고 친척들이 몇 명 와서 그럭저럭 치렀지. 내가 제자라니까 사모님이 날 붙들고 우시면서 엉뚱한 말씀을 하시더군."

"뭐라고?"

"선생님은 당신 명으로 돌아가신 게 아니라 자살을 하신 거라고……"

"자살?"

나는 하마터면 꿈틀대는 낙지와 함께 내 살아 있는 혀를 깨물 뻔했다.

"자네도 놀라는군. 처음엔 나도 놀랐어. 그러나 다음 말씀을 듣고 보니 사모님이 약간 실성을 하신 거였어."

"실성이라니?"

"두 분 의초가 보통 의초가 아니었잖나. 그러다 졸지에 혼자 되셨으니 실성도 하실 만하지. 자손도 없고. 사모님 말씀으론 선생님이 너무 외로워서 자살을 하셨다는 거야. 거기까지는 그래도 이해를 하겠는데 글쎄 일부러 숨을 안 쉬고 목숨을 끊으셨다고 우기시는 거야."

"외로워서 숨을 안 쉬고?"

"글쎄, 그렇다니까. 사람이 숨을 안 쉬고 자살하는 게 어떻게 가능한가?"

"그래서 사모님이 실성을 하셨다는 건가?"

상(賞) 193

나는 그를 날카롭게 노려봤다. 그리고 혼잣말처럼 뇌까렸다.

"사모님을 가 뵈어야겠어. 뭔가 하실 말씀이 있으실 거야. 사모님은 절대로 허튼 말씀 할 분이 아냐."

나의 내부 저 밑바닥에서 그리움 같기도 하고 뉘우침 같기도 한 게 뭉클하니 가슴을 치받으며 솟구쳤다.

나는 벌을 서고 있었다. 교실 안에선 키다리 선생이 아이들을 가르치고 있는데 나는 교실 밖에 쫓겨나 있었다. 일학년 땐 예쁜 여선생이 담임이었는데 이학년이 되자 키다리 남선생이 담임이 되었다.

여선생님이 상냥하게 웃으며 칭찬해주는 맛에 꼬박꼬박 해가던 숙제를 이학년이 되자 조금씩 거르다가 남선생의 눈 밖에 나자 심통이 나서 아주 안 해가기 시작했다. 어느 날 키다리 선생이 나를 딴 숙제 안 해온 아이들과 함께 벌을 세우다가 한 시간이 끝나자 딴 애들은 불러들이고 나만 남겨놓았다. 상습적으로 안 해오는 놈은 혼이 나도 크게 나야 한다는 거였다.

나는 선생님에게 잊혀진 채 장시간의 벌을 섰다. 노는 시간이면 아이들이 나와서 놀렸다. 그래도 아무렇지도 않았다. 키다리 선생이 담임인 동안 숙제를 해오나 봐라 하는 앙심만 굳혔다.

그런데 배가 살살 아파오기 시작했다. 아침 먹은 게 없힌 것 같았다. 몰래 일을 보고 오려고 교실 쪽을 살피면 영락없이 키다리 선생의 시선이 가재미 눈처럼 모로 박혀 나를 관찰하고 있었다.

나는 점점 참을 수 없이 똥이 마려웠다.

이때 점잖게 뒷짐을 진 교장선생님이 나타났다. 교장선생님은 아이들을 가르치지 않으니까 심심하면 아이들이 공부하고 있는 교실 앞을 순시하는 게 일이었다.

 나는 교장선생님이 키다리 선생보다 더 무섭지 않았다. 나는 학교에 입학하기 전서부터 교장선생님을 알고 있었다. 교장선생님으로서가 아니라 마을 사람들이 부르는 애칭 감초 선생으로서 알고 있었다.

 교장선생님도 나에 대해 뭐든지 알고 있었다. 나에게 어머니가 안 계시다는 것도, 아버지는 착실한 농사꾼이지만 주사가 있고, 아이들이 너무 많아 좀체 후취를 못 맞고 있다는 것도.

 무엇보다도 교장선생님은 우리 아버지하고 친구였다. 적어도 나에게 그렇게 보였다. 아버진 어려운 일만 생기면 교장선생님 댁에 가서 의논을 했고, 그럴 땐 꼭 막내인 내 손목을 잡고 갔다. 아버지와 교장선생님은 말이 많고 목소리가 컸지만 사모님은 말이 없으셔서 처음엔 좀 어려웠지만 곧 친해졌다. 사모님은 뭐든지, 하다못해 누룽지 말린 거라도 나에게 먹이지 못해하셨다. 어른들이 아무리 오래 얘기를 해도 그 동안 내 입이 심심하게 놓아 두시는 법이 없었다. 나는 교장선생님 댁이 외갓집이나 큰집보다 더 좋았다.

 이렇게 친한 교장선생님이고 보니 벌을 서다가 들켰는데도 창피한 생각보다는 키다리 선생보다는 내가 더 빽이 센 것같이 든든한 생각이 들면서 여직껏 혼신의 힘으로 참고 있었던 게 뭉클하면서 힘차게 몸 밖으로 나오고 말았다.

제자리에서 일을 본 것보다 훨씬 더 상쾌한 쾌감을 맛보았지만 곧 지독한 냄새 때문에 코를 움켜쥐었다.

교장선생님은 벌서는 나를 못 본 척 내 옆을 지나치시더니 다시 돌이켜왔다. 그리고 내 손을 잡았다. "가자." 나는 어기적어기적 교장 선생님한테 끌려갈 수밖에 없었다.

교장선생님은 펌프가 있는 데까지 나를 데리고 갔다가 무슨 생각에선지 그대로 교문 밖으로 데리고 나갔다. 배꽃이 만발한 과수원을 지났다. 그 동안에 뭉클하고 냄새가 고약한 것은 사타구니를 타고 조금씩 아래로 흘렀다. 교장선생님 댁은 배밭을 지나 마을이 내려다뵈는 언덕 위에 따로 있었다.

사모님이 나오셨다.

"물을 좀 데워서 애 좀 씻겨줘야겠소. 학교서 씻겨주려다 아직 찬물이 좀 이른 것 같아서."

곧 물이 데워지고 내 아랫도리는 홀라당 벗겨졌다. 그 더러운 것이 엉겨붙은 아랫도리를 사모님은 얼굴 하나 안 찡그리고 깨끗이 씻겨주셨다. 사모님의 손길은 적당히 여물고, 적당히 부드럽고, 그리고 확실했다.

나는 행복감 같기도 하고 신뢰감 같기도 한 것에 내 아랫도리를 내맡기고 이런 분이 나의 어머니나 할머니라면 얼마나 좋을까 하는 생각을 했다.

사모님은 마른 수건질까지 해주시고 나서 내 고추를 손가락으로 한 번 튀기시면서 이 귀한 걸 그렇게 망신 주면 쓰나, 하시고 조금 웃으셨다. 물을 데우고 목욕을 시키고 하는 상당히 오랫동안에 사모님이 하신 말씀은 그게 전부였다. 나는 비로소 똥싼 걸 망신스럽게 여겼다.

헌 속바지까지 하나 얻어입고 다시 교장선생님의 손을 잡고 벌서던 자리까지 왔다. 게 섰거라, 하시더니 교장선생님은 교실 안의 키다리 선생님한테 말씀하셨다.

"이 녀석 벌서는 동안 내가 심부름을 좀 시켰는데 그 동안에 혹시 벌서는 시간 끝나지 않았습니까?"

"아, 네 끝났습니다. 아니 초과됐습니다."

키다리 선생이 쩔쩔매고 있다고 생각하며 나는 속으로 고소했다.

"들어가거라. 벌 다 섰단다. 다신 벌서지 않도록 해."

나는 개선장군처럼 당당하게 교실로 걸어들어갔다. 그후엔 숙제를 잘 해갔다. 교장선생님이 다시는 벌서지 말도록 하라고 하셨으므로.

내가 오학년 되던 해 교장선생님은 정년퇴직하셨지만 여전히 언덕 위의 작은 집에서 사셨다.

그후 우리는 서울로 이사를 와 나는 어른이 되고 취직을 하고 장가를 들고 길에서 우연히 사모님을 만나뵌 게 불과 오륙 년 전이었다.

내외분이 아직도 그 언덕 위의 작은 집에 사신다기에 이상한 그리움에 끌려 다음해 설에 세배를 갔더니 목가적인 마을은 간 데없고 인구가 밀집한 더러운 판잣집촌이 돼 있었다. 그 동안 그 곳도 서울특별시에 편입됐던 것이다.

다음날이 마침 토요일이어서 그와 나는 다시 만나 감초 선생님 댁에 같이 갔다.

나는 혼자 가 뵐 생각이었는데 그가 부득부득 같이 가자고 해서 그렇게 약속을 하고 헤어졌던 것이다.

변두리 버스 종점에서 더러운 시장을 지나 판잣집이 다닥다닥 붙은 언덕빼기 동네의 꼬불꼬불한 골목길을 돌고돌아 맨 꼭대기에 자리잡은 감초 선생 댁 대문은 스르르 열렸다.

인기척 없는 오두막집에 궤연을 둘러친 비단 휘장만이 유난히 호사스러워 나는 뭔가 섬뜩했다.

분향하고 묵념하는 동안 소복한 사모님이 그림자처럼 소리없이 나와 서 계셨다.

나는 사모님께 마음으로부터 애통한 조위의 말을 해야 한다고 생각했으나 적당한 말이 생각나지 않았다. 어쩔 줄을 모르다가 말없이 사모님의 손을 잡았다. 차고 야윈 손이었다. 늙은 홀아비의 불쌍한 막내아들의 똥 묻은 고추를 따뜻한 물로 깨끗이 닦아 준 인정스러운 손이었다.

그러나 나는 그 손을 오래 잡고 있을 수가 없었다. 사모님이 내 손을 매몰차게 뿌리쳤다.

"못된 사람, 어쩌면 이제야 왔나? 뭣 하러 이제서야 왔어? 선생님이 얼마나 외로워하셨다구. 오죽 못 견디게 외로우셨으면 스스로 목숨을 끊으셨겠나."

"사모님, 고정하십시오. 설마 선생님이……"

사모님은 내 말은 들은 척도 안 하고 아이고, 아이고 큰 소리로 통곡을 하셨다. 눈물이 하나도 안 흐르는 메마른 통곡이 날카로운 손톱처럼 내 속살 여린 곳을 할퀴고 지나갔다.

아이고 아이고의 사이사이 사모님은 또렷한 목소리로 넋두리를 삽입했다.

"세상에 얼마나 외로우셨으면 자살을…… 자식은 하나도 못 낳아드렸지만 생전 사람 주려운 것 하나는 모르고 사신 양반이니 그럴 수밖에. 집에 쌀 떨어진 날은 허고많았어도, 안에서나 밖에서나 당신 곁에 사람 끊일 날이 없던 양반 곁에 별안간 사람이 끊겼으니 그럴 수밖에. 아이고 원통해라, 아이고 절통해라. 아이고, 아이고……"

그와 나는 그저 속수무책으로 사모님의 비탄을 지켜만 보다가, 기진해서 저절로 통곡을 그치신 후에 그곳을 떠났다.

그와 나는 묵묵히 판자촌의 비탈길을 내려왔다. 그가 먼저 말을 시켰다.

"자네 너무 우울해하지 말게. 사모님은 실성을 하신 거야. 누구한테나 그러신다네. 심지어 생전에 거의 찾아뵌 일이 없는 나 같은 사람한테도 그러신다네."

나는 아무런 대꾸도 안 하고 묵묵히 걸었다. 그의 위로에도 불구하고 나는 걷잡을 수 없이 우울했다. 결국은 그 우울을 발산하지 않고는 못 견디었다.

"자넨 혹시 선생님의 죽음이 자살이 아니라 타살일 거라는 생각 안 드나?"

나는 푸듯이 말하고 그의 눈치를 살폈다. 내 엉뚱한 말에 그는 조금도 놀라는 것 같지 않았다. 오히려 내 우울이 그대로 옮아붙은 것 같은 얼굴을 하고 있어서 나는 뜻하지 않은 데서 거울 속의 내 얼굴과 맞닥뜨린 것처럼 돌발적인 혐오감을 느꼈다.

"그리고 그 하수인은 김광남이라고 자네는 말하고 싶은 거지?"

"아니. 나라고 말하고 싶네."

"왜?"

"자네도 들었지 않나. 외로워서 돌아가셨다는 사모님의 원망 소릴. 난 허황한 소문의 편이 돼서 선생님을 외롭게 했어. 올해 세배만 갔더라도······"

"그렇게 따져들어가면 소문을 낸 사람도 하수인이 되지 않겠나?"

"그렇겠지. 하수인은 얼마든지 여럿일 수 있으니까."

"그럼 하수인은 바로 날세."

그가 씹어뱉듯이 말했다.

"왜?"

"소문의 발단은 바로 나였으니까."

"자네가? 자네가 무슨 억하심정으로 선생님을 그렇게 모함했나?"

"설마 내가 선생님을 모함했을 리가 있나. 내가 낸 것은 나중 소문이 아니라 처음 소문일세. 조촐하게 사시는 선생님을 이웃 돕기 미담의 주인공으로 만들어 세상에 널리 알린 건 바로 나였다네."

"자네의 정체는 도대체 뭔가? 자넨 이번 일에서 어떤 역할을 했나? 좀더 구체적으로 말해보게나."

처음 그를 만났을 때부터 궁금하던 걸 나는 이제서야 눈치보지 않고 정면으로 명백하게 따지고 들었다.

"난 주간지 기잘세. 자네 우리 주간지 봤나? 안 봤으면 모르겠지만, 미담의 주인공을 발굴해서 탐방하는 난이 작년부터 새로 생겼지. 주간지도 명랑사회 실현에 이바지해야 된다는 뜻으로 생긴. 우리 지면으론 상당히 의욕적인 기획이고 내가 그 담당이지. 제1회 탐방기사가 바로 감초 선생 이야기였고, 기사의 성격상 그의 감초적 기질을 이웃돕기란 이름으로 대대적으로 미화 보도할 수밖에 없었네. 거기다 행운이 겹쳐—결국 악운이 겹친 셈이 되고 말았지만—그 기사가 마침 수상 대상자를 물색하고 있던 '조약돌 선생 기리기 사업회'의 눈에 띄어서 쉽사리 감초 선생이 수상자가 된 거라네."

"속셈이야 어찌 됐든 간에 외형은 근래에 보기 드문 큰 상인데 그런 큰 상의 수상자를 그렇게 졸속하게 결정하다니……"

"수상자는 다만 수단이었을 뿐, 목적은 수상자에게 있었던 게

상(賞) 201

아니니까."

"그쪽은 그렇다손 치더라도 자네는 자네가 낸 소문에 의해 생긴 일에 끝까지 책임을 졌어야 옳지 않았을까?"

"나는 아름다운 소문을 만들어내는 미담 담당 기자일 뿐일세. 그뒤의 아름답지 못한 소문에 대해선 나 역시 자네와 마찬가지로 무책임한 청중에 지나지 않아. 상금의 실수령액에 대해서 안 것조차 최근의 일이었으니까. 자네나 내가 지금 자책 비슷한 걸 느끼고 있는 것도 다 우리가 순진한 탓이야. 덜떨어진 탓이야."

우린 다시 말없이 걸었다. 저만치 버스 종점이 보였다.

"참 감초 선생 올해 연세가 어떻게 되셨더라? 자네 생각나나?"

녀석의 얼굴이 전혀 새롭게 반짝거렸다. 나는 영문을 모르는 채 되물었다.

"가만있자. 3.1 운동이 몇년에 있었지?"

"1919년."

"그럼 올해 일흔다섯이시겠군. 열아홉 살에 만세 부른 얘기를 골백번도 더 들었으니까."

"그럼 사실 만큼 사셨잖아?"

그가 희한한 새로운 발견이라도 한 것처럼 탄력 있는 소리를 질렀다.

"암, 그렇고말고. 돌아가실 연세가 지나면 지났어."

나도 고무공처럼 경박하고 탄력 있는 소리로 그보다 한술 더 떴다.

"그럼 사모님은?"

"사모님 연세가 오히려 더 월걸. 어려서 장가드셔갖고 색시한테 누룽지 조른 얘기를 하시는 걸 신기하게 들은 생각이 나니까."

"그럼 일흔여덟쯤?"

"그래, 어쩌면 더 되셨을지도…… 아마 여든쯤?"

"그럼 망령 나실 때도 됐잖아?"

"아무렴, 사모님도 참 망령이셔. 돌아가신 분 극락에도 못 가시라고 자살이 다 뭐야? 돌아가신 분을 모함해도 분수가 있지. 사모님도 오래 망령 피시지 말고 쉬 돌아가셔야 할 텐데."

실성과 망령은 얼마나 다른가? 그와 나는 교활하게 낄낄댔다. 이렇게 쉽게 자책으로부터 놓여날 수 있는 것을.

나는 버스 종점에서 그와 헤어졌다. 같은 버스를 타도 되는데 일부러 딴 방향으로 가는 것처럼 악수하고 헤어졌다.

힘을 합해 덫을 물어뜯고 도망치는 두 마리의 쥐처럼 미련 없이 헤어져, 방향이 다른 두 대의 버스 속에 민첩하게 제각기의 꼬리를 감추었다.

꼭두각시의 꿈

바깥은 지독한 추위였다.

"빌어먹을. 대한 추위 소한 추위도 곧잘 빼먹으면서 입시 추위만은 한 해도 안 거른단 말야."

나는 뱃속의 불만을 '카악' 하고 끌어 잡아당겨 힘껏 뱉었지만 결과적으론 동전만한 타액이 검은 아스팔트 위에 희게 얼어붙었을 뿐이었다.

교문까지의 길고긴 아스팔트 길은 경사도 굴곡도 없이 곧게 뻗었고 양쪽엔 가로수가 일정한 간격으로 서 있다.

무슨 나무일까? 작년에도 나는 그것을 궁금해했었다. 뭐라는 나무일까 하고 이름을 궁금해한 게 아니라 어떤 모양의 잎이 되고, 그 잎은 가을에 어떤 빛깔로 물들까를 궁금해했었다.

아니지, 아마 그때 나는 그것을 궁금해했다기보다는 그것을 볼 수 있으리라는 부푼 기대 속에 있었을 게다. 그러나 나는 그것을 볼 수 없었다. 작년에 나는 낙방을 했기 때문이다.

작년에 낙방을 하고 올해 다시 해골만 서 있는 나무들을 본다.

얼음장같이 투명한 겨울 하늘을 바탕으로 활달하면서도 섬세한 선을 뚜렷이 드러낸 겨울나무들을 바라보면서 나는 문득 선비의 해골을 연상했다.

단단하면서도 정결한 게 흡사 선비의 해골 같다고 생각했다. 죽어서 비로소 하늘 향해 네 활개를 펴고 춤을 추는 선비의 해골 같다고 생각했다.

그럼 선비란 무어냐? 이 고풍스러운 말의 바른 뜻은 무어냐?

학식은 많으나 벼슬 안 한 어진 이? 아니지, 학식은 많은데도 벼슬길이 안 틔어서 늘 뱃속에서 욕구불만이 죽 끓듯 하던 불우한 이?

그럼 뭐야, 선비가 바로 재수생 아냐? 빌어먹을 난 또 뭐라구. 그런 생각이 들자 시험 칠 동안 어디로 깜쪽같이 도망가버려서 나를 가엾은 빈털터리로 만들었던 학식인지 지식인지 유식인지가 별안간 목구멍까지 차올라 가슴이 답답하면서 구역질이 날 것 같았다.

불현듯 담배 생각이 났다. 이럴 때 꼭 한 모금만…… 빨았으면 좋으련만 아침에 어머니가 챙겨서 입혀준 옷에 그런 것이 들어 있을 리 없다.

나는 가까스로 담배 생각을 억제하며 겨울나무들에게 친화감을 느끼려고 애쓴다. 내년에도 후년에도 일 년에 한 번씩은 꼬박

꼬박 아주 추운 날 나는 이 겨울나무들을 만나러 올 수밖에 없을 테니까.

이 겨울나무들이 나에게 그들의 잎이나 꽃이나 열매나 단풍을 보여주는 일은 아마 영원히 없으리라. 그것은 막연한 예감이 아니라 거의 확신이었다. 올해도 낙방을 할 테고 내년에도 후년에도 후후년에도 낙방은 떼어놓은 당상이니까.

나는 다른 시험도 거의 다 죽을 쒔지만 마지막 과학시험은 숫제 깨끗이 포기했다.

붙들고 끝까지 씨름했더라면 반의반 타작쯤 했을지도 모를 것을.

세일대학 입시요강엔 엄연히 명시돼 있다. 한 과목이라도 영점인 학과가 있다면 아무리 총점이 합격선을 넘어도 입학을 허락할 수 없다는 게.

그걸 알고서도 아니 알았기 때문에 나는 마지막 과학시험을 포기했다.

빌어먹을…… 나는 으르르 떨면서 또 한번 담배를 찾았으나 없다. 미치게 담배 생각이 난다.

십 대 일의 경쟁률이다. 빌어먹을…… 그러니까 나하고 같은 수험장에서 시험을 친 오십 명 중 사십오 명이 떨어진다. 사십오 명이 발표날까지의 보름 동안 헛된 꿈을 꾼다.

마지막 과학시험에 똥줄이 빠지게 엉겨봤댔자 사십오 명은 말짱 헛수고다.

그러니까 나는 그 사십오 명의 허무맹랑한 꿈을 조롱하기 위해 과학시험을 포기하고 뚜벅뚜벅 걸음걸이도 장중하게 수험장을 걸어나온 것이다.

걸어나오는 동안 나는 뱃속이 폭발할 듯한 기쁨을 느꼈다.

그러나 바깥은 너무 추웠고 주머니 속엔 꽁초 한 개비도 없었다. 나는 빠르게 비참해졌다.

내 앞에 뻗은 길은 수평으로 곧고 한없이 길다. 그 긴긴 길을 혼자 걸어서 나가기가 두렵다.

그 긴긴 동안의 추위와 고독이 두렵다.

그 긴긴 길을 혼자서 걷다가는 추위와 고독의 압박에 못 이겨 그 긴긴 길이 끝나는 지점에서 나 또한 소실점(消失點)이 되어 없어져버릴 것 같다.

나는 기다릴 수밖에 없었다. 거대한 칠층 교사가 음산한 그늘을 드리운 빙판에서 과학시험이 끝나고 수험생들이 쏟아져나오길 기다려야 한다.

과학시험은 길게도 본다. 육십 분이던가 구십 분이던가. 빌어먹을, 발이 시리고 저리다 못해 완전히 감각이 없다.

구십 분을 치든 오십 분을 치든 백 명에서 구십 명을 떨구기는 마찬가지다. 그것이 변경될 리는 없다. 빌어먹을……

미치게 담배 생각이 난다. 내 앞에 뻗은 긴긴 길이 끝나기 전에 식당이 있고 매점이 있다는 걸 나는 알고 있다. 거기서 쉽게 담배를 살 수 있다는 것도.

그러나 내가 두려워하는 건 바로 그 식당이다.

내가 내 앞의 긴긴 길을 혼자 걷기를 두려워하는 건 실은 추위 때문도 고독 때문도 아니다. 추위와 고독은 핑계에 지나지 않는다.

추위는 겨우내 내 것이고, 고독은 방금 과학시험을 포기하고 혼자서 사십오 명에게 등을 돌리고 당당히 걸어나올 때 이미 충분히 맛보았을 터였다.

내가 정말로 두려워하는 것은 대식당 속에서 수험생들을 기다리고 있는 수많은 학부모 중의 우리 부모와 만나지는 거였다.

내가 진작 그 생각을 했더라면 과학시험을 그런 치기만만한 방법으로 포기하지는 않았을 게다.

처음부터 끝까지 코를 드르렁드르렁 골아줄 수도 있었을 테고, 재수학원 책상에 남긴 것과 같은 조각을 세일대학 책상에 남기기 위해 시간을 보낼 수도 있었을 것이다.

아무튼 수험생이 쏟아져나와 저 일직선의 아스팔트 길을 새까맣게 뒤덮을 때 나도 한몫 끼어 고개를 길게 빼고 지키고 섰을 부모님의 눈을 감쪽같이 피해 교문 밖에 나설 수 있었을 것이다.

나의 부모는 자식에게 열성적이고 헌신적이고, 그리고도 유식하다. 나는 부모님의 열성, 헌신이 다 달갑지 않지만 특히 겁나는 게 유식이다.

마지막 수험시간 종이 울린 지 얼마 안 돼서 제일 먼저 걸어나오는 놈이 자기 아들이라는 걸 알면 아마 놀라도 보통 놀라지 않겠지만 절대로 무식하게 놀라지는 않을 게다. 나는 나의 부모가 유식하게 놀라는 게 싫다.

나의 부모는 예전 대학 졸업생이다. 나의 부모는 기회 있을 때마다 자신이 이 예전 대학 졸업생이라는 걸 강조하지 못해한다. 거기 아주 특별하고도 거룩한 뜻이 있다고 생각하는 모양이다.

나의 부모는 자신의 학벌을 말할 때 학교 이름은 빼고 덮어놓고 '예전 대학' '예전 대학' 하기 때문에 그리고 그 소리를 너무도 엄숙하고 도도하게 했기 때문에 나는 한때 '예전 대학'이라는 이름의 대학이 지금의 서울대학보다 더 높고 거룩하게 존재했다가 그런 높은 곳에 수용할 만한 인재의 고갈로 없어졌다고 믿은 적이 다 있을 지경이었다.

"지금 대학, 그 흔해빠진 게 무슨 대학이냐? 어중이떠중이 다가는 놈의 대학, 예전 대학은 안 그랬다. 어림도 없었지. 예전엔 사람들이 그래도 분수라는 걸 차릴 줄 알았기 때문에 어디다 감히 어중이떠중이들이 대학 문을 넘봐? 어중이떠중이가 다 가니까 대학 질이 요새처럼 형편없어질 수밖에. 여북해야 예전 중학교 졸업생이 지금의 대학교 졸업생과 맞먹나. 그러니까 예전 대학은 지금의 대학원 졸업생? 아니지, 그까짓 어중이떠중이 다 가는 대학원, 아마 외국 유학하고 온 것과 맞먹을걸."

이렇게 자신 있게 단정을 했다. 어디다 근거를 두고 그런 단정을 할 수 있는지 그것까지는 잘 모르겠다.

그러나 알고 보면 나의 부모님이 졸업했다는 예전 대학이 그다지 예전도 아닌 바로 6·25 전의 대학이다.

　부모님은 이렇게 대학을 6·25 전과 후로 나누어 엄청난 질의 차이가 있는 것으로 믿고 있다. 내가 머리가 커지면서 알기로는 그야말로 어중이떠중이 힘 안 들이고 대학 문턱 넘을 수 있었던 것은 바로 해방 직후의 혼란기라고 알고 있는데.

　그러니까 나의 부모님이야말로 그렇게 쉽게 들어가 6·25 직전에 졸업했다고 볼 수도 있었다.

　실상 나는 부모님의 학벌 따위에 그다지 관심이 있는 게 아니다.

　문제는 부모님이 어중이떠중이 다 들어가는 대학이라고 요즈음의 대학을 깔보면서도 그 대학에 자식을 집어넣기 위해 입시 준비기간중 얼마나 헌신적이었냐에 있고 배은망덕하게도 부모님의 그런 헌신을 저버리고 내가 낙방했다는 데 있고, 내 낙방에 우리 부모가 얼마나 유식하고 고상하게 놀라고 얼마나 유식한 부모답게 대처했느냐에 있다.

　아까도 말했지만 나는 우리 부모의 유식이 겁나게 싫다.

　부모님의 유식에 대한 내 이런 혐오감은 꽤 오래 전에 아마 국민학교 적에 이미 시작되지 않았나 싶다.

　국민학교 사학년 때 나는 처음으로 시내버스를 친구하고만 타봤다. 학교가 바로 지척에 있었고 부모님하고 같이 버스를 타는 일도 어쩌다가 있었기 때문에 나는 버스가 우리 동네와 멀어져 갈수록 알지 못할 흥분과 해방감을 느꼈다.

　버스에 올라와 상품을 선전하는 장수의 청산유수 같은 구변과 싸구려 물건들도 신기했다.

"이 바늘로 말씀드릴 것 같으면…… 본 선전기간을 통해서 단돈 오십원에 드리겠사오니 구경해보시고 말씀해주십시오."

더욱 신기한 것은 배보다 배꼽이 더 크다고 단돈 오십원짜리 바늘 한 쌈에 덤으로 골무, 귀이개, 머리핀까지 끼워주는 거였다. 같이 탄 내 친구가 그것들을 샀다.

"이 새끼가 창피하게 여자 걸 뭣 하러 사고 있어?"

"짜아식, 알지도 못하고. 엄마 갖다드릴 거야. 엄마들은 이런 걸 선물하면 얼마나 좋아하신다고."

친구는 자못 어른스럽게 말했다. 그 바람에 나도 덩달아 그걸 샀다.

저녁때 부모님이 한자리에 계실 때 그걸 드렸다. 친구한테 들은 대로 색종이에 포장까지 해서. 그러나 나의 부모님은 하나도 좋아하시지 않고 지극히 복잡스럽고도 심각한 얼굴을 했다.

"아니, 사내녀석이 이런 여자들 걸? 여보, 여보, 여봇. 얘가 누나들 밑에서 자라더니 암만 해도 이상해요. 이게, 무슨 콤플렉스는 콤플렉슨데 무슨 콤플렉슬까요? 네, 여보."

어머니와 아버지는 밤이 이슥하도록 무릎을 맞대고 내가 무슨 콤플렉슨가를 상의하는 모양이었지만 결론이 안 나는 모양이었다.

그때만 해도 나는 콤플렉스가 무슨 큰 병의 이름인 줄 알았다. 그래서 여성적인 것에 대한 관심이나 호기심만 동할라치면 '에

크, 또 그놈의 고약한 병이 도지는군' 하면서 억제하려 들었다.

덕택에 나는 외양만 우락부락할 뿐 실은 계집애같이 여리고 민감한 감수성을 내부 깊숙이 키우고 있었던 것이다.

중학교를 들어가고 나서 나는 조석으로 버스를 타고 통학하게 되었다.

그때는 이미 버스가 나에게 해방감을 줄 리 만무했고 행상의 획일적인 선전문구가 신기할 리도 만무했다.

그런 어느 날, 아마 중2 때 아니면 중3 학기 초였을 게다. 니코틴을 제거한다는 파이프 장수의 선전 솜씨가 특이했다. 그는 폐암의 가공할 치사율과 그 지긋지긋한 고통을 겪어본 것처럼 생생하게 설명했다.

그러고는 끽연과 폐암과의 떼려야 뗄 수 없는 관계에 대해 전문적인 의학용어까지 동원해가며 진지한 설명을 했다. 그의 희멀건 용모가 한층 그의 말에 신빙성을 부여했다. 그러고는 신제품, 니코틴 제거용 파이프를 한 사람 한 사람에게 정중히 권했다.

거의 모두 샀다. 내 앞에도 그 상품이 왔다.

"저는 아직……"

나는 머리를 저으며 아직 그 끔찍한 담배를 안 피운단 소리를 했다.

"아버님도?"

그는 되물었다. 나는 하루에 한 갑 이상을 피우는 아버지 생각을 하며 그 생각을 미처 못한 내 불효에 얼굴을 붉혔다. 나는 그걸 샀다. 물론 아버지를 위해서.

그러나 부모님은 바늘을 받았을 때와 마찬가지로 심각하고 복잡스러운 표정을 지으시는 것이었다.

"여보, 드디어 때가 왔어요. 틀림없어요. 애가 파이프를 샀다는 것, 이것은 애가 담배를 피우고 싶다는 잠재의식의 발로일 거예요. 틀림없다니까요."

전번엔 콤플렉스한테 당하더니 이번엔 잠재의식한테 당했다.

내 잠재의식은 파이프에 의해선지 부모님의 간파(看破)에 의해선지, 하여튼 그 오랜 잠에서 깨어 드디어 내 의식의 표면에 부상한 것이다. 나는 중3 때부터 담배를 피우기 시작했다.

마지막 종이 울렸다. 그것은 나와는 상관없는 종소리였다.

나는 이미 그 종소리로부터 자유로워져 있을 터였다. 그런데도 나는 흠칫 놀라며 주머니 속의 빈손을 다급하게 움켜쥐었다. 그 속에 시험지라도 있는 것처럼.

어쩌자고 그 치사한 시늉을 또 하고 만 것일까?

종소리와 함께 여직껏 절망적이던 시험문제에 갑자기 서광이 비치는 것 같아지는 순간이었다.

절망과 희망이 불꽃을 튀기며 마찰하고 시간이 칼날같이 예리하고 차갑게 살갗을 스치는 순간이다.

어쩔 것인가, 다급하게 시험지에 달려들 수밖에.

시험지를 받고 나서 줄창 나와 시험지 사이를 장막처럼 가로막고 있던 권태가 거짓말처럼 말끔히 걷히면서 비로소 시험지를 향해 전력으로 투구하려는 빛나는 찰나―, 그러나 시험관의 냉혹한 시선이 나를 노려보고 있다. 모든 수험생들이 시험지를 책상 위에 엎어놓고 제법 만점 받은 얼굴로 두 손을 머리에 얹고 시험관이 시험지를 걷어가기를 기다려야 하는 정적의 시간인 것이다. 행동의 시간은 이미 지난 것이다.

비단 입학시험이 아니더라도 고등학교나 재수학원 시절, 모의고사나 배치고사 등 중요한 시험만 치르려면 영락없이 끝나는 종소리와 함께 시험지에게 왈칵 덤벼들고 싶은 못된 버릇이 나에겐 있었다.

마지막 시간 시험을 거부하고 한데서 떨고 있는 지금도 끝나는 종소리를 듣자 나도 모르게 또 그 치사한 시늉이라도 하고 만 것이다.

마치 종소리만 듣고도 침을 흘리도록 조건반사에 길들여진 불쌍한 실험용 개처럼.

끝나는 종소리가 나고도 수험생들은 좀처럼 밖으로 쏟아져나오지 않았다. 수험생을 뱃속 가득 은닉하고 있는 세일대학 캠퍼스 내의 크고 작은 건물들은 하나같이 빈집처럼 괴괴하다.

빌어먹을― 무엇들을 하고 있을까. 무엇들을 하고 있든 이미 나와는 상관없는 일이다. 그런데도 나는 그게 궁금하다.

이윽고 수험생들이 쏟아져나온다. 하나같이 시험 잘 본 얼굴을 하고 쏟아져나온다.

열 명 중 아홉 명이 떨어지게 돼 있다는 끔찍한 사실을 그들은 전혀 모르는 것처럼 희희낙락한 얼굴들이다. 머저리 같으니라구. 아무리 사람은 태어날 때 한치 앞을 못 보게 태어났다지만 어떻게 저렇게 무지몽매할 수가 있을까.

꾸역꾸역 한없이 쏟아져나오는 머저리들 중 제일 꼴불견의 머저리들은 아직 고등학교 교복을 단정히 입고 밤송이만큼 자란 머리에 교모까지 쓰고 있는 족속이다. 그러니까 재수생이 아닌 금년도 졸업생들이다.

졸업식을 끝낸 지 한 달 가까이나 되는데도 그들은 교복을 입고 있다. 졸업식날 교복에 연탄재로 낙서를 하고, 면도날의 기능을 시험하고 할 때 같아서는 그 옷을 다시 입을 수 있으리라곤 아무도 상상할 수 없었을 게다.

그러나 입시날만 되면 금년도 졸업생은 하나도 안 빼고 멀쩡하게 교복을 차려입고 나타난다.

교복을 안 입어서 행여 재수생하고 혼동되면 큰일이라도 날 것처럼 꼭 금년도 졸업생 티를 내려 든다. 그 알량한 티를.

머저리들 같으니라구. 교복이나 배지만 빼놓으면 당장 시체가 될 것처럼 교복과 배지에 악착같이 집착하는 꼴들이라니.

아마 그들은 고등학교 교복 벗는 날이 곧 신사복 깃에 세일대학 배지를 달 수 있는 날이 되기를, 고등학교와 대학교와의 잇잠에 한치의 어긋남도 없기를 간절히 바라고 있을 테지만 그렇게는 안 될걸.

열 명 중 아홉 명은 형의 낡아빠진 신사복이나 엄마가 대도백화점에서 사온 싸구려 점퍼에 아무것도 못 달고 거리를 다녀야 할 것.

아무 집단에도 안 속한, 아니 못 속한 그 허허한 외로움—

왜 사회는 젊은 놈이 반드시 어떤 집단에 속해야 비로소 사람 구실을 할 수 있는 철통 같은 제도를 마련해놓고도 열 명 중 아홉 명은 아무 집단에도 안 끼워주고 팽개쳐버리는 걸까.

이 추위에 오버도 안 입고, 빳빳이 풀을 먹인 흰 깃을 여봐란 듯이 단 여학생들도 적잖이 섞여 있다.

빌어먹을…… 고등학교 졸업했으면 제꺼덕 시집이나 가든지 흔해빠진 여자대학이나 갈 것이지 감히 어디라고 명문 세일대학씩이나 와가지고 불쌍한 낙방생의 수효를 늘리는 데 이바지할 게 뭐람.

나는 여자가 대학을 졸업해봤댔자라는 걸 알고 있었다. 어머니를 통해, 누나들을 통해 지겹도록 알고 있었다.

셋이나 되는 누나들은 하나같이 대학 출신이지만 좋은 데 시집가기 위해 그걸 딱 한 번 써먹었을 뿐이다. 그리고 어머니를 닮아 느닷없이 유식한 척하기를 좋아할 뿐이다.

매형하고 싸우고 친정으로 쫓겨와서 어머니한테 울면서 하소연할 때 "그이하고 저하곤 의견이 안 맞는 걸 어떻게 해요?" 해도 될 것을, "그 작자하고 나하곤 도대체 의식구조의 차원이 다른 걸 어떻게 해?" 하는 식으로 말이다.

나는 내가 작년에 낙방한 것도, 올해도 틀림없이 낙방할 것도 다 여학생들 때문인 것처럼 느낀다. 쌀알을 능가하게 끼어든 요즈음 도시락의 보리쌀처럼 함부로 남자를 넘보고 해마다 증가일로에 있는 여자 응시생 때문인 것처럼 느낀다.

여학생들에게 맹렬한 적의를 느끼면서도 어느 틈에 나는 흰 깃 위에 상큼한 목을 거쳐 얼굴을 살피기 시작하고 있었다. 누구를 찾는 것처럼 한 사람 한 사람 유심히 살폈다.

갸름한 얼굴도 있고, 동그란 얼굴도 있고, 통통한 얼굴도 있고, 야윈 얼굴도 있다. 그런대로 다 예쁘다. 눈이 부시고 얼굴이 화끈댈 만큼 예쁘다.

그러나 내가 찾는 얼굴은 아니다. 부드러운 턱과 잘 웃지만 잘 말하지 않는 선이 고운 입술과 사람의 속을 꿰뚫어보는 것 같으면서도 결코 날카롭지 않은 맑고 지혜로운 눈이 있는 그리운 얼굴을 나는 찾아내지 못한다.

내 내부에서 여학생들에 대한 적의와 그리움이 싱싱하게 갈등한다.

마침내 수없는 건물에서 쏟아져나온 수험생과 학부모가 뒤섞여 일직선의 통학로뿐 아니라 잔디, 정구장, 노천극장 할 것 없이 인산인해를 이룬다.

아무리 극성맞은 우리 부모이기로서니 이 인파 속에서 나를 찾아낼 수는 없으리라.

나는 혼자서 멋대로 싸다니다가 밤늦게 집에 돌아갈 수도 있을 것이다.

시험에 대한 아버지와 어머니의 집요한 질문공세는 어차피 한 번은 당할 일이지만 당장은 면하고 싶다. 이 인파에서 으슥한 곳으로 질질 끌려가 영어문제는 어떠했고 수학문제는 어떠했고, 예상 커트라인에 대한 풍문은 어떻고 식의 심문을 받는 일만은 어떡하든 면하고 싶다.

나는 파카 깃을 세우고 그 속에 고개를 자라 모가지처럼 움츠리고 인파 한가운데 섞여 땅만 보고 곧장 교문을 향해 걷는다.

누가 어깨를 툭 친다. 들켰구나, 가슴이 철렁 내려앉는다. 그러나 어머니도 아버지도 아니다. 고교 동창인 성길이다.

작년에 성길이는 공과를, 나는 법과를 지망했다가 같이 낙방해서 같은 재수학원을 거친 사이다.

"잘 봤니?"

내가 먼저 묻는다.

"잡쳤어."

성길이가 우울하게 대답하고 찌그러진 담뱃갑을 꺼내더니 나한테 먼저 내민다.

담배는 고맙지만 화가 난다. 성길이가 잡쳤다는 게 엄살 같지 않아서였다.

"끝까지 열심히 보긴 봤니?"

나는 내가 한 깐이 있어서 우선 그것부터 따진다.

"그럼 열심히 보지 않으면?"

만일 성길이가 나처럼 시험을 도중에서 포기한 과목이 한 과목이라도 있으면 한 대 갈겨줄 것 같다.

다시 한번 흰 깃 위에 청초한 목과 부드러운 턱과 선이 고운 입술과 날카롭지 않으면서도 남의 속까지 꿰뚫어보는 것 같은 눈이 있는 얼굴이 생각난다.

그것은 누님의 얼굴이다. 성길과 내가 똑같이 누님이라고 부르는 성길이 누님의 얼굴이다.

성길이가 또 낙방을 하면 누님이 얼마나 실망할까. 그 아름다운 이가 빠질 비탄을 생각하면 내 낙방 같은 건 문제도 아니다. 성길이를 어디 한 군데 부러지도록 패주어도 직성이 풀릴 것 같지 않다.

흰 깃이 달린 감색 교복에 무거운 책가방까지 든 여학생이 한 떼 날카로운 소리로 깔깔대며 우리를 밀치고 앞서간다.

"재수 나쁘게 계집애들이……"

"오나가나 계집애들 꼴 보기 싫어서 입맛 떨어진다니까. 글쎄 공대 지망생 중에도 계집애가 있잖아."

"누가 아니라니. 법대 지망도 적지 않던걸. 나하고 같은 수험장에만도 다섯 명이나 있었으니까. 가사과라면 또 몰라. 계집애들이 아무리 간뎅이가 부었기로서니 공대 법대가 아랑곳이야?"

"난 가사과도 못 참아줘. 우리 누님도 못 가는 대학을 제까짓 것들이……"

성길이가 씹어뱉듯이 말하고 우울하게 하늘을 쳐다봤다. 겨울 하늘은 얼음장 같은 빛깔을 하고 있다.

꼭두각시의 꿈 219

참 그렇지, 누님도 못 가는 대학을 제까짓 것들이.

나는 내가 아까부터 여학생들에게 느끼고 있는 적의의 원인을 이제야 안 것 같다.

그들에 의해 내가 밀려난 것 같은 게 분한 게 아니라 누님도 못 가는 대학을 그들은 갈 수 있다는 것으로 그들을 그렇게 참아줄 수가 없었던 것이다.

여학생들이 또 웃는다. 이번엔 등뒤에서 들린다. 날카롭지만 노래처럼 즐거운 웃음소리다. 등이 화끈해진다. 그리고 괜히 화가 난다.

빌어먹을. 일직선의 아스팔트 길, 일직선의 통학로는 길기도 하다.

"또 떨어질 것 같아."

성길이가 점퍼 속으로 고개를 움츠리며 죽고 싶은 얼굴을 한다.

"짜아식, 기운을 내. 나도 잡쳤어. 그렇지만 발표날까지는 희망을 가져보는 거지 뭐."

나는 제법 씩씩하게 말하고 성길이 어깨를 툭툭 친다. 나는 어쩌자고 희망씩이나 품어보려는 걸까.

나는 성길이 앞에서는 의젓하고 제법 어른스러워지는 버릇이 있다. 성길이를 통해 누님을 의식하기 때문이다. 그 아름다운 이를.

"넌 누님이 없으니까 그런 소리를 하는 거야, 인마."

성길이가 아직도 투정이다.

"짜아식, 내가 왜 누님이 없니, 자그만치 셋이나 있다, 셋."

나는 자고 싶은 건지 죽고 싶은 건지 분간 못 하게 흐리멍텅한 성길이 얼굴 앞에 손가락을 세 개 뻗쳐 보인다.

"누가 그런 누님 말야? 우리 누님처럼 동생 대학 보내려고 자긴 대학 가는 걸 포기한 누님 말야. 동생 입학금 하려고 취직해서 버는 돈 꼬박꼬박 적금 붓는 누님 말이지. 혁아, 술 사주지 않을래? 진탕 먹고 취하고 싶어."

"짜아식, 술도 못 하는 주제에."

"아냐, 오늘은 마시고 싶어. 집에 곧장 들어가기 싫어서 그래. 우리집은 지옥이야."

"짜아식, 점점 못 하는 소리가 없잖아."

"넌 몰라서 그래. 동생을 위해 희생하는 누님이 있는 집구석이 어떻다는 걸 너는 몰라서 그래."

나는 성길이를 실컷 패주고 싶은 걸 억지로 참는다. 대신 억세게 팔짱을 낀다.

"내가 집까지 데려다주지. 오래간만에 누님도 뵐 겸."

다시 감색 교복과 흰 깃 위에 아름다운 얼굴이 떠오른다.

그 아름다운 얼굴에서도 가장 아름다운 곳은 선이 고운 입술이던가, 남의 속을 꿰뚫어보는 것 같으면서도 날카롭지 않은 맑은 눈이던가.

누님이 감색에 흰 깃이 달린 교복을 벗은 지는 이미 오래다. 우리가 고1 때 누님은 고3이었으니까.

그러나 나는 누님의 아름다운 얼굴과 순백의 깃이 달린 여고생 제복을 떼어놓고 생각할 수가 없다.

내가 누님을 처음 만났을 때 누님은 여고생이었다.
고등학교 입학하고 나서 처음 사귄 친구 성길이하고 같이 길을 걷고 있는데 앞에서 한 떼의 여고생이 새소리같이 즐거운 소리로 재깔대며 걸어오고 있었다. 나는 얼굴부터 화끈댔다.
더군다나 그중 제일 빼어나게 아름다운 여학생이 우리를 똑바로 보며 생글대지 않는가. 내 세 치 가슴속은 얼어붙는 것 같으면서 동시에 타들어가는 것 같았다.
드디어 그 여학생이 저희 패거리에서 빠져나와 우리에게로 곧바로 다가왔다.
"이제 학교 파했구나? 새로 사귄 친구니?"
여학생은 성길에게 묻고 있었다.
"응, 우리 누님이야."
성길이는 나에게 퉁명스럽게 그의 누님을 소개했었다.

금호동 가는 버스가 왔다.
성길이 먼저 밀어넣고 나는 안 탈 것처럼 비켜섰다가 맨 나중에 올라탔다. 버스가 떠나자 성길이가 차곡차곡 포개진 사람들 사이에서 몸을 비틀면서 고개를 길게 빼고 두리번대는 꼴이 나를 찾는 것 같았다. 나와 눈이 마주치자 씽긋 웃었다.

"짜아식, 정말 데려다줄 거야?"

종점에서 내려서 한참이나 같이 걷고 나서야 성길이는 싱겁게 한마디 했다. 그러고는 불쑥 주머니에서 비닐종이에 싼 것을 꺼내 내 손에 쥐여줬다. 오랫동안 손으로 주무르고 있었던 듯 그것은 체온만큼 따뜻하고 눅진눅진했다. 엿이었다.

그것이 엿이라고 깨닫자 나는 기묘한 낭패감에 빠졌다.

어른들은 알까. 입시날 아침에 부모들이 한사코 먹이지 못해 하는 엿 맛이 어떻다는 것을.

"먹어, 네 몫이야."

"내 몫?"

"응, 아침에 누님이 나 한 조각 주고, 너 만나거든 주라고 따로 한 조각 더 주더군."

"누님도 별수 없군."

나는 그 눅진눅진한 것에서 비닐을 떼어내고 입 속에 넣었다. 그것은 곧 이빨이라도 빼낼 것처럼 악랄한 끈기가 되어 엉겨붙었다.

그렇지만 엿의 이런 끈기와 합격이 무슨 상관이란 말인가. 어른들은 입시철만 되면 왜 이렇게 모두 어리석어지는 걸까. 누님까지도.

문제는 열 명 중 아홉 명이 떨어지고 한 명만 붙게 돼 있다는 데 있다. 과외공부, 또 과외공부로도 모자라 온갖 미신적인 주술의 힘, 엿의 끈기, 찹쌀의 끈기까지도 빌려다가 붙는 것을 도와

주고 싶게 붙기가 어렵다는 데 있다. 빌어먹을.

나는 힘겹게 턱뼈를 움직여 엿을 씹으며 열 명 중 아홉 명은 떨어지게 돼 있다는 절벽 같은 기정사실에 절망과 분노를 동시에 느꼈다.

"우리 누님 워낙 말이 없잖아. 입학원서 살 때 제발 실력에 맞는 대학으로 가란 소리 한마디밖에 한 게 없어. 글쎄, 재수하는 일 년 내내 대학에 대해 누님이 한 말은 그게 전부였다니까. 숫제 공부해라 공부해, 내가 누굴 바라고 이 고생인 줄 아니? 이번에 또 떨어지면 너 죽고 나 죽을 줄 알아, 하고 매일 들들 들볶기나 했으면 오죽이나 좋아. 오늘 아침에도 누님이 학교 앞까지 택시로 데려다줬어. 버스 타고 혼자 가겠다고 일찍거니 나왔는데 어느 틈에 따라와서 택시를 잡고 나를 밀어넣잖아. 작년에도 누님은 그랬었어. 택시 속에서도 누님은 시험에 대한 말은 한마디도 안 했어. 묻지도 않은 누님 직장 얘기만 하더군. 일도 편하고 월급이 또 오른단다. 그놈의 직장은 아마 일 년에 열두 번은 월급을 올려주나봐. 툭하면 월급 올랐단 소리야. 아무튼 재수학원에 내는 수업료 줄 때마다 희색이 만면해가지고 월급 오른 자랑이었으니까. 그러더니 학교 앞에서 나를 시험장으로 밀어넣으면서 손에다 그걸 쥐여주잖아. 엿 말야. 한 조각은 나 먹고 한 조각은 너 주라면서. 그 짓만은 작년엔 안 하던 새로운 짓이었어. 그 짓을 하면서 누님도 어색한지 픽 웃더군. 전혀 누님답지 않은 웃음이었어. 그런 부자연스러운 웃음 때문에 누님의 얼굴이 가면처럼 굳어 있는 걸 보면서 나는 휘청거렸어. 나는 누님이 말 한마디 안 하고 나에게 지워준 엄청난 짐의 무게를 감당할 수가 없었던 거야. 우리 누님도 차라리 수다쟁이였으면 좋겠어. 딴 여자들처럼 말야."

"짜아식, 넌 수다쟁이 여자들이 뭔지 모르니까 그따위 소리를 할 수 있는 거야."

나는 나의 시집간 세 누나를 생각했다.

누나들은 나의 입시철만 되면 다투어서 입으로 한몫 단단히 거들려 든다. 예비고사 발표가 나고 입학원서 쓸 때부터 전화통에서 불이 난다.

큰누나는 주로 서울의 고명한 점쟁이에 관한 정보를 모아들인다.

엄마, 엄마, 한강맨션의 열아홉 살짜리 처녀 점쟁이가 학교 점엔 귀신이래요. 이러면서 어머니를 부추긴다. 오늘은 한강맨션, 내일은 불광동, 모레는 아리랑고개…… 서울엔 학교 점엔 귀신이라는 점쟁이가 많기도 많다. 통금이 해제되자마자 번호표를 맡아놓아야만 해 안에 점을 칠 수 있는 고명한 점쟁이네 가서 미리 번호표를 맡아놓고 어머니를 느지막이 나오게 하는 수고까지도 큰누나는 해준다.

점을 치러 가기 전엔 그 점쟁이에 관한 사전 정보를 놓고 쑥덕쑥덕, 치고 와선 점이 맞아서 쑥덕쑥덕 안 맞아서 쑥덕쑥덕……, 도대체 어머니와 누나는 말이 많았지만 점을 믿는 건지 안 믿는 건지 알 수가 없다.

나의 부모님은 내가 어떡하든 세일대학까지는 가야 한다고 생각하고 있다. 서울대학씩은 못 바라지만 세일대학까지는—

그러니까 부모님이 양보하고 또 양보한 끝에 다다른 하한선이 바로 세일대학인 것이다. 또하나, 고등학교나 재수학원의 배치고사 성적도 겨우겨우 세일대학 선에 달랑달랑 목을 걸 정도였다. 그러니까 세일대학은 제아무리 고명한 점쟁이도 어쩨볼 수 없는 나의 운명의 선이었다.

그런데도 누나와 어머니는 점을 치고 또 쳤다. 세일대학 쪽으로 운이 틔었다는 점쟁이 말은 믿고 세일대학 쪽으로 운이 막혔다는 점쟁이 말은 믿지 않았다.

큰누나는 새로운 점쟁이 집을 알아내기에도 바빴지만, 점을 치고 와서 그 뒤치다꺼리를 하기에도 바빴다.

어머니의 비위를 맞추기 위해 세일대학 쪽으로 운이 막혔다는 점쟁이는 실은 그가 엉터리 사기꾼 돌팔이라는 정보를 모아들여야 했고, 또 세일대학 쪽으로 운이 틔었다는 점쟁이는 작년에 누구누구를 맞히고 재작년엔 누구누구를 귀신같이 맞혔다는 정보를 모아들여 그의 백발백중의 확률을 증명해야 했으니까.

그러려니 큰누나와 어머니는 말이 많을 수밖에 없었다.

그렇다고 둘째누나 셋째누나가 내 입시를 방관만 하고 있을 리 없었다. 누나들은 하나밖에 없는 친정 남동생에 대한 지대한 관심의 표시가 즉, 친정 부모님에 대한 효도라고 생각하고 있었다. 효도 중에도 돈 안 들고 생색은 제일 많이 나는 효도쯤으로.

매형이 대학강사인 둘째누나는 열심히 숨은 입시정보를 모아들였다. 이런 전화는 대개 오밤중에 오게 마련이었다.

엄마, 극비예요. 극비, 일급 비밀, 특급 비밀이에요. 오서방이 방금 알아들인 정본데요, 글쎄 오서방 선배인 박교수하고 황교수가 세일대학 출제를 하러 들어갔다는군요. 오서방하고 친하냐구요? 그럼요, 친하다마다요. 작년 크리스마스에도 그분들하고 같이 올나잇한걸요. 그렇지만 아무리 친하면 뭘 해요. 출제하러 일단 들어가면 감옥소나 마찬가지라구요. 감옥소보다 더하면 더하죠. 외부와는 어떤 면회도 금지되니까요. 그렇지만 박교수하고 황교수가 출제하면 대개 어떤 문제가 나오리라는 건 짐작할 만하다는 거예요. 그러니 그게 어디예요. 혁이는 수학이 약한데 그게 어디냐구요? 그렇지만 엄마, 이건 극비예요. 그러니 빨리 혁이 바꾸세요.

그러면 어머니는 엄숙한 얼굴로 나에게 먼저 종이와 볼펜을 준비시킨다. 그러곤 조심스럽고도 황공스럽게 나에게 수화기를 넘겨준다. 마치 그 속에서 수학문제가 술술 흘러나오기라도 할 듯이.

그러나 둘째누나는 기껏 혁이니? 말야, 박교수는 말야, 통계학 전공이거들랑, 그러니까 통계 확률 공부를 철저히 하고 황교수는 기하학 전공이니까 공간도형 공부를 철저히 해, 알았지? 너 이거 극비다. 아무한테도 일러주면 안 된다. 단짝인 성길이한테도 비밀로 해야 된다. 세일대학 같이 치는 수험생은 모조리 네

적이야. 그런 줄 알고 너만 알고 있어, 알았지? 이러기가 일쑤다.

때로는 꼭두새벽에 전화를 걸어서 "엄마, 엄마 큰일났어. 국어 출제하러 들어간 교수가 지독한 신경질인데 요새 가정에 트러블이 있다는군. 뭐 애정관계겠지. 부인이 미인이라니까. 그러니 보나 마나 국어 출제는 비비 꼬여서 나올 거래. 엄만 혁이가 국어에선 점수 딸 거라고 낙관했었지? 그런데 재수 나쁘게 이런 일이 날 게 뭐야. 아무튼 미리 알았으니 얼마나 다행이야. 혁이더러 국어시험지 받거든 아무리 쉬운 것 같아도 얕잡지 말고 꼬인 것 먼저 찾아내라고 해. 꼬인 것 못 찾아내고 쓴 해답은 보나 마나 정답이 아닐 거라고. 알았지, 엄마? 그래도 이걸 미리 알았으니 얼마나 다행이야. 엄마도, 교수의 사생활까지 알기가 그리 쉬운 줄 알아. 그리고 참, 이것도 극비야 극비. 시험 점수에 미치는 영향도 영향이지만 남의 프라이버시에 관한 것이니까. 이거야말로 정말 지성인끼리 못 할 노릇인데 오서방도 처남 일이니까 어쩔 수 없이 누설한 거라구" 하면서 남의 편안한 아침잠을 교란시키고 들입다 자기 생색을 내려 든다. 누나들 중 제일 돈 잘 버는 남자를 만나 시집을 잘 간 막내누나도 내 입시에 관심이 극진하기론 아무한테도 안 진다.

입시날 자가용 내줄게로부터 시작해서 붙으면 뭐든지 사주고 뭐든지 해주겠다는 물질공세지만 워낙 내력이 입심이 좋은 집 딸이라, 그 뭐든지에 포함되는 품목이 어지럽도록 호화롭고 다양했다.

그러나 아마 약아빠진 막내누나는 알고 있을 것이다. 나로 인하여 실제로 물질적인 손해를 입는 일도 공수표를 떼었다는 공격으로 인격적인 손해를 입는 일도 일어나지는 않으리라는 것을.

그 뭐든지에는 반드시 '붙으면'이라는 꼬리표가 붙어다녔으니까.

금호동 꼭대기에 있는 성길이네 판잣집은 바깥채가 가게다. 라면땅이니, 새우깡이니, 뽀빠이니 하는 시시한 과자나 소주, 사이다, 주스 따위를 판다. 가게도 좁지만 진열된 상품은 가짓수도 적고 늘 먼지가 보얗게 앉아 있어 흡사 포장 안 된 시골 버스길 연변의 구멍가게 같다.

연탄난로를 바싹 끼고 앉은 성길이 아버지는 벌써 한잔 한 것 같다. 겨울날이면 푸르죽죽하던 딸기코가 정말 농익은 딸기처럼 탐스럽게 이글댄다.

그러나 아무리 코에 화려한 불을 켜고 있어도 이 늙은 홀아비의 전체 인상이 궁상맞고 황량하기는 마찬가지다. 그는 나한테는 시험 잘 쳤냐? 하고, 성길이한테는 인석아 오르지 못할 나무는 쳐다보지도 말아, 했다. 입 속에서 우물대는 불분명한 소리로 그런 소리를 했다. 술이 취했으니까 그나마 말을 했지, 그렇지 않으면 비실비실 외면이나 했을 게다.

겨울날이라 이미 어두운 지 오래건만 누님은 아직 안 들어와 있었다. 좁은 집구석이 벌판처럼 허허했다.

"누님은 늘 이렇게 늦니?"

"요샌 야근이라나, 거진 열한시가 돼야 들어와."

"월급 올랐다는 게 그럼 야근수당인가보지?"

"알 게 뭐야."

"네가 모르면 누가 아니? 누님이 누구 때문에 그 고생인데……"

나는 울컥 화가 나서 성길이 멱살을 잡았다. 성길이는 대항하지 않고 픽 웃었다. 나도 픽 웃고 멱살을 놓았다.

성길이가 저녁 준비를 했다. 누님이 아침에 씻어놓은 쌀에 물을 부어서 연탄불에 얹어놓기만 하면 됐다. 성길이는 많이 해본 듯 김치찌개도 끓이고 김도 구웠다.

성길이 아버지는 저녁을 먹자마자 허물어지듯이 아랫목에 쓰러져 코를 골았다.

성길이와 나는 저녁 먹은 상을 그대로 놓아둔 채 가게를 보았다. 워낙 추운 겨울밤이라 손님은 아무도 안 왔다. 집집마다 일찌거니 꼭꼭 문을 걸어잠그고, 길엔 지나다니는 사람 하나 없었다. 때때로 매운 바람이 휘파람 같은 소리를 내며 가뜩이나 초라한 상품 위에 먼지를 한 켜 입혀놓고 루핑 지붕을 휘몰아갈 듯이 흔들고 지나갔다.

"내가 소주 사지."

나는 한 손으론 선반의 소주를 꺼내며 다른 한 손으론 주머니에서 오백원짜리를 한 장 끄집어냈다.

"이 새끼가 까불고 있어."

성길이가 내 오백원짜리 쥔 손을 세차게 비틀고 다른 한 손에서 소주병을 빼앗았다. 그러더니 노끈에 매달린 병따개를 잡아당겨 마개를 땄다.

성길이는 딴 곳에서 군것질을 하거나 술을 마실 때 그 비용은 으레 나한테 물리면서 언제나 그의 가게의 물건을 내가 돈 내고 사는 건 질색이다.

"안주는 뭘로 할래?"

나는 대답 대신 선반의 오징어 다발에서 오징어를 한 마리 빼냈다. 얇고 작은 오징어였다. 성길이가 눈을 부라렸다.

"이 새끼야, 그게 얼마짜린 줄 알아? 그래 봬도 삼백원짜리야."

그러면서 오징어를 빼앗고 꽁치 통조림을 꺼내서 따려고 했다.

나는 그 비린 거라면 질색이었다. 그래서 다시 오백원짜리를 꺼내며 오징어는 내가 사겠다고 했다.

성길이는 더 눈을 무섭게 부릅뜨며 내 손을 더욱 세차게 비틀더니 꽁치 통조림을 선반에 얹고 오징어를 연탄불 위에 얹었다.

연탄불 위에서 마른 오징어가 그 얄팍한 몸을 뒤틀었다. 열 개의 다리가 먼바다가 그리운 것처럼 마지막 유영(遊泳)을 시도했다.

구수한 냄새가 났다. 마침내 오징어가 돌돌 말렸다. 탁자에서 성길이가 작은 유리컵을 두 개 꺼냈다. 뭇 사람의 지문이 얼룩져 말이 유리컵이지 부옇게 불투명했다.

그러나 그 속에 넘치는 소주는 이 세상의 어떤 액체보다도 맑고 투명하고 정결했다. 성길이와 나는 같이 침을 꼴깍 삼키고 잔을 높이 들었다.

"너와 나의 행운을 위해."

성길이 녀석이 제법 호기 있게 씨부렁댔다. 녀석은 아직도 열 명 중 한 명의 행운이 우리에게 돌아올지도 모른다고 믿고 싶은 것일까.

술잔을 찰칵 부딪치자 넘쳐서 손등으로 소주가 흘렀다. 나는 손등의 소주를 먼저 핥고 나서 단숨에 들이켰다.

소주에는 일정한 온도가 없다. 차고도 뜨겁다. 나는 찬 소주 맛에 몸을 부르르 떨면서 이미 뱃속에서는 소주가 지나간 통로가 발화점이 되어 활활 달아오르는 걸 느낀다.

성길이가 짜악짜악 건조한 소리를 내며 오징어를 찢었다. 우리는 말없이 홀짝홀짝 소주를 마시고 질근질근 오징어를 짓씹었다. 소주 맛과 마른 오징어 맛의 단순하면서도 오묘한 조화를 무엇에 비길까.

소주병이 바닥이 나자 나는 다시 오백원짜리를 꺼내 휘두르면서 약간 혀 꼬부라진 소리를 냈다.

"이번엔 내가 산다. 결단코 내가 산다. 소주하고 오징어 빨리 가져와. 인마 장사하기 싫어? 거 뭘 우물쭈물하고 있어?"

성길이가 충혈된 눈을 부릅뜨면서 오백원짜리 쥔 내 손을 비틀어다 내 주머니 속에 꾸겨넣었다.

"이 새끼, 사람 무시하면 당장 죽을 줄 알아."

그러면서 새로운 소주와 새로운 오징어를 꺼냈다. 성길이 녀석 벌써 취해 있었다. 연탄불 위에서 몸을 비트는 오징어를 향해 꼬부라질 듯 고꾸라질 듯 몸을 못 가누고 있었다.

소주병을 몇 개나 비우고 오징어를 몇 마리나 먹었는지 잘 생각나지 않는다. 누님이 돌아온 것을 본 것도 같고 못 본 것도 같다. 가게 문이나 제대로 닫았는지 연탄불 단속이나 했는지도 기억에 없다.

머리맡에 있는 주전자의 물을 벌컥벌컥 들이켜고 나서 비로소 내가 누워 있는 곳이 내 집이 아니란 것을 알았고 옆에서 고약한 냄새를 피우면서 코를 고는 성길이를 발견했다.

오늘도 바깥 날은 되게 추운가보다. 액자처럼 작은 유리창에 낀 성에가 계집애들 속옷의 레이스처럼 섬세하고 아름답다.

미닫이가 조심스럽게 열렸다. 나는 자는 척 눈을 감았다.

누님이라고 생각했기 때문이다.

"아직들 자나?"

누님의 나직한 혼잣말이 들렸다. 그리고 방 안의 어지러뜨린 것들을 챙기는 것 같은 기척이 들렸다. 누님이 방 안에서 몰래몰래 부스럭대는 소리는 봄바람처럼 가볍고 향기로웠다.

나는 뭔가 참을 수 없는 기분으로 실눈을 떴다. 누님은 로션 같은 것으로 손등을 문지르며 그냥 서 있었다. 자는 성길이를 내려다보며 서 있었다. 방심한 듯 멍하니 서 있었다.

나는 입가에 전혀 웃음이 감돌지 않은 누님을 보는 것은 이것

꼭두각시의 꿈 233

이 처음이라고 느꼈다. 그렇다고 누님이 골을 내고 있는 것 같지는 않았다.

하얀 레이스같이 사치스러운 성에가 낀 작은 창을 배경으로 정지한 누님의 프로필은 슬픈 것도 같고 지쳐 있는 것도 같았다. 순간 나는 가슴이 미어지는 것 같은 슬픈 감동을 맛보았다.

누님은 여전히 아름다웠지만 이미 감색 교복의 순백의 깃이 잘 어울리는 여고생의 아름다움은 아니었다. 나는 그것을 왜 이제야 알아봤을까.

나의 정신연령이 고3 정도의 정신연령에 정지해 있는 동안 누님은 내가 모르는 새로운 경험을 하고 고된 수고를 하며 나이 먹어가고 있다는 걸 나는 왜 진작 인정하려 들지 않았을까?

나는 아름다운 누님을 스치고 지나갔을 새로운 경험과 찬란한 시간에 대해 호기심 같기도 하고 질투심 같기도 한 것을 느꼈다.

누님이 성길이 옆에 조용히 꿇어앉았다. 베개에서 떨어진 성길이 머리를 가만가만히 안아서 베개 위에 편히 눕혔다. 성길이 녀석의 그 지독한 코 고는 소리가 뚝 멎었다. 그러고는 걷어찬 이불을 어깨 위까지 끌어올려 꼭꼭 다독여주었다.

그런 움직임은 소리를 죽인 텔레비전 화면 속의 영상처럼 전혀 소리없이 다만 부드럽고 고즈넉했다.

실은 나도 이불을 걷어차고 있었다. 옷은 파카까지 입은 채여서 춥지는 않았지만 누님이 내 이불도 끌어올려 다시 다독거려주기를 나는 간절히 바라고 기다렸다.

나는 엄마와 여러 누나들 사이에서 자랐는데도 누님의 손길을 기다리는 동안 생전 처음 여성적인 것과 접촉하는 것처럼 초조하고 긴장했다.

그것은 연정하고는 또다른 긴박감이었다. 내가 감히 어떻게 누님에게 연정을 품을 수 있단 말인가. 그것은 순전히 여성적인 것에 대한 그리움이요 갈망이었다.

그 갈망이 너무 절실해서 심장이 고통스럽게 죄어왔다. 여간한 자제력 아니면 비명이라도 지를 것 같았다.

그러나 누님은 내 이런 갈망을 아는지 모르는지 성길이 이불 위에 한 손을 얹고 한 손으론 성길이 이마에 흘러내린 머리를 쓰다듬고 있었다. 손가락으로 빗질해 뒤로 넘기는 일을 누님은 무심히 되풀이하고 있었다.

나도 그런 부드러운 빗질을 당하고 싶었다. 지금 누가 나에게 나를 세일대학에 합격시켜주는 기적과 누님의 빗질과 어떤 것을 골라잡겠느냐고 묻는다면 아마도 서슴지 않고 누님의 빗질을 골라잡았을 것이다.

누님이 성길이 머리를 빗질하며 성길이를 굽어보고 있는 얼굴엔 여전히 웃음이 없다. 슬픈 것도 같고 지친 것도 같을 뿐이다.

선이 고운 입술은 약간 열린 채고 그 사이로 소리없는 한숨이 새어나오고 있다.

이 아름다운 이는 지금 상심하고 있다. 성길이 때문에. 성길이가 또 시험을 잘 못 친 것을 눈치챈 때문일까, 아니면 단지 어젯밤의 주정 때문일까. 아무튼 누님은 지금 성길이 때문에 상심하고 있다.

나는 성길이에게 적의와 질투를 동시에 느꼈다. 성길이가 정작 낙방을 하면 누님이 얼마나 실망을 할까. 이 아름다운 이가 비탄에 빠질 생각을 하고 이 아름다운 이 앞에서 성길이를 어디 한 군데 부러지도록 패줄 생각을 하면 비극적인 쾌감마저 느껴진다.

이윽고 누님이 꿇어앉은 자세로 그대로 앉은걸음을 치더니 나에게로 다가왔다. 봄바람처럼 향기로운 누님의 냄새가 났다.

누님의 손길이 내 이불을 어깨까지 끌어올리더니 꼭꼭 다독거렸다. 나는 너무 고마워 울고 싶었다. 천애의 고아가 처음 맛보는 육친애적인 접촉처럼 나는 누님의 손길에 온몸의 감각을 모으고 집착했다.

나는 가슴을 조이고 누님의 손길이 좀더 내 피부로 가까워지기를 기다렸다. 즉 나는 누님이 내 머리도 성길이 머리처럼 빗겨주길 바라고 있었던 것이다.

그러나 누님은 시계를 보더니 일어서려고 했다. 나는 눈을 번쩍 떴다. 그리고 팔을 뻗어 누님의 허리를 안았다.

곧 출근할 참인 모양으로 누님은 엷은 화장에 단정한 옷차림을 하고 있었다.

나의 돌발적인 행동에도 누님은 놀라는 기색이 전혀 없이 조용히 웃기만 했다.

"이제 깼어요?"

"아까아까부터 깨 있었어요. 누님이 들어오시기 전부터요."

"저런!"

누님은 놀라는 시늉을 했지만 실은 조금도 놀라워하고 있지 않다는 걸 나는 알고 있었다. 그래서 누님은 나나 성길이보다 훨씬 작은 주제에 늘 누님답게 의젓한지도 몰랐다. 나는 그게 괜히 심통이 났다.

"나는 다 봤단 말예요. 실눈 뜨고—"

"저런…… 내가 뭘 들켰을까? 혁이한테."

"다 봤단 말이에요. 누님이 창문의 성에를 손톱으로 긁어서 하트를 그리는 걸. 쳇, 유치하게스리……"

"저런, 저런, 점잖지 못하게스리. 그런 건 보고도 못 본 척하는 게 유치하지 않은 거예요."

누님이 내 농을 농으로 받아들이면서 맑게 웃었다.

나는 좀더 대담해지면서 누님의 허리를 안은 채 누님의 무릎에 얼굴을 묻었다. 너무 편했다. 편한 김에 어리광인지 설움인지 모를 게 복받쳤다.

"누님이 엿을 주셨지만 소용없어요. 난 올해도 또 떨어질 거란 말예요. 어떡하면 좋죠? 누님."

"결과는 두고 봐야지. 미리 뭘 안다구?"

드디어 누님의 손길이 내 뒤통수의 수세미 같은 머리를 빗질했다.

꼭두각시의 꿈 237

누님의 무릎은 너무 편했다. 나는 자꾸만 울고 싶었다.

내 낙방을 위해서가 아니라 나의 무의미한 허송세월을, 또다시 강요될 앞으로의 허송세월을, 그 방향을 잃은 젊은 삶의 웅덩이를 위해 목 놓아 울고 싶었다. 그러나 나는 딴소리만 했다.

"아마 성길이는 될 거예요. 그 녀석에겐 아직 희망이 있어요. 그 녀석이 또 떨어지면 누님을 위해서라도 내가 그냥 안 놓아둘 테니까요. 어디 한 군데 작살을 내놓아도 크게 작살을 내놓을 테니까."

"어머, 무서워라. 발표날은 우선 우리 성길이 피신 먼저 시켜놓고 발표 보러 가야겠네."

이때 성길이가 부스스 눈을 뜨더니 방바닥에서 용수철이 튕긴 것처럼 벌떡 솟구치면서 나를 누님으로부터 거칠게 떼어냈다.

"이 새끼, 너 오늘 내 손에 죽을 줄 알아라."

씨근대며 멍청히 일어나 앉은 나에게 제법 눈부신 어퍼컷을 보내왔다. 나는 턱뼈가 으스러졌구나 생각하면서도 왠지 웃음이 나오는 걸 참을 수가 없었다. 나는 뒤로 벌렁 나자빠진 채 낄낄댔다.

성길이가 무서운 얼굴로 노려볼수록 나는 낄낄 복받치는 웃음을 멈추게 할 수가 없었다.

"이 새끼, 다시 우리 누님한테 그따위 짓 할래?"

이번엔 발길질을 하려고 했으나 누님이 다리를 붙잡는 바람에 성길이가 나자빠지고 말았다. 그 반동으로 누님은 누님대로 한

쪽 벽으로 쓰러지면서 엉덩방아를 찧었다.

벽이 쿵 하고 울리며 천장에서 흙 떨어지는 소리가 우르르 하고 났다.

나는 여전히 무방비상태인 채로 낄낄낄 웃음을 계속하고 있었다.

가게로 난 쪽문이 열리더니 성길이 아버지 얼굴이 쑥 들어왔다.

"이 자식들이 어젯밤엔 가게가 거덜이 나도록 술을 퍼마시더니 아침엔 집을 부수려고, 쯧쯧. 성숙아, 너 말짱 헛수고다, 헛수고야. 일찌거니 속 차리고 시집이나 갈 것이지. 저깟 녀석을 공부를 시켜보겠다구? 흥 될 성부른 나무는 떡잎부터 알아보는 게야. 저깟 녀석 때문에 공연히 좋은 세월 허송세월 하지 말고 속 차려야 한다, 속 차려야 해."

"아버지도……"

누님이 딴사람같이 날카로운 소리로 노인의 한없이 계속될 것 같은 넋두리를 막았다.

평소에도 누님에게는 꼼짝 못 하는 노인이라 순순히 입을 다물었다.

그러나 노인네 특유의 완고하고 비정한 눈으로 나와 성길이를 번갈아가며 노려봤다. 나는 몸이 오그라들면서 엉뚱스럽게도 지금 바깥세상은 얼마나 추울까 하는 생각을 했다.

그것은 단순한 추위에 대한 염려라기엔 너무도 생생한 공포감이었다.

노인의 얼굴은 그렇게 추워 뵀다. 어젯밤 그렇게 탐스럽게 농

익었던 딸기코는 푸릇푸릇한 작은 반점이 되어 오그라붙었고, 빳빳하고 성긴 턱수염 밑의 살갗은 다 타고 난 연탄재처럼 거칠고 기름기 없이 메말라 있었다.

홀아비가 된 후의 그는 늘 쓸쓸해 뵈지만 늘 딸기코에 화려한 점화(點火)를 하고 있어 그런대로 따뜻한 체온이 느껴졌었는데, 코에 불이 꺼진 아침의 그는 고드름처럼 비정하고 연탄재처럼 삭막해 보였다.

나는 어제 마지막 시험을 포기하고 세일대학 캠퍼스에서 체험한 그 참담한 추위까지를 생생하게 회상하며 노인을 혐오했다.

나는 영락없이 두번째의 낙방을 했다. 내 낙방은 십여 일 전 마지막 과학시험을 포기했을 때부터 확고하게 마련된 기정사실이었는데도 나는 충격을 받았다.

낙방 때문에 받은 충격이라기보다는 부모님의 바위처럼 요지부동한 태도에서 받은 충격이었다.

"삼수하거라. 어떡하든 세일대학까진 가야 된다."

아버지는 애써 낙담의 기색을 감추고 점잖게 그러나 거역할 수 없는 위엄을 갖추고 말씀하셨다.

"그럼, 그럼, 이차 갈 생각은 아예 하지 말아라. 재수나 삼수나지 뭐. 칠전팔기란 말도 있잖니? 그 말도 알고 보면 칠수(七修)까지 해도 안 되다가 팔수하니까 마침내 소원성취했다 이 소리야. 그렇지만 너야 운수가 나빴다뿐이지 워낙 타고난 머리가 있는 앤데 설마 칠수 팔수까지야 하랴. 내가 이왕 이렇게 됐으니까 말인데 넌 그 동안 삼재(三災)가 들었었어. 삼재란 뭔고 하니, 사람마다 십이 년마다 한 번씩 돌아오는 건데 한 번 들면 삼 년을 머무는 불길한 운수지. 인력으론 거역할 수 없는 재앙인 걸 어떡하겠니. 그렇지만 올해는 그 삼재가 나가는 해니까 내년엔 합격할 게 틀림없다."

나는 어떻게 해야겠다는 구체적인 계획까지 세우고 있지는 않았지만 두번째의 낙방이 나에게 어떤 돌파구를 마련해주기를 기대했었다. 재수 삼수……라는 그 방향을 잃은 삶의 암담한 웅덩이로부터의 돌파구를.

그러나 나에게 돌파구는 바늘구멍만큼도 마련돼 있지를 않았다.

큰누나, 둘째누나, 막내누나의 순서로 각각 매형을 대동하고 나타났다. 마치 초상난 집 문상 온 것처럼 침통한 얼굴들을 하고 먼저 부모님을 위로하고 다음에 나를 격려했다.

"너 행여 기죽으면 못쓴다. 그까짓 재수 삼수가 뭐 흉될 거 있니. 매년 일류 대학 합격생의 반수가 재수생, 삼분의 일이 삼수생이라니까. 고등학교 졸업하고 곧장 들어간 치들은 이를테면 비정상아인 셈이지. 넌 어디까지나 정상아고."

누나들은 이런 어려운 말을 외눈 하나 까딱 안 하고 했다.

"기운을 내게나, 기운을."

매형들은 괜히 내 어깨를 툭툭 치면서 이런 싱거운 소리를 했다. 내가 지금 얼마나 기운이 용솟음치고 있는지 그들은 아마 모

꼭두각시의 꿈 241

를 게다.

나는 어느 때보다도 원기왕성했다. 뭔가 엄청난 일을 저지르지 않고는 못 배길 것처럼 뼈마디가 근질근질했다.

나는 꼼짝달싹 못 하게 속박하고 있는 게 눈에 보이는 줄이라면 설사 그게 질기고질긴 나일론으로 꼰 동아줄일지언정 우지끈 끊어버리고 훨훨 자유로워질 수 있을 만큼이나 기운이 넘쳤다. 그러나 나를 숨도 못 쉬게 속박하는 건 결코 눈에 보이는 동아줄이 아니라 부모님의 애정, 관심, 기대, 집념이라는 눈에 보이지 않는 동아줄이었다.

나는 나일론 동아줄도, 아니 쇠줄이라도 끊을 수 있을 만큼 횡포해져 있었지만 눈에 보이지 않는 동아줄에 대해서는 속수무책이었다.

그래서 내 젊은 몸뚱이 속엔 피 끓는 원기왕성과 노인네 같은 체념 어린 무력증이 공존해 있었다.

나는 눈에 보이는 모든 것에 맹렬한 파괴욕을 느끼면서 실제론 손끝 하나 까딱 못 하고 축 처져 있었다.

누나들이 문상객다울수록 나는 상주다울 수밖에 없었다.

효성스러운 딸들과 대견한 사위에게 둘러싸인 어머니는 지칠 줄 모르는 의욕으로 외아들의 낙방 대책을 의논하기 시작했다.

이차 대학 응시라든가, 전문학교 진학이라든가, 이런 건 아예 낙방 대책에 들어가지도 않았다. 그리고 정작 당사자인 나는 그 의논 상대 중에 포함시킬 척도 안 했다.

내 낙방의 일차적인 책임을 삼재라는 황당한 미신에게 씌운 어머니는 이차적으로 과학적인 분석을 시작했다.

"암만 해도 학원 선택을 잘못했어. K학원에 보내는 게 아니었어. 이번에 K학원에서 서울대학은 많이 붙었나보드라만 세일대학은 거진 전멸하다시피 했다더라. 세일대학뿐 아니라 명문 사립대학은 모조리 죽을 쒔나보더라."

"맞았어요, 엄마. K학원 강사진이 모조리 서울대 출신이라는구려. 그래 그런지 서울대 출제 경향만 가지고 해마다 전문적인 분석을 하기 때문에 그 학원에서 가르친 것 중 서울대 문제는 구십 프로 이상이 적중한다지 뭐유."

남편이 대학강사라 그 방면에 전문적인 지식이 있는 걸로 자부하는 둘째누나가 능숙하게 맞장구를 쳤다.

"아유 분해. 그러니 그놈의 학원에선 돈은 똑같이 받아먹고 사립대학 가는 애들은 모조리 의붓자식 취급했을 게 아냐. 아유 내 새끼, 그게 어떤 아들이라구 제까짓 것들이 감히 의붓자식 취급을 해."

어머니가 둘째누나하고만 죽이 맞아서 흥분을 하는 게 마땅치가 않은지, 질투라도 나는지, 큰누나가 입을 비쭉하며 둘째누나에게 핀잔을 주었다.

"너 그렇게 잘 알면서 진작 좀 일러줄 것이지, 그러면 이런 일이 안 났을 게 아냐. 어쩌면 그렇게 모르는 척하고 있다가 지금 와서 수선이냐. 사후 약방문도 분수가 있지."

"언니도 무슨 말을 그렇게 하우? 설마 우리 혁이가 한 번도 아니고 두 번씩이나 낙방을 할 줄을 누가 꿈에나 생각했나. 재수학원 중에선 K학원이 일류니까 안심하고 있다가 이 지경이 나고서야 우리도 정신이 번쩍 나서 알아본 결과가 그렇더라 그 말이지. 말이야 바른 대로 말이지, 이번에 우리 그이 애 많이 썼수. 출제 경향 미리 알아내랴, 또 합격 여부 미리 알아내랴. 그뿐인 줄 알우? 혁이 시험 치고 와서 발표날 때까지 그이는 밤잠을 다 제대로 못 잤다구요. 자기 동생 시험 칠 때는 손톱만큼도 관심이 없던 이가 처남 일이라면 어찌나 관심이 많은지 그 동안 애도 꽤는 쓰더니만 불합격이 되고 보니 생색도 안 나고 탓까지 듣고……"

"그만들 둬라. 생색은 내년에 가선 또 못 내냐? 그리고 여편네가 고우면 처갓집 말 말뚝에도 절을 한다는 옛말이 있어. 김서방이 네가 귀여워서 처갓집에 그렇게 관심이 많은 게야. 그걸 가지고 생색은 무슨 생색을 내려고 그래?"

뾰로통했던 누나 입술이 함박꽃처럼 벌어졌다. 남편한테 귀염받고 있다는 확인이 그렇게 만족스러운가보다.

어머니는 능숙하게 딸을 달래놓더니 다시 내 문제로 돌아왔다.

"그나저나 이번엔 우선 학원 선택을 잘 해야 할 텐데…… 그건 내가 발 벗고 나서서 알아보면 될 테고, 둘째야, 넌 과외수업 선생을 좀 알아봐라. 학원만 믿고 과외수업을 안 시킨 게 결정적인 실패의 원인이었어. 돈이 좀 들더라도 이번엔 영어 수학만은 어떡허든 세일대학 교수한테 과외수업을 받도록 해야 할까보다.

그러니 네가 김서방하고 수소문해서 세일대학 교수를 꼭 붙잡도록 해라."

"알았어요, 엄마."

어머니가 둘째누나하고만 짝짜꿍이 잘 맞자 큰누나와 막내누나가 한마디씩 했다.

"이름난 학원 선생 중에 아주 도사 같은 과외선생이 있다는데, 보증서까지 쓴다나봐요."

"야, 보증서라면 지긋지긋하다. 네가 데리고 갔던 점집의 점쟁이도 혁이가 세일대학 못 가면 누가 가냐고 보증서라도 쓰라면 쓰겠다고 큰소리치더니 맞긴 뭘 맞니."

"엄마, 학원이나 과외선생 선택도 중요하지만 뭐니뭐니 해도 친구 사귀는 게 큰 문제예요. 친구 잘못 사귀면 하라는 공부는 안 하고 맨날 다방이니 당구장이니 몰려다니느라 돈 씀씀이만 헤퍼지고 까딱 잘못하단 아주 사람 버리기가 십중팔구래요."

막내누나 말에 어머니는 무릎까지 탁 치며 동조했다.

"너 그 귀띔 한번 잘해줬다. 난 우리 혁이가 그 성길이 녀석하고 밤낮 붙어다니는 게 늘 꺼림칙했어. 성길이는 성적도 우리 혁이하곤 댈 것이 못 되지만 그보다도 가정이 안 좋아. 가난뱅이에다 식구라곤 주정뱅이 홀아비인 아버지하고 공장에 다니는 누나밖에 없다니, 애가 그 모양일 수밖에. 가뜩이나 우거지상을 가지고 잔뜩 인상이나 쓸 줄 알았지, 생전 어른 보고 인사 한번을 변변히 할 줄 아나, 묻는 말에 대답 한번을 고분고분 할 줄 아나.

어쩌다 그런 녀석하고 단짝이 돼서 맨날 붙어다녔으니 돈 씀씀이가 헤플 수밖에. 제놈은 땡전 한푼 안 쓰고 가모 만난 것처럼 혁이만 우려먹었을 테니 돈도 돈이지만 그 못된 녀석이 순진한 남의 자식을 꼬여서 어딘 안 데리고 갔겠니. 그러니 공부가 될 게 뭐냐. 그 녀석도 또 떨어졌다지만 삼수만은 어떡허든 그 녀석하고 떼어서 시켜야지 안 되겠다. 대학은 아무나 가는 줄 아나. 저희 형편에 일찌거니 공장에나 들어갈 것이지 대학은 무슨 놈의 대학이야. 같잖게스리……"

"그만 해두세요. 그만 해두란 말예요."

나는 두 주먹을 와들와들 떨면서 어머니의 몰상식한 폭언에 분노했다.

"저 녀석 좀 봐. 친구 역성 들다가 에미 치겠네."

나는 그 자리에서 그 이상 견딜 수가 없어 집을 뛰쳐나왔다.

어머니의 폭언은 성길이와 나와의 우정에 대한 모독이기 이전에 누님에 대한 모독이라고 생각했기 때문에 견딜 수가 없었다.

성길이는 내 친구이기 이전에 누님의 동생이었다. 그 아름답고 고결한 이가 가장 아끼고 사랑하는 것을 그렇게 야비하게 모독하다니.

나는 방향도 없이 길을 달음질치며 어머니에 대한 복수를 거듭거듭 다짐했다. 어머니가 원하는 대로 고분고분 삼수도 해주고 사수도 하리라. 칠수 팔수인들 누가 못 할 줄 알고. 그러나 합격만은 안 해주리라고 굳게굳게 맹세했다.

마치 합격이란 나와는 하등 상관 없는 어머니만의 기호품이라도 되는 것처럼.

그러나 그것만으론 분노가 달래지지 않았다. 당구장과 탁구장과 게임룸과 맥주홀을 차례로 들렀지만 약간의 돈과 약간의 시간을 써버릴 수 있었을 뿐 분노를 털어버릴 순 없었다.

그런 고장들은 재수하는 일 년 동안 개미 쳇바퀴 돌듯 뱅뱅 돌던 고장이라 어머니보다 더 지긋지긋했다.

요컨대 그런 고장은 재수학원과 마찬가지로 어디까지 방향을 잃은 나의 젊음의 암담한 웅덩이에 속한 고장이었을 뿐 조금도 신선한 고장이 아니었다.

마치 질식 직전에 있는 것처럼 나에겐 웅덩이 밖의 신선한 공기가 필요했다. 그러나 그런 곳은 어디 있단 말인가. 이 사람의 홍수와 빌딩의 숲 사이 어디메에?

나는 도시 한복판에서 마치 숲속의 맹수처럼 슬프게 포효하고픈 충동을 가까스로 억제하고 무작정 걸었다.

문득 세일대학 시험을 친 다음날 성길이 방에서 깨어나 실눈 뜨고 훔쳐본 누님의 프로필을 생각했다.

레이스처럼 섬세한 성에가 낀 액자만한 유리창을 배경으로 한 누님의 프로필은 너무도 정결하고 너무도 아름다워 가슴이 미어지는 것 같았다.

그리고 누님의 무릎에서 잠시 내가 맛볼 수 있었던 완전한 편안감과 정결한 환희에 대해 생각했다.

나는 자석에 이끌리는 쇠붙이처럼 곧장 누님 집으로 향했다. 이미 저녁나절이었다.

성길이 아버지는 가게에 혼자 앉아서 소주를 마시고 있었다. 성길이가 합격하기를 바라고 있는 것 같지도 않았던 노인이건만 낙방이란 역시 섭섭한 건지 노인의 얼굴은 어느 때보다도 적막해 보였다.

딸기코조차 아직 달아오르지 않고 푸릇푸릇한 게 한층 초라하고 을씨년스러웠다.

"성길이 있어요?"
"성길이, 성길이?……"

노인은 성길이란 소리가 생전 처음 들어보는 어려운 말이나 되는 것처럼 멍청한 얼굴로 입 속에서 몇 번 되뇌었다. 그러더니 깜짝 놀라게 큰 소리를 질렀다.

"성길인 병원에 갔어."
"병원에요? 왜 어디가 아파서요?"
"성숙이가 입원했어. 공장에서 사고가 나서 몹시 다쳤대."
"언제요?"
"어제야, 어제 밤일하다 그 지경을 당했어. 그러게 내가 뭐랬어. 그깟 녀석 치다꺼리 그만 하고 시집이나 가랬더니, 이젠 시집가긴 다 틀렸어. 많이 데었다니까 흉터가 크게 남을 거야. 그걸 누가 데려가겠어? 불쌍한 것, 지지리 복도 없는 것……"

노인의 음성이 떨리면서 눈물이 주르르 양볼을 타고 흘렀다.

노인은 혼잣말을 지껄이고 있었고, 혼자서 울고 있었고, 나 같은 건 의식하고 있는 것 같지도 않았다.

노인의 입을 통해 누님이 입원해 있는 병원을 알아내는 데는 얼마나 오랜 동안이 걸렸던가.

"어느 병원이죠? 누님이 입원한 병원은 무슨 병원이냐 말예요?"

"다 틀렸어. 이젠 시집가긴 다 틀렸어."

"가르쳐주세요, 네? 누님이 입원한 병원을 가르쳐달란 말예요."

"시집가긴 다 틀렸어. 그걸 누가 데려간담. 불쌍한 것, 박복한 것."

이런 동문서답에 나는 환장할 것 같았다. 누님이, 그 아름다운 이가 죽어가고 있을지도 모르는 시시각각에 어쩌라는 한가한 동문서답일까.

나는 노인의 양 어깨를 왈살스럽게 쥐고 흔들었다. 흔들어 팽개치지 않은 것만도 나로서는 비상한 자제력을 요했다.

"가르쳐줘요, 네? 가르쳐줘요. 누님이 있는 병원을요. 누님은 제가 데려갈게요. 누님은 제 색시를 삼을 거란 말예요."

"뭐, 네 색시를?"

노인이 낄낄댔다. 눈물 자국이 번들대는 얼굴로 낄낄댔다. 나는 외면했다.

노인이 비교적 침착한 목소리로 병원 이름과 있는 곳을 가르

꼭두각시의 꿈 249

쳐줬다.

나는 달음질쳤다.

누님은 내 색시를 삼을 거다. 누님은 내 색시를 삼을 거다. 누가 뭐래도 내 색시를 삼을 거다. 죽지만 말아다오. 죽지만 말아다오.

달리면서 이런 생각을 되풀이했다. 딴 아무런 생각도 할 수가 없었다.

병원은 네모 반듯한 회색 건물이었다. 병원 앞에선 싸움이 벌어져 시끄러웠다. 비대한 신사가 까만 승용차에 오르려 하고 있는데 한 청년이 갖은 욕설을 다 하면서 신사를 못 오르게 하고 있었다. 힘깨나 쓰게 생긴 젊은 운전사가 청년을 떠다밀었다. 청년은 저만치 나자빠지면서 계속 욕을 퍼부었다.

신사가 차에 오르고 발동을 거는 소리가 났다. 나자빠진 청년이 벌떡 일어나 차를 가로막으며 "이놈들, 이 죽일 놈들, 언제고 내 손에 죽을 줄 알아라" 하며 악을 썼다.

신사가 차의 유리를 내리더니 머리를 내밀고 여유 있는 침착한 어조로 말했다.

"젊은이, 그렇게 말을 함부로 하면 쓰나. 불평이 있으면 법적으로 해결하잔밖에. 법적으로."

병원에서 수위 같은 남자가 나오더니 청년을 끌어들였다. 청년은 울고 있었고 "언제고 내 손에 죽을 줄 알아라" 하고 악을 쓰고 있었고, 까만 승용차는 미끄러지더니 곧 속력을 내서 떠났다.

청년은 성길이었다.

"성길아."

"응 혁아, 네가 와주었구나."

성길이 눈에서 새로운 눈물이 솟았다.

"누님은?"

"누님은 이제 끝장이야."

"뭐? 뭐라고? 그럼 생명이 위독하단 말이지?"

"위독하긴 인마. 팔 좀 데었다고 사람이 어떻게 죽어?"

"그럼 뭐가 끝장이라는 거야?"

"누님은 끝장이야. 이제 시집가긴 다 틀렸어."

성길이도 노인과 똑같은 소리를 했다. 나는 안심도 되고 한편 화도 났다.

그러나 병실의 누님은 팔만 좀 덴 정도가 아니었다. 오른쪽 손끝에서부터 팔, 어깨, 목까지 붕대를 감고 링거를 꽂고 있었다. 얼굴이 살아 있는 사람 같지도 않게 창백하고 조용했다.

"누님!"

진한 슬픔이 목을 꽉 메우면서 울음도 나오지 않았다.

누님이 눈을 떴다. 어느 때보다도 맑고 아름답고 슬픈 눈이었다.

누님의 눈을 보자 여직껏의 긴장이 확 풀리면서 목을 메웠던 진한 슬픔이 행복한 울음으로 바뀌었다. 나는 누님 옆에 무릎 꿇고 엉엉 울었다.

실은 나는 누님을 내 색시 삼겠다고 굳게 굳게 다짐하면서도 누님의 얼굴에 너무 흉한 흉터가 남으면 어쩌나 그게 걱정이었다. 그래도 내 색시를 삼을 수 있을까. 흉한 얼굴 위에 고운 마음씨만 보며 살 수가 있을까. 그게 걱정이었다. 이제 그럴 염려도 없어졌다. 나는 안도의 눈물을 흘렸다. 그리고 정상적이고 형식적인 문병의 말을 할 수 있는 마음의 여유가 생겼다.

"어쩌다 이런 변을 당하셨어요? 어쩌다가 어디서?"

누님은 대답 대신 희미하게 웃었다. 슬픈 것도 같고 지친 것도 같은 웃음이었다. 누님 대신 성길이가 대답했다.

"공장에서. 누나는 회사에서 사무 본다더니 공장에 다니고 있었어. 가방 공장에. 형편없는 공장이었어. 접착제로 인화물질을 취급하면서 화재를 위한 안전시설은 아무것도 안 돼 있는 엉터리 공장이었어. 여직껏 그런 사고가 안 났던 게 도리어 이상할 지경이지. 그런데도 글쎄 사장이란 작자 하는 수작이 뭐라는 줄 알아? 즈네는 책임 없다는 거야. 전적으로 누나의 과실이라는 거야. 누나의 과실로 즈네가 입은 손실이 막대하지만 정상을 참작해서 응급치료까지는 해주지만 성형수술은 못 해주겠다는 거야."

"성형수술?"

"그래, 성형수술을 안 하면 팔에 아주 끔찍한 흉터가 남을 거래. 어쩌면 손의 신경에 마비가 올지도 모른대. 그럼 아주 병신 되는 거지, 뭐. 그런데도 즈네들은 책임 없다 이거야."

"저런 죽일 놈들. 그럼 아까 그 뚱뚱이가 사장이구나. 그 새낄 그냥 놔둬?"

"그냥 놔두잖으면? 아까 너도 보고 들었지? 불평이 있으면 법적으로 하자는……"

"법적으로? 그럼 이번 사고가 누님의 과실이라는 무슨 증거라도 있나?"

"내가 낙방한 걸로 누나는 그날 온종일 우울했고, 점심도 안 먹었고, 그 일이 나기 전에도 이런저런 잗다란 실수를 저지른 모양이야."

성길이가 어깨를 축 늘어뜨리고 죄인처럼 위축됐다. 그리고 아까 한 소리를 되풀이했다.

"우리 누나 시집가긴 다 틀렸어. 누가 데려가겠어? 불쌍한 누나."

"내가 데려간다."

나는 단호하고 늠름하게 말했다. 이제 그 말은 나 혼자만의 독백이 아니었다. 듣고 기억해줄 증인이 있으므로 그건 이미 약속이요 선언이었다. 나는 그런 선언을 통해 내가 갑자기 어른이 된 것처럼 느꼈다.

"뭐라고?"

성길이가 멍청한 얼굴을 했다.

"누님을 내가 데려갈 거라고. 내 색시를 삼을 거라고."

나는 아까보다 한층 늠름하게 강조했다.

누님의 얼굴에 화색이 도는 것 같으면서 잔잔한 미소가 떠올랐다.

누님은 나를 나무라고 있지 않다. 나의 당돌한 청혼을 기뻐하고 있다.

"누님, 허락해주시는 거죠?"

"좋아."

누님은 너무 간단히 너무 조용히 허락을 했다.

"둘 다 돌았군. 완전히 돌았어."

성길이가 어처구니없다는 듯이 그러나 자기 소관이 아니라는 듯이 무책임한 한탄을 했다.

"그렇지만 조건이 있어."

누님이 딴사람같이 영악스럽게, 그리고 비꼬는 투로 말했다.

"무슨 조건이요?"

"나는 앞으로 너한테건 또 누구한테건 동정받고 살고 싶진 않아. 그러니까 우선 내 상처를 감쪽같이 아물리고 싶어. 나를 고쳐줄 수 있겠어?……"

"제가 어떻게…… 그렇지만 장차 돈을 많이 벌면."

나는 더듬댔다.

"지금 당장이 아니라도 좋아. 훌륭한 의사는 나를 감쪽같이 고쳐놓을 수 있을 거야. 내가 그때까지 기다릴게. 훌륭한 의사가 돼줄래?"

"훌륭한 의사로? 그건 안 돼요. 우선 너무 오래 걸려서 싫어요. 앞으로 십 년, 어쩌면 이십 년. 그 동안에 할머니가 되게요."

"그럼 직접 의사가 되는 건 안 되겠군. 그럼 돈은 많이 벌 순 있겠어? 돈만 있으면 훌륭한 의사는 얼마든지 구할 수 있으니까. 나를 고쳐줄 만큼 큰돈을 벌 수 있겠어?"

"돈을 버느니 차라리 집에서 돈을 훔쳐내지요."

돈을 훔친다는 생각은 당장 떠오른 즉흥적인 생각이었지만 나는 그 생각에 거의 도취했다. 누님을 위해 돈을 훔친다. 누님을 위해 돈을 훔친다······

"훔쳐낸 돈으로 상처를 아물리느니 차라리 죽는 게 낫다면?"

누님은 수사관처럼 남을 주눅들리게 하는 인정머리 없는 시선으로 나를 말뚱말뚱 바라보며 말했다. 나는 말문이 막혔다.

"방법은 딱 하나라니까. 그 사장새끼한테 어떡허든 돈을 우려내야 돼. 누가 못 할 줄 알고······"

성길이가 옆에서 주먹을 휘두르며 다시 흥분했다.

"사장에 대해선 내가 누구보다 잘 알고 있어. 그 사람은 자기가 당초에 정한 것 이상은 절대로 더 안 내놓을걸. 그 사람은 처음부터 우리를 얕보고 있으니까."

누님은 찬물을 끼얹었듯이 냉랭하게 말했다.

"쥑일 놈, 내 그 녀석을 그냥 놓아두나 봐라. 언제고 내 손으로 쥑여줄 테다."

성길이는 계속해서 허공에다 주먹을 휘둘렀지만 이미 자신 없는 몸짓에 불과했다. 그 어릿광대스러움이 차라리 민망했다.

이런 성길이 꼴을 보고 있던 누님의 눈이 타오를 것처럼 이글이글해졌다. 그리고 째지는 소리로 악을 썼다.

"또 그 소리. 듣기 싫어. 듣기 싫단 말야. 난 그 소릴 어제 밤새도록 오늘 온종일 들었단 말야. 그거야말로 우리 사장이 무시하고 얕잡는 못난 것들의 비명이야. 이불 속에서 치는 활갯짓 소리야."

"그럼 어쩌란 말야, 누나. 날더러 어쩌란 말야."

드디어 성길이가 바닥에 무릎을 꺾으며 어린애같이 혀 짧은 소리로 울부짖었다. 누님이 성한 한쪽 팔로 성길이 머리를 물건을 안듯이 무감동하게 안았다. 나는 그렇게 부드럽지 않은 누님을 보기가 처음이었다.

"날 고쳐줘. 내 불행을 아물려줘. 의사가 돼서 직접 내 미운 흠집에 새살을 나게 해줘도 좋아. 그걸 못 하겠으면 돈을 많이 벌어서 날 좋은 의사한테 보내줘. 그것도 못 하겠으면 법정투쟁을 벌여 사장한테 돈을 받아내주렴. 그도 저도 다 못 하겠으면 쥑일 놈이라고 고래고래 악을 쓰는 것도 나쁠 건 없어. 그렇지만 이불 속에서 말고 당당하게, 듣는 모든 사람에게 공감을 주게 악을 쓰란 말야. 모든 사람이 사장을 쥑일 놈이라고 생각하게 할 수만 있다면 사장은 이미 죽은 목숨이나 마찬가지니까. 그렇지만 그런 일들을 네가 무슨 수로 하겠니. 넌 내가 요구한 것 중 단 하나도 나한테 해줄 실력이 없잖니? 실력이 없으니까 아무리 억울한 일을 당해도 이불 속에서 활갯짓밖에 못 해. 자기의 불행이나 남의 불행에 손끝 하나 까딱 못 해. 그러고도 산 목숨이라고 할 수 있겠니. 제발 정신 좀 차려. 제발."

성길이가 고개를 힘차게 쳐들더니 누님을 노려봤다.

"누난 결국 나더러 공부하란 소리를 또 하고 싶은 게지. 나 공부 시키려고 그 거지 같은 공장에서 혹사당하다 이 지경까지 당하고도 그래도 또 공부하라고, 대학 가라고, 그러고 싶은 거지? 누난 지긋지긋하지도 않아? 사장 말이 맞는지도 몰라. 맞을 거야. 누난 대학밖에 모르니까, 내가 대학 떨어진 쇼크로 실수를 저지른 거야. 그치, 누나? 그러고도 그놈의 대학을 단념 못 하는 거지? 이까짓 동생을 위해. 누난 바보, 바보 멍텅구리."

성길이의 나중 말에 울음이 섞였다. 그러나 누님의 굳어진 표정은 미동도 안 했다.

"알고 있어. 내가 바보인 걸. 그걸 안 이상 바보 짓 더는 안 할 거야. 나는 지금 너더러 정신 차리라고 했지 대학 가라곤 안 했어. 넌 대학 갈 형편이 못 돼. 우린 가난해. 그걸 넌 똑똑히 알아야 돼. 여직껏 난 어리석게도 우리의 가난을 너한테 속이기 위해 갖은 짓을 다 했어. 그건 나로서는 너무도 벅찬 일이었어. 지금 생각하니 얼마나 어리석은 짓이었는지. 나는 너로 하여금 우리의 처지를 정직하게 받아들이게 했어야 옳았을 거야. 그것도 공부인 것을. 지금도 늦지는 않았어. 성길아, 네 처지를 받아들이고 그 처지에 맞는 공부를 하도록 해. 방법은 얼마든지 있을 거야. 너를 대학 보내려고 모아둔 돈이 없는 건 아냐. 그렇지만 너한테는 한푼도 안 쓰겠어. 그건 내 돈이고 내 상처를 아물리는 데 쓰겠어. 아마 많이 모자랄 테지만 모자라는 대로 조금씩 고치고, 또 벌어서 고치고 할 테야. 네 치다꺼린 다신 안 할 거야. 지겨워. 네 치다꺼리 한 기억까지도 지겨워서 어서어서 내 흠집을 아물리고 싶어. 내 흠집은 나한테나 너한테나 그 지겨운 치다꺼리의 흔적으로 보일 테니까."

누님의 맑고 지혜로운 눈과 선이 고운 입술이 비로소 조금 웃었다.

나는 내가 좀 전에 한 청혼에 심한 부끄러움을 느끼면서 병실을 조용히 빠져나왔다.

꿈에서 깬 것처럼 눈앞에 겨울 풍경이 생생한 현실감을 갖고 펼쳐졌다.

참, 나는 또 낙방을 했겠다. 빌어먹을. 침을 탁 뱉었다. 침은 동전만한 크기로 곧 얼어붙었다.

나는 곧 병실에 남겨둔 사람들 일을 잊고 나의 낙방과 거기 따른 내 문제를 생각하며 느리게 걸었다.

이 나이가 되도록 자발적으로 내 문제를 생각해보긴 처음이어서 쉬 어떤 결론이 날 것 같진 않았지만 부모님이나 누나들로부터 귀중한 무엇을 빼앗아 가진 것처럼 의기양양하고 흡족했다.

나는 내가 빼앗아 가진 걸 다시는 놓치지 않을 작정이었다.

여인들

아이들이 학교 가는 기척을 듣고도 나는 꼼짝 않고 누워 있었다. 여덟시 반까지는 누워 있을 작정이었다.

탁상시계가 정확하게 여덟시 반이 되자 나는 몸을 일으켰다.

커튼을 젖히고 창문을 열었다. 축대집이라 전망이 좋았다.

앞집 철문에 달린 작은 출입문이 열리고 줄무늬가 있는 여름 양복에 노란 노타이 셔츠를 받쳐입은 남자가 나타났다. 남자는 건장하고 출입문은 작았기 때문에 높은 데서 보는 내 눈엔 남자가 엉금엉금 기어나오는 것처럼 보였다. 나는 소리없이 웃었다.

문을 빠져나온 남자가 허리를 펴고 고개를 들었다. 잘생긴 얼굴이었다.

곧이어 아기를 안은 그의 아내가 나타났다. 아빠 빠이빠이, 아빠 빠이빠이, 아내가 남편과 아기를 번갈아보며 손을 흔들자 아기도 방실방실 웃으며 고사리 같은 손을 흔들었다.

남자가 아기의 볼에 뽀뽀했다. 그리고 걸음나비가 넓은 걸음으로 성큼성큼 비탈길을 걸어내려갔다. 아내와 아기는 빠이빠이를 계속했다. 남자는 가끔 돌아다보며 비탈길을 걸어내려가다가 큰길로 꼬부라지는 길목에서 마지막으로 돌아다보고 손을 크게 흔들더니 보이지 않게 됐다.

나는 팔짱 낀 손에 힘을 주어 내 가슴을 안았다. 얇은 잠옷 밑의 팽팽한 탄력과 풍부한 살집이, 나와는 별개의 이물질처럼 내 심장을 압박했다. 나는 가만히 한숨을 쉬었다.

오늘따라 바깥공기는 방금 닦아낸 유리처럼 투명했다. 큰길까지 층층다리를 이루고 있는 예쁜 집들의 작은 마당의 푸른 잔디와 장미꽃의 갖가지 빛깔이 처음 보는 것처럼 신선하고 확실했다.

간밤에 소나기라도 내렸나, 장독 소래기마다 맑은 물이 괴어서 햇빛에 반짝거리고 있다. 아니나 다를까 아침상을 가지고 들어온 순희가 하품을 한바탕 늘어지게 하고 나서 수다를 떤다.

"아유 졸려, 아이들이 천둥 칠 때 놀라서 우리 방으로 와가지곤 어찌나 바스락대는지 새벽까지 한잠도 못 잤더니 골치 아파 죽겠네. 어머머, 아주머닌 그것도 모르고 주무셨다구요? 어쩌면 그 소릴 못 듣고 주무실 수가 있을까? 천둥번개만이면 또 몰라. 벼락 치는 소리 때문에 귀청이 다 떨어질 뻔한 게 몇번인지 모른다구요. 여북해야 잠만 들었다 하면 업어가도 모르는 영민이가 다 깨어서 발가벗고 우리 방으로 뛰어왔겠어요? 혜림이요? 혜림이 그 잠귀 밝은 게 그때까지 있었을라구요. 천둥 치자 첫밖에 뛰어와가지고 가슴에 찰싹 달라붙어서 영민이가 아무리 파고들려도 자릴 내주어야죠. 할 수 없이 영민이는 내 등에 가 달라붙어서 오들오들 떨더라구요. 한창 번쩍번쩍 우르릉 땅 우르릉 땅 할 땐 꼭 뭔 일이 나고 말 것 같아 죄 없이도 하늘 무서워 벌벌 떨리던데 어쩌면 그것도 모르고 주무셨을까. 엎치락뒤치락 잠 못 이루는 독수공방이란 소리도 우리 아주머니한테 당해선 말짱 헛소리라니까."

과년해서 능구렁이가 다 된 계집애는 슬쩍 내 비위를 건드리고 지나갔다.

나는 순희의 수다에 끝내 냉담한 채 식사를 끝냈다. 독수공방하는 여자로서의 약점을 순희 따위가 건드릴 수 있게 드러낼 내가 아니었다. 나의 약점은 딱딱한 딱지를 뒤집어쓰고 있는 것처럼 안전했다.

상을 물리고 혼자가 되자 나는 저녁에 입고 갈 옷을 정하기 위해 새옷을 있는 대로 꺼내 이것저것 입어보았다. 요즈음 의도락(衣道樂)에 빠져 있는 중이라 새로 장만한 나들이옷만도 서너 벌이나 되었다. 몸이 좋아 어느 거나 잘 받았다.

저녁엔 남편의 회사인 H개발의 신축 사옥 낙성연(落成宴) 겸 해외파견 사원 가족을 위한 위로회에 갈 예정이었다.

나는 갑자기 거울 앞에서 새옷을 입고 혼자서 패션쇼를 벌이는 일을 멈추었다. 새옷에 대한 싫증 같기도 하고 육체적인 피곤

같기도 한 게 나를 꼼짝도 할 수 없게 했다.

나는 새옷을 입은 채 흐트러뜨려놓은 새옷들 사이에 기진해서 주저앉았다. 공허감이 괴물처럼 엄습했다. 나는 거의 의무처럼 남편 생각을 하려고 한다.

남편이 떠날 날을 받아놓고 나서 특히 유별난 애정을 갖고 마음속 깊이 새겨놓은 남편의 이런저런 모습들을 떠올려야 한다고 생각했다.

창 밖의 초여름은 맑고 밝다. 저 멀리 큰길까지 층층다리를 이룬 파랗고 빨간 지붕들이 간밤의 소나기로 말끔히 닦여 아침햇살 속에 아름답게 반짝인다.

나는 어느 틈에 남편 생각 대신 아이들 생각을 했다. 천둥번개에 놀라 깬 우리 아이들이 왜 엄마 방으로 달려오지 않고 순희 방으로 가서 그녀의 불결한 가슴과 등에 달라붙어 식은땀을 흘렸을까.

아이들도 나에게서 굳은 딱지를 감지한 거나 아닌지. 한창 나이의 여자 기를 은폐하기 위해 뒤집어쓴 인공의 딱지는 모성마저 경화시키고 있는지도 모르겠다. 나는 내가 아이들로부터 경원당하고 있다는 데 대해 이렇게 내 나름의 풀이를 한다. 그리고 쓸쓸해진다. 쓸쓸한 마음에 방 안의 흐트러진 새옷이 도깨비 쓸개처럼 무의미하게 다만 현란하다.

앞집 철문의 출입문이 열리더니 유모차에 아기를 태운 젊은 엄마가 나왔다. 유모차의 아기는 방금 목욕을 끝내고 새옷을 갈아입은 것처럼 청결하고 행복해 보인다.

젊은 엄마는 긴 머리를 나부끼며 천천히 유모차를 민다. 나는 이들 모자로부터 풍겨오는 질 좋은 땀띠분 냄새가 코끝을 간질이는 것처럼 느낀다.

저들 모자는 천둥번개 치는 지난밤을 어떻게 지냈을까. 아기는 아직 자연의 노여움에 대한 공포를 모를 테니까 새근새근 편안한 잠을 잤겠지. 젊은 아내는 마음놓고 남편의 품에 파고들어 갖은 어리광을 다 떨었으리라. 그 잘생기고 건장한 남자의 품에서.

점잖지 못한 상상이 뜻하지 않게 내 가슴에 예리한 통증을 일으킨다. 거의 육체적인 통증이다.

유모차가 멀어져간 길을 어색한 양장을 한 노부인이 가까이 온다. 시어머니다. 다녀가신 지가 엊그저껜데 왜 또 오시는걸까.

나는 입어본 화려한 실크 원피스를 평상복으로 갈아입을 새도 없이 시어머니를 맞는다.

시어머니의 눈매가 곱지 않다. 그러나 곧 서툰 아부의 웃음을 짓는다. 그리고 사뭇 의논성스럽게 나온다.

"막내 말이다. 암만 해도 복중 되기 전에 예식을 올려줘야 할까보다. 안 할 거면 모를까 이왕 할 바엔 색시 배가 하루라도 덜 부를 때 하는 게 옳지 않겠니. 우리 쪽 체면도 그렇고, 색시 쪽 체면은 더할 테고, 안 그러냐, 굳이 가을까지 기다리게 할 게 뭐 있겠니."

"제가 언제 가을까지 기다리랬나요? 어머님이나 삼촌 형편이 가을이면 계도 타시고, 적금도 타신다기에 그럼 그때 하실 수밖에 없겠군요, 하고 말씀드렸을 뿐이죠."

"넌 어쩌면 시동생 일을 그렇게 남의 말 하듯이 하냐?"

시어머니의 세모난 눈이 좀더 샐쭉해진다. 나는 대꾸하지 않고 순희가 들여온 콜라를 시어머니 앞에 한 잔 따라놓고 나도 한 잔 따라 먼저 마신다.

"왜 아이들이나 됐다 주잖구."

시어머니도 콜라를 한 모금 마시고 나서 순희에게 말을 시킨다.

"아유, 이 집 아이들이 그까짓 콜라를 먹나요. 아이스크림이나 깡통에 들은 주스 아니면 상대를 안 한다구요."

"넌 나가 있거라."

나는 순희를 내보낸다.

"아범이 있었어봐라. 걘 제가 이만큼 살면서 하나 남은 동생 장가가는 데 모르는 척할 애가 아냐. 걘 우애가 있는 애야."

"그러믄요, 애비는 셋방으로 다닐 때도 삼촌들 장가갈 때마다 한몫을 단단히 했었으니까요. 그렇지만 애비는 지금 여기 없어요."

"그래서 모르는 척하겠단 말이냐? 그러면 못쓴다, 못써. 너는 맏며느리야. 네가 아무리 시집을 우습게 알아도 그러는 게 아니다. 세상의 이목이라는 게 있어. 욕먹는다. 욕먹어."

"욕하라죠."

"너 이제 살게 됐다고 눈에 보이는 게 없나보구나."

"어머님, 툭하면 그 살게 됐단 말씀 좀 그만 하세요. 우리가 이

만큼 살게 된 게 언젯적입니까?"

 전셋집에서 이 집을 사서 이사 온 지가 불과 반년밖에 안 됐다. 바로 앞집의 젊은 엄마와 길에서 인사라도 주고받게 된 지가 바로 엊그저께다. 아기 이름도 아직 모른다.

 "오냐, 잘사는 게 아직 뜸이 안 들어 동기간을 못 도와주겠다, 이 말이냐? 말이야 바른 대로 말이지, 너희가 비록 잘사는 데 뜸은 안 들었다지만 뭐 없는 게 있냐? 이만큼 갖출 것 다 갖추고 아이들 호강시키고 싶은 대로 시키고, 그랬으면 큰 부자지, 부자가 별거냐. 참, 사람이 되려면 우습게 된다더니 너희야말로 잠깐 새에 큰 부자 됐지, 암, 큰 부자 됐고말고."

 시어머니는 아니꼽다는 듯이 나의 우아한 실크 원피스와 응접실에 갖추어놓은 가재도구를 훑어본다.

 나는 이런 시어머니에 대한 적의와 내가 장만한 가재도구에 대한 애착을 동시에 느낀다. 적의와 애착이 둘 다 열렬해서 가슴이 불에 덴 듯이 화끈댄다.

 "우습게 잠깐 새에 부자가 됐다구요? 어머님, 자그만치 십오 년 동안 저희들은 고생했어요."

 "그야, 너희들이 혼인한 지는 십오 년씩 되는지 몰라도 이 집 장만하고 살림 장만하는 데야 삼 년밖에 더 걸렸냐?"

 "삼 년밖에요?"

 남편이 중동으로 파견되고 나서의 삼 년 동안을 시어머니는 그렇게 가볍게 말하지만 나는 그 동안에 남편의 모습까지 잊어

여인들 265

버렸다. 아무리 공허해도 그의 모습을 그 공허한 자리에 떠올릴 수가 없다.

"그리고 고생은 무슨 놈의 고생, 아, 서방이 한 달에 천 딸라나 넘게 부쳐오는데 어느 계집이 삼 년 만에 이만한 집 장만, 이만한 살림 장만 못 할까."

'딸라'를 '원'으로 환산해서 말씀하셨으면 좋았을 것을.

쌍디귿이 아니라 디귿이 여남은 개나 포개져서 압축된 것 같은 시어머니 특유의 된소리, '딸라' 소리가 내 뇌수에 날카로운 균열을 일으키며 지나갔다. 나는 더이상 평정을 유지할 수가 없었다. 나는 입술을 떨며 일어섰다.

"가세요, 어머님. 그리고 여름이든 가을이든 삼촌 혼인 날짜 받는 대로 알려주세요. 맏아들 맏며느리의 도리는 지킬 테니까요. 그렇지만 그 이상은 바라지 마세요."

"흥, 잘하는 짓이다, 잘하는 짓이야. 시어미를 거러지 내쫓듯이 내쫓고. 천 딸라 버는 서방 가진 계집은 다르구나, 달라. 아이고 분해. 어떤 년은 천 딸라 버는 아들을 낳아 길러놓고도 비렁뱅이 신세를 못 면하는데, 어떤 년은 천 딸라 버는 서방을 차지했다고 저리도 위세가 당당할꼬. 아이고 내 팔자야."

쌍디귿이 아니라 디귿이 열 개도 넘게 강조된 것 같은 '딸라' 소리는 계속 내 고막을 찢고, 얇은 유리를 짓밟듯이 내 뇌수를 유린했다. 나는 환장을 할 것 같았다.

"가세요, 제발 가시란 말예요."

나는 부들부들 떨며 악을 썼다.

"간다, 가. 아들이 넷이나 되는 내가 아무려면 너 같은 독종한테 얹혀살 줄 알구. 저런 독종이 그래도 복은 어디가 붙어가지고 서방이 세상에 돈 버는 것 외엔 술맛도 계집맛도 못 보는 별유천지에 가서 꼬박꼬박 천 딸라가 넘게 부쳐오니 야비다리를 칠 수밖에. 그렇지만 사람이 그러는 게 아냐, 암 그러는 게 아니고말고."

시어머니는 갈 듯 갈 듯 하면서도 온 집 안을 한 바퀴 돌아 살림살이를 샅샅이 점검하고야 떠나갔다.

탐욕과 시기에 불타는 눈이 내가 새로 장만한 살림살이 위에 머물 때마다 나는 마치 남편과 나의 피를 나눈 분신이 악의에 찬 가해(加害)에 직면한 것 같은 분노를 느끼고 그 앞에 막아서곤 했다.

그러나 시어머니가 떠나시자 그것들은 단박 제 본색을 드러냈다. 그것들은 다만 속악한 가재도구에 지나지 않았다. 나는 살림 장만을 할 수 있을 만큼 돈이 있고 나서부터 살림 장만하는 일에 아무런 재미도 못 느끼고 있었다. 남이 갖추었으니까 갖추었을 뿐인 가재도구에 나는 아무런 애착도 없었고, 때로는 그게 왜 거기 있는지 어리둥절할 때도 있었다.

이런 내가 무슨 망발이었을까. 나는 시어머니가 가시자마자 도금이 벗겨진 것처럼 그 무가치한 정체를 드러낸 가재도구들 사이에서 잠깐 망연해진다.

마당에서 빨래를 널면서 순희가 노래를 부른다.

여인들 267

사랑이 무어냐고 물으신다면, 눈물의 씨앗이라고 말하겠어요……

디근이 열 개쯤 포개진 것 같은 된소리의 '딸라'에 대한 발작적인 거부반응이 가라앉자 시어머니가 남겨놓은 말들을 되새김질할 만한 마음의 여유가 생겼다.

나는 시어머니를 어려워하지도 좋아하지도 않았기 때문에 그분이 한 말을 야속해하는 마음도 없었다.

그러나 나는 그분의 말을 되새김질하다 말고 문을 걸어잠그고 통곡을 시작했다. 마치 막혔다 터진 봇물에 휩쓸리듯이 통곡에 온몸을 맡겼다.

돈 버는 것 외에는 술맛도 계집맛도 볼 수 없는 별유천지에 남편이 있다는 사실이 나를 통곡게 했다. 시어머니의 말이 아니더라도 그 사실을 상기할 때마다 통곡, 통곡해도 풀리지 않는 설움이 복받쳤다. 그 사실은 이미 삼 년이나 묵은 사실인데도 나는 요즈음 자주 그 사실에 통곡을 하고, 통곡은 매번 신선했다.

그 사실은 처음부터 나에게 각별한 의미를 지녔었다.

남편이 떠나기 직전과 떠나고 나서의 일 년간만 해도 그 사실에 의해 나는 충분한 위로를 받을 수가 있었다. 술 좋아하고 다정다감하고 신체 건강한 남편의 먼 외지에서의 품행을 저절로 보장받았다는 걸로 행복감마저 느꼈다. 그런 철없는 행복도 일 년 남짓, 차차 남편의 절망적인 고독을 헤아릴 것 같아지면서 연민이 우러나기 시작했다.

그러나 아무도 연민만으로 통곡할 수는 없다. 남의 상여를 보고 한 방울의 눈물을 흘리더라도 우선 제 설움이 앞서야 하는 법이다.

돈 갖고 술도 여자도 살 수 없다는 남편의 절망적인 처지에 대한 나의 연민은 요즈음 들어 공감으로 변질되고 있었다. 그의 절망과 내 속의 절망이 만나 통곡, 통곡해도 시원치 않은 설움을 불러일으켰다.

일 주일에 한 번씩 한 번도 안 거른 편지에서 주고받은 것은 서로의 안부, 식구들의 안부와 돈 관계에 대한 보고가 전부였지 부부다운 공감을 주고받은 지는 이미 오래다. 다만 달러를 위해 한창 나이에 견디어야 하는 금욕과 고독의 고통을 통해서만 그와 나는 공감할 수가 있었던 것이다.

"아주머니, 미장원에 안 가세요? 파티에 가시는데 이왕이면 예쁘게 하고 가셔야죠."

빨래를 마친 순희의 참견이 아니더라도 예쁘게 하고 갈 작정이었다. 특별한 이유는 없었다. 이왕이면 잘살아보자 식으로 이왕이면 예쁘게 젊게 보이고 싶었다.

H개발의 신축 사옥은 거대했고, 낙성식 겸 해외파견 사원 가족을 위한 위로회도 성대했다. H개발이 단시일 내에 이룩한 눈부신 발전을 과시하기에 충분했다.

변한 건 H개발뿐이 아니었다. 해외로 나가 있는 사원의 가족들도 많이 변해 있었다. 개인적인 친분이 있는 사람은 없었지만 삼 년 전 공항에서 남편을 전송하고 눈물을 질금질금 흘리던, 초라하고 조바심으로 얼굴이 옥죄 보이던 여편네들에 대해 나는 알고 있을 터였다. 더러는 낯이 익은 얼굴과 만나질 수도 있었다. 그러나 그들은 그 동안 하나같이 우아하고 고상하고 기름이 잘잘 흐르는 귀부인으로 변모하여 귀빈들과 능숙하게 어울리고 있었다.

외유로 부재중인 사장을 대신해서 그럴듯한 풍채와 세련된 매너와 재치 있는 스피치로 주역 노릇을 출중하게 하고 있는 선우 전무만 해도 삼 년 전엔 해외개발부 부장이었다. H개발도 그때는 작은 회사였지만 선우부장도 그때는 지금의 우리집만한 집에 살고 있었다. 나는 그의 집을 문턱이 닳도록 드나들었었다. 그때 H개발은 막 중동에 진출하기 시작할 때여서 남편을 우선적으로 그곳으로 파견해주도록 운동을 하기 위해서였다.

지금은 H개발의 대부분의 인력이 그쪽으로 투입되고 있지만 당시만 해도 그쪽으로 가기 위해선 운동을 해야 했다.

선우부장은 남편을 돈 많이 벌 수 있는 고장으로 보내지 못해 안달이 난 여편네들한테 거드름을 있는 대로 피웠지만 그 역시 어서어서 잘살고 싶은 조바심이 역력한 중년의 사내였다.

그래도 나는 그때 그의 회사에서의 지위, 그의 사는 형편을 얼마나 부러워했던가. 더도 말고 덜도 말고 남편이 그만한 지위에 올라 그만한 집을 쓰고, 아들은 과외공부 시키고, 딸은 피아노 레슨 받을 수 있게끔만 살면 더 바랄 게 없을 것 같았다.

그때 그의 아들은 중2짜리가 도수 높은 안경을 쓰고 밤늦게 과외에서 돌아와서 책가방을 동댕이치며 성미를 부렸었고, 국민학교에 다니는 딸은 허구한 날 피아노를 동당거리며 드나드는 손님을 거들떠도 안 봤었다. 나는 그게 그렇게 부러울 수가 없었다.

동어반복이 심한 선우전무의 스피치는 그칠 듯 그칠 듯 하면서도 계속됐다.

"에에또. 우리 대(大)H개발이 단시일 내에 이룩한 발전을 외부 사람들은 기적이라고 합니다만 전 안 그렇게 봅니다. 요새 세상에 기적이 어디 있습니까. 어떤 일을 기적이라고 부르는 것은 그 일에 작용한 인력(人力)의 공로를 무시하기 위해 하는 수작인데 그런 야비한 수작 안 부립니다. 저는 솔직하고 정직하게 우리 대H개발의 눈부신 발전에 이바지한 첫째가는 공로자로 여러분을 꼽을 작정입니다. 해외에 나간 남편이 불철주야 그 역량과 기능을 유감없이 발휘할 수 있도록 가정과 자녀를 훌륭하게 지키는 한국적 현모양처인 여러분들에게 삼가 뜨거운 감사를 보냅니다. 아울러 이 기회에 약속드리고 싶은 건 H개발의 발전은 즉각 여러분 개개인 가정의 발전과 직결될 거라는 겁니다. 그런 의미로 여기 모인 우리는 한가족입니다. 우리는 단란하고 화목한 대H개발 가족입니다. H개발 가족의 단결과 긍지를 위해서 앞으로 이런 기회를 종종 마련하겠습니다. 대H개발 가족 만세."

그는 엉뚱스럽게도 이런 대가족의 가장다운 관대하고 인자한 시선으로 우리들을 골고루 어루만졌다.

나는 지금 삼 년 전의 선우전무만큼 살고 있다. 나의 아들은 과외공부를 다니고 딸은 일 주일에 두 번 『체르니』를 끼고 피아노 레슨을 받으러 간다. 그러니까 나는 소원성취를 한 셈이다. 그런데도 나는 소원성취한 승리감은커녕 차츰 비참한 열패감에 빠져들고 있었다. 그것은 토끼와 경주에 임해야 하는 거북의 열패감과도 흡사한 것이었다. 그리고 그런 열패감은 내 속에서 우러난 일시적인 감정이라기보다는 내가 내 인생을 사는 동안 줄창 걸머져야 할 운명같이만 여겨졌다.

마실 것과 과자 부스러기가 나오고 인기 가수들이 벌이는 쇼가 시작됐다.

그 동안도 선우전무는 사교적인 웃음과 굳은 악수를 골고루 분배하며 손님들 사이를 누비고 다녔다.

나에게도 악수 차례가 돌아오고 그는 나를 그야말로 한식구처럼 친근하게 대해줬지만 자기 집을 문턱이 닳도록 드나들던 여편네로서 알아보는 눈치는 없었다.

나는 아직도 쇼가 진행되고 있는 위로회장을 빠져나왔다. 입구에서 타월 두 장씩을 나누어주고 있었다. 미리 빠져나온 건 나 혼자뿐이 아니어서 택시 잡기는 힘들었다.

이리 뛰고 저리 뛰다가 겨우 한 대 잡으면 여편네들이 서너 명씩이나 한꺼번에 차 문을 움켜쥐고 원수처럼 노려보고 언성을 높였다. 선우전무의 화목한 H개발 가족은 순 엉터리였다.

다행히 나는 동네가 같은 H개발 가족을 둘이나 만나서, 셋이 같이 뛴 끝에 택시를 한 대 잡을 수 있었다.

나이 지긋한 사십대 여자를 먼저 태우고 다음이 내가 타고 아직 처녀처럼 여릿여릿한 이십대 여자가 맨 나중에 탔다.

사십대가 먼저 이야기를 꺼냈다.

"아이가 몇이유?"

"둘이에요."

나는 간단히 대답했다.

"아직 없어요."

이십대가 대답했다.

"저런 딱해라. 아기도 하나 못 만들어놓고 서방님이 떠났단 말이지?"

"아주머니도, 무슨 말씀을 그렇게……"

이십대가 얼굴을 붉혔다.

"언제 떠났는데?"

이번엔 내가 물었다.

"아직 일 년도 안 됐어요."

"지금이 한창 어려울 때야. 차차 나아지게 돼."

나는 선배연했다.

"아뇨, 점점 더 어려워질 것 같아요. 전 그걸 어젯밤에 깨달았어요."

여인들 273

"하필 왜 어젯밤에 깨달았어."

"아주머닌 어젯밤에 잘 주무셨어요?"

"그럼 잘 자지 않으면?"

"천둥번개가 지독했어요. 전 무서워서 한잠도 못 잤어요."

"저런, 아직 어린애로군."

"아녜요, 전 어젯밤처럼 제가 어른이라고 느껴본 적은 없는걸요."

"그건 또 왜?"

"그이가 필요했어요. 천둥 치는 밤 남편의 품에 안길 수 없는 결혼생활이 얼마나 무의미하다는 걸 처음으로 깨달았거든요."

"다행히 천둥 치는 밤은 일 년에 몇 번밖에 없어."

"전 속았어요. 속았다는 걸 한번 깨닫고 나선 결코 속기 전으로 되돌아갈 순 없어요."

"속았다니? 그럼 신랑이 색시를 속였단 말이군요. 결혼하고 떨어져 살게 되리라는 걸. 그치?"

사십대가 흥미진진한 얼굴을 하고 끼어들었다.

"그인 그런 사람이 아녜요. 그일 함부로 말하지 마세요."

"그럼 누구한테 속았다는 거지?"

사십대의 말이 이십대의 비위를 매우 건드린 것 같았으므로 나는 될 수 있는 대로 부드럽게 물었다.

"세상 사람들한테요. 우리 식구를 포함한 모든 세상 사람들한테요. 저는 세상 사람들이 말하는 좋은 신랑감을 만나 결혼해서 세상 사람들이 젊은 나이에 그만하면 잘산다고 부러워할 만큼 살고 있어요. 그런데 제가 홀로 알아낸, 사람 사는 건 결코 그게 아니었어요. 그러니까 세상 사람들이 절 속여먹은 거예요. 사람 사는 건 결코 이게 아닐 거예요. 이게 아녜요. 전 미치겠어요. 세상 사람들이 뭐래도 제가 홀로 알아낸 게 중요해요."

"쯧쯧 일났군. 일났어. 저쯤 되면 무슨 일이 나고 마는 건데."

사십대가 호들갑스럽게 혀를 찼다.

"아주머닌 아까부터 참 기분 나쁘게 구세요. 도대체 무슨 일이 난다는 거죠?"

이십대가 정색을 하고 사십대한테 따지고 들었다.

"나 색시한테 기분 나쁘게 군 거 하나도 없수. 나도 다 겪어본 장단이니까 빤해서 하는 소린데 지금이 바로 색시의 위기유. 까딱 잘못하면 바람나기 꼭 알맞단 소린데, 알아듣겠수?"

"바람 같은 건 안 나요. 불길해요. 그렇지만 연애는 할지도 모르겠어요."

"호호…… 배꼽이 다 웃겠네. 연애는 아무나 하는 줄 아나베. 연애는 처녀 총각이 하는 게고, 임자 있는 몸이 외간 남자 좋아하는 건 듣기 좋게 말하면 바람난 거고, 유식하게 말하면 간통이고, 솔직하게 말하면 서방질이라구. 이렇게 다 제 분수가 있는 법이라구. 연애는 아무나 거는 건 줄 알았다간 큰 코 다치지. 같은 처녀 총각이라도 양갓집 처녀 총각이나 연애를 걸지, 버스 차장이나 식모만 돼도 바람났다지 누가 연애 건다나. 그러니 알아서 해요."

여인들 275

"알았으니 제발 그만두세요."

이십대가 선물로 받은 타월을 기다란 손톱으로 부득부득 쥐어뜯으며 신경질을 부렸다.

화가 잔뜩 난 이십대는 볼이 발그레 상기해서 앳되고 아름다워 보였다. 뒤로 묶은 머리는 곧고 부드럽고 흰 이마는 정결했다. 나는 질투에 가까운 느낌으로 그녀를 바라다봤다.

이십대와는 대조적으로 사십대는 여유만만하고 뻔뻔스럽고 값비싼 옷차림에도 불구하고 불결해 보였다. 나는 혐오감을 느꼈다. 그러나 나의 혐오감과는 상관없이 나 또한 사십대를 향해 흐르고 있으리라. 나는 삼십대였다. 그러고 보니 택시 속의 이 미터도 안 되는 좌석에 이삼십 년에 걸린 길고긴 여인의 강이 흐르고 있었다.

"입은 삐뚤어져도 말은 바른 대로 하랬다고……"

사십대가 이번엔 나에게 말을 걸었다.

"저 또래가 큰일이라구. 우리 나이쯤 되면 그래도 보고 배운 게 있잖수. 아무리 세상이 망측하게 변해도 몸에 밴 근본은 그렇게 변하는 게 아닙니다. 아닌 말로 소년 과부는 수절해도 중년 과부는 수절 못 한다구, 우린들 왜 남편 생각이 안 나겠수. 그렇지만 세상에 서방이 눈이 시퍼렇게 살아 있는데 어떻게 감히 샛서방을 꿈이나 꾸. 벼락을 맞을 것 같아서라도 우린 못 한다구. 그런데 요새 젊은 애들이야 어디 그러우. 서방을 곁에 두고도 샛서방 보기를 떡 먹듯이 하는 세상이니 저 색시 나무라서 무엇 하겠수. 나부터도 딸자식 기르지만 어디 정절이니 일부종사니 하는 교육을 시키겠습디까. 곰팡내 난다고 코 쥐고 도망갈까봐."

"아주머니, 제발 그만두시라니까요."

"내가 언제 색시한테 말 시켰수. 색시 무서워 나이 먹은 사람끼리 신세한탄도 못 하란 말유?"

"저도 다 알아요. 저를 빗대놓고 말씀하시는 거. 저도 바람 같은 거 안 나요. 아주머니 같은 대단한 정조관념 때문에 그러는 건 아녜요. 제가 그런 관념 없는 건 사실이에요. 우리 엄마도 그런 관념을 저한테 불어넣으신 적 없고요. 절 대학 공부 시키면서도 시집가서 수틀리면 이혼하고도 혼자 살 수 있게 공부시키는 거라고 하실 지경이었으니까요. 그렇지만 바람은 못 나요. 그이가 유학을 가서 저를 천둥 치는 밤에 혼자 외롭게 떨게 했다면 그까짓 거 바람나고 말 테야요. 그렇지만 그게 아니잖아요. 저도 의리가 있지, 잘살아보려고 외화를 벌어들이려고, 술도 여자도 없는 고장에서 고생하는데 어떻게 바람을 피우냐 말예요. 그인 술을 좋아하는데, 아마 여자도 무지무지하게 좋아할 거예요. 그인 날 무지무지하게 좋아했으니까요. 그 좋아하는 걸 다 버리고 그인 외화를 벌어요. 그런데 어떻게 제가 바람을 피워요. 의리가 있지, 못 피워요. 외환 정조보다 강해요. 아아 아주머니, 사람 사는 게 왜 이렇게 재미가 없을까요. 전 오늘밤 그이한테 계약기간이 끝나기 전에 귀국하라고 편지를 쓸 작정이었는데 못 쓸 것 같아요."

이십대가 선물로 받은 타월로 얼굴을 가리고 흐느꼈다. 나는 그녀를 안았다. 늘어진 노란 타월 속에서 신축한 H개발의 육층 건물이 그 위용을 자랑하고 있었다.

울음을 그친 이십대가 정색을 하고 물었다.

"아까 전무님이 하신 말씀 믿어도 좋겠죠?"

"무슨 말씀 말야?"

"그러셨잖아요. 우리 회사도 조금만 더 성장하면 가족도 따라갈 수 있게 해준다고요. 지금도 A건설이나 B토건 같은 대기업에선 가족 동반을 허용한다면서요. 우리 회사도 어서어서 돈을 많이 벌었으면 좋겠어요."

이십대의 눈이 빛났다. 젊은이답게 쉽게 상심을 달랜 것같이 보였다.

"어디로 모실깝쇼."

어느 틈에 택시는 우리 동네까지 와 있었다. 종점에서 이십대가 내리고 시장 앞에서 사십대가 내리고 나는 맨 나중에 우리집 앞에서 내렸다.

"아이들은 벌써 자니?"

"벌써가 뭐예요. 지금 몇신데요."

순희가 하품을 하며 눈곱을 쥐어뜯었다.

나는 그까짓 시시한 파티에 가느라고 아이들을 외롭게 한 것을 후회했다. 그렇다고 집에 있을 때는 아이들한테 곰살맞게 군 것도 아니었다.

나들이옷을 벗고 잠옷으로 갈아입었다. 창가에 섰다. 앞집엔 창마다 불이 꺼져 있다.

나는 방금 헤어진 이십대와 사십대에 대해서 생각했다. 그들도 그들 나름의 딱지를 쓰고 살고 있다는 걸 알아낸 것처럼 느꼈다. 이십대는 귀한 외화에 대한 의리라는 딱지를, 사십대는 정절, 일부종사라는 딱지를.

그러고 보면 나는 이 두 개를 합친 좀더 굳은 딱지를 쓰고 있음이 분명했다. 따라서 내 딱지는 그들의 딱지보다 견고할지는 모르지만 그 딱지를 허물고 분출하려는 삼십대의 생명력은 또 얼마나 뜨겁고 세찬가.

나는 몰래몰래 진저리를 쳤다. 그리고 창 밖을 보기를 그만두고 남편한테 답장을 쓰기 시작했다. 오래 미뤘던 답장이다. 남편의 편지는 늘 간단했고 거기 대한 내 답장도 간단했지만 이렇게 오래 미뤄보긴 처음이었다.

남편은 해외근무 삼 년 계약기간이 이제 끝나 원하는 국내근무도 할 수 있지만 이 년쯤 더 연장해서 해외근무를 하려고 하는데, 동의해달라는 편지를 보내왔던 것이다. 그것을 연장함으로써 진급은 얼마나 빨라지고 돈은 얼마나 더 벌 수 있다는 자세한 설명을 써보내느라고 남편의 편지는 전에 없이 길었다. 내가 동의하기 전에 그는 이미 그렇게 정하고 있음이 분명했다. 나는 동의하는 답장을 썼다.

그리고 수면제를 한 알 삼키고 불을 껐다. 모든 것에 대한 무관심이 서서히 나를 채웠다. 천둥이 쳐도 아이가 아파도, 도둑이 들어도, 나는 내일 아침까지 안면을 누리리라.

그 살벌했던 날의 할미꽃

1

달래마을 사람들이야말로 양민이었다.

중농 정도의 자작농들이라 하늘의 뜻에 순응해서 육신 아끼지 않고 땀 흘려 땅 파면 배곯는 일 없었고, 사람이 인두겁을 썼다면 꼭 지켜야 할 몇 가지 법도만은 누구나, 누가 보건 말건 잘 지켰기 때문에 서로 화목했다.

삼태기에 안기듯이 순한 산에 안긴 이 오붓하고 점잖은 마을에도 어느 날 동란의 포성이 들려왔다.

그러나 훗날 그 일대가 격전지로 기록된 깐으론 직접적인 피해를 이 마을은 거의 안 입었다.

마을 사람들은 한 번도 실전을 겪지 못했으며 폭격 한 번 안 당했다. 눈 깜박할 새에 집이 잿더미로 화하고, 금세 뛰놀던 자식의 몸뚱이가 주워모을 수도 없이 산산이 해체되는 얘기를 소문으로만 들었을 뿐이었다.

그게 다 해마다 시월 초하룻날 마을 사람들이 정성을 다해 고사를 지내는 달래봉 산제당에 모신 산신령이 영검한 때문이라고 마을 사람들은 믿고 있었다.

그러나 그 밖의 인명의 피해는 전쟁을 겪고 폭격을 당한 인근 마을에 못지않았다. 몇 달을 두고 전선이 일진일퇴를 거듭하는 대로 세상도 손바닥 뒤집듯이 바뀌었으니 그때마다 부역했다 고발하고 반동했다 고발해서 생사람 목숨을 빼앗는 일을 마을 사람들은 미친 듯이 되풀이했기 때문이다.

그에 앞서 청년들은 국군으로 지원하기도 했고, 인민군으로 끌려가기도 했고, 또 남쪽으로 피난 간 사람, 북쪽으로 끌려간 사람도 생겨서 마을 사람들은 줄 대로 줄었다. 어떻게 줄었거나 집집마다 준 식구는 남자 식구들이어서 마을엔 여자들만 남았다. 과부도 있고 생과부도 있고 처녀도 있고 노파도 있었다. 남자라곤 젖먹이 빼곤 아녀석조차 없었다. 걸을 수만 있는 아녀석이면 피난 가는 아버지나 삼촌, 하다못해 구촌 십촌뻘 되는 친척 편에라도 딸려보냈기 때문이다.

남자는 대를 이어야 하는 고로 여자보다 귀한 몸이고, 귀한 몸을 보다 안전하게 하는 게 여자들의 도리였다.

세상이 손바닥 뒤집듯이 바뀌는 통에 사람이 지킬 도리 같은 건 뒤죽박죽이 되기도 하고 거꾸로 서기도 하고 짓밟히기도 했지만, 여자 남자 사이에 지킬 도리만은 오히려 더 분명하고 당당해져 있었던 것이다.

마을에 여자들만 남게 되자 서로 모함해서 생사람 잡는 일이 다시는 일어나지 않았다. 서로 모함하고 싶고 죽이고 싶은 충동은 마을 어귀에 있는 분교 건물서부터 왔는데, 그곳에 국군이 머무르느냐 인민군이 머무르느냐에 따라서 미운 사람 빨갱이로 고발하고 싶기도 했다가 반동으로 쳐죽이고 싶기도 했다가 했던 것이다.

그러나 여자들은 거기 누가 머물든 관심이 없었다. 누가 머물든 이제 폐촌(廢村)처럼 퇴락하고 인기척이 숨을 죽인 마을을 해코지하지도 않았지만, 이롭게 해줄 리도 없었기 때문이다.

여자들의 문제는 오로지 어떡하면 세상이 안정되고 남자들이 돌아올 때까지 연명할 수 있느냐였다.

봄은 먼데 집집마다 식량은 바닥이 나고 있었고 하소할 데라곤 없었다. 분교가 비지 않고 주인이 바뀌는 것과는 상관없이 마을의 행정은 오랫동안 공백상태를 계속했다.

그러던 어느 날 이번에 바뀐 분교의 주인은 국군도 인민군도 아닌 양코배기란 소문이 돌았다.

곧 양코배기들이 껌을 쩌덕쩌덕 씹으며 삼삼오오 떼를 지어 마을의 집집을 기웃대며 다니기 시작했다.

"색시 해브 예스? 색시 해브 예스?"

여자들만 눈에 띄면 이상한 몸짓을 해 보이며 이런 소리를 했다. 여자들은 질겁을 해서 집 안 깊숙이 도망쳤다. 그리고 몸을 떨었다. 양코배기들의 피부에 개기름이 되어 흐르던 노골적인 육감이 여자들을 깊이 떨게 했다.

양코배기들은 아마 직업적인 양색시를 찾는 눈치였지만, 이 마을에 직업적인 양색시가 있을 리 없었다.

마을은 삽시간에 공포의 도가니로 변했다. 날이 어두워지자 여자들은 도저히 혼자서는 견딜 수 없어 한 사람 두 사람 마을에서 제일 큰 집으로 모여들었다.

그 집은 마을에서 제일 클 뿐 아니라 제일 웃어른뻘 되는 노파가 살고 있는 집이기도 했다. 비록 세상을 잘못 만나 서로 모함하고 죽이고 했지만 이 마을은 보통 시골 마을이 다 그렇듯이 씨족마을이었던 것이다.

밤이 되자 양코배기들의 색시 해브 예스? 색시 해브 예스? 는 발정한 맹수의 울부짖음처럼 절박하고 위협적인 게 되었다.

노파를 둘러싼 새댁과 처녀들은 오들오들 떨면서 뜬눈으로 밤을 새웠다. 다음날도 분교의 양코배기들은 딴 곳으로 옮겨갈 눈치가 보이지 않았다.

다시 밤이 되었다. 색시 해브 예스? 색시 해브 예스? 양코배기들이 절박하게 외치며 집집의 문을 두드렸다.

"암만 해도 오늘밤엔 뭔 일 당할까보다."

노파가 메마른 소리로 말했다.

"뭔 일을 당하느니 차라리 혀를 깨물고 죽고 말겠어요."

건넛마을에서 시집온 지 며칠 안 돼 난리를 당하고, 난리난 지 며칠 안 돼 남편을 의용군이란 이름으로 빼앗긴 새댁이 앙상한 어깨를 추스르며 단호하게 말했다.

"나도 죽겠어요. 대들보에 목이라도 매서……"

"나도 우물에 빠져서라도……"

너도 나도 죽겠다고 나섰다. 죽겠다고 나설 기회를 놓치면 행여 양코배기에게 마음이 있는 화냥년이라도 될까봐 기를 쓰고 죽기를 자청했다.

노파가 희미하게 웃었다.

"죽긴 앞길이 구만리 같은 젊은것들이……"

할로 색시 해브 예스? 색시 해브 예스? 하는 소리는 점점 더 가까워왔다.

"암만 해도 내가 코배기들의 색시 노릇을 해야 할까보다."

노파가 메마른 소리로 느릿느릿 말했다.

"할머니가요?"

목숨을 걸고 정절을 지킬 것을 다짐하느라 석상처럼 엄숙해져 있던 새댁과 처녀들이 일시에 허리를 비틀면서 깔깔댔다.

"옥희야, 네 화장품통 좀 가져온."

노파는 따라 웃지 않고 엄격한 소리로 말했다. 옥희는 노파의 손녀로 혼인날을 받아놓고 난리를 당해 약혼자는 지금 군대에 가 있었다.

"할머니도 참 망령이셔."

그 살벌했던 날의 할미꽃

옥희가 민망한지 할머니의 허리를 꾹 찌르며 눈을 흘겼다.
"나 어느새 망령나지 않았다. 어서 화장품통 가져오라니까."
노파의 말에 딴사람 같은 위엄이 담겼다.
마을이 평화로울 때 마을의 제일 큰 축제날은 산신제 지내는 날이었다.
남자들은 돼지를 잡고 여자들은 시루떡을 쪘다. 여자들의 일의 총지휘는 늘 이 제일 나이 많은 노파가 맡았더랬었다.
노파는 다달이 있는 부정중이거나, 간밤에 서방을 가까이한 젊은 계집들을 족집게처럼 집어내어 멀리 물리치고 그 일을 했었다.
그때 노파는 앞으로 일 년간의 마을의 길흉화복이 오직 자기 한 몸에 달렸다는 듯이 몸 전체로 거역할 수 없는 위엄을 풍겼더랬었다.
지금 노파를 둘러싼 아낙네들은 그때와 똑같은 위엄으로 당돌하게 빛나는 노파를 똑똑히 본다. 그리고 숙연해진다.
그래도 그중 나이 지긋한 부인이 한마디 한다.
"아주머님, 아주머님이 젊은것들 몸 더럽히지 않게 하려고 그러시는 건 알겠는데요. 아주머님도 생각해보세요. 연세가 있잖아요, 연세. 아 양코배기들은 뭐 눈이 멀었나요. 화장품으로 눈가림도 어느 정도죠……"
말끝을 못 맺고 킥 웃으니까 좌중의 여기저기서 숨죽인 웃음소리가 들렸다.

"잔소리 말고 화장품통 가져오라니까, 어서!"

노파는 메마른 소리로 차분하게 말했다. 좌중을 압도하는 위엄을 갖추고.

옥희가 마침내 화장품통을 가져왔고 노파를 둘러싼 여자들의 얼굴이 차츰 호기심으로 빛났다.

혼수로 장만해놓은 화장품은 비싼 것은 아니었지만 구색이 고루 갖추어져 있었다.

"내 얼굴에 화장을 시켜다오."

얼굴도 반반하고 사는 형편도 괜찮아서 난리 전엔 이 마을에서 제일 멋을 부릴 줄 알았던 새댁한테 노파가 화장품통을 맡겼다.

"할머님도 참 망령이셔……"

새댁이 좌중의 눈치를 보며 일단 사양을 했다.

"그럼 네가 당하고 싶은 게로구나."

노파의 표정이 별안간 악랄해졌다.

"할머님도 정말 망령이셔."

새댁이 질겁을 하며 그러나 정확한 손놀림으로 노파의 얼굴에 화장을 하기 시작했다.

색시 해브 예스? 소리는 점점 기승스러워지고 등잔불도 기름이 다한 것처럼 침침해졌다. 노파는 새댁의 능숙한 손놀림에 얼굴을 내맡긴 채 혼잣말처럼 중얼댔다.

"느희도 양코배기들 얼굴만 봐가지곤 나이 분간 못 하지? 양코배기들도 우리 나이 분간 못 하긴 마찬가질 거다. 핏줄이 다른 사람끼린 나이 먹는 푼수도 제가끔 다르니까. 그리고 그 짓이야 동서고금을 막론하고 껌껌한 데서 하게 돼 있으니까. 암, 껌껌한 데서 하구말구……"

이 소리는 아마 누구 들으라고 하는 소리가 아니라 스스로의 불안을 달래기 위한 소리였으리라.

드디어 화장은 완성됐다. 거울을 본 노파가 만족한 듯 웃었다. 그저 웃음이 아니라 마지막으로 쥐어짠 것처럼 처참한 교태가 섞인 웃음이어서 보고 있던 여자들은 다 같이 섬뜩했다.

색시 해브 예스? 소리가 마침내 여자들이 모여 있는 큰 집 대문에 와서 멎었다. 양코배기들도 안에서 나는 인기척을 감지했는지 미친 듯이 대문을 흔들어댔다.

"옥희야, 네 옷도 좀 빌려주렴."

노파는 옥희의 다홍치마와 노랑저고리로 갈아입었다. 머리엔 알록달록 줄무늬가 있는 보자기를 썼다.

색시 해브 예스? 소리는 극도로 격렬해지고 거친 발길질에 대문은 곧 떨어져나갈 것 같았다.

"이제 다 됐으니 문 열어주고 색시 있다고 해라."

노파가 바싹 마른 참나무 가지를 꺾는 것처럼 메마르고 확실한 소리를 질렀다.

누군가가 빗장을 땄다. 대문이 활짝 열렸다. 여자들은 잔뜩 참았던 오줌을 싸버릴 수밖에 없었던 순간처럼 쾌감과 수치감으로 진저리를 치며 어두운 곳으로 몸들을 피했다.

등잔불이 비추는 곳엔 색시 한 사람만이 남았다. 앞장선 거구의 양코배기가 색시를 번쩍 안았다. 그러나 어두운 구석마다 잠복해 있는 인기척을 감지했음인지 그 자리에서 일을 저지르지는 않고 색시를 안은 채 성큼성큼 대문을 나섰다.

"캄온."

뒤따르던 양코배기들도 대문을 나섰다. 저만치 지프차가 보였다. 지프차 속에서도 색시는 아기처럼 가볍고 아기처럼 순하게 양코배기의 무릎 위에 있었다.

분교까지는 눈 깜박할 새였다. 밖에서 본 분교는 깜깜했다. 그러나 유리문을 열고 삐걱하는 널쪽 문을 열자 믿을 수 없을 만큼 강한 불빛이 노파에게로 쏟아졌다. 동시에 와아 하는 함성이 들렸다. 노파는 양코배기의 품에서 새우처럼 몸을 오그리고 두 손으로 얼굴을 가렸다.

곧 침대로 노파는 내팽개쳐졌다. 그 지경을 당하면서도 노파는 얼굴을 가린 손가락 사이로 방 안을 살폈다. 앞으로 당해야 할 양코배기의 수효를 알아보려고 함이었다. 다행히 대여섯 명을 넘지 않아 보였다.

노파를 안아온 거구의 양코배기가 노파의 옷을 벗겼다. 세상에, 망측해라. 아무리 공자 맹자의 도리를 모르는 양놈이기로서니 대낮보다 밝은 곳에서 그 짓을 하려 들다니. 노파는 죽은 영감과는 환갑까지 해로했고, 금슬도 좋은 편이었고, 자식을 칠남매나 두었건만 한 번도 등잔불이나마 켜놓고 그 짓을 해본 적은 없었던 것이다. 영창으로 비치는 달빛이 고작이었다.

노파는 죽을 기를 쓰고 옷고름과 치마끈을 움켜잡았다. 이제 얼굴이 문제가 아니었다.

그러나 그까짓 노파의 힘쯤은 거구의 양코배기에 당해서는 갓난아기의 앙탈만도 못했다.

양코배기는 옥수수 껍질을 벗기듯 한 겹 두 겹 힘 안 들이고 노파의 옷을 벗겨냈다. 그래도 설마 속옷을 벗길 때는 불을 끄겠거니 했더니 웬걸, 노파의 나신은 백주보다도 밝은 불빛 아래 그 흉한 모습을 드러냈다.

칠남매에게 진액을 다 빨리고 이제 늑골과 상접할 만큼 말라붙은 지 오랜 젖가슴과, 겹겹의 주름 사이사이에 칠남매를 길러내느라 늘어나다 못해 터졌던 자국이 물 마른 운하처럼 남아 있는 끔찍한 뱃가죽이 드러났다. 정오의 햇빛보다 더 밝은 불빛 아래.

노파는 이제 반항하기를 그치고 두 손으로 얼굴을 가리고 모기 소리 같은 소리로 울기 시작했다.

노파가 반항하기를 포기했음에도 불구하고 노파의 마지막 속옷인 잿빛 융바지는 어쩐 일인지 황무(荒蕪)의 언덕처럼 앙상하게 솟은 치골 위에 걸려서 더이상 내려가지 않았다.

노파는 앵앵 가늘게 울며 생각했다. 그것마저 벗겨내 이 환한 불빛 아래 그 아래것이 드러나면 혀를 물고 죽을 수밖에 없겠는데 스스로 목숨을 끊기란 얼마나 어렵고도 어려운 일인가 하고.

마저 벗길 것도 없이 양코배기들은 이미 속았다는 것을 알았을 테니 차라리 쏴 죽여주었으면 좋으련만 하는 생각도 들었다.

별안간 유쾌한 웃음소리가 들렸다. 혀를 물고 죽고 싶게 비참한 상태에서 들었기 때문일까, 노파는 그렇게 티 없이 맑고 즐거운 웃음소리는 생전 처음 듣는 것처럼 느꼈다.

난리가 나기 전에 마을엔 궂은일도 많았지만 즐거운 일도 많았고, 젊은이들은 화도 잘 냈지만, 웃기도 잘했었다. 그러나 아무리 즐거울 때도 그 웃음엔 텁텁한 찌꺼기 같은 게 가라앉아 있었고, 여운은 한숨의 여운을 닮아 있었다. 갓 웃음을 배운 아기가 아닌 다음에야 그렇게 티 없이 투명하게 깔깔댈 수는 없는 일이었다.

그 경황중에도 호기심이 동한 노파는 얼굴을 가린 손가락 사이로 양코배기들의 동정을 훔쳐보기 시작했다. 양코배기들은 하나같이 의자에서 굴러떨어져 마룻바닥에서 허리를 비틀고 배를 움켜쥐고 그렇게 웃고 있었다.

방 속엔 침대에 던져진 노파 외엔 구경거리라곤 아무것도 없이 살벌하기만 했다. 하도 즐겁게 웃는 바람에 노파는 자기도 따라 웃을 것 같아 더욱 앙앙대는 울음소리를 높였다.

이윽고 웃음이 그치더니 누군가가 노파를 일으키고 옷을 주섬주섬 주워다주었다.

노파가 옷을 다 주워입자 깜깜한 밖으로 끌어냈다. 노파는 아마 밖에서 쏴 죽이려나보다고 간이 콩알만해졌다.

그러나 양코배기들은 노파를 지프차에 태웠다. 그리고 뭔가 상자에 담은 걸 가득가득 실었다.

처음에 노파를 데려갔던 큰 집 앞에다 노파를 내려놓더니 싣고 온 상자들도 모조리 내려놓았다.

양코배기들은 어리둥절한 채 서 있는 노파에게 쩝쩝 입맛을 다셔 뭘 먹는 시늉을 하며 상자에 든 것들을 가리켰다.

"마마상 짭짭. 마마상 짭짭. 오케이?"

양코배기들은 다시 지프차를 타고 분교 쪽으로 떠났다.

차 소리를 듣고 집 속에 모여 있던 여자들이 일제히 뛰어나왔다.

노파는 빠르게 위엄을 회복하고 우선 양코배기들이 부려놓은 짐 먼저 끌어들이라고 이른다.

상자마다 먹을 것들이었다. 깡통에 든 무과수, 고기, 잼, 과일, 우유, 새콤하고도 달콤한 향기로운 가루, 반짝이는 은종이에 싼 초콜릿 사탕 젤리, 혼란한 그림이 있는 갑 속에 들은 파삭파삭한 과자, 쫄깃쫄깃한 과자……

노파와 여자들은 다만 황홀해서 숨도 크게 못 쉬었다.

그래도 나잇값을 하느라고 노파가 제일 먼저 평정을 회복했다. 그리고 방금 겪은 모험에 대해 비교적 담담하게 이야기하고 나서 이렇게 결론을 맺었다.

"내가 이렇게 살아 돌아오고 또 먹을 것까지 잔뜩 얻어온 건 그놈들이 양놈이었기 망정이다. 아, 왜놈만 같아봐라, 나한테 속은 걸 안 즉시로 쏴 죽였을걸. 암, 그 독종들이야 쏴 죽이고말고.

왜놈이 아니고 소련놈만 같아봐라, 아마 늙고 젊고 안 가리고 들이덤벼 욕을 뵀을걸. 쏴 죽일 거 없이 제놈들한테 깔려 죽을 때까지 욕을 뵀을 게다."

듣고 있던 마을 여자들도 노파의 의견에 전적으로 동의하고 제각기 부르르 몸서리를 쳤다.

노파도 마을 여자들도 한 번도 이 나라 밖에 나가본 적이 없고, 마을에 살면서도 양놈이니 왜놈이니 소련놈이니를 직접 사귀거나 대해본 적이 없었다. 이번 사건이 처음이었다.

그런데도 노파는 그 정도의 세계관(?)을 자신만만하게 피력했고, 듣는 사람들 역시 추호의 이의도 없었다. 옳고 그르고는 차치하고라도 아마 그 정도의 세계관은 이 땅에 태어난 사람의 기본적인 상식에 속했기 때문일 게다.

2

전선(戰線)은 조용했다. 그러나 금명간 일대 접전이 예상되고 있었다. 처음 전방으로 투입돼 실전 경험이 한 번도 없는 병사들에겐 이 폭풍전야의 정적이 정말 견딜 수 없었다.

그런데다 묘한 풍문이 돌고 있었다. 적의 총알은 숫총각을 좋아한다는 거였다. 그만큼 숫총각이 전사하는 율이 많다는 소리도 됐다.

칼끝같이 아슬아슬한 정적을 견디다 못해 누가 꾸며낸 것이 분명한 이런 풍문은 단박 숫총각이 누구누구란 것을 가려낼 수도 있을 만큼 숫총각들을 불안 일색으로 물들였다.

자기 중대 내의 이런 술렁임을 안 중대장은 원하는 자에게 인근 마을로 한 시간 정도의 외출을 허락했다.

인근 마을의 주민들이 완전히 철수상태라는 것을 중대장이라고 모를 리는 없었다. 그래도 사람의 일에 항상 예외라는 게 있고, 또 요행이라는 게 있으니까, 약은 놈은 절에 가서도 새우젓을 얻어먹는다지 않나, 일단 기회라도 줘보는 수밖에, 라고 중대장은 생각했던 것이다. 그러나 중대장 역시 큰 기대를 갖고 있진 않았다.

숫총각 김일병이 같은 숫총각 패거리로부터 떨어져 홀로 접어든 마을엔 어둠이 깔리기 시작하고 있었다. 그러나 굴뚝에서 연기가 올라오는 집은 한 집도 없었다. 물론 호롱불이 켜지는 집도 없었다. 보나 마나 빈 마을이었다. 그래서 다들 딴 마을을 찾아갔건만 김일병은 그 마을에 이끌리고 있었다.

그 마을은 어딘지 혜숙이의 고향 마을을 닮아 있었다.

김일병은 혜숙이와 작별하러 혜숙이의 고향 마을을 찾아갔을 때의 일을 생각하고 있었다.

동란 전 김일병과 혜숙이는 대학 동급생이었고, 서로 사랑하는 사이였다. 졸업하면 곧 맺어질 것으로 누구나 알고 있었다.

졸업반으로 올라오자마자 동란이 났고 혜숙이는 고향으로 피난 갔고 김일병은 서울에 남아 있었으나 요행 무사했다. 그러나 수복하자마자 김일병은 곧 입대하지 않으면 안 되었고 입대하기 전에 아직도 시골에 머물고 있는 혜숙이를 찾아갔었다.

집집마다 굴뚝에서 연기가 오르는 저녁 무렵이었다. 바람이 없어서인지 굴뚝이 낮아서인지 보랏빛 연기는 자욱하게 땅을 기었다. 그 속에 선(線)이 무딘 초가지붕들이 다도해의 섬처럼 오순도순 떠 있었다.

보랏빛 연기는 차츰 남보라로, 다시 암회색으로 변하는가 했더니 곧 어둠이 왔다.

오라, 시골의 황혼은 굴뚝으로부터 오는구나 하고 김일병은 그때 생각했었다. 오랜 이별을 앞두고 그럴 수밖에 없었지만 그날 혜숙이는 애처롭도록 우울했다.

두 사람은 이제 완전히 어둠에 잠긴 마을을 벗어나 뒷동산에 올랐다. 뒷동산엔 무덤이 많았다. 나란히 있는 무덤도 있고 혼자 있는 무덤도 있고 옹기종기 모여 있는 무덤도 있었다.

두 사람은 무덤 앞에 있는 상석에 기대앉았다.

"이게 다 누구 무덤이니?"

"우리 조상 무덤."

"느네 조상은 참 많이도 죽었다."

김일병은 자기가 한 말의 바보스러움에 혼자서 픽 웃었다.

"죽지 마, 죽으면 싫어."

혜숙이가 별안간 김일병의 가슴으로 무너져내리면서 절박하게 말했다.

"죽긴, 바보같이. 안 죽을게. 사랑해, 사랑해."

김일병은 혜숙이를 안고 쓰러지면서 말했었다. 그때 그 동산의 마른풀은 참으로 푹신했었다.

두 사람은 전교생이 다 알아주는 커플이었지만 그렇게 깊은 뽀뽀를 해보긴 그때가 처음이었다.

실은 그때 숫총각을 면할 수도 있었다. 혜숙이 쪽에서 그걸 간절히 바라고 있기도 했다. 그러나 김일병은 그러지 않았다. 불같이 달아오른 혜숙이를 일으켜 옷에 붙은 마른풀을 말끔히 떨어서 들여보냈다.

죽지 않겠다고 장담했지만 만약에 자기가 죽게 될 경우 혜숙이를 조금이라도 덜 불행하게 하려니 그럴 수밖에 없었다.

그때 내가 한 일은 잘한 일일까 잘못한 일까. 적의 총알은 숫총각을 좋아한다는 건 정말일까. 그런 생각을 쓸쓸하게 하며 김일병은 마을을 한 바퀴 돌았다.

굴뚝에서 연기가 올라오지 않아도 마을은 빠른 속도로 어두워지고 있었다. 텅 빈 마을을 돌아나오며 김일병은 혜숙이와 헤어지던 시골길이 생각나 돌아보고 또 돌아본다. 문득 그는 한줄기 연기를 본 것처럼 느낀다. 그것은 미미했지만 확실히 어둠의 빛깔하곤 달랐다.

그는 묘한 착각에 빠져 가슴을 두근댔다. 그 마을은 혜숙이의 고향 마을이고 혜숙이 혼자 남아 자기를 기다리고 있을 것 같았다. 그는 그의 시선이 포착한 미미한 연기가 오르는 방향으로 곧장 이끌렸다.

마을에서 제일 작고 초라한 집이었다. 문도 사립문이어서 그대로 밀고 들어섰다.

"안에 누구 계십니까?"

그는 마른침을 삼키고 떨리는 소리로 물었다.

"뉘시우?"

방문을 열고 마루로 나온 건 노파였다. 비교적 정정한 노파의 목소리는 떨고 있었다.

"군인입니다, 국군입니다."

김일병은 우선 부드러운 소리로 노파를 안심시켰다.

그 동안 몹시 사람에 주렸던 듯 노파는 반색을 하며 김일병을 안방으로 이끌었다.

구들목은 따뜻하고 노파는 혼자서 저녁상을 받고 있었다.

"어떻게 이렇게 혼자 남으셨습니까?"

"영감이 중풍 들어서 데리고 갈 수도 없고 두고 갈 수도 없고 해서……"

"자손은요?"

"외아들이 국군 나갔다우."

"네, 그러세요. 그럼 영감님은요?"

김일병은 새삼스럽게 방 안을 휘둘러본다. 중풍 든 노인이 어디 있나 해서였다.

"세상 떴다우."

"언제요?"

"며칠 안 돼. 원 지지리도 복도 없는 늙은이지. 진작 죽든지 좀 더 살아 좋은 세상 보고 죽든지 했으면 오죽이나 좋아."

"그럼 장사도 혼자 치르셨겠네요."

"장사랄 건 뭐 있수. 그냥 갖다 묻은걸."

"혼자서요?"

"그럼 누가 있어야지."

"참 장하십니다."

"장하긴. 사람이 악에 받치면 뭘 못 하는 줄 알우."

"그래두요."

"난 이래 뵈도 아직 정정하다우. 영감 몸이 그런데다가 어떡허든 자식 하나 있는 건 공부시켜보려고 많지 않은 농사지만 혼자 지은걸."

"네, 그러셨어요."

김일병은 자꾸자꾸 감동을 한다. 그러면서 노파가 좋아져서 이런 얘기 저런 얘기를 한다. 두고 온 혜숙이 이야기부터 외출 나온 경위까지 설명하느라 숫총각은 총알을 제일 먼저 맞는다는 부대 내의 미신까지 이야기했다.

"저런, 내 아들도 숫총각일 텐데. 아무렴 숫총각이고말고."

노파의 얼굴에 짙은 근심이 어린다.

"할머니, 너무 걱정 마세요. 필시 숫총각 놀려먹으려고 누가 퍼뜨린 소문일 거예요. 뜬소문이 아니면 미신일 테고요. 이 문명 세상에 누가 미신을 믿습니까."

이윽고 김일병이 일어서려는데 노파가 김일병의 바짓가랑이를 잡는다.

"총각, 총각을 면하고 가고 싶잖우?"

"네?"

"미신이건 뜬소문이건 좋다는 거야 왜 못 하우. 목숨은 중한 거라우. 더군다나 기다리는 아가씨까지 있다며."

"그야 할 수만 있다면야 왜 못 하겠어요. 없으니까 못 하죠."

"할 수 있어. 내가 면하게 해주지."

"네?"

김일병은 질겁을 한다.

"왜 그렇게 놀라우. 놀랄 거 없어요. 자아, 불을 끕시다. 난 아직 정정하다우."

노파는 불 먼저 끄고 김일병을 아랫목에 깔린 포대기 밑으로 이끌었다. 노파는 뜻밖에도 풍요한 가슴과 부드러운 살결을 갖고 있었고, 손길은 섬세하다 못해 기교적이기까지 했다. 어둠 속에서 노파는 여자가 되어 있었다. 김일병은 도깨비한테 홀린 것처럼 얼떨결에 그러나 무리하지 않고 자연스럽게 숫총각을 면했다.

다시 호롱불이 켜지자 노파는 역시 노파였다. 김일병은 노파를 외면하고 도망치듯 집을 나서려는데 노파가 말했다.

"또 와요."

또 오라니, 그럼 저 육체에도 욕망이 이글대고 있었고 저 나이에도 그 행위에 대한 기쁨이 있었단 말인가.

자비를 받은 것 같은 고마움이 뭔가 당한 것 같은 억울함으로 변한다. 이런 느낌으로 돌아다본 노파의 얼굴에서 김일병은 희열과 만족감을 똑똑히 본다.

그는 불의에 뒤집어쓴 구정물을 떨구듯 진저리까지 쳐가며 그것을 떨군다. 그러나 그후 오래도록 김일병은 그것을 떨구지 못했고, 마침내 여자라는 것에 대한 불결감 혐오감으로 이어졌다.

숫총각을 면했음인지 김일병은 그후에 겪은 수없는 전투에서 무사했고, 휴전이 되고도 일 년 후에 제대했다.

찾아간 혜숙이의 고향집에 혜숙이는 없었다. 혜숙이는 멀리멀리 시집간 뒤였다.

"드러운 년."

김일병은 그 한마디로 혜숙이에 대한 감정을 처리했다.

환갑이 지난 노파의 욕망도 영감을 묻은 지 며칠 만에 아들 같은 총각을 유혹할 만큼 강했거늘 혜숙이같이 젊은 나이에 어찌 기다리고만 있을 수 있겠는가. 무덤 앞 마른풀 위에서 불같이 달던 그 음탕한 몸뚱이가……

김일병의 여자에 대한 시선은 이렇게 고정돼 있었다. 물론 그가 혜숙이에게 보낸 수많은 편지가 어른들에 의해 중간에서 어떻게 소멸됐나를 알 리도 없었다.

그후 수많은 날이 지나갔다. 김일병은 돈도 좀 벌고, 방탕한 생활에 빠졌다. 이제 노파가 "또 와요" 하며 짓던 희열과 만족의 표정을 생각하며 진저리치던 때는 지났다. 그만해도 순진할 때였다. 이제 그는 능글능글해져 있었다. 그는 노파를 회상할 때마다 그의 남성에 대해 더욱 자신만만해져서 방탕을 계속하고 닥치는 대로 여자를 희롱했다.

나의 남성은 적어도 환갑이 넘은 불 꺼진 육체에 새로운 불을 켤 만큼 특이하고 매력적인 남성이다, 하는 엉뚱한 자부심이 그의 방탕행위를 더욱 부채질했고 아닌게 아니라 그를 남성적으로 돋보이게도 했다.

그후 다시 수많은 날이 흘렀다. 방탕에 곯은 몸이 그래도 참한 아내를 맞아 아들 딸 낳고 그럭저럭 살림 재미도 알게 됐다. 이제야 그 사람 철들었다고들 했다.

늦게 철들고 나서도 그는 가끔 노파 생각을 했다. 그때 노파가 자기로 하여 육체적인 희열을 맛보았으리란 생각을 그는 조금씩 수정해가고 있었다.

그때 그를 받아들인 노파의 깊은 곳은 마치 그가 어릴 적 손을 밀어넣은 엄마의 스웨터 주머니 속처럼 무심히 열려 있었고 헐렁했고 부숭부숭했었다. 그 속은 시종 헐렁했고, 부숭부숭하기만 했다. 결코 감각이 살아 있는 고장답지 않았었다.

그럼 "또 와요"는 뭐고, 희열과 만족의 표정은 뭐였을까. 아마 숫총각을 면하고 싶은 사람이 또 있으면 얼마든지 또 와도 좋다는 소리요, 만족과 희열은 자기의 성(性)이 아직도 남성의 기쁨이 될 수도 있다는 데서 오는 순전히 정신적인 것이었으리라고 그는 그의 노파에 대한 회상을 이렇게 수정해가고 있었다.

그후 또 수많은 날이 갔다. 그는 오십을 바라보는 김사장이 되었다. 지금도 그는 가끔 노파 생각을 한다. 그때의 노파의 행위야말로 무의식적인 휴머니즘이 아니던가 하고 생각할 만큼 그는 나이를 먹었다. 젊은 날의 그를 그토록 징그럽게 하던 노파의 환희와 만족의 표정조차 평생 잊지 못할 휴머니스트의 미소로서 회상할 수 있을 만큼 그는 나일 먹었다. 나일 먹는다는 건 남이 생각하는 것처럼 그렇게 서글프기만 한 건 아니라고 그는 생각하고 있다.

지금까지 한 두 사람의 노파 이야기는 어느 친구한테 들은 실제로 있었던 노파들 이야기다.

그리고 이 두 사람의 노파들은 서로 아무런 상관도 없다. 거의 비슷한 시기에 이 땅에 태어났다는 것 말고는.

그런데도 굳이 이 두 노파를 한자리에 모시고 싶었음은 내가 발견한 노파들의 어떤 공통점 때문이다.

그들은 하나같이 욕되도록 오래 살았음에도 불구하고 끝내 노파라든가 할머니라든가 하는 중성적인 호칭이 안 어울리는 강렬한 여자다움을 못 버렸었다. 여자라는 것에서 헤어나질 못했다. 나는 차마 그들을 노파라고는, 할머니라고는 못 하겠다. 여자라고밖에는.

지금도 시골에 가면 차들은 뻔질나게 다니는데 포장은 안 된 황톳길이 있다. 그런 길가에서 허구한 날 먼지를 뒤집어써서 마치 도시의 삼류 왜식집 베란다에 장식한 퇴색한 비닐 모조품 꼴이 돼버린 풀섶에서 문득 찢어지게 선명한 빛깔로 갓 피어난 들꽃을 본 사람이 있는가. 있다면 알 것이다. 기가 차고 민망한 대로 차마 그게 꽃이 아니라곤 못 할 난감하고도 지겨운 심정을. 그런 심정이 되어 그들 노파를 여자라고 부를 수밖에 없다.

성적인 의미의 여자라도 좋고, 나의 할머니가 툭하면 몸서리를 치면서 전생으로부터 특별히 많은 죄를 짊어지고 태어났다고 믿는 족속으로서의 여자라도 좋고. 심심한 남자들이 각별히 심심한 시간에 그 족속들에게도 영혼이라는 게 있나 없나를 무성의하게 회의하는 대상으로서의 여자라도 좋고, 아기들이 이 세상에 태어나서 제일 먼저 얼굴과 호칭을 익히는 엄마로서의 여자라도 좋다. 아무튼 그 노파들은 여자였다고, 죽는 날까지 여자임을 못 면했었다고 말해주고 싶다.

낙토(樂土)의 아이들

"답사 갔다 올게요."

아내가 여남은 켤레나 되는 구두 중에서 마침내 한 켤레의 구두를 골라 신고 나서 나에게 던진 말이다.

마치 배드민턴 공처럼 경쾌하게 날아온 이 말에 나는 대답할 필요가 없다.

서재의 커튼을 외눈으로 밖을 살필 수 있을 만큼만 민다. 초가을의 햇빛이 눈부신 아파트 주차장에 낯익은 파란 승용차가 멎어 있다.

그 승용차가 아내를 태우고 저만치 멀어져간 후에야 나는 커튼을 활짝 밀고 멀어져가는 차의 뒷모습을 좇는다.

뒤창으로 아내의 뒷모습과 분홍색 크리넥스통과 남자의 장발이 보인다. 짐작건대 아내와 남자는 어디까지나 신사 숙녀답게 크리넥스통 길이만큼은 떨어져 앉았음직하다.

설사 그들이 정답게 어깨를 기대고 있는 모습을 목격했다손 치더라도 나는 그들 사이를 크리넥스통과 연관지을 수 있는 외설스러운 상상으로 의심하는 일은 결코 없었을 것이다.

아내에 대해 그 정도의 인간적인 불안이나 의혹조차도 품을 수 없을 만큼 아내에 대한 나의 한탄과 열등감은 철저하다.

아내는 담대하고 탁월한 사업가였다. 내가 일생 걸려도 벌까 말까 한 돈을 아내는 한 건만 잘하면 벌 수도 있었고, 자기가 번 액수에 결코 도취하거나 만족하는 법이 없었다.

파란 차는 곧장 일직선으로 아파트 단지를 지나 상업단지의 번화가에서 많은 차들과 섞이면서 내 시야를 벗어났다. 그들은 불과 십 분 이내에 어느 민둥산 봉우리나 골짜기에 가 있을 것이다.

아파트 단지와 고급 주택단지와 상업단지와 교육행정 단지로 엄격하고도 편리하게 구분되어 있는 이 무릉(武陵) 신시가지는 썩은 강 건너로 구(舊)시가와 마주 보고 있는 북쪽을 제외한 나머지 삼면이 야트막한 불모의 민둥산이었다.

눈으로 보기엔 민둥산이지만 지도를 보면 바둑판처럼 질서정연한 택지였다. 시에선 무릉 신시가지 건설이 성공적으로 끝나자 주위의 민둥산까지 백 평 이상의 택지로 구획정리를 해서 그 매각이 거의 끝나가고 있었다.

아내가 답사하러 간 데는 그 민둥산 일대일 테고, 아내에게 답사를 권유하고 수행하는 사람은 무릉부동산의 탁사장으로 정해져 있었다.

아내야말로 무릉부동산의 굵직굵직한 단골 중에서도 가장 오래된, 가장 무시 못 할 단골이었다. 탁사장이 아내를 대하는 친숙하면서 정중한 태도에도 그건 잘 나타나 있었다.

아내가 극구 주장하는 바에 의하면 탁사장이 젊은 나이에 억대의 재산을 모을 수 있었던 것은 순전히 자기 덕이라는 거였고, 탁사장이 은연중 비치는 말투에 의할 것 같으면 아내가 지금만큼 돈을 번 것은 순전히 사람 하나 잘 만난 덕이라는 거였는데, 그 사람이라는 게 탁사장 자신을 가리키고 있다는 것은 두말할 나위도 없었다.

아내와 탁사장은 이렇게 서로 상반된 주장들을 하면서도 상대방의 주장도 불쾌해하지 않고 받아들이는 아량이 있는 것으로 보아 서로가 서로의 실력을 인정하는 막상막하의 동업자끼리인 것만은 확실했다.

우리가 이 고장에 제일 먼저 들어선 평민 아파트에 입주 신청을 할 때만 해도 신청이 분양 가구수에 미달돼 무추첨 당첨이 될 만큼 이 고장은 살 만한 고장이 못 됐다.

더군다나 입주시기가 겨울이어서 매운 북풍이 온종일 강가의 모래를 실어다가 황량한 들판에 뿌렸다. 평민 아파트에서 바라보이는 거라곤 얼어붙은 들판과 모래바람과, 그 모래바람을 삼면에서 막고 섰는 민둥산뿐이었다. 뭐 하나 정붙일 만한 거라곤 없었다.

나는 결혼하고 삼 년 만에 겨우 이런 사람 못 살 고장에 이십 년 연부(年賦)의 평민 아파트 한 채 마련하는 게 고작인 내 미약한 경제력이 아내에게 미안해서 어쩔 줄을 몰랐다. 그러나 아내는 하루하루 생기발랄해지고 당당해졌다. 그것은 이 고장 땅이 벼포기나 감자 알맹이를 배반하고 엉뚱한 야망을 품으면서 내뿜기 시작한 이상한 활기하고도 닮은, 기분 나쁘고도 걷잡을 수 없는 활기였다.

그 무렵 아내는 탁사장을 만난 것이다.

지도상으로는 엄연히 상업단지의 오십 미터 도로변으로 돼 있지만 현실적으론 모래바람이 휘몰아치는 황량한 들판의 한줌 흙에 불과한 백 평 미만의 땅을 사서, 천막을 치고 부동산 중개업을 개업한 탁사장의 모습은 초라할뿐더러 그 자리에 삼 년 안에 십층짜리 빌딩을 세우리라는 그의 장담 때문에 허황한 허풍선이 대접을 면치 못했다.

아내만이 그를 선견지명이 있는 젊은이로 대접했다. 앞으로 시의 변두리 개발을 위한 투자가 이 무릉 신시가지에 우선적으로 투입되리라는, 탁사장이 극비리에 얻어냈다는 정보를 아내만은 곧이곧대로 믿었다.

그리고 배짱 좋게 빚까지 얻어 남아도는 아파트를 한꺼번에 서너 채나 계약하고 미처 중도금도 치르기 전에 탁사장이 극비리에 얻어냈다는 정보는 현실화됐다. 구시가지와 무릉 신시가지를 잇는 교량공사가 곧 착공되리라는 시의 공식 발표가 난 것이

낙토(樂土)의 아이들 307

다. 아파트 값은 급등했다.

이렇게 해서 처음부터 오붓한 재미를 본 아내의 아파트 장사는 아파트 업자들이 너무나도 들이덤벼 평수 큰 호화 아파트를 짓는 데 따라 그 규모가 커졌고, 곧 우리 네 식구가 오십 평의 맨션아파트로 이사하고 나서도 그 사업을 계속할 수 있을 만큼 돈도 벌었다.

교량이 완공되고 아파트 단지가 꽉 들어차면서 부동산 붐은 강풍을 탄 불길처럼 위세를 떨치며 상업단지와 주택단지 쪽으로 인화됐다. 아내가 그 붐에 앞장을 섰던 건 말할 것도 없다.

단지의 택지는 눈부시게 전매에 전매를 거듭하면서 당초 시에서 매각한 값의 열 배 내지 스무 배도 넘게 된 후에야 비로소 실수요자에게로 넘어가 집을 짓게 되었다.

그 열 배, 스무 배의 폭등을 부채질하는 게 아내와 탁사장과 그 밖의 무수한 그들의 동업자들이 하는 일이었다.

오로지 내 집 장만의 꿈을 위해 십 년, 이십 년 애면글면 모은 목돈을 꾸려들고 무릉동이 변두리란 약점 하나만 믿고 싼 땅을 구해 이곳을 찾아온 가난뱅이가 있다면 우선 그 엄청난 땅값에 기절초풍을 할 것이다. 그리고 그렇게 되기까지 마음껏 농간을 부린 땅장수들을 원망하며 돌아설 것이다. 무릉동의 땅은 그런 가난뱅이와 인연을 맺기엔 너무도 도도하게 길들여져 있었던 것이다.

그런 의미로도 땅장수들이야말로 무릉 신시가지 발전사에 길이 기억될 공로자들이었다. 왜냐하면 호화주택일수록 비싼 땅에 자리잡기를 소망하니까. 변두리 중에서도 유독 무릉만이 호화주택 많기로 이름난 일급 주택지로 발전한 것은 시의 집중 투자 덕도 있겠지만 땅장수들의 농간의 덕을 무시 못 할 것이다.

이 고장에 초기에 자리잡은 주민치고 많든 적든 땅재미 못 본 사람이 없었으니 미력하나마 무릉동 발전에 이바지 안 한 사람도 없는 셈이었다.

그래 그런지 무릉동의 주민들은 하나같이 부유했고, 무릉동의 주민이란 프라이드 또한 대단했다.

무릉동이야말로 낙토였다. 이곳의 땅은 시시하게 벼포기나 감자 알맹이 따위를 번식시키진 않았다. 직접 황금을 번식시켰다. 그 황금은 그 땅을 땀 흘려 파는(掘) 사람의 것이 아니라 파는 (賣) 사람의 것이었다.

마이다스 왕은 그의 손에 닿는 것을 모조리 황금으로 변화시켰지만 아내와 탁사장은 그들의 구두굽이 닿는 땅을 닥치는 대로 황금으로 만드는 보다 신기한 재주를 갖고 있었다.

아내와 탁사장은 지금 어디쯤을 답사하고 있을까. 그들의 소위 답사란 어떤 모습일까. 나는 뱃속이 아니꼬운 것 같은 기분으로 그런 생각을 했다.

아내는 땅을 사기 위해 보러 가는 일을 꼭 답사라고 했다. 나는 아내가 하는 모든 일의 황홀한 관객이요, 열렬한 팬이지만 유독 답사란 소리만은 안 좋아했다. 그 소리를 들을 때마다 거부반

응 같기도 하고 피해의식 같기도 한 고약한 느낌에 사로잡혔다.

"여보, 나 답사 갔다 올게."

이 소리는 본디 내가 아내한테 하던 소리였다. 무릉동으로 이사 오기 전 전셋집으로 전전할 때 나는 아내한테 자랑스럽게 이 한마디를 던지고 며칠씩 집을 비울 수가 있었다. 내가 이 말을 하고 집을 떠날 때면 아내는 고독한 듯 그러나 존경스러운 듯 나를 배웅했었다.

학구적인 젊은 지질학도였던 나에게 답사여행은 고되지만 자랑스러운 나만의 일이었다. 그리고 순수한 학구적인 의미를 지녔었다.

나는 그것에 의해 외관상 행려환자처럼 지쳐서 돌아왔지만, 내적으론 충만해서 돌아올 수가 있었다.

그러나 아내가 땅장사를 시작하고 나서 마치 아내가 나로부터 무단 도용해다 유포시킨 것처럼 답사라는 말은 땅장수들 사회의 상투어가 되었다.

"사모님, 먹을 만한 땅이 나왔는데 우선 답사 먼저 하실까요?"

"아유, 어제 두어 군데 답사를 하고 왔더니 오늘은 몸살이 나려나 어쩜 몸이 안 좋으네요."

"귀찮다고 현지답사를 안 하시고 지도만 보시고 땅 사실 건 아닙니다요."

"하긴 그래요, 돈 벌어줄 땅은 답사할 때 미리 영감을 보내주더군요."

"그럼요, 바로 그게 초보자의 답사와 우리 구로우도들의 답사의 다른 점이잖습니까?"

"여보, 나 답사 다녀올게요."

나의 학문에의 정열을 은밀하게 충동질하던 답사라는 말이 이렇게 천박하게 쓰이는 걸 들을 때마다 나는 아끼던 소녀가 눈앞에서 능욕당하는 걸 보는 것처럼 수치감과 무력감을 느끼면서 답사 그 자체로부터 점점 정이 떨어져갔다.

더 나쁜 것은, 답사라는 것에 흥미를 잃어가는 것과 더불어 학문에 대한 정열도 식어가는 거였다.

그러나 나는 아직도 지질학도다. 내가 십 년 전부터 속해 있던 지질학회에 아직도 속해 있고, 십 년 전부터의 지질학 강사직에 아직 아무런 변동도 없다.

가끔 학회 친구들이랑 가르치는 학생들과 답사를 가지 않으면 안 될 경우가 아직도 나에겐 있다.

그러나 아내한테 여보 답사 갔다 올게, 하고 호기 있게 말하지 못한다.

칫솔은 같이 쓸망정 답사란 말을 아내하고 같이 쓰기는 싫기 때문이다.

네 것 내 것 없는 부부 사이에서 유독 '답사'에만은 명확한 소유권을 부여해놓고 이미 빼앗긴 걸 치사하게 넘보는 일이 없도록 소심하도록 전전긍긍할 건 또 뭐란 말인가. 아마 그걸 공유함으로써, 아내와 나의 능력 차에서 생기는 그것의 효용의 차이를 너무도 명확하게 비교당하는 걸 두려워하고 있는지도 몰랐다.

그래서 정식 답사를 떠날 때도 관광여행이라도 떠나는 척한다.

"여보, 나 며칠 바람이나 쐬고 오리다."

그러나 아내는 알고 있는 것이다. 땡전 한푼 안 생기는 답사를 떠난다는 것을. 그리고 나의 열등감을.

답사여행을 위한 채비를 도와주고, 배웅을 해주는 아내의 표정엔 이미 남편에 대한 존경심도 혼자 남겨진 고독감도 없다. 다만 깔보는 듯한 표정이 있을 뿐이다.

표정뿐 아니라 말로 깔본 적도 많다.

"열 번에 한 번이라도 석유를 잡든지, 하다못해 노다지를 잡든지 해야지 맨날 허탕만 치는 답사를 무슨 신명으로 또 떠나요?"

아내는 내가 하는 일을 이렇게 시답잖게 알면서도 대외적으로 자기 신분을 교수 부인으로 자칭하기를 좋아한다.

나는 내 직업에 대한 애착도 전공한 학문에 대한 정열도 상실한 지 이미 오래다. 또 직업을 통해 들어오는 수입도 아내가 버는 막대한 돈 때문에 묵살당한 지 오래다. 아내가 시답잖아하기 전에 이미 나는 내가 택한 학문을 되게 끗발 없는 학문으로 판단하고 있다.

그렇다고 앞으로 딴 일을 할 계획이나 열의도 없다. 직업 전환이란 웬만한 결단성이나 웬만큼 절박한 필요성에 의하지 않고는 어렵거늘, 하물며 나같이 안일이 보장된 상태에서 될 법이나 한 소린가.

게다가 아내는 교수 부인이란 대외적인 호칭에 대단한 애착을 갖고 있다. 아내의 허영심에 봉사할 수 있다는 걸로 나 역시 내 직업에 한 가닥 매력을 못 버리고 있는지도 모른다.

결국 나에게 있어서 나의 직업은 아내와 잠자리를 같이하는 것과 마찬가지로 부부관계의 타성이요 의무감 이상의 뜻을 지니지 못했다.

답사 나간 아내가 돌아오기 전에 일학년짜리 아들이 돌아오고 이어서 오학년짜리 딸이 돌아왔다.

"엄마 어디 갔어?"

"엄마는 답사 나갔단다."

"엄마 어디 갔어?"

"엄마는 답사 나갔단다."

이런 대답을 되풀이하면서 나는 이번 학기부터 고속버스 타고 출강 나가던 지방대학을 한 군데 그만둔 것이 약간 후회스러워졌다.

그러나 아직 한 군데의 일자리는 가지고 있고, 그 일자리마저 놓치지 않는 한 아내는 교수 부인일 수가 있다.

아내에 의해 어려서부터 길들여진 대로 아이들은 깜찍하도록 꼬마 신사 숙녀답다.

누가 시키기 전에 목욕부터 하고 로션 냄새를 싱그럽게 풍기며 간식을 들고 숙제를 한다.

아이들이 다니는 무릉국민학교는 '완전한 학습'과 '완벽한 질

낙토(樂土)의 아이들

서'라는 교훈을 가진 학교인 만큼 숙제가 많고 규율이 엄하다.

교장선생님은 일제시대의 사범학교 출신이라는 걸 특별히 자랑스러워하는 분으로, 어린이들한테 왜라는 의문의 여지를 주지 않는 철저한 주입식 교습법을 교사들한테 강조하고 실행시키고 있었다.

왜라는 의문이야말로 완전학습의 능률을 저하시키는 사고의 낭비요, 청소년의 이유 없는 반항이나 불온의 싹이요, 좀더 긴 안목으론 탄탄한 출셋길에 가로걸리는 돌부리 같은 거라는 거였다.

이렇게 길들여진 아이들은 딴 국민학교 아이들보다 월등히 높은 학력 수준을 갖고 있는 것으로 교장선생님은 물론 선생님이나 아이들도 자부심이 대단했다.

구시가로부터 진학해오는 아이들은 누구나 당분간은 지진아 노릇을 해야 한다는 사실이 그걸 구체적으로 증명했고, 각종 경연대회에서 단연 두각을 나타내는 것으로도 그건 증명됐다.

중고등학교까지 평준화된 마당에 새삼스럽게 특수 국민학교가 웬말이냐고 구시가 사람들의 질투 섞인 불평은 대단했다.

구시가 사람들은 워낙 무슨 꼬투리만 있다 하면 잡고 늘어져 트집 잡기를 좋아하는 사람들이니까 귀담아들을 것도 없지만.

하긴 무릉 신시가의 주민들이라고 교장선생님이 하는 일에 처음부터 전적으로 협조적이었던 것만은 아니다.

무릉국민학교가 개교하고 교장선생님이 초대 교장으로 부임

해온 지 얼마 안 돼서 있었던 학교와 학부모 간의 대립에 얽힌 이야기는 너무도 무릉동 사람들다운 이야기여서 지금까지도 전설적인 게 돼 있다.

사건의 발단은 교과서 무상배부에서 비롯됐다.

시에서 극빈자의 자녀들을 위해 각 국민학교마다 무상으로 배부해주는 일정량의 교과서가 무릉국민학교에도 배당이 됐다.

교장선생님은 직원회를 열어 교사들과 누구에게 그 교과서를 거저 줄 것인가를 의논했지만 도대체가 무릉동엔 구시가에서 말하는 소위 극빈자라는 게 살고 있질 않다는 거였다. 결국 무릉동 신시가에 맞는 새로운 상식의 극빈자를 조작해낼 수밖에 없다는 데 의견의 일치를 보았다.

그래서 급히 조작해낸 극빈자가 바로 가장 평수가 적을뿐더러 그 이름도 겸손한 평민 아파트의 주민들이었다.

당시만 해도 평민 아파트 입주자들은 맨션아파트 입주자들보다 일률적으로 가난하다기보다는 식구가 단출해서 작은 평수를 택한, 이를테면 식구와 집의 크기와의 관계를 몸과 옷의 크기와의 관계와 같이 생각한 순진 소박한 사람들이었다.

그런데 어느 날 그들의 자녀가 구시가에서 극빈자의 자녀나 받는 교과서 무상분배 대상이 되었으니 노발대발 안 할 리가 없었다. 그들 역시 자존심 높은 무릉동 주민임엔 틀림이 없었으니까.

학교 당국으로 항의가 빗발치듯 했다. 손가락마다 있는 대로 보석반지를 끼고 와 얼굴을 가리고 그 원통함을 온종일 통곡한

낙토(樂土)의 아이들 315

특별히 극성맞은 자모 이야기는 아직도 유명하다.

이런 소동과 함께 평민 아파트 값이 낭떠러지를 구르는 속도로 하락했다. 너도 나도 평민 아파트를 내놓고 공주니 왕자니 궁전이니 하는 이름이 붙은 맨션으로 옮겨가려 했기 때문이다.

그중에는 경제상의 무리가 생기는 집도 한두 집이 아니었을 테지만 전세로 옮겨앉는 한이 있더라도 자식을 위해선 우선 평민 아파트 신세는 면하고 볼 일이었다. 자식을 위해서.

커다란 폐가가 될 위기에 처한 평민 아파트를 어느 약삭빠른 부동산업자가 헐값으로 구입해서 약간의 구조변경을 한 후 독신자 맨션으로 개명을 해서 독신자들 사이에 새로운 인기를 얻게 된 것은 그후의 일이다.

우리는 평민 아파트의 초창기 입주자였지만 그 사건이 있을 당시는 이미 그곳을 뜬 직후여서 물질적인 피해도 정신적인 피해도 입은 바 없이 마음 편한 구경꾼일 수가 있었다. 그 점에서도 나는 아내의 선견지명에 압도당할밖에 없다.

교장선생님은 그 사건을 계기로 시의 교과서 무상분배를 단연 사양했다. 구시가의 불쌍한 극빈자 아동들에게 한 사람이라도 더 무상분배가 돌아갈 수 있기를 바란다는 무릉국민학교 아이들의 착한 마음을 얹어서.

그후 말썽 많은 구시가 사람들은 무릉국민학교를 시체 귀족학교라고 야유조로 부르게 되었지만 교장선생님은 수재학교라고 자칭하면서 더 한층 '완전한 학습'과 '완벽한 질서'를 강화해

갔다.

 현대의 수재는 태어나는 게 아니라 부모의 물질적인 뒷받침과 학교에서의 가장 정선된 지식의 가장 기술적인 주입에 의하여 만들어지는 거기 때문에, 자기처럼 유능한 교육자와 골고루 있는 집 자식들로만 된 학생이 만난 자리인 무릉국민학교야말로 수재 교육의 행복한 온상이라는 거였다.

 무릉국민학교야말로 무릉동 주민의 자랑이었다.

 선견지명이 뛰어난 아내가 조만간 이 고장의 부동산 붐이 한 풀 갈 거라고 점치면서도 딴 개발지역으로 무대를 옮길 엄두를 못 내는 것은 순전히 학교 때문이었다.

 나의 넓은 서재에 딸린 화장실 변기에 앉으면 작은 북창으로 멀리 퇴락하고 조잡한 구시가가 안개 같기도 하고 먼지 같기도 한 불투명한 잿빛 속에 잠겨 있는 게 보인다. 그리고 흐르고 있는 건지 정지하고 있는 건지 분명치 않은 탁한 강이 보인다.

 차의 왕래가 빈번한 튼튼하고 드넓은 다리가 탁한 강의 이쪽과 저쪽을 이어주고 있지만 구시가에 대한 친근감은 거의 없다. 막연한 혐오감이 있을 뿐이다.

 무릉동 사람들이 썩은 강이라 부르는 강이 그런 거리감을 만들어주고 있는지, 구시가에 대한 혐오감이 멀쩡한 이름 있는 강을 썩은 강이라 천대하게 됐는지 그것까지는 확실하지 않다.

 아무튼 무릉동 사람들은 아이들이 강가에 가서 노는 걸 막기 위해 아이들에게 미리 강에 대한 호기심 대신 공포를 가르쳐야 했다.

강은 구시가의 공장에서 버리는 독이 있는 물과, 구시가의 가난뱅이네 구석 뒷간에서 직접 흘러내리는 똥오줌 때문에 썩었노라고 죽었노라고, 거기 손이나 발을 담그는 일은 똥통에 손발을 씻는 것만큼이나 비위생적인 일이라고 가르치고 또 가르쳤다. 그래 그런지 강가의 모래사장이나 풀밭에 아이들이 나와 노는 걸 본 일이 없다.

풀숲보다 더 가까이에 강변도로가 보인다. 강변도로는 늘 기름칠해놓은 것처럼 매끄럽게 번들대고 있어 왕래하는 차들이 힘 안 들이고 미끄럼을 타는 것처럼 보인다.

강변도로 안쪽으로 교육행정 단지의 굵직굵직한 건물들이 보인다. 무릉국민학교도 보인다. 외관상 귀족학교다운 데도 없다. 그러나 주위의 건물들과 조화를 잃지 않을 만큼 적당히 세련된 현대식 건물이다.

넓은 운동장이 있고 그 속엔 각종 운동틀과 나무들이 있다. 나무도 이 학교의 역사처럼 아직 어리다. 가을의 문턱이라 나무들은 아직 청청하다.

그중엔 은행나무도 있고 벚꽃나무도 있다. 곧 예쁜 단풍이 들 것이다.

그러나 단풍이 들자마자 이 어린 나무들이 얼마나 모진 곤욕을 겪게 될 것인지 나는 안다.

완벽한 질서를 부르짖는 교장선생님은 나무가 물들어 매일매일 낙엽을 떨구기 시작하면 환경질서를 어지럽힌다고 해서 아이들을 나무에 올려보내거나 장대를 휘둘러 낙엽을 한꺼번에 깨끗이 떨구게 하곤 한 번에 쓸어내게 했다. 그래서 무릉국민학교 교정의 나무들은 가을도 깊기 전에 어느 날 갑자기 나목(裸木)이 된다.

작년에도 그랬었고, 재작년에도 그랬었다. 나는 변기에 앉아 내 아이들이 다니는 학교의 발가벗긴 나무들을 바라볼 적마다 정서의 불모지대를 보는 듯한 불쾌감을 느꼈었다. 그리고 완벽한 질서를 위해 행해지는 그런 유의 무리가 완전한 학습을 위해선 또 얼마나 많이 행해지고 있을까, 또 눈에 보이는 무리가 저렇게 추하거늘 눈에 안 보이는 무리는 얼마나 끔찍할까를 자못 심각하게 회의했었다. 그런 유의 회의에 사로잡히면 내 아이들이야말로 낙엽을 한꺼번에 떨구는 부자연을 강요당하고 있는 어린 나목 같은 생각이 들면서 아버지로서의 가책과 사랑으로 가슴이 저렸었다.

그러나 그런 마음의 불편은 변기에 앉았는 동안만 나의 것이었다.

아파트의 생활양식이란 게 티끌만한 불편도 허용 안 하는 것처럼, 내 생활의 안일은 내 마음의 불편을 더운물이 눈 녹이듯 흔적도 없게 했다.

변기에 앉아 있는 동안이라도 불편할 수 있었던 것은 오로지 나의 오랜 버릇 때문이었다. 얌전한 소년이었을 적에도 뒷간에 앉았는 동안만은 엄청난 모반도 꿈꿀 수가 있었던 나의 오랜 버릇 때문이었다.

아내가 돌아왔다. 아이들이 엄마를 반겼다. 아내는 서양 여자처럼 아이들을 능숙하게 포옹하고 뺨에 뽀뽀를 했다.

"엄마아, 우리 반이 수해의연금 모금에서 일등 했어. 그래서 내일 신문사로 전달하러 가는 대표로 뽑혔다, 나."

딸애가 자랑스럽게 말했다.

"그래, 잘됐다. 아이, 신통한 내 새끼."

아내가 다시 딸애를 포옹하다 말고 밀치더니 옷장으로 달려갔다.

"가만있자, 뭘 입혀 보내지? 사진이 잘 받는 걸로 입혀야 텐데……"

아내는 딸애의 디즈니장 속에 첩첩이 걸린 옷 중에서 이것저것 꺼내서 딸의 어깨에 걸쳐보며 고개를 갸우뚱하단 팽개치고, 다시 딴 것을 걸쳐보는 일을 되풀이했다.

올여름 장마에 구시가에선 지독한 물난리를 겪었고 많은 수재민을 냈다. 각급 학교 및 사회단체에선 즉각 구호금품을 걷기 시작했다.

무릉국민학교는 수재민뿐 아니라 모든 불우이웃돕기운동에 열성적이었다. 그 결과 다른 학력 경쟁에서와 마찬가지로 전체 국민학교 중에서 단연 으뜸가는 성과를 거두어 신문에 자주 오르내렸다.

수재민은 여름마다 잘도 생겼고, 온정을 기다리는 불우이웃은 겨울마다 잘도 생겼다. 무릉국민학교가 이름을 떨칠 기회도 그만큼 자주 생겼다.

일등에 대한 집착이 대단한 교장선생님은 무릉국민학교가 일등 가는 모금 실적을 올리기 위한 방법으로 교내에서 반끼리 경쟁을 붙이는 묘안을 강구해냈다.

모금 실적이 가장 우수한 반은 반에 걸어놓을 수 있는 상장을 주어 칭찬하고, 그 반 반장 부반장은 학교를 대표해서 신문사에 성금을 전달하러 갈 수 있는 영광을 준다는 게 그거였다.

교장선생님은 청소도 환경미화도 실력고사도 고운 말 쓰기도 착한 일 하기도 이런 식으로 경쟁을 붙이기를 좋아했다. 아이들의 조그만 가슴이 늘 경쟁의식으로 고무풍선처럼 충만해 있도록 하는 거야말로 교육의 사명이란 신념에 투철했다.

딸애는 부반장이다. 작년 연말 이웃돕기 모금 때 딸애의 반은 이등을 해서 애석상장을 타서 반에 걸어놓을 수는 있었지만 신문사에 가서 모금한 걸 전달하고 사진을 찍을 수 있는 영광만은 애석하게도 놓치고 말았다.

그때 아내와 딸애는 어서어서 여름이 와서 다시 수해가 나서 수재민 돕기를 할 수 있기를 조급스럽게 별렀었다. 마침내 소원이 성취된 것이다.

학교나 학부모가 합심해서 이렇게 불우이웃돕기에 열성적인 반면, 왜 불우이웃은 도와줘야 하나, 왜 불우이웃은 도와줘도 도와줘도 끊임없이 생기나, 우린 도대체 불우이웃과 어떤 관계에 있나에 대해 아이들과 이야기하기는 매우 꺼린다.

눈치 빠른 아이들 역시 하다못해 불우이웃이란 어떤 모습을 한 족속일까 하는 아이들다운 호기심조차 없이 그 대목을 그냥 넘긴다.

마침내 아내와 딸애는 합심해서 가장 사진이 잘 받을 만한 옷을 골라냈나보다. 나에게도 동의를 구한다.

"여보, 영미 이 옷 잘 받죠?"

"응, 당신 닮아서 영민 무슨 옷이든지 잘 받는걸."

나는 불필요한 아부의 말까지 하고 밉게 웃는다. 언제부터인지 나는 기회 있을 때마다 아내에게 아부해야 할 것처럼 느끼고 있다.

"여보, 참 오늘 저녁은 당신 혼자서 아이들 데리고 외식하셔야겠어요."

"왜, 당신 어디 가우?"

"네, 오늘 저녁 탁사장 단골이 몇 명 모여서 탁사장을 축하해 주기로 했어요."

"탁사장한테 무슨 경사가 있었는데?"

"제가 얘기 안 했던가요. 이번에 탁사장이 석사학위 받은 거."

나는 탁사장이 석사학위를 받았단 소리에 웃긴다고 생각하면서도 웃어지지 않고 안면근육이 초라하게 경직하는 걸 느꼈다.

"언제? 어디서?"

"며칠 전 신흥대학 후기 졸업식에서요."

"흥, 복덕방학이라는 거라도 생겼나보지."

"왜 아니래요. 바로 부동산학 석사과정을 마쳤다나봐요."

"부동산학?"

"네, 아주 전도유망한 학문이라나봐요. 신흥대학에만 그 과가 있었는데 내년부턴 그 과를 신설할 대학이 여럿 생긴다나봐요. 탁사장한테 강의 맡아달라는 교섭이 지금부터 쇄도한다니까요."

"웃기고 있네."

"정말이에요. 다 거절하고 모교에 남기로 했대요."

"뭘로 남아. 제까짓 게."

"강사로 남지 뭘로 남긴요."

"그럼 복덕방은 문 닫겠군."

"미쳤어요? 그까짓 강사료 얼마 된다고 그 노다지판을 닫게. 그러잖아도 여기 일에 조금이라도 지장 있을까봐 일 주일에 두 번 이상은 출강 못 한다고 했대요."

"그럴 걸 뭣 하러 맡아?"

"순전히 명예욕이죠, 뭐."

"명예? 그까짓 대학강사가 명예는 무슨 우라질 명예야."

"여보 당신 왜 자꾸 싸우려고만 그래요? 피장파장이면서……"

"뭐 피장파장이라니? 누가 누구하고 피장파장이란 말야."

"당신이나 탁사장이나 알량한 강사자리 하나 얻어갖고 교수 행세 하려는 건 마찬가지란 말예요. 당신보고 누구든지 박교수라지 박강사라곤 안 하잖아요. 탁사장한테도 탁강사라곤 안 해요. 벌써부터 탁사장 단골 여편네들은 탁교수님, 탁교수님, 하면서 알랑 떠느라고 법석들인걸요."

"탁교수님?"

"네에, 탁교수님이고말고요, 박교수님."

아내가 아름다운 손으로 투정 부리는 아이를 달래듯이 내 뺨을 어루만지면서 눈웃음쳤다.

아내는 타협적이면서도 깔보는 듯한 특이한 표정을 갖고 있다. 이 두 가지 표정은 서로 모순되는 듯하면서도 아내의 얼굴과 몸짓 속에 의좋게 공존하고 있다.

아내의 이런 특이한 표정은 나를 단박 무력하게 만든다.

나는 약간 계면쩍어하면서 얌전해졌다.

낮외출 때와는 또다른 야한 옷으로 갈아입은 아내가 옷걸이에 걸린 나의 산책용 점퍼 주머니에 지폐뭉치를 쑤셔넣으면서 말한다.

"볼품사납게 아무거나 사잡숫지 말고 호화판으로 드세요. 아셨죠?"

아내가 나간 다음에야 나는 아까 못다 한 탁사장에 대한 욕지거리를 마무리졌다.

답사의 의미를 빼앗더니 교수라는 허울마저 빼앗아가? 조오타 좋아. 다 해먹어라, 너 혼자서 다 해처먹으란 말이다.

그러나 아이들 앞이기도 해서 목소리는 내지 않았다.

어둡기도 전에 아이들을 몰고 외식을 하러 거리로 나섰다. 아이들도 배고픈 눈치가 아니었고 나도 조금도 시장하지 않았지만 나는 무슨 싫은 숙제처럼 그 외식이란 걸 빨리 해치우고 싶었다.

상업단지의 번화가엔 없는 게 없다. 양장점, 양품점, 실내장식점, 표구점, 골동품점, 양가구점, 고전가구점, 약방, 식료품점, 양식집, 일식집, 한식집, 통닭집, 케이크집…… 그러나 뭐니뭐니 해도 가장 광범위하게 분포돼 있는 건 부동산 사무실이다. 반투명의 청색 유리를 통해 엿볼 수 있는 그 내부는 유한마담의 응접실처럼 퇴폐적이고도 유혹적이다. 무슨 구실이라도 붙여서 들어가 쉬고 싶게 쾌적해 보일뿐더러 청결해 보이기도 하다. 꽤 세련되고 호화롭게 실내장식을 해놓은 곳도 적지 않다. 이 단지에서 가장 높은 건물은 증권회사 건물이다. 여러 증권회사의 무릉출장소가 한데 모여 있는 건물이니만큼 거대하다.

금속성인 광택을 지니고 하늘 높이 예리하게 솟아 있는 걸 그 꼭대기까지 쳐다볼라치면 아득하면서 현기증이 난다.

내가 그 앞에서 번번이 압도당하는 것은 그 높이 때문만은 아니다. 미구에 아내가 이 건물과도 인연을 맺을 것 같은 예감 때문이다. 저녁나절의 이 거리엔 산책을 나왔는지, 외식을 나왔는지 별볼일 없이 오락가락하는 가족들이 많이 눈에 띈다.

가족이라야 젊은 부부가 아이를 하나 아니면 둘 데리고 있다. 때로는 아이들끼리 아는 척을 하기도 한다. 어른처럼 새침하고 예의바르게 아는 척을 한다.

나는 어느 누구와도 아는 척을 안 했지만 한 사람도 낯설진 않다. 비슷한 옷차림에 비슷한 표정들을 하고 있다. 특히 타협적이면서도 깔보는 듯한 표정 때문에 이웃끼리라기보다는 한 핏줄끼리 같은 혐오감 섞인 친근감조차 그들에게 느끼게 된다. 잘사는 사람다운 우월감으로 함부로 남을 깔보면서도 이해관계에 따라서는 얼마든지 타협할 수 있는 이중성이야말로 아내의 개성일 뿐 아니라 무릉동 주민 누구나의 특성이었던 것이다. 나는 별안간 내 얼굴을 보고 싶다고 생각했다. 급히 가까운 양식집으로 들어갔다. 그러나 실내는 침침하고 거울은 눈에 띄지 않았다.

양식집 속에도 젊은 부부와 한두 명의 아이들로 된 가족이 여기저기 눈에 띈다.

나는 능숙하고도 권태롭게 칼질을 하는 아이들을 물끄러미 바라보면서 내 아이나 남의 아이나 어딘지 좀 이상하다고 생각했다. 아이들이 하나같이 어른을 고대로 축소해놓은 것 같아 보여서였다. 엄마나 아버지를 닮았다는 것하고는 다른 의미로 아이들은 하나같이 작은 어른이었다. 마치 성장을 억제해서 키운 분재의 나무하고 묘목하고 다른 것처럼.

옷 입은 것도 그렇고 하는 태도도 그렇고 작은 어른이지 조금도 아이들답질 않았다. 특히 아이들다운 호기심이 없는, 타협적이면서도 깔보는 듯한 표정이 결정적으로 아이들을 아이들답잖게 만들고 있었다.

이 거리의 아이들이 아이들답지 않다는 발견이 새삼스러운 건지 케케묵은 건지 그건 잘 모르겠다. 아무튼 난 새삼스럽게 그 발견을 갖고 불안해하고 있었다.

그 불안을 달래기 위해서 빨리 집에 가고 싶었다. 그러나 아내가 준 두둑한 지폐뭉치로 비프스테이크만 먹이고 끝낸다는 건 뭔가 아이들에게 눈치가 보여 오는 길에 케이크집에 들러 생과자도 먹이고 아이스크림도 먹여가지고 돌아왔다. 일학년짜리 아들이 숙제를 끝내고 잠자리에 들 때까지 아내는 돌아오지 않았다.

아내는 아이들이 잠들기 전에 쪽쪽 소리가 나도록 열렬한 뽀뽀를 해주는 버릇이 있었기 때문에 그걸 거르고 잠자리에 드는 아들이 안된 생각이 났다.

그러나 나는 아내 대신 차마 그 짓을 할 순 없었다. 아내는 엄마 노릇을 서양 영화 같은 데서 보고 배운 모양이지만, 나는 나의 아버지의 아버지 노릇에서 배운 대로밖에 못 하는 고지식함을 못 면한 채다.

"잘 자거라. 손은 이불 밖으로 얌전하게 내놓고……"

시키는 대로 이불 위로 손을 가지런히 내놓고 눈을 감은 걸 보고 그대로 나오려다가 그래도 애정 표시가 하고 싶어서 손을 잡아본다. 너무도 작고 여린 손이다. 그리고 어린아이일 수밖에 없는 손이다. 나는 이유가 분명치 않은 가책 같은 걸 느낀다.

"동화책 읽어줄까?"

아들은 희미하게 웃을 뿐 좋다고도 싫다고도 안 한다.

낙토(樂土)의 아이들

나는 아들의 책장에 꽂힌 동화책 중에서 아무거나 한 권 빼내 읽기 시작한다.

"옛날 일입니다. 새옷 입기를 몹시 좋아하는 임금님이 계셨습니다. 이 임금님은 새로 지은 옷이나 화려한 옷을 남달리 좋아해 언제나 좋은 옷만 입고 있었습니다. 하루 종일 옷을 갈아입어야 하므로 임금이 자리에 앉을 때에는 나라 일을 의논하시는 중이라고 말하게 되지 않고, 이 나라에서는 옷 갈아입는 중이라고 말하게 되어 있었습니다. 하루는 두 사람의 사기꾼이 찾아왔습니다……"

그 대목부터 점점 열을 올리기 시작해서 사기꾼이 빈 베틀을 놓고 비단을 짜는 척 임금님과 대신들을 감쪽같이 속이는 장면에서는 마치 배우처럼 임금님과 대신과 사기꾼의 목소리를 그럴듯하게 따로따로 내기까지 했었다. 그러나 아들은 진작부터 알고 있는 이야기인 듯 눈을 곱게 감은 채 아무런 감동도 안 나타냈다. 그래도 나는 읽기를 계속했다. 사기꾼한테 속아 아무것도 입지 않은 벌거숭이 임금님이 한길을 행렬하고 국민들은 임금님이 벌거숭이인 것을 보면서 행여 바보 취급을 받을까봐 아, 굉장히 좋은 옷을 입으셨다. 뒤에 받쳐들고 가는 긴 옷자락도 참 아름답군! 과연 임금님에게 꼭 어울리는 옷이야. 어쩌고 하며 부화뇌동하는 대목은 노련한 성우보다 더 실감나게 해치웠다.

그러나 아들애는 이미 깊이 잠들어 있었다. 그래도 나는 읽기를 계속했다.

"하하하, 임금님 좀 봐. 임금님은 벌거벗고 길에 나오셨다. 하하하……" 하는 신선하고 당돌한 아이들의 목소리를 내기 전에 그 일을 그만둘 수는 없었다.

끝까지 동화를 읽고 책을 꽂고 아들의 방을 나오려다 말고 문득 나는 이상한 의문에 사로잡혔다. 만약 지금 무릉동에 벌거벗은 임금님의 행렬이 나타난다면 과연 우리 아이들이 어른의 눈치 보지 않고 임금님은 벌거숭이라고 외칠 수 있을 것인가 하고.

느닷없이 가슴에 와 박힌 그 의문이 왜 그렇게 아프고 쓰린지 몰랐다. 아프고 쓰릴 뿐 아니라 그 느낌은 깊은 수면 속을 뚫고 들어온 현실의 촉감처럼 생소하고 기분 나쁜 것이기도 했다. 나는 그 아픔으로 하여 내가 속한 편안한 세계를 수면의 세계처럼 느끼기 시작하고 있었다. 그렇다. 그 아픔은 아득한 것 같으면서도 실은 인접한 각성(覺醒)의 세계에서 오는 아픔이요, 그걸 통해 각성의 세계로 갈 수 있는 아픔이기도 했다. 나는 잠에서 깨어나고자 할 때 살갗을 쥐어뜯듯이 그 아픔에 나의 온 의지력을 모아 쥐어뜯기 시작했다.

집 보기는 그렇게 끝났다

 차 준비를 하려다 말고 나는 응접실 문을 살며시 밀어봤다. 정면으로 보이는 남편 민교수는 평소와 다름없이 점잖고 무심해 보였다. 방금 내가 안내한 손님은 뒷모습만 보였다. 구식으로 짧게 깎은 뒤통수가 정면으로 대할 때와는 딴판으로 확고하게 관료적이어서 나는 새삼스럽게 가슴이 두근대기 시작했다.
 나는 손님을 문전에서 따돌리지 못한 걸 후회했다. 민교수에겐 손님이 많은 편이었다. 그러나 나는 그가 손님을 좋아하는 성민지 싫어하는 성민지조차 알고 있는 것 같지 않다. 손님은 대개 이미 졸업했거나 재학중인 제자들이었고, 긴하거나 급한 용무보다는 그저 이야기가 하고 싶어 드나드는 젊은 친구들이었기 때문에 그가 일에 몰두해 있을 때나, 시간을 빼앗기고 싶지 않은 눈치일 때는, 내 마음대로 문전에서 그의 부재중을 꾸며대고 손님을 따돌려도 무방한 게 우리 부부의 오랜 묵계였다. 그렇게 할 때 나는 세도라도 부리는 것같이 얄팍한 쾌감을 맛본 건 사실이지만, 그렇다고 나 자신의 기분에 따라 그런 세도를 남용한 일은 없었다. 또 그럴 만한 이유 없이 손님의 인상 봐가며 즉흥적으로 불쑥 그렇게 한 적도 없었다.

대학은 지금 긴긴 겨울방학중이었고 며칠 전에 학생들 성적처리를 끝낸 걸 알고 있었고, 급한 원고나 논문 준비를 하고 있는 눈치도 없었으니, 드물게 민교수가 한가한 때였다. 손님을 문전에서 따돌릴 만한 아무런 까닭도 없었다.

그런데도 나는 문전의 손님을 대하는 순간 가슴 먼저 울렁대며 민교수가 여행중이라고 해야겠다고 생각했다. 손님의 태도에 트집 잡을 만한 데라곤 없었다. 오히려 손님은 너무 붙임성 있고 공손했고, 어디서 많이 만났던 것 같은 착각을 일으킬 만큼 흔하디흔한 얼굴을 하고 있었다.

그러나 나는 어린애가 낯을 가리듯이, 단박 손님이 딴 손님과는 전혀 딴 용건을 갖고 온 것을 알아차리고, 거기 두려움을 느꼈다. 그래서 따돌리려고 하는데 손님의 시선이 내 어깨너머로 집 안을 넘겨다보면서, 문득 예리하게 빛나는 걸 나는 보았다.

우리집은 대문에서 현관까지 사이에 골목처럼 좁은 마당밖에 없는 작은 집이었고, 현관 옆은 바로 응접실 겸 민교수의 서재였다. 마침 아침나절이었다. 나는 뒤통수에도 눈이 달린 것처럼 민교수가 응접실 창가에 놓인 분재에 볕을 보이기 위해 커튼을 젖히고 있는 모습을 본 것처럼 느꼈다. 나는 손님을 따돌리지 못했다.

집 보기는 그렇게 끝났다

"저어, 아침을 같이 드시도록 준비할까요? 차만 들여올까요?"

나는 남편의 예사로운 표정에 조금은 마음을 놓으며 물었다. 실상 그것은 엉뚱한 질문이었다. 특별히 초대한 손님 아니면 식사 대접까지 하는 일은 없었고, 또 우리집 식구 중에서도 남편만이 아직 아침식사 전이니 꽤 늦은 시간이었기 때문이다. 그러나 손님에 대한 나의 직감적인 두려움을 삭이지 못해 응접실을 엿보고 나서 꾸며댄 말론 과히 부자연스럽진 않았다.

"아, 아닙니다. 우리는 곧 가야 합니다."

민교수 대신 손님이 고개를 이쪽으로 꼬면서 대꾸했다. 우리라는 말이 내 귀에 매우 거슬렸다.

"전 아직 아침 전입니다. 보통때 아침을 거르는 습관 때문인지 방학중엔 아침도 점심도 아닌 아점심을 먹게 돼서요."

남편이 손님에게 웃으면서 말했다.

"아점심이란 재미있는 말이군요. 저는 일 년 내내 방학은커녕 공일도 없는 주제에 아점심으로 때우고 삽니다. 실은 저도 아직 아침 전입니다."

"그럼 같이 드시고 가시죠."

"아닙니다. 식사는 제가 밖에서 대접하도록 해주십시오."

"저는 아침은 외식을 안 하는 성미입니다."

"이거 죄송하게 됐습니다. 대수롭지 않은 일로 교수님의 일상의 리듬을 망치게 해서……"

나는 두 사람이 주고받는 말뜻도, 두 사람의 친분의 정도도 헤아릴 수 없는 채 두려움만이 좀더 명백해졌다.

"여보, 외출 준비를 해주구려, 내복까지 일습을."

남편이 처음으로 나에게 말했다.

"내복까지요?"

나는 내복에 특별한 의미가 있을 것 같아 반문했다. 남편은 나한테 대답하지 않고 손님한테 물었다.

"암만 해도 내복은 두터운 걸로 껴입어야겠죠?"

"아, 아닙니다. 그런 준비는 조금도 안 하셔도 됩니다. 며칠 걸리지도 않겠지만 그 동안 조금도 불편하시지 않도록 최선을 다하겠습니다. 참 사모님, 교수님이 옷을 이 방에서 갈아입으시도록 해주십시오. 부탁드립니다."

"여기서요?"

나는 나도 모르게 겁에 질린 목소리를 냈다.

"네, 여기서요. 참 책을 많이 가지고 계시군요. 전 그 동안 책구경이나 하고 있을 테니 조금도 신경 쓰지 마십시오."

손님은 부드럽게 말했다. 그러나 거역할 엄두도 못 낼 만큼 우리를 무력하게 만드는 이상한 힘을 가진 목소리였다. 풍선에서 김이 빠지는 것처럼 몸에서 힘이 빠지면서 손끝 발끝의 감각이 아득해졌다.

안방으로 건너와 남편의 외출복과 내복을 챙기면서도 이런 무력감은 계속됐다. 나는 몹시 겁을 내고 있었지만, 왜 겁을 내고 있는지에 대해서 생각할 힘이 없었다. 옷을 챙기는 나의 손은 그 일이 너무 힘들어 자주 부들부들 떨렸다. 중병을 앓고 나서 검부락지 하나 들 힘이 없는데, 중노동을 강요당하고 있는 것 같은 공포와 긴장감이 겨우겨우 그 일을 하게 했다.

내가 외출복을 다 챙겨가지고 다시 응접실에 들어섰을 때 남편은 여전히 점잖고 무심한 얼굴을 하고 있었고, 손님은 등을 돌리고 있었다. 나는 아무 일도 아닌 걸 갖고 괜히 겁을 낸 것 같아 잠깐 억울한 생각이 들었다.

그러나 내가 남편이 옷 갈아입는 걸 시중들려고 하자 손님이 말했다.

"사모님, 저한테 차를 한잔 마시게 해주시지 않으시렵니까?"

그것은 단지 나가달란 소리와 같았으므로 나는 항의하기 위해 손님 쪽으로 돌아섰다. 이제야말로 그의 정체와 그의 횡포의 의미를 따져야겠다고 생각했다.

그때 손님은 앨범을 보고 있었는데 마침 올 봄, 마당에 앵도꽃이 활짝 핀 날 다섯 식구가 그 둘레에 모여 서서 웃고 찍은 컬러 사진이 펼쳐져 있었다. 나는 손님이 왜 갑자기 우리집에 나타나 횡포를 부리는지 그 까닭을 알 순 없었지만, 그의 횡포가 다섯 식구의 행복을 인질 삼은 횡포라는 것만은 알 것 같았다.

나는 순순히 부엌으로 나가 차를 끓여가지고 들어왔다. 남편은 옷을 다 갈아입고 넥타이만 안 매고 있었다.

"넥타이 좀 매주구려."

남편이 보통 외출할 때처럼 덤덤히 말했다. 나는 우선 손님 눈치부터 살폈지만 못 들은 척하고 있길래 얼른 남편에게로 다가갔다. 나는 갑자기 남편이 손님 앞에서 나를 애무해줄 바랐다. 남편은 점잖은 가정교육을 받고 자란 남자답게 잠자리 외에서 아내를 애무한 적이 한 번도 없었으니까 그건 가망 없는 일이었지만 나는 꼭 그래줘야 한다고 생각했다. 우리 부부가 합심해서 손님의 횡포에 저항할 방법은 그 수밖에 없었다.

그러나 남편은 뻣뻣이 서서 턱만 조금 쳐들었다. 나는 참을 수 없는 기분으로 와이셔츠깃 밑에다 넥타이의 가는 허리를 펴넣고 늘어진 양가닥의 길이를 알맞게 겨냥했다. 남편이 천천히 말했다.

"아무 일도 아니니까, 아무 걱정 말아요."

그리고 도움이라도 청하듯 흘끗 손님의 눈치를 살폈다. 손님은 아직도 앨범을 보고 있었는데 어떻게 자기가 나설 차례라는 걸 알아차렸는지 즉시 맞장구를 쳐주었다.

"그럼요, 사모님. 교수님에겐 아무 일도 없을 겁니다. 어디 며칠 여행 떠나시는 셈만 치십시오."

"참, 그게 좋겠군. 어머님껜 내가 여행중인 걸로 말씀드려요. 아이들도 그렇게 알도록 하고. 어머님은 예민한 분이시니까 행여 눈치 못 채시게 당신이 각별히 조심해줘야겠어. 조석 진지는 물론이지만 절대로 근심스러운 안색도 보이는 일 없도록 신경 쓰도록 해요. 요컨대 당신도 내가 여행중인 걸로만 알고 있으면 돼. 그리고 참, 분재 돌보는 것도 부탁하오. 햇볕 보이고, 물 주는 거 거르지 말아요. 분재는 물 주는 게 좀 까다롭지. 물뿌리개로 조심스럽게 천천히 겉흙을 적시고 나서 듬뿍 주도록······"

나는 넥타이도 가까스로 맬 만큼 맥 빠진 손끝에 안간힘이 생기면서 다 맨 넥타이의 한쪽 끈을 힘껏 잡아당겨 남편의 목에 죽지 않을 만큼의 고통을 가하고 짐승 같은 비명을 짜내고 싶은 충동을 느꼈다. 그런 충동은 순간적이었지만 싱싱하고 강렬했다.

넥타이를 다 매자 남편은 양복깃을 토닥거리며 나를 바라보았다. 나도 남편을 똑바로 바라보았다. 내가 거의 참을 수 없을 만큼 애무를 바랄 때, 고상하게도 어머니와 분재를 공경하는 방법을 설교한 남자의 얼굴을 바라보면서 나는 욕지기처럼 울컥 그와 나와 같이 산 세월이 억울해졌다.

"어머님께 인사드리고 가도 되겠죠?"

남편이 손님에게 양해를 구하면서 처음으로 입가를 비굴하게 일그러뜨렸다. 손님은 못 들은 척했다. 나는 남편이 어머니를 위해 어느 만큼 비굴해질 수 있나 보기 위해 손님이 오래오래 못 들은 척하길 바랐다.

"어머님은 지금 병환중이십니다. 워낙 혈압이 높으신데다가, 몇 달 전 제가 담석증으로 수술을 받았을 때 놀라셔서 쓰러지셔 갖고 그 후유증으로 여직껏 자리에 누워 계십니다. 이 일이 만에 하나라도 그분에게 두번째의 충격이 될까 근심스럽습니다. 여행 떠나는 것처럼 인사 여쭙고 떠나도록 허락해주십시오."

손님이 고개를 들었다. 그리고 매우 겸손하게 웃었다. 손님의 그런 겸손함은 어떤 거만함보다 더 효과적으로 남을 비굴하게 만든다고 생각하며 그의 입에서 무슨 말이 나오나를 기다렸다. 그는 잠깐 망설이는 것처럼 애매한 얼굴을 하고 있다가 말했다.

"좋습니다. 저도 시골에 늙은 부모님이 계십니다."

"감사합니다."

나는 당연히 어머님께 인사드리러 가는 남편의 뒤를 따랐다.

"사모님께선 여기 계셔주십시오."

손님이 조용히 말했다.

"그렇게 해요."

남편은 내가 따라가면 자기까지 못 가게 될까봐 두려워하는 눈치를 감출 척도 안 하고 손짓까지 해가며 나를 만류했다. 나는 응접실에 손님과 함께 남았다. 손님은 다시 앨범을 보며 말을 시켰다.

"참으로 단란한 가정이십니다. 부럽습니다."

"무슨 일로 우리 그분을 연행해가십니까?"

"연행이라니, 당치도 않습니다."

"그럼 뭡니까?"

"동행입니다. 제가 교수님께 정중하게 동행을 부탁드렸습니다."

"그럼 그분은 거절할 수도 있었겠네요?"

"다행히 교수님은 우리가 교수님의 협조를 필요로 하는 까닭을 쉽게 납득해주셨기 때문에 거절하지 않으셨습니다."

"그분은 평생 외길을 걸어온 분입니다. 저 분재가 제가 아는 그분의 단 하나의 외도입니다. 학교 외의 고장에 그분이 협조할 일이 있을 것 같지 않은데요."

"알고 있습니다. 그래서 교수님에겐 많은 제자들이 따랐나봅니다. 그중에는 사회질서를 어지럽히는 말썽스러운 청년도 있었죠."

"그런 게 다 죄가 될 수 있나요?"

나는 발끈했다.

"고정하십시오. 사모님, 전 한 번도 누가 죄지었다고 말하지 않았습니다."

"도대체 댁의 신분은 뭡니까? 무슨 권한으로 첫새벽에 남의 집에……"

나는 나도 모르게 입술을 떨었다.

"그건 이미 교수님께 밝혔습니다. 그리고 지금은 첫새벽이 아니라 열한시 다 돼가는 때입니다. 그러니까 아점심 때가 되겠군요."

손님이 부드럽고도 냉담하게 말했다. 남편이 들어왔다.

"어머님껜 일 주일 내지 보름쯤 여행하는 걸로 말씀드렸소."

"그렇게 오래요?"

"넉넉잡고요. 그러니 당신도 그렇게 알고, 평상시와 조금도 다름없이 지내도록 해요. 아마 이번 경험은 나에게 어떤 여행의 경험보다 굉장한 경험이 될 거요."

남편이 별안간 겁쟁이 소년이 허세 부리듯이 서툴게 뽐냈다. 손님의 얼굴에 보일 듯 말 듯 연민의 그늘이 지나갔다.

나는 이런 두 사람의 대조가 보기 싫어 외면했다. 목이 메게 설움이 복받치면서 손님에게 매달려 남편하고 같이 가지 말아달라고 애걸하고 싶은 생각이 간절해졌다. 내가 좀더 예쁘고 젊은 여자였더라면 하는 생각도 했다.

"자아, 가십시다."

남편이 먼저 앞장섰다. 손님이 어깨를 움찔해 보이면서 뒤따랐다.

나는 두 사람을 골목 밖 한길까지 배웅하려고 했다. 그러나 손님이 대문간에서 우뚝 멈춰 서더니 딴사람같이 사무적인 목소리로 말했다.

"그만 들어가보시죠."

"저이가 여행 떠나실 땐 골목 밖까지 배웅하는 게 제 습관이라서요."

"교수님은 지금 여행 떠나시는 게 아닙니다."

그의 목소리는 낮았지만 또박또박했고 표정은 얼어붙은 것처럼 경직돼 있었다. 나는 그가 나를 세차게 떠다민 것처럼 느꼈다.

"다녀오세요. 여보."

나는 가까스로 그 말을 했다.

"다녀오리다. 평상시와 조금도 다름없이 태연하게 지내도록 해요."

두 사람이 뚜벅뚜벅 골목 밖으로 사라졌다. 나는 더 밖에 서 있을 수 없을 만큼 몸이 언 후에 안으로 들어왔다.

침착하게, 손님과 남편이 떠난 자리에 찻잔과 흐트러진 책을 치우고 남편이 벗어놓은 내복을 빨았다.

조금 멍청히 있고 싶었지만, 나는 끊임없이 평상시와 다름없이 지내야 한다는 남편의 부탁을 생각해내면서 숙제에 쫓기듯이 바쁘게 굴었다.

"얘야, 어멈아. 밥 다우. 배고파 죽겠다. 뱃속에서 무두질을 한다. 해가 저만큼이나 올라오도록 시어멈 점심 줄 생각 안 하고 뭐 하고 있는 게야?"

그것은 뒷방에 계신 시어머님의 목소리였다. 줄을 타듯이 아슬아슬하게 유지하고 있는 일상의 화평에 갑자기 뛰어든 이런 시어머님의 목소리가 쇠망치로 양철통을 두들겨패는 소리처럼 파격적으로 생경하고 끔찍해 나는 몸서리쳤다.

그렇다고 그런 목소리를 오늘 처음 듣는 건 아니었다. 당뇨병과 고혈압을 지병으로 갖고 계신 시어머님은 늘 허기져하셨다.

게다가 워낙 고령이셔서 어리광 비슷한 노망기도 있으시다. 외아들인 남편이 담석 제거수술을 받을 때, 별로 위험한 수술이 아니기에 숨기지 않았더니 수술이란 소리에 단박 까무러치셨다. 깨어나신 후론 늘 자리에 누워 계시고, 노망기가 좀더 심해지셔서 유난히 잡숫는 것만 밝히신다.

아침엔 꼭두새벽부터, 낮엔 열두시도 채 치기 전에 진지 재촉을 하시는데, 꼭 뱃속에서 무두질을 한다느니, 배창자가 오그라붙는다느니 하는 극단적인 말만 골라서 하신다.

귀는 또 어찌나 밝으신지 삼시 진지 외에도 어디서 입맛 다시는 소리만 나도 "애들아, 느들만 먹지 말고 나 좀 다우. 늙은이 몰래 느들만 먹으면 죄받는다" 하고 고고(呱呱)의 소리처럼 생경하고 앳된 소리로 보채신다.

그러나 시어머님의 그런 생경한 목소리를 한 번도 우리 집안의 점잖고 화평스러운 일상과 대립된다거나 훼방이 된다고 생각해본 적은 없었다.

남편이 가꾸고 아끼는 분재를 우리 식구가 모두 덩달아 위하듯이 시어머님의 노망 역시 남편을 덩달아 우리 식구가 힘을 모아 정성껏 가꾸고 기르고 있었고, 그것을 은근히 남에게 자랑스러워하고 있었다.

"애야, 내 배가 무두질한다"는 소리가 조금만 제 시간보다 늦게 나도 혹시 어디가 불편하신가 가슴을 두근대며 어머님의 방을 엿보고, 주무시면 숨결이 고른가 조용히 귀 기울여보고도 미심쩍어 꼭 그 소리를 듣고 나야 안심을 하는 게 우리 식구 모두의 진심이었다.

나는 그런 어머님의 목소리가 듣기 싫었다는 데 죄책감을 느끼며 서둘러서 점심 준비를 했다.

나야말로 아점심을 드는 남편과 같이 들려고 하다가 여직껏 아침도 못 먹은 채였지만 조금도 식욕을 느낄 수가 없었다. 자기가 식욕이 없을 때, 타인의 식욕처럼 덮어놓고 싫은 건 없다.

시어머님은 계속해서 뱃속에서 무두질을 한다고 악을 쓰셨고 점심상을 다 보았을 때는 그 소리가 너무 듣기 싫어 말대답이라

집 보기는 그렇게 끝났다 341

도 할 것 같은 찰나였다.

고혈압과 당뇨병을 위한 식이요법 때문에 시어머님의 진짓상 보기는 늘 시간이 좀 걸렸다. 시어머님의 병적인 식욕은 남편의 무엇보다도 큰 근심거리였다.

고기를 즐기셨지만 주로 생선을 드렸고, 진지보다는 야채로 만복감을 느끼시도록 하기 위해 좋은 말로 달래고 속이고 겁주고 해야만 했다.

그러나 오늘은 도저히 그럴 마음이 아니었기 때문에 진짓상을 내려놓고 가만히 다 잡숫기를 기다렸다.

나는 어머님이 손으로 생선을 집어서 새하얀 틀니로 뼈까지 오지직오지직 씹어서 상 귀퉁이에 퉤퉤 뱉고, 비린 손가락을 쪽쪽 빠시는 걸 지켜보며, 나는 어쩔 수 없이 내 속에 자리잡은 그분에 대한 미움을 의식했다. 그것은 아직도 내 마음의 대부분을 차지하고 있는 점잖고 고상하고 도덕적인 것에 짓눌려 부피 작은 것이었지만 압축공기처럼 다부지고 위험스러운 것이기도 했다.

저녁에 아이들이 돌아왔다. 고3과 중3짜리 남매는 방학중이지만 오전엔 학교에서 보충수업을 받고 오후엔 과외수업을 하고 늦게나 돌아온다.

나는 아이들에게 아버지가 여행 가셨다고 말했다. 아이들은 저마다 고달픈 제 일을 갖고 있기 때문에 어른 일에 별 관심이 없어 보였다. 어디로 여행 가셨느냐고 묻는 아이도 없었다. 나는 고3짜리 딸과 중3짜리 아들의 키가 나보다 큰 것을 새삼스럽게 대견하게 생각했다.

그리고 그들에게 거짓말을 시킬 게 아니라 진상을 일러주어 나와 함께 근심을 나눌 수 있었으면 하고 바라는 마음이 생겼다. 우리 아이들은 이제 어린애가 아니었다.

그러나 어린애가 아니기 때문에 아버지 일을 안 것만으로 만족하지 않고 그 일을 이해하길 바랄 것이다. 아버지가 연행됐다는 사실보다는 왜 연행됐나를 아는 게 아이들에겐 보다 중요할 것이다.

그러나 나는 그럴 수 있는 능력이 없었다. 나도 모르는 일이었으니까. 내가 그걸 이해시킬 수 없는 한 아이들은 아버지가 파렴치범이라는 것과 마찬가지의 상처를 입을 게 뻔했다. 나는 아이들과 근심을 나누기를 단념했다.

남편과 나는 의좋은 부부였지만 그와 나 사이엔 서로 침범해선 안 될 선(線)을 갖고 있었다. 그가 타온 월급으로 내가 죽을 쑤든 밥을 짓든 그가 무관심한 것처럼, 나 역시 그가 하고 있는 사회학이란 학문이나 그가 생각하고 있는 것에 대해 모르는 척하도록 우린 서로 잘 길들여져 있었고, 그렇게 하는 게 여러모로 편했다. 나는 거기 대해 한 번도 회의와 불만을 품어보지 않았었다.

나는 아이들이 잠들고 나서 혼자가 된 후, 처음으로 남편과 나 사이의 그런 선에 대해, 누가 먼저 그걸 그었을까를 곰곰이 생각했다. 남편은 여자가 안에서 하는 일에 대해 미주알고주알 알고 싫어하는 남자를 경멸하는 말을 자주 했었다. 그것은 그가 하는 일에 대해 내가 알고 싶어하는 걸 원치 않는다는 간접 표현이 아니었을까. 그렇다면 그 선을 먼저 그은 건 남편이라고 나는 단정했다.

다 큰 자식들에게 아버지를 이해시킬 능력이 없다는 데 대한 열등감 때문인지 나는 어떡하든 남편에 대해 트집 잡고 싶어졌다.

남편은 그가 없는 동안도 평상시와 다름없이 지내길 신신당부했지만 그가 어디서 무슨 고생을 하고 있는지 모르면서 끼니마다 맛있는 반찬을 만드는 일은 정말 참을 수 없었기 때문에 되는대로 끼니를 때웠다.

"아니, 너 애비가 없다고 이러기냐? 어쩌면 시에미 상에 비린 생선꽁지 하나를 안 올리냐, 안 올리길. 그러면 못쓴다. 못쓰고 말고. 애비만 와봐라. 내 안 일러줄 줄 알구."

시어머님은 상을 받으실 때마다 이렇게 짜증을 부리시면서 진짓상을 밀었다 당겼다 수저를 소리나게 내동댕이쳤다 하며 온갖 소란을 다 떨으셨다.

남편은 아직 안 돌아오고 손님만 다시 한번 나타나 남편이 곧 돌아오리라는 것과 지금의 건강과 거처는 만족스럽다는 소식을 전해줬지만 손님의 정작 용건은 남편의 서재를 뒤지는 일이었다. 그런 경황중에 쇠붙이로 양철통 깨부수는 것처럼 생경스러운 시어머니의 목소리를 견디는 것만도 고역인데 까다로운 식이요법과 구미에 함께 맞는 식사를 연구하고 장만할 만한 정성이 우러날 리가 없었다.

시어머님은 투정은 투정대로 하시면서도 맹렬한 식욕은 조금도 줄지 않으셔서 상에 올린 거면 모조리 핥듯이 다 잡수셨다. 그러고도 곧 배고프다고 악쓰시고 욕하고 하셨다.

나는 시어머님의 악쓰시는 소리를 힘겹게 견디며 결코 그것을 우리 집안의 일상의 화평으로 수용할 수는 없다고 생각했다. 그럼 우리가 누린 일상의 화평이란 뭐였을까. 지난날 그것이 우리 집안의 화평을 조금도 거스르지 않고 잘 어울릴 수 있었다는 건 참으로 불가사의한 일이었다.

점점 나는 시어머님을 가족도 아니라고 생각하기 시작했다.

가족의 한 사람이 고통받고 있을 때 같이 고통받는 것이 가족으로서의 의무라면, 그 의무를 저버리는 것은 곧 가족으로서의 자격의 포기였다. 나는 어느 틈에 시어머님을 가족에서 따돌려, 가족과 적대관계에 놓고 대결하고 있었다. 이제 견디기 어려운 건 생경한 목소리가 아니라, 가족 아닌 사람이 가족 중에 섞여 있다는 사실이었다. 허구한 날 군식구를 섬기는 고통이었다.

그런 경황중에도 나는 매일 아침 응접실의 커튼을 젖히고 남편이 아끼던 분재가 따뜻한 햇볕을 받도록 보살피고, 그 방의 난로의 연탄불을 꺼뜨리지 않도록 밤잠을 설치고, 물 주기도 남편이 가르쳐준 대로 했다.

그러나 나는 조금도 그것들한테 애정을 느낄 순 없었다.

남편은 마치 분재 속에 대자연을 축소해놓은 것처럼 만족해하고 있었지만 나는 그 강제로 왜화(矮化)된 나무들한테 약간의 연민 외엔 아무런 관심도 없었다.

그러나 어느 날 남편이 가장 아끼던 소나무 분재의 밑동을 보고 나는 이상한 충격을 맛보았다. 윗가지는 벼랑의 낙락장송처럼 품위 있게 늘어져 있는데 밑동은 뱀이 또아리를 튼 것처럼 심하게 감겨 있었다. 아마 인위적으로 억제된 성장이 그런 모양으로 괴롭게 또아리 틀고 있으리라. 나는 우리 집안의 점잖음과 화평도 남편이 분재 가꾸듯이, 그의 취미에 맞게 자르고 다듬고 억제해서 만들어낸 작품 같은 게 아닐까 하는 생각을 했다.

아아, 남편이 빨리 돌아왔으면. 내가 그의 분재까지 구박하기 전에 제발 그가 돌아왔으면. 나는 곧 내가 분재를 구박하게 되리라는 걸 알고 있었으므로 그렇게라도 지레 발뺌을 해두어야 했다.

내가 조석 공경에 등한해질수록 시어머님은 극성스러워지셨다. 병석에 누우신 후로는 본 적이 없을 만큼 정정해지셨다. 여전히 대소변은 요강에다 보시면서도 확실한 걸음걸이로 부엌에 나오셔서 찬장을 등장질하시는가 하면 문이나 창을 와장창 소리 나게 여닫으셨다.

그리고 반찬 없는 진짓상을 들고 들어갈 때마다 거의 난동에 가까운 소란을 피우셨다.

"아이고 이년의 기구한 팔자. 이 동네도 사람 사는 동네거든 천금 같은 내 아들 잠시잠깐 집 비운 사이 며느리 갖은 구박 다

받으며 모진 목숨 유지하는 이내 모습 구경하소. 아이고 아이고, 분하고 원통해라. 네가 나 굶겨 죽이려고 이러는 건 안다만 나 안 죽는다, 안 죽어. 내 아들 보기 전엔 어떡허든 목숨 부지하지 눈 못 감는다."

한바탕 이렇게 심한 욕설을 퍼부으시고 나서 거의 동물적인 식욕으로 진짓상을 말끔히 비우셨다. 시어머님의 이런 욕설이 길어질수록 말뜻보다는 목소리 그 자체를 견디는 게, 쇠붙이로 양철통 두드려패는 걸 견디는 것처럼 뭔가 아슬아슬했다.

드디어 나는 자제력을 잃었다. 내 속에서 뭔가가 꿈틀 용트림을 했다. 그것은 오랫동안 내 속에 억제되어 또아리 튼 채 굳어 있던 열정적인 인간의 감정이었다. 그것을 폭발시키지 않으면 내가 미칠 것 같았다. 시어머님으로 하여금 지금의 처지를 인식시키자. 그래서 그분에게 결정적인 타격을 주고 그분의 식욕에 심한 모욕을 주자.

"어머님, 지금 우리집 형편이 어머님이 반찬투정이나 하실 계제가 아닙니다. 아범이, 어머님의 천금 같은 외아들이 지금 어디서 무얼 하고 있는 줄이나 아세요? 아범은 잡혀갔어요."

"잡혀가다니."

"잡혀가는 것도 모르세요? 이렇게요."

나는 나의 두 손이 오라를 지는 시늉을 해서 시어머님의 코앞에 들이댔다. 정말은 그는 그런 모양으로 가지 않았건만.

"이렇게?"

시어머님은 자기 손을 가지고 나의 흉내를 내보이면서 안색이 두려움으로 새하얗게 변색했다.

남편이 수술할 때도 그랬었다. 그러더니 픽 쓰러지셨었다.

나는 기다렸다. 마른침을 꼴깍 삼키면서 기다렸다. 내가 진상을 고해바치는 것만 갖고는 모자라 그런 흉측한 모습까지 지어보이면서 기다리는 건 뻔했다. 나는 시어머님의 두번째의 졸도를 기다리고 있었다.

시어머님이 처음 졸도했을 때 남편의 수술 뒷바라지하랴, 시어머님 병구완하랴 나의 고생은 말이 아니었다. 그러나 시어머님은 외아들의 생사가 걸린 일에 그만큼 놀라 마땅한 일이었으므로 그 고생 때문에 고부간의 정까지 벗어나진 않았었다.

그때 일은 불행한 일이었지만 서로 사랑하는 가족끼리기 때문에 있을 수 있는 일이었다.

지금 또 그런 일을 당한다는 건 그때보다 더 큰 불행이 엎친데 덮치는 격이어서 내가 그걸 잘 감당할 수 있을는지조차 자신이 서지 않았지만, 가족 아닌 사람을 가족 중에 포함시키고 사는 마음 고통에 비할 바가 아니라고 생각했다.

그러나 시어머님은 까무라치시지 않으셨다. 그 대신 고고의 소리처럼 생경스러운 소리로 통곡을 시작하셨다.

"아이고, 아이고, 이게 꿈이냐, 생시냐. 남의 물건이면 검부락지도 겁내던 고지식한 내 아들이 관재구설이 당키나 한가. 아이고 아이고, 이 겨울에 춥기는 얼마나 춥고 배는 또 얼마나 고플고."

아이들까지 아버지 일을 알게 되고 집안은 온통 초상집처럼 심란해졌다. 곧 입시를 치를 아이들한테 못 할 노릇을 한 셈이었다.

시어머님은 통곡을 제풀에 가라앉히시더니 곧 진지를 잡숫기 시작했다. 언제나와 마찬가지로 접시까지 싹싹 핥을 만큼 탐욕스러운 식사를 하셨다. 반찬투정도 다음 끼부터 다시 시작됐다.

"너 언젯적부터 이렇게 알뜰해졌냐? 서방만 제일이고 시에민 사람 같지도 않냐? 늙을수록 괴기를 먹어야 기운을 차리지 소증 나서 지레 죽겠다. 괴기 먹고 기운 차려 내 아들 보고 죽을란다. 내 아들 보기 전엔 아무리 죽으라고 고사를 지내도 안 죽는다. 안 죽어."

시어머님은 "안 죽는다, 안 죽어"에 특이한 악센트를 넣으면서 나를 노려보셨다. 나도 지지 않고 시어머님을 노려봤다. 그리고 악담을 했다.

"아무려면요. 오래오래 사셔야죠. 아무쪼록 많이 잡숫고, 펄펄 기운 차리고 극성부리면서 오래오래 사셔야죠. 아들보다도 며느리보다도 오래오래 사셔야죠."

그러면 시어머님은 빈 그릇을 내던지시고 상을 밀어 부딪치셨다. 아이들이 달려와 나를 위로하고 할머니한테 눈을 흘겼다. 그건 점잖은 집안에서 있을 수도 없는 일이었지만 나는 아이들을 나무랄 수 없었다. 우리집은 이제 점잖은 집이 아니었다.

그러고 나면 속이 후련해지면서 슬그머니 시어머님이 불쌍한 생각이 들어서 안 하던 음식 장만을 하기 시작했다.

집 보기는 그렇게 끝났다

곰국도 끓이고 고기도 굽고, 진지도 잡곡 안 섞고 한 사발씩 펐다. 간식으로 꿀같이 단 케이크도 사다드렸다. 그것은 골고루 시어머님의 고혈압과 당뇨병에 해로운 음식들뿐이었다.

남편이 집에 있고 우리집이 점잖고 화평스러울 때는 절대로 시어머님께 드리지 않던 음식들이었다. 시어머님이 뒷방에서 외상을 받으시도록 한 것도 그런 음식을 멀리하시도록 하기 위함이었었다.

오랜만에 그런 미식(美食)을 잡숫는 모습은 가히 무아의 경지였다. 나는 끼니마다 시어머님께 미식을 대접했고, 시어머님은 미식을 즐기시는 낙 때문에 외아들 걱정은 잊고 지내셨다.

처음엔 불쌍해서 맛있는 음식을 대접할 마음이 생겼는지 모르지만 진짜 본심은 그분을 가족으로부터 밀어내어 적대의 관계에 놓고 마음껏 미워하기 위함이 아니었을까.

나는 남편이 없고 나서 처음으로 생기발랄해졌고, 나를 생기 있게 하는 건 바로 증오였다. 시어머님이 맹렬히 미식을 탐하시는 모습을 지켜보면서 나는 내 내부에서 왜화를 강요당한 채 괴롭게 또아리 틀고 있던 그분에 대한 솔직한 감정이 ─ 홀시어머니가 외며느리 시집살이 시킬 때부터 접어두었던 묵은 증오까지가 활갯짓을 하면서 되살아나는 기쁨에 몸서리쳤다. 증오야말로 가장 확실한 삶의 보람이었다. 공허해야 할 남편이 없는 나날이 팽팽히 충족됐다.

나는 아이들에게까지 나의 증오를 옮기고 싶어했다. 그래서 딸애한테 지나가는 말처럼 말했다.

"얘, 너 낳았을 때 느이 할머니가 외아들 속에서 첫딸 낳았다고 우리 모녀를 얼마나 구박하신 줄 아니. 삼칠일 동안 미역국 얻어먹는 게 가시처럼 목에 걸렸단다."

그러면 딸애도 나한테 안 하던 말을 해주었다. 아버지가 보내고 싶어하는 대학과 과(科)가 자기가 정말 하고 싶은 것하곤 거리가 먼 거여서 고민인데 엄마가 좀 도와달라는 간청도 했고, 자기는 일생에 결혼을 세 번쯤 했으면 얼마나 좋을까 하는 생각을 벌써부터 하고 있는데, 그런 생각이 용서받지 못할 부도덕이냐 아니냐에 대해 나의 의견을 묻기도 했다.

나는 또 아들애를 데리고도 이런 실없는 수작을 했다.

"얘, 느이 할머니가 나 시집살이 시킨 건 말도 말아라, 며느리 본 게 아니라 꼭 시앗 본 것처럼 구셨으니까. 느이 아버지하고 나하고 의좋은 모습만 보시면 당장 화가 나셔갖고 어떡허든 우리가 부부싸움을 하는 걸 보셔야만 풀어지셨으니, 참 우리도 억울한 세월 살았다. 행여나 나도 느이 할머니 같은 시에미 노릇 할까 겁나서, 널랑은 아예 애저녁에 따로 낼 작정이다. 그러니까 이 다음에 마음에 드는 여자애가 외며느리 싫다고 트집 안 잡도록 해, 알았지?"

내가 이렇게 못 할 말을 예사롭게 하니까 아들도 제 속마음을 힘 안 들이고 털어놨다. 실은 이 다음 결혼하면 아버지나 엄마 같은 효자 효부 노릇 할 자신이 없어서 독신으로 살기를 바랐다

집 보기는 그렇게 끝났다

는 고백을 들으며, 나는 저런저런, 불쌍한 내 새끼 하며 아들의 등을 토닥거렸다.

우리집은 이제 정말 점잖고 화평한 집이 아니었다. 나는 매일 포장지를 찢어내듯이 점잖고 화평한 겉껍질을 찢어내고 있었다.

이런 일에 열중하느라 나는 그만 며칠 동안이나 분재를 돌보는 걸 잊고 말았다. 아직 죽지는 않았지만 나무들이 몰라보게 추레해져 있었다.

그러나 나는 물 주고 볕 보이는 일을 다시 시작하지 않았다. 사랑하는 마음 없이 그런 일을 해봤댔자 추레해지고, 종당엔 죽어가긴 마찬가지일 것 같았다.

어느 추운 날, 나는 추위에 약한 몇 그루의 꽃나무 분재를 바깥마당에 동댕이쳤다.

드디어 남편이 돌아왔다. 여행 갔다 돌아오는 것처럼 시어머님과 아이들을 위한 선물까지 사가지고 돌아왔다. 약간 지쳐 보이는 것까지 여행 갔다 오는 사람다웠다.

아무도 그가 여행에서 돌아온다는 걸 믿지 않는데도 그는 여행 갔다 돌아오는 척을 계속했다.

그라면 아마 어렵지 않게 그 동안 내가 갈기갈기 찢어놓은 우리 집안의 점잖고 화평스러운 포장을 감쪽같이 다시 할 수 있을 것이다. 그걸 말릴 생각은 없다. 도와주게 될지도 모른다.

포장 같은 건 그리 중요한 게 못 된다. 중요한 건 내가 포장 속에 들은 것의 진짜 모습을 보았다는 데 있다.

나는 아마 남편의 진짜 얼굴도 보지 않고는 못 견디리라. 그는 포장하려 하고, 나는 찢어내려 하고, 우리 부부는 처음으로 갈등하리라. 그것이야말로 진짜 살맛이 될 것 같았다. 나는 벌써부터 살맛이 났다.

 남편은 내가 내동댕이친 분재를 거둬들이고, 나는 그를 위해 목욕물을 데웠다. 그가 없는 동안에 저지른 많은 잘못에도 불구하고 나는 의기양양했다.

 서로 진짜 얼굴을 통해 만나고, 알고 하는 일은 이제부터 그와 내가 해야 할 일이었고, 남편이 없는 동안 내가 홀로 알아낸 일이었고, 여직껏 경험한 어떤 일보다 살맛 나는 일이 될 것이라는 기대 때문이었다.

 나의 집 보기는 그렇게 끝났다.

꿈과 같이

 제과점은 아래위층이 다 만원이었고 매우 시끄러웠다.

 입을 오므리고 아이스크림을 조금씩 떠먹는 여자, 찹쌀떡을 짜닥짜닥 씹는 여자, 우유에다 설탕을 듬뿍 퍼넣고 휘젓는 여자…… 모든 여자를 하나하나 살펴보았으나 아내는 아직 와 있지 않았다.

 나는 차라리 잘됐다 싶어 이층으로 오르는 계단이 꺾이느라고 생긴 한 평도 못 되는 평지에서 아내를 기다리기로 했다.

 나는 모든 나이 든 남자가 다 그렇듯이 제과점이란 데를 좋아하지 않았다. 아내가 오는 즉시 자리가 없다는 핑계로 딴 오붓한 장소로 옮겨갈 참이었다.

 퇴근 후에 만나자고 전화 걸면서 나의 단골 다방 이름을 대니까 아내는 말했었다.

 "어머머…… 우리가 뭐 연애 거나, 그딴 비싼 찻집에서 만나게. 빵집에서 만나요, 빵집 응? 괜찮지? 우리도 실속 차려야 해요, 실속."

아내는 국민학교 선생답게 그런 말을 조금도 궁상맞지 않게 달래고 타이르는 투로 할 줄 알았다. 그럴 때 나는 꼼짝없이 말 잘 듣는 아이가 되고 만다.

반평 미만의 평지도 나의 독차지는 되지 못했다.

오르내리는 사람은 치지 않더라도 그곳엔 공중전화와 거울이 있었으니 붐빌 이유는 충분했다. 식물의 향일성보다 더 자연스럽게 모든 여자들은 전화와 거울 지향적이구나 새삼스럽게 감탄하면서 나는 전화와 거울을 이용하는 여자들 사이에서 만원버스에 탄 것처럼 부대끼며 아내를 기다렸다.

어쩌다 잠깐씩 거울 앞에 비면서 나의 모습이 드러났다. 그럴 때마다 나는 얼굴보다 나의 몸 한가운데서 번쩍거리는 명문대학 버클이 먼저 보여서 무안당한 것처럼 얼른 눈길을 돌렸다.

그놈의 버클은 나의 겸손한 태도와는 상관없이 거만했고 언제고 마음 내킬 때는 그의 주인을 주리를 틀 권리라도 있는 것처럼 음흉스러워 보였다.

나는 그 번쩍거리는 것에 원한이 맺힌 나머지 경멸하는 척이라도 하고 있었지만, 그것으로부터 놓여난 자신은 상상만 해도 사북이 빠져 달아난 가위나 부채처럼 무용 무력해지는 데는 아연할밖에 없었다.

고작 화투짝만한 쇠붙이가 나의 몸뚱이와 체면과 자존심을 엉구어 남의 앞에 펼쳐 보이는 데 없어서는 안 될 나의 사북 노릇을 하고 있었던 것이다.

쉴새없이 열리고 닫히는 자동문 안으로 아내가 두리번대면서 나타났다. 나는 아침에 헤어진 아내가 오랜만에 만난 것처럼 반가워서 계단을 곤두박질치듯 뛰어내렸다.

"그냥 나가자. 자리가 없어."

나는 아내의 등을 밀어 내가 아는 가까운 찻집으로 갔다. 아내는 찻집 앞에서 눈가에 인정스러운 잔주름을 지으며 또 한번 가벼운 앙탈을 했다.

"바로 불고깃집으로 가자 뭐."

나는 무직자답게 곧잘 울적해하거나 쓸쓸해하길 잘했고 그럴 때마다 아내에게 전화를 걸어 퇴근길에 밖에서 만나자고 보챘었다. 그러면 아내는 아내대로 직업여성다운 자격지심은 있어서 평소 나의 조석 시중을 소홀히 한 것을 측은해하면서 불고기나 갈비 따위를 나에게 먹이지 못해했었다.

오늘도 그럴 작정하고 나온 모양이다.

찻집의 후미진 자리에 앉자마자 나는 담배 먼저 피워물고 입가의 떠도는 웃음에 연막을 치려 했다.

그러나 아내는 못 속인다. 아내는 국민학교 선생이고 나는 국민학생만큼이나 순진하다.

"뭐 좋은 일 있었구나? 그치?"

"또 국민학교 선생 티 내고 있네."

"이왕이면 연상의 여인 티라고 그러렴."

"그게 그거지 뭐."

"다를걸."

"어떻게?"

"연상의 여인 쪽이 훨씬 섹시하잖아."

"섹시한 것 좋아하네."

분위기가 이렇게 점잖지 못하게 풀리자 그 얘기를 가볍게 하기가 한결 수월해졌다. 나는 그 얘기를 만날 백점만 받는 아이가 또 백점 받았다는 소리 하듯이 시들하게 하고 싶었다.

"나 취직됐어."

그러나 결과적으로 만날 빵점만 받는 아이가 어디서부터 비롯된지 모를 실수로 백점 받은 것 같은 얼굴을 하고 말았고, 아내 역시 그런 아이 대하듯 역력하게 연민과 의심을 나타냈다.

아내한테 의지하고 살아온 내 오랜 습관 때문에 아내의 못미더워하는 얼굴을 보자 나도 내 취직이 의심스러워지기 시작했다.

"정말이야. 당장 내일부터 출근하래."

나는 뱃속으로부터 절규했다.

"취직시험은 언제 봤는데?"

"시험이고 뭐고 없이 취직됐어. 대학 선배를 만났는데 자기하고 같이 일하자고 해서……"

"아, 알았다. 유령회사구나. 사장, 상무, 전무…… 그런 거 좋아하는 사람들이 모여서 꾸민 유령회사. 그럼 자기도 전무나 부장쯤은 시켜주겠다."

아내가 신바람이 나서 나불댔다.

"아냐, 적어도 진흥기업이야."

"뭐라고?"

아내는 나의 취직보다는 정신상태가 더 의심스럽다는 투로 째지는 소리를 냈다.

나는 아내가 내 취직을 믿어주지 않으면 내 취직이 수포로 돌아갈 것 같은 위기의식마저 느끼며 허둥지둥 취직이 된 경위를 설명했다.

경위라야 간단했다. 아내의 권유도 있고 놀고먹기도 지겨워 새 학기엔 대학원에나 비비고 들어가볼까 하고 책 몇 권 끼고 대학가에서 빌빌거리던 중 K교수를 만났고, 내 사정을 대강은 짐작하고 있는 K교수에 의해 진흥기업의 Y선배를 찾아가보라는 희소식을 들었다.

Y선배는 대뜸, 갓 졸업할 빠릿빠릿한 녀석 하나 보내달랬더니 옛날 고렷적 60년대 학번짜리를 보내는 걸 보니 대한민국 사람값 올라간 것 하나 알아줘야겠다고 한바탕 투덜대고 나서 이력서나 가져와보라더니 이력서 가져가자 내일부터 출근하라고 했던 것이다.

"시험도 없이 이력서 한 장으로?"

"글쎄 그렇다니까."

"Y선배가 진흥기업 사장이라도 되나?"

"사장은 무슨…… 그래도 과장쯤은 되나봐. 출판과에선 제일 높은 자리에 있는 걸로 봐서."

나는 출판과가 별관 같은 허술한 건물의 작고 초라한 방이었고, Y선배 외에 여직원이 두 명 있을 뿐이었단 소리는 빼먹고 말했다.

"출판과라니? 진흥기업이 언제부터 출판업에다 손을 댔어?"

아내는 꼬치꼬치 의심만 하려 들었다.

"출판업이 아니라 자사 제품을 피알하기 위한 홍보책자를 하나 내고 있었는데 사세가 확장됨에 따라 부수도 늘리고 매수도 늘리고 체제도 싹 바꾼다나봐. 제품 피알뿐 아니라 중역 이하 사원 공원까지의 대화의 광장 구실을 하도록 말야."

나는 제법 사무적인 용어로 말했다.

"자긴 경험도 없지만 그런 게 적성에나 맞을까 몰라?"

아내가 많이 누그러지면서 부드럽게 말했다.

"지금 내 형편이 더운밥 식은밥 가리게 됐어?"

"내가 자기 조금이라도 불편할까봐 그렇게 신경 써줬는데도 불편했었나보지?"

"아냐, 자기 땜에 불편했던 적은 한 번도 없었어. 다만 나도 어디메고 매이고 싶었을 뿐이야."

나는 약간 처량하게 말했다.

우리는 곧 로스구이집으로 옮겨갔다. 아내는 말없이 고기를 상추에 싸서 아귀아귀 먹었다. 나는 혼자서 소주를 조금씩 조금씩 마셨다.

정신은 차갑게 가라앉고 눈망울만 뜨겁게 달아올랐다. 뜨거운 눈망울에 들어오는 아내의 얼굴은 막걸리에 반죽한 밀가루 반죽처럼 자유로워졌다. 함부로 부풀어오르기도 했고 유연하게 흘러내리기도 했다. 눈 코 입이 거기에 감쪽같이 함몰되기도 했고, 흐느적흐느적 부유하기도 했고, 제멋대로 이탈하기도 했다.

요지부동 확실한 건 표정뿐이었다. 표정이란 안색이나 이목구비와의 관계에서 생겨나는 건 아닌가보다.

친절하고 인자하고 잔소리가 하고 싶어 죽겠는 아내의 국민학교 선생다운 표정은 무질서하게 흐느적대는 이목구비와는 상관없이 더욱 정돈되고 세련되어 나에게로 육박했다.

"자기 타격받지 않도록 미리 어느 정도는 각오하고 있는 게 좋을 거야. 진흥기업이라면 그래도 알아주는 기업첸데 이력서 하나로 사람을 호락호락 채용할 리가 없잖아. 곧 산더미만한 구비서류를 해들이라고 할 거야."

나는 아내의 방정맞은 주둥이를 훑어놓고 싶다고 생각하면서도 고개를 꺾고 경청했다.

아내의 걱정은 너무도 지당했다. 여직껏 어디 매이고 싶다는 나의 간절한 소망이 번번이 거부당한 건 순전히 구비서류라는 것 때문이었으니까.

이력서, 주민등록등본, 호적등본, 졸업증명서, 병역증명, 두 명의 재정보증서와 거기 따른 재산세 과세증명과 인감증명, 지

정 병원에서의 건강진단서, 신원조회서, 직원신상카드, 서약서, 추천서, 이 정도는 기본적인 거고 회사에 따라서는 몇 가지씩의 군더더기를 더 요구하기도 한다. 마치 그것이 사람이 갖추어야 할 덕목이라도 되는 것처럼 크고 튼튼한 기업체일수록 더 다양한 구비서류를 원했다.

그러나 나는 나에게 빛나는 버클을 선사한 대학에 재학할 때, 젊은 혈기로 저지른 일시적인 과오 때문에 만족한 구비서류를 갖출 수가 없었던 것이다.

내 마음속에서 그 과오가 깨끗이 말소된 지는 이미 오래다. 그때 저항하고 어지럽힌 사회질서에 지금은 빌붙고 매이고 싶어 안달이 나 있는 것만으로도 그 증거는 충분했다.

그러나 나를 따라다니는 구비서류는 오직 나의 과오만을 증명했다. 몇 번 서류전형에 낙방해보고 나서는, 필기시험에 붙고 나서도 구비서류만 해들이라면 미리 겁을 먹고 슬그머니 입사자격을 포기하고 말았던 것이다. 그러나 이번엔 나에 대해 알 만큼 알고 있는 K교수가 소개한 거고 나는 밝은 전망을 갖고 있었다.

그날 밤, 나는 나를 증명하기 위한 산더미만한 서류뭉치에 가위눌려 신음하다가 아내가 흔들어 깨우는 바람에 눈을 떴다. 새벽이었다.

"나 때문에 아침잠 설쳤구나."

"아냐, 벌써 깨 있었어."

"왜? 잠꾸러기가."

"자기가 첫 출근한다고 생각하니 잠이 안 와. 어려서 소풍 가던 날 아침보다 더 좋아. 이 가슴 두근대는 것 좀 봐줘."

아내가 나의 손을 끌어다가 그의 부드럽고 풍부한 가슴에 얹었다. 나는 아내를 안았다. 내 품속에서 연상의 여인의 몸은 갓난아기처럼 작게 오므라들었고, 마침내 사탕처럼 달콤하게 녹으면서 내 몸 속으로 잦아들었다.

아침상을 봐오고 넥타이를 골라주고 하면서 내내 아내의 얼굴은 달덩이처럼 환했고 저녁엔 나보다 먼저 퇴근해서 저녁을 지어놓고 한복까지 차려입고 나를 기다리고 있었다. 그러나 지나가는 말처럼 아무 일 없었어, 하고 물어볼 때, 아내의 미간엔 눈치꾸러기 같은 그늘이 빠르게 지나갔다.

나는 아내를 안심시키기 위해 나의 일이 얼마나 쉽고 즐거운 일인가, 그리고 보람 있는 일인가를 설명했고, 출판과 분위기는 가족적이고, Y선배는 관대하단 얘기를 했다.

"사장님한테 인사했어요?"

쾌청한 날 하늘을 나는 비행기의 그늘이 작은 뜰을 지나듯 그렇게 순식간에 어떤 그늘이 또 한번 미간을 스치며 아내는 엉뚱한 질문을 했다. 나는 반사작용처럼 날쌔게 거짓말을 했다.

"사장님은 현재 외유중이야. 국내에는 일 년이면 한두 달도 없다나봐."

그것은 어쩌면 거짓말이 아닐지도 몰랐다. 사장의 얼굴은커녕 거대한 진흥기업 본관 건물 어디에 사장이 있는지 나는 알지 못

했고, 국내에 있는지 국외에 있는지도 알지 못했고, 내가 사장과 관계를 맺고 있는 건지 아닌 건지 그것조차 아직 애매했다. 나의 소속감은 아직도 불안했던 것이다.

"그러면 중역들하고라도 인사를 했을 거 아냐?"

"그럼, 그건 했고말고. 악수까지 한걸."

나는 자신 있게 대답했다. 실상 Y선배가 인사시켜준 건 홍보담당 이사 한 사람뿐이었고 작달막하고 배가 불쑥 튀어나온 그는 손을 내밀어 악수를 청하고 다른 한 손으로 내 등을 두드리며 잘해보게나, 했던 것이다.

잠깐 동안이었지만 그의 튀어나온 아랫배가 내 불두덩에 닿았을 때의 느낌은 과히 기분좋은 것은 아니었지만, 내가 진흥기업에 대해 품을 수 있는 유일한 친화감의 촉감이기도 했다.

낙천적인 아내는 곧 마음을 놓고 반찬이 유난스러운 저녁상을 들여왔다.

"나 오늘 촌지 받았걸랑. 그래서 낭비 좀 했다 뭐."

어쩌고 하면서 좋은 반찬에 대한 변명까지 했다.

나는 앞으로 내가 만들게 될 『진흥』이란 책자에 대한 포부를 이것저것 두서없이 늘어놓기 시작했다. 그 책자가 여직껏은 얼마나 보잘것없었단 소리도 했다.

"내용도 내용이지만 글쎄 부피가 신입사원들이 해들여가는 그 끔찍한 구비서류의 부피보다 훨씬 얇더라니까. 그까짓 것도 책이랍시고 몇 사람씩 붙어서 만들고 월급을 받아먹었으니."

꿈과 같이 363

나는 내가 회사의 대주주라도 되는 듯이 한탄하는 김에 무심히 구비서류라는 소리를 입에 올리고 말았다. 그 소리를 하기가 잘못이었다. 나는 곧 우울해지고 말았다.

구비서류에 대한 두려움은 결코 없어진 게 아니었다. 의식의 밑바닥에 가까스로 가라앉아 있다가 툭 건드리기가 무섭게 둥실 떠오른 데 지나지 않았다.

피곤하다는 핑계로 일찍 자리에 들었다. 아내는 나의 피곤조차 대견한지 탓하지 않고 밤늦게까지 콧노래를 흥얼대며 이것저것 집 안을 챙겼다.

겨우겨우 잠들었으나 다시 구비서류에 가위눌리는 꿈을 꾸었다.

꿈속에서 구비서류는 자꾸자꾸 불어서 팔만대장경만큼이나 엄청나게 불어나 나는 그 사이에서 압사하기 직전에 깨어났다. 제풀에 깨어났는지 아내는 곤히 잠들어 있었고, 아직 오밤중이었다.

나는 담배를 빨면서 빨간 담뱃불이 밝혀주는 시야 속에서 아내의 눈가의 주름살을 헤었다.

회사일은 바쁘지도 재미나지도 않았다. 나는 나를 채용함으로써 늘어난 일만 하면 되었다. 그것은 사원이나 공원들로부터 들어오는 원고를 읽고 쓸 만한 것을 골라내는 일이었고, 몇몇 중역과 간부로부터 원고를 받아내는 일도 있었다. 중역한테 하는 원고청탁은 Y선배가 미리 해놓았으니 염려 말라더니, 공원들 원고의 재고가 나올 때까지도 들어오지 않았다.

Y선배가 걱정하는 눈치가 없길래 나도 걱정하지 않고 있었는데 느닷없이 Y선배가 나한테 그걸 대필하라고 했다.

중역은 쪽지에다 대강의 요지만 써주면서 알아서 하라고 했다는 것이다.

"중역들이란 바쁘니까. 그리고 무식하니까 어쩌겠나. 참, 원고료도 지불하기로 돼 있는데 그 양반들이야 도장만 찍겠지 양심상 그걸 타먹으려 들겠나. 액수나 크다면 또 몰라. 쥐꼬리만도 못한 거. 그렇지만 우리의 부수입으로야 약소한 대로 마달 것까진 없지."

대필은 Y선배하고 나하고 두 꼭지씩 나누어 하기로 했다.

쪽지에 씌어 있는 대강의 요지는 공원들의 오락시설 후생시설에 대한 애매한 약속, 처우개선에 대한 매우 낙관적이고도 불투명한 전망, 회사가 이만큼 사원들 생각을 하고 있으니 사원들도 회사를 위해 분골쇄신해주기 바란다는 명령조의 당부 등으로 돼 있었다.

"선배님 이런 건 공갈체로 써야 합니까, 아부체로 써야 합니까?"

"공갈이 정작이고, 아부체로 당의(糖衣)를 입히면 되는 거야. 알겠나?"

나는 뭘 알았는지도 모르면서 알겠다고 씩씩하게 대답했다.

두 꼭지 합해서 삼십 장 정도 원고라 우습게 봤더니 그게 아니었다.

온종일 끙끙대며 파지만 내고 있는 내 꼴이 딱했던지 Y선배는 본관 지하에 있는 도서실을 가르쳐주면서 거기 가서 쓰라고 했다.

도서실은 썰렁하니 넓기만 했지 장서는 빈약하고 이용하는 사람도 없어서 나의 독차지였다. 나는 거기서 온종일 국내에서 발간되는 모든 종류의 주간지를 통독했다. 일거리는 집에까지 가져갔다.

나는 아내에게 시시한 일거리를 집까지 끌어들여 미안하다고 말했지만 실은 은근히 내가 바쁜 사람이라는 걸 과시하고 싶었다. 밤새도록 북북 원고지를 찢어내기에 바쁜 나에게 아내는 진한 커피를 자주 끓여 대령했다. 그런 아내의 얼굴은 대문호를 남편으로 모시기라도 한 것처럼 행복하고 자랑스러워 보였다.

밤을 거의 새우다시피 했어도 한 꼭지밖에 못 썼다. 그러나 그 한 꼭지가 실마리가 되어 나머지 한 꼭지는 수월하게 쓸 수 있을 것 같았다.

나는 오전중에 그 일을 끝마쳐 인쇄소에 넘길 작정으로 일찍 출근해 곧바로 도서실로 갔다.

바로 사원들의 출근시간이었다. 본관 현관에는 직원들의 출근시간을 단 일 분도 틀리지 않게 정확하게 기록하는 기계가 설치돼 있었다.

나는 물끄러미 직원들이 허둥지둥 자기의 출근카드를 그 기계 속에 밀어넣었다가 꺼내는 광경을 지켜보았다. 직원들은 하나같이 굴욕적인 얼굴을 하고 그 짓을 하고 있었다.

그 기계가 거기 설치된 지는 오래지 않다고 하지만 이미 악명은 높았다. 식당이나 다방 같은 데서 직원들이 그 기계를 욕하는 소리를 여러 번 들었다. 단 일 분만 늦어도 지각으로 기록돼 봉급에 영향을 주니 더러워서 살겠느냐는 거였다.

인간이 기계의 기계다움, 즉 그 비인간성을 저주한다는 건 창피한 일이지만 그렇기 때문에 한결 더 불쌍해 보였다.

우리 출판과는 왠지 그 기계하곤 상관이 없었다.

그러나 내가 그 기계가 작동하는 것을 필요 이상 오래 지켜본 것은 기계가 신기해서도 기계에 매인 인간들의 모습이 불쌍해서도 아니었다.

나는 부러워하고 있었던 것이다. 내가 무직이었던 동안 출근하는 사람만 보면 느끼던 것과 똑같은 속살이 아린 선망을 그 기계에 매인 인간에게 느끼고 있었다. 내가 그렇게 느끼고 있다고 깨닫자 깜짝 놀랄 만큼 그것은 자신에게 있어서도 뜻밖의 감정이었다.

나는 한결 김빠진 기분으로 도서실에서 나머지 한 꼭지의 원고를 끝마쳤다. 도서실은 낯설고 썰렁했다. 쓸개즙처럼 고약한 고독감이 울컥 치밀었다. 구비서류를 해들이라면 어쩌나 하는 나날의 두려움은 실은 두려움이 아니라 기다림이었는지도 모른다고 생각했다.

그날 나는 일찍 퇴근했다. 그 괴상한 기계가 망보고 있는 본관 건물에서라면 어림도 없는 일이다.

울적하고 쓸쓸했기 때문에 아내에게 전화를 걸어 퇴근길에 밖에서 만나자고 그럴 참이었다. 그러나 그것이 무직자 시절의 버릇이었다고 깨닫자 그러기가 갑자기 싫었다. 제기랄, 울적하고 쓸쓸할 자유마저 없구나, 하면서 길에다 가래침이라도 뱉으려는데 저만치서 아는 얼굴이 오고 있었다. 실은 얼굴 먼저 온 게 아니라 그의 몸 한가운데서 번쩍이는 나의 것과 같은 버클 먼저 알아보고 얼굴로 더듬어 올라갔더니 동기였다.

나는 쭈뼛대다 말고 이내 무직자가 아닌 것에 생각이 미치면서 당당해졌다.

"야아, 오래간만이다."

그와 나는 동시에 말하고 손을 아프게 쥐고 흔들었다. 애써 기회를 만들어 만날 만큼 친한 사이는 아니었지만 소식은 가끔 듣고 있었다. 그도 아마 내 소식을 가끔은 듣고 지냈으리라.

"그래, 어디 있니? 넌."

그가 손을 쥔 채 말했다.

"진흥기업에."

나는 시들하게 말했지만 속으론 이래서 취직은 대기업에 하고 볼 거라고 생각했다. 그만큼 떳떳했던 것이다.

"그래, 거 참 잘됐다. 축하한다. 그러잖아도 너만 안정이 안 됐다고 걱정들 했는데……"

"고맙다. 근데 넌 미국을 갔다 온 거냐? 이제부터 갈 거냐?"

나는 본의 아니게 비꼬는 투로 말했다. 그는 대학 시절에 누구보다도 뚜렷한 목표를 설정해놓고 공부만 하던 친구였다. 그 목표란 졸업하자마자 미국 가서 서른 살 안짝에 박사학위 따오는 거였다. 졸업하자마자 미국 대신 군대 먼저 간 것은 어쩔 수 없다손 치더라도 제대하고도 벌써 몇 년짼데 곧 떠난다는 소문만 심심찮게 퍼뜨리고 있었다.

"야 인마, 이 땅 떠나기가 그렇게 쉬운 줄 알아? 지겹다 지겨워. 수속하는 데 들어간 서류만 해도 한 줄로 늘어놓으면 아마 지금쯤 미국땅에 닿고도 남았겠다. 그렇지만 드디어 내일모레면 뜬다, 떠. 비행기표까지 끊어놨으니까 틀림 있을라구. 하긴 나도 그 동안 하도 애를 먹어놔서 비행기 올라타고 나서도 이 땅이 안 보일 만큼 날아간 후에나 기쁨을 만끽할란다만……"

일찌거니 좋은 데 취직해서 돈독 오른 친구보다는 훨씬 단순해 뵈면서도 훨씬 더 낡아 뵈는 그의 얼굴이 소년처럼 의기양양해지는 걸 지켜보면서 나는 불쑥 말했다.

"만일 그 수속절차가 그렇게 어렵고 복잡하지 않았어도 비행기 타고 이 땅 떠나는 일이 너에게 그토록 대단한 기쁨이 될 수 있었을까?"

그것은 고별과 축하를 겸한 말로 적절치 못했을뿐더러 아니꼽기까지 했던가보다.

빨리 헤어지고 싶은 눈치를 드러내 보이면서 그가 내 어깨를 토닥거렸다.

"아아, 뭔 소리를 그렇게 알아듣기 힘들게 하냐? 여전하구나 여전해. 사물을 바로 보지 않고 비틀고 꽈다 보는 버릇. 하여튼 네가 안정된 것 같으니 기쁘다. 맥주라도 같이 하고 헤어져야 하는 건데 급히 떠나려니 워낙 바빠서…… 그럼……"

그날 밤 나는 느닷없이 아내에게 결혼신고를 하자고 졸랐다. 우린 간소하게 식은 올렸지만 더 간단한 신고는 미룬 채 살고 있었다. 오늘날까지 그걸 미룬 장본인은 물론 나였다.

아내는 보통 여자면 다 그렇듯이 그걸 하길 바랐고 그럴 때마다 나는 그걸 하기 싫은 핑계를 잘도 둘러댔다. 같이 사는 것 이상의 결혼의 진실이 어디 있겠느냐는 둥, 나는 너를 사랑함으로 해서 너에게 나 같은 무직자로부터 떠나고 싶을 때 떠날 자유를 주고 싶다는 둥.

아내는 나의 이런 엉성한 핑계를 들을 때마다 매우 섭섭해하더니, 이제는 아내 스스로가 알아서 섭섭해할 기회를 안 만들고 있었다.

"별안간 결혼신고는 왜?"

아내는 가계부를 쓰느라 들고 있던 볼펜을 다 떨어뜨릴 만큼 놀랐다. 이미 입은 히쭉히쭉 벌어지고 있었다.

"수속이 복잡한걸."

"처녀 총각이 결혼하는데 수속 복잡하게 할 게 뭐 있어?"

"아무리 수속이 복잡하고 서류가 까다로워도 생각난 김에 어떻게든 해치우자구. 결혼은 인륜대산데 갖출 건 갖추고 살아야지."

나는 너무 간절하게 말했나보다. 아내가 도리어 수상쩍은 얼굴을 했다.

"자기 참 이상하다. 법적인 처녀 총각이 결혼신고하는데 복잡할 게 뭐 있다고 그래. 자기 혹시 나 의심하는 거 아냐? 과거 있는 여자로. 그래서 떠보려고 별안간 결혼신고하자는 거 아냐? 그런 음흉한 남자하곤 내 쪽에서 안 해줄란다."

농담 반 진담 반으로 비싸게 굴기까지 했다.

"아냐, 매이고 싶어서 그래. 당신한테 확실하게 매이고 싶단 말야. 당신 날 꼭꼭 옭아매서 절대 놓아주면 안 된다."

나는 이런 소리를 웃지도 않고 했다.

"자기 취직하더니 사람 됐다. 정말이야. 나 감격했어. 참, 자기 사령장이나 뭐 그런 거 받지 않았어?"

사령장이란 소리에 나는 뜨끔했다. 그러나 짐짓 시침을 떼고 반문했다.

"사령장이 뭔데?"

"왜 있잖아. 학교에서 아이들한테 주는 반장이나 회장 임명장 같은 거. 회사에서도 새로 들어온 사원이나, 승진이나 전근한 사원에게 그런 거 주지 않나 몰라?"

"누가 국민학교 선생 아니랄까봐, 유치하게스리 임명장 상장 표창장, 장자 돌림 좋아하기는……"

"내가 뭐 그런 게 좋아서 그러나. 구비서류도 안 받고 시켜준 취직이라 붙박이가 아닐까봐 가끔가끔 허전한 생각이 나서 그러지 뭐."

아내가 조심스럽게 말했다. 나는 또다시 아내의 미간을 스치는 눈치꾸러기 같은 그늘을 보면서 아내도 그 동안 태평하지만은 않았다는 걸, 내가 나의 소속감을 믿을 수 없어 남몰래 겪었던 그 고약한 조바심을 아내 역시 같이 겪으면서 지내왔다는 걸 알아차린다. 순간 약점을 들킨 것처럼 무안했다. 무안한 김에 나는 나도 모르게 아내의 따귀를 때렸다. 처음 해본 손찌검에 놀란 건 아내보다 내 쪽이었다.

나는 따귀 맞은 아내를 와락 끌어안고 볼을 비볐다. 아내에 대한 연민으로 흐느낄 것 같았다.

"미안해, 미안해. 내가 어쩌자고 당신을. 내가 사령장보다 더 확실한 취직한 증거를 갖다 보여줄 테니 날 용서해줘. 곧 나 월급 탈 거야. 일하고 보수 받아오는 것보다 더 확실한 취직의 증거가 어디 있겠어?"

나는 이렇게 아내를 위로하며 실은 내가 위로받고 싶었다. 월급만 타면야 아무리 구비서류 없이 한 취직이기로서니 설마 실감이 안 날라고 하는.

"첫 월급 타면 자기 나한테 뭐 사줄 거야?"

뜻밖에 생경한 목소리로 아내가 따졌다. 나는 따귀 때린 손이 부끄러워 쩔쩔매면서 말했다.

"첫 월급인데 봉투째 당신한테 고스란히 갖다바쳐야 하는 거 아냐?"

"자기 정말 그래주는 거지?"

아내가 당장 콧물이라도 떨어뜨릴 듯이 축축한 얼굴로 감지덕지했다. 그리고 언제 따귀 맞았더냐 싶게 밝고 싱싱한 표정으로 월급 타면 사고 싶은 것을 차례차례 늘어놓기 시작했다. 그녀의 실크 원피스와 나의 춘추복, 그녀의 핸드백과 나의 구두, 전기 프라이팬과 소파, 냉장고와 세탁기, 전화와 텔레비전, 홈세트와 법랑냄비…… 아내가 사고 싶은 것들은 밤새도록 주워섬겨도 그 밑천이 딸릴 것 같지 않았다.

나는 그 소리에 귀 기울이며 우리가 얼마나 안 가진 게 많나, 아내는 그 동안 수없이 작은 욕망들을 얼마나 감쪽같이 챙기고 살았나를 신기하게 생각했다.

결국 수많은 욕망을 거쳐 내 월급이 안착한 곳은 적금통장이었다. 아내는 내 월급을 한푼도 안 건드리고 고스란히 적금을 부어 몇 년 후 나의 문패가 달린 집을 갖고 말겠다는 비장한 결의를 나타냈다. 나는 물론 찬성했다.

그러나 아내가 내 월급으로 철옹성을 쌓을수록 나는 점점 첫월급을 탈 자신조차 잃어가고 있었다. 타임 레코든가 뭔가 하는 괴물스러운 기계까지 들여놓고 직원들의 일 분 일 초를 악착같이 따지고 감시하는 지독한 회사에서 나같이 족보에도 없는 뜨내기에게 월급을 줄 것 같지 않았다.

그러나 정해진 월급날 출근일수까지 정확하게 계산된 월급을 받을 수가 있었다. 출근한 지 한 달은 채 못 됐지만 대필한 원고료까지 받고 보니 그럭저럭 한 달치는 됐다.

그날, 나는 취직하고 처음으로 아내로부터 전화를 받았다.

"오늘 월급날이지? 자기 일찍 들어와야 해. 어디로 새지 말고."

동료 여교사들이 지켜보는 앞에서 자랑스럽게 남편의 직장에 전화를 거는 아내의 모습이 눈에 선하다. 여직껏은 결혼한 딴 여교사들이 그렇게 하는 걸 부럽게 지켜보기만 하다가 오늘 당장 여봐란듯이 그 흉내를 내고 있으리라.

그러나 어디로 새지 말라는 소리는 도리어 어디로 새라는 암시가 된다. 나는 월급봉투를 안주머니에 넣고 혼자서 쏘다니며 이렇게 저렇게 낭비를 했다. 까만 돌이 박힌 반지도 사고, 세트로 된 화장품도 사고, 꽃무늬가 화사한 홈웨어도 사고, 케이크도 한 상자 샀다.

나는 내 월급으로 아내가 적금을 붓기를 원치 않았다. 내 문패가 달린 집이 싫어서가 아니라, 그것을 해약할 때의 아내의 슬픈 마음을 헤아려서였다. 나는 아직도 내가 진흥기업에 매인 몸인 것을 믿을 수 없었고, 그것을 믿을 수 없는 한 앞으로의 월급을 보장할 수가 없었던 것이다.

내 속셈을 알 리 없는 아내는 첫 월급으로 적금을 넣을 수 없게 된 것을 섭섭해하느라, 첫 월급으로 사온 푸짐한 선물에 감동하느라 민망하도록 어쩔 줄을 몰랐다.

낭비하고 남은 돈은 얼마 안 됐지만 아내에게 맡기고 매일매일 타쓰기로 했다.

어느 날, 아내가 하도 바빠하길래 내가 손수 아내의 지갑에서 내 용돈을 꺼내다가 무심히 주민등록증 외에 또하나의 신분증을 발견했다. 그것은 공무원증이었다.

아내는 어엿한 교육공무원이니 이상할 건 하나도 없었다. 이상한 건 나였다. 나는 그것을 보자 또다시 불안한 소속감이 들먹이는 걸 느꼈다. 진흥기업 사원들은 저희끼리만 사원증을 가지고 있고 나만 제외된 것같이 생각된 것이다.

웬만한 잡지 한 권 부피는 되는 구비서류를 업고 들어온 사원하고, 이력서 한 장으로 들어온 뜨내기하고 그만한 차별대우는 해서 마땅하다고 생각하면서도 그것을 내 눈으로 확인하고 싶어 조바심이 났다. 조바심은 날로 심하게 내 심장을 옥죄었다.

어느 날 점심시간, 나는 속이 덜 좋다는 핑계로 사무실에 혼자 남았다. 단층의 별관이라 앞으로 테니스 코트가 보였고 뒤론 잔디가 있는 뜰이 있어, 그곳을 이용하는 사람들의 모습이 잘 보였다. 밖에서 안이 잘 들여다보이건 안 보이건 간에 창피한 짓을 하려는 마당에 밖의 사람들에게 신경이 안 쓰일 수가 없었다.

눈알을 불안하게 사방으로 굴리며 사무실 속을 서성대기를 한동안, 양쪽 창 밖으로 아무도 안 보이면서 동시에 미스 김의 까만 핸드백이 눈앞으로 육박했다. 지금이야말로 절호의 찬스라는 예감이 전류처럼 찌릿하게 지나갔다.

나는 생전 처음 아내 외의 여자의 핸드백을 열었다. 위기를 포함한 모든 기회는 일순이란 생각이 손끝을 떨게 했다. 그러나 곧 침착해졌다. 아내의 핸드백 속과 같은 혼잡성과 똑같은 냄새가

꿈과 같이 375

나를 마음놓이게 했다.

 신분증과 돈과 함께 넣을 수 있는 네모난 비닐지갑까지 아내 것하고 닮아 있었다. 나는 그것을 열었다. 그러나 내용물을 확인하기도 전에 한 장의 사진이 나풀 땅바닥으로 떨어졌다. 하필 이 때 딴 사람도 아닌 미스 김이 나타났다. 나는 얼떨결에 사진을 구둣발로 밟으면서 핸드백 속에다 지갑을 도로 처넣고 닫았다. 내가 생각해도 신기할 만큼 침착했다.

 "무슨 짓이에요?"
 "아닙니다. 아무것도 아닙니다."
 그러나 미스 김은 처음부터 보고 있었던 것처럼 자신 있게 내 가슴을 밀쳤다. 나는 두어 걸음 뒤로 물러났다.

 땅바닥에서 미스 김의 얼굴이 흙 묻은 채 웃고 있었다. 미스 김은 그것을 집어들고 흙을 털면서 나를 노려봤다.

 "치한! 유부남인 주제에 감히…… 일러줄 테야요, 과장님한테."
 그제서야 나는 나의 행동이 미스 김에 의해 어떻게 이해되고 있나를 짐작했다. 풍선에서 김이 빠지듯이 혜식은 웃음이 치미는 것을 삼키고 사뭇 비극적인 얼굴을 할 수가 있었다.

 "용서하십시오 미스 김. 그렇지만 너무 좋아했습니다. 너무 사모했습니다."
 미스 김의 표정이 단박 황홀하게 풀리는 걸 지켜보면서 나는 될 대로 되라고 자포자기할 수밖에 없었다.

 그날 이후 미스 김의 의미심장한 시선은 나에게 또하나의 고통이 되었다. 그래도 나는 붙박이와 뜨내기의 차이를 확인하고 싶은 조바심을 버릴 수는 없었다.

처음에 하필 여자를 대상으로 삼은 걸 후회하긴 했어도 그 행동 자체를 뉘우치진 않았다.

날씨가 더워짐에 따라 Y선배는 출근하자 상의는 벗어서 의자에 걸어놨다가 퇴근할 때나 입었다. 나는 그것을 노리고 처음과 마찬가지로 속이 덜 좋다는 핑계로 점심시간에 사무실에 혼자 남았다.

처음보다는 배짱이 생겨서 담배를 의젓하게 꼬나물고, 아예 바깥엔 신경도 안 쓰고 침착하게 Y선배의 상의를 뒤지기 시작했다. 안주머니에서 제법 고급의 가죽지갑이 나왔다. 막 그것을 펼치려는데 Y선배가 황급히 돌쳐들어왔다. 나는 그것을 다시 안주머니에 쑤셔박을 수밖에 없었다.

"자네 지금 뭐 하고 있는 거지?"

Y선배가 심히 불쾌한 듯 아래위를 험악하게 훑으며 따졌다.

"아닙니다. 저어, 속이 덜 좋더니 별안간 담배 생각이 나서요. 한 개비 실례하려고요, 헤헤……"

궁하면 통한다더니 임기응변치곤 썩 잘된 변명이다 싶어 회심의 미소를 띤 것도 잠깐, 불행히도 나는 담배를 피워물고 있었고, 와이셔츠 주머니에선 아침에 산 담뱃갑이 두둑한 고개를 내밀고 있었다.

"자네 혹시 도벽이라도 있는 거 아닌가?"

꿈과 같이 377

Y선배가 진지하게 물었다.

"아닙니다. 그럴 리가…… 저는 세상에 나서 여직껏 남의 검부락지 하나……"

"아, 알겠네. 지금 나 바쁘네. 더이상 듣고 싶지 않기도 하고."

Y선배는 이마를 곱지 않게 찡그리고 상의의 주머니를 하나하나 점검하더니 걸치고 다시 나갔다.

이번 호부터 외부 필자를 몇 명 모신다더니 어떤 명사하고 점심약속을 해놓고 상의를 안 입고 나갔다 돌쳐온 모양이다.

이래저래 사무실에서의 나의 입장은 더욱 난처한 것이 되고 말았다. Y선배는 눈에 띄게 나를 구박했고, 일을 안 시키든지 시켜도 안 될 일만 시켰다.

이 달의 나의 유일한 일은 인기작가 Q씨의 콩트를 받아내는 일이었는데 전화를 걸 때마다 여행중이었다. 시시한 홍보책자에 그 유명한 Q씨의 원고를 꼭 싣겠다는 고집은 그 목적이 순전히 나를 들볶기 위해서인 것 같았다.

만날 전화통만 붙들고 있는 나에게 Y선배는 불친절하게 말했다.

"자네, 발은 뒀다 뭐 하려나?"

Q씨의 집은 강남의 신흥주택가에 있었고, 매일 찾아가도 매일 여행중이었다. 깔끔한 식모애도, 아름다운 부인도, 사진에서 본 Q씨를 꼭 닮은 아이들도 다 만나봤지만 Q씨는 여행중이라는 외마디 소리밖에 할 줄 몰랐다.

지성이면 감천이라고 거의 매일 출근과 근무까지를 Q씨 집 주변에서 하던 끝에 드디어 Q씨를 만날 수가 있었다. 그는 맨발에 슬리퍼를 끌고 양손에 하나씩 아이들의 손목을 잡고 산책길에서 돌아오고 있었다.

"Q선생님이시죠? 안녕하세요. 뵙게 돼서 반갑습니다. 저는 진흥기업의……"

"Q씨는 여행중입니다."

Q씨의 친절한 목소리가 내 말의 중턱을 잘랐다.

"네?"

"Q씨는 여행중입니다."

Q씨는 지옥의 문지기라도 감동시킬 것처럼 순진하고 정직한 눈을 껌벅이며 같은 소리를 되풀이하더니 안으로 들어가 문을 닫았다. 철컥 하고 쇳소리가 났다. 그 소리를 들으며 나는 어떤 일을 끝장낼 결심을 자연스럽게 할 수가 있었다.

목이 타서 동네 어귀 식료품점에 들러 맥주를 한 병 사서 마개를 땄다. 신흥주택가의 아담한 식료품점은 매우 붐볐다. 남편은 열심히 물건을 팔고 젊은 아내가 금전등록기의 버튼을 날렵하게 눌러 잽싸게 영수증을 떼어주는 모습이 생기 있어 보였다.

손님이 뜸하고 주인이 한가해진 사이 나는 말을 시켰다.

"장사가 번창하시는군요. 길목이 좋아서 그런가요?"

그는 나를 세금쟁이나 새로운 장사꾼으로 오해하고 있는지 대뜸 엄살부터 부리기 시작했다.

"번창이 다 뭡니까. 장사해서 돈 벌기 다 틀린 세상이에요. 어수룩한 구석이 조금이라도 있어야 말이죠. 저것 보세요. 사탕 한 봉지 팔고도 표준계산서 떼는 것. 어디 팔 때뿐입니까. 물건 해올 때도 떼어야죠. 부가가치세다 종합소득세다 어찌나 철저하게 얽어놨는지 옴치고 꼼칠 틈은 바늘구멍만큼도 없다니까요."

"그래도 월급쟁이보다는 날 게 아녜요?"

"아, 요새 월급쟁이가 어때서요? 월급쟁이보다 나아서 이 노릇을 하는 게 아니라 월급쟁이 할 자격이 모자라 한답니다. 하라는 공부 안 한 거 후회해 뭐 합니까. 자식새끼들이나 잘 가르쳐야죠."

다시 가게가 바빠졌기 때문에 나는 맥주값을 치르고 영수증을 받아들고 나왔다. 나는 유쾌했다. 취직 안 하고도 자기를 이 사회에 얽어맬 방도를 알았다는 것으로.

그날 밤 아내와 나란히 누운 자리에서 나는 아내에게 회사를 그만둘 뜻을 밝혔다.

"왜? 그렇게 좋은 자리를······"

"좋긴 뭐가 좋아, 그까짓 데가."

"그래도 자기 같은 천성의 자유인에게는 더할 나위 없는 좋은 자리였잖아?"

아내는 국민학교 선생답게 늘 지당한 말만 해왔다. 그러나 나더러 자유인이라니 당치도 않은 소리였다. 내가 대단치도 않은 한 기업에 매이고 싶어 그 동안 얼마나 죽도록 안달복달을 했는지 아내는 아마 모르리라. 그러나 나는 아내의 엉뚱한 오해를 애써 바로잡아주려 들진 않았다.

"하긴 요새 세상에 드물게 어수룩한 고장이었어. 그렇지만 좋은 꿈에서 스스로 깨어나고 싶은 것처럼 그 자리를 스스로 물러나고 싶은 걸 어떻게 해?"

"자긴 참 이상하다. 흉몽이나 빨리 깨어나고 싶지, 어째서 좋은 꿈에서 깨어나고 싶다는 거지?"

"좋은 꿈일수록 큰 배반을 마련하고 있거든. 깨어났을 때의 배반감 말야. 배반 안 당하려니 먼저 배반할 수밖에 더 있냐 말야. 선수를 치는 거지."

"자기 참 어렵다. 그나저나 자기 또 무직자라는 거 나 싫은데."

나는 아무런 대답도 하지 못했다. 머리맡 벽에 벗어 걸은 나의 바지로부터 늘어진 혁대 끝의 버클이 똑바로 쳐다보았다. 때가 낀 명문 대학 교표의 음각(陰刻)이 꼭 해골바가지가 웃는 거처럼 보였다.

나는 그것을 처음으로 남처럼 바라보면서 그것으로부터 가까스로 놓여난 것처럼 느꼈다. 그리고 놓여나기가 매이기나 마찬가지로 어렵기만 한 내가 싫어서, 내쫓아버리고 싶게 싫어서 난폭하게 아내를 안았다.

공항에서 만난 사람

 어깨에 멘 여행백은 자그마한 것이었지만 돌하르방이 몇 개 들어 있어서 몸이 비뚤어질 만큼 무거웠다. 게다가 한 관들이 제주 밀감 상자를 양손에 하나씩 들고 있었다.

 제주도 갔다 오는 티가 더덕더덕 나는 내 꼴이 민망해 혼자서 열쩍게 웃으며 택시들이 늘어서 있는 곳을 향해 뒤뚱걸음을 하다 말고, 나는 문득 국제선 대합실에 가서 커피나 한잔 마시면서 쉬었다 가고 싶은 생각이 났다.

 쉬기만 할 양이면 국내선 대합실 쪽이 한결 조용했고, 커피 맛이 국제선 쪽보다 못할 리도 없건만 나는 굳이 그러고 싶었다. 실상 나는 커피맛도 잘 모르거니와 별안간 커피 생각이 간절했던 것도 아니다.

 하루하루의 답답증을 주체 못 해 한번 한껏 멀리 벗어나보자고 벼르고 별러서 다녀오는 이 나라 끝간 데가 실은 엎어지면 코

닿는 데였다. 새로운 답답증만 얻어가지고 돌아오는 셈이었다. 이런 답답한 마음은 밖으로 열린 이 나라 유일의 창구멍이라도 기웃거리며, 정말 먼 곳의 콧김이라도 쐬고 싶게 했다.

나는 나에게 주렁주렁 매달린 짐의 무게 때문에 아직도 몸의 균형을 잡지 못하고 있었으므로 불안해서 에스컬레이터도 못 타고 낑낑거리며 계단을 걸어올랐다. 커피숍을 찾을 것도 없이 우선 공항 대합실 빈 의자에 짐부터 내려놓고 나도 앉았다.

내가 앉은 곳에선 출국하는 사람들이 배웅 나온 사람들과 마지막 인사를 나누고 나서 공항 직원한테 여권을 보이고 나가는 출구가 곧바로 바라보였다.

이름 있는 건설회사 마크가 붙은 청색 작업복을 입은 기능공들과 그들의 가족들로 출구 근처는 장바닥처럼 무질서하게 붐비고 있었다. 그런 북새통에도 남을 밀치고 저희들끼리만 단합해서 기념촬영을 하는 극성스러운 가족도 있었다. 주름이 깊게 파인 늙은 어머니가 일 분 만에 나온 신기한 가족사진을 떠나는 아들에게 한 장 주고 자기도 한 장 간직하면서 손수건으로 눈두덩을 눌렀다.

아들이 그의 어린 자식의 뺨을 비비며 아내와 얘기하고 있는 사이에 뒷전에서 아들의 손가방에 도시락을 쑤셔넣고는 지퍼가 안 닫혀 쩔쩔매는 또다른 어머니의 모습도 보였다.

"홍콩에선 두 시간밖에 시간이 없어요. 단 두 시간, 그러니까……"

저만치선 또 딴 건설회사의 인솔자인 듯싶은 건장한 남자가 그가 인솔해야 할 기술자들을 한자리에 둥그렇게 모아놓고 주의 사항을 들려주고 있었다. 단 두 시간을 강조하기 위해 높이 펴든 두 개의 손가락이 V자로 보였고, 남자는 그런 일에 이골이 나 보였다. 그러나 듣는 쪽은 출국을 앞둔 금쪽 같은 시간에 그따위 설교를 듣고 있어야 하는 게 몹시 못마땅한 듯 산만하고 떫은 표정들을 하고 있었다. 도리어 한쪽에 몰려 서 있는 가족들이 더 열심히 듣고 있었다. 가족들은 하나같이 시골 학교 입학식날의 학부형들처럼 좋은 옷을 입고 있었고, 한마디도 안 놓칠 듯 긴장하고 있었고, 무작정 자랑스러워하고 있었고, 한없는 희망에 부풀어 있었다.

설교가 끝나자마자 한 사람 앞에 열 명도 넘는 환송객이 엉겨붙으면서 출구 쪽으로 몰렸다. 이때 엉겨붙지 않으면, 설사 아내나 어머니라도 가족 자격이 없어지기라도 하는 듯이 너도 나도 도깨비 바늘처럼 필사적으로 엉겨붙었다.

내가 앉아 있는 의자에 젊은 여자와 남자가 와 앉았다. 정확하게 말하면 여자가 남자를 억지로 끌고 왔다.

여자는 남자를 잠시 독차지해야 할 중대한 사정이라도 있었나 보다. 마스카라로 쇠꼬챙이처럼 빳빳하게 세운 속눈썹 속의 옴폭한 눈이 납치범처럼 살벌하게 반짝였다.

"글쎄, 왜 이래?"

남자는 한창 붐비고 있는 출구 쪽으로 고개를 길게 뺀 채 건성으로 말했다. 별안간 엉겨붙을 대상을 잃은 그의 남은 가족들이 엉뚱한 사람한테 엉겨붙지나 않을까 하고 근심하고 있는 것 같다. 나도 괜히 그런 걱정이 됐다.

남자는 표준형의 체격이었고 건축회사 마크가 든 작업복을 입고 있었고, 착실하고 건강해 보였다.

"일 년만 고생하고 나면 한 달 휴가 맡아서 집에 올 수 있다고 했죠?"

"글쎄 그렇다니까."

남자는 아직도 건성이었다. 비행기 뜰 시간이 가까운가보다. 그의 동료들이 차례차례 출구를 통과하고 있었다.

"오지 마세요."

여자가 눈을 딱 감으며 모질게 말했다.

"뭐라고?"

남자가 비로소 한눈팔지 않고 여자를 똑바로 보며 말했다. 그러나 여자의 말을 이해한 것 같진 않았다.

"여기서 들으니까 휴가를 안 맡을 수도 있다면서요?"

"글쎄, 왜 주는 휴가를 안 맡느냐 말야?"

"휴가를 안 맡고 현장에서 견디면 거진 백만원은 더 송금할 수 있다면서요? 백만원이 어디예요."

"난 또 뭐라고. 그까짓 백만원 땜에 남 다 맡는 휴가를 맡질 말란 말야?"

사람 좋아 뵈는 남자는 화를 내는 대신 어처구니없어했다.

공항에서 만난 사람 385

"어머머, 미처 돈도 벌기 전에 통만 커져가지고 그까짓 백만원이라는 것 좀 봐. 그러면 못써요. 나는 열심히 모을 테니까 당신은 열심히 벌어야 해요. 이게 어떻게 잡은 기횐가 생각해봐요."

"알았어, 알았지만 휴가는 맡을 거야."

남자가 너그럽게 말했다.

"당신 정말 이렇게 말귀 못 알아듣는기예요? 그래만 봐요. 휴가 맡아 와도 난 당신 안 볼 테니까. 내 몸의 털끝 하나도 못 건드리게 할 테니까. 방 문턱도 못 넘게 대문 밖에서 내쫓아버릴 테니까."

여자가 입술을 물면서 숫제 협박조로 나왔다.

"아이고 아이고, 여기 신사임당 또하나 났네."

남자가 농으로 받았다. 사임당의 일화 중의 그와 비슷한 얘기가 있는 것도 같았으나 여자의 악바리 같은 얼굴과 짙은 화장과 포도송이처럼 짧고 고슬고슬한 머리 때문에 그 비유는 썩 엉뚱하게 들렸다. 나는 폭소가 터질 것 같아 어금니를 물었다.

"낸들 오죽해서 이러겠어. 이게 어떻게 잡은 기회야. 고생하는 김에 좀더 해가지고 우리도 남과 같이 살아봐얄 게 아냐."

여자의 목소리가 떨렸다. 그러더니 급히 손수건을 꺼내 검고 진한 눈물을 닦아냈다.

남자가 말없이 여자를 포옹하고 싶은 몸짓을 했다. 그러나 평균치의 한국 남자답게 그것은 몸짓으로 끝났다. 마치 키스신이 커트당한 텔레비전의 외화 프로를 볼 때처럼 나는 그게 애석했다.

"야들이 여기서 뭐 하고 있어?"

어머니인 듯싶은 노파가 그들 앞에 나타났다.

"먼길 떠나는 사람 뭘 좀 입매를 해서 보낼 생각은 안 하고 그저 울고 짜긴, 쯧쯧."

노파가 못마땅한 듯 며느리한테 눈을 흘겼다. 그리고 팔뚝만큼이나 탐스럽게 만 시커먼 김밥을 아들의 입에 쑤셔넣었다. 남자는 그걸 한 입만 베물고 노파한테 도로 주었다.

출구 쪽에서 뭘 우물대고 있느냐고 고함치는 소리가 났다. 남자가 서둘러 출구 쪽으로 달려갔다. 까만 수첩을 꺼내 보이고 나서 아내와 어머니가 있는 곳을 향해 손을 흔들더니 나가버렸다.

기술자들이 떠나고 배웅 나온 그들의 가족들도 하나 둘 사라지고 나자 공항 대합실의 분위기도 바뀌었다.

피부색이 우리와 다른 사람들과, 색깔과 이목구비는 멀쩡한 우리나라 사람인데도, 우리말로 말을 시키면 알아들을 것 같지 않게 생긴 사람들이 판을 치기 시작했다. 나는 점잖은 댁 칵테일 파티에 모인 사람들을 창 밖에서 구경하는 아이처럼 적당한 거리감과 적당한 호기심을 가지고 이 국제적으로 고상해 뵈는 사람들을 구경했다.

"이 쌍놈의 새끼들아."

어디선지 갑자기 여자의 우렁차고 씩씩한 욕설이 들렸다. 그것은 시중에 흔한 욕이었지만, 하도 세련이 넘치는 고장에서 들어서 그런지 진저리가 쳐질 만큼 생경한 것이었다.

"이 쌍놈의 새끼들아."

사람들의 시선을 모은 채 여자는 태평스럽게 욕하면서 손짓하고 있었다. 여자의 둘레로 고만고만한 세 소년이 모여들었다. 여자는 누구를 욕하거나 나무라고 있는 것이 아니라 뿔뿔이 흩어진 아이들을 불러모으고 있었던 것이다.

소년들은 머리가 노랗고 앳된 얼굴에 비해 키는 여자보다 큰 서양 아이들이었다. 여자는 주책스럽다 싶을 만큼 울긋불긋한 옷을 입고 있었으나 늙은 여자였다. 아무리 짙은 화장으로도 감출 수 없는 주름이 난도질해놓은 것처럼 처참한, 거칠게 늙은 여자였다. 그리고 그 여자는 우리나라 사람이었다.

지금은 거의 우리 주위에서 씨가 말라가는, 곧 죽어도 머리칼 노란 사람보고는 양놈, 일본 사람보고는 왜놈, 중국 사람보고는 뙤놈이라고 얕잡아야 직성이 풀리는 터무니없이 오만한, 어쩔 수 없는 우리나라 사람이었다.

그 여자의 어쩔 수 없는 우리나라 사람다움 때문에 입은 옷도, 거느리고 있는 아이들도 다 그 여자와는 얼토당토않아 보였다.

그 여자는 만날 때마다 그렇게 얼토당토않은 모습을 하고 있었다. 그 여자는 그런 얼토당토않음 때문에 늘 둘레의 사람들의 웃음거리가 됐지만 나는 그 여자가 그 얼토당토않은 것에 얼마나 맹목적인 정열을 바치면서 살아왔나를 알고 있었다.

나는 그 여자에게 아는 척하기 위해 나의 짐을 놓아둔 채 그 여자가 있는 곳으로 다가갔다.

"무대소 아줌마 아니세요?"

"아니, 이게 누구야? 미시 박 아냐."

우린 서로를 그렇게 부름으로써 서로 소식 모르고 지내던 오랜 세월을 쉽사리 단축시킬 수가 있었다.

6·25사변중의 한때를 나는 미8군 PX에서 점원 노릇을 한 적이 있다. 무대소 아줌마는 그때 그곳의 청소부였다.

지금 같으면 백화점 점원과 청소부와의 관계는 그저 얼굴이나 알고 지내는 관계겠지만 그때는 서로 없어서는 안 될 긴한 동업자끼리였다.

PX 물건이란 시중으로 갖고 나가기만 하면 곱절도 세 곱절도 넘는 장사가 되게 되어 있었지만, 문제는 어떻게 갖고 나가느냐였다.

훔친 물건이 아니라 엄연히 달러 들여놓고 그만큼의 물건을 손에 넣는 거였지만 그걸 지니고 있을 수도, 갖고 다닐 수도 없었다. 양키들은 우리를 도둑놈 지키듯 했고, 그네들 상품을 지니고 있다가 들키면 현행범으로 취급돼 물건 빼앗기고 패스포트 빼앗기고 블랙 리스트에 올라 딴 미군 기관에 취직도 못 하게 전도를 막았다.

손님이 드나드는 문에는 MP가 지키고 있어 유엔군 외에는 통과를 안 시켰고 종업원만 출입하는 조그만 후문에는 감시원이 지키고 있어 종업원의 소지품이나 주머니 속은 물론, 옷 위로 온몸을 안마하듯 주물러보고 나서야 내보냈고, 이런 감시원을 또 감시하고 있는 MP가 교대로 버티고 서 있었다. 여종업원의 몸수색을 위해선 여순경이 배치돼 있었다. 여순경은 자주 갈렸지만 곧 우리에게 포섭됐다.

양키들이 도둑 잡으라고 갖다놓은 순경이 도둑 편이 된 걸 알면 기가 찰 노릇이지만, 우리 편에서 볼 땐 그 어려운 시기를 굶어 죽지 않고 살아남기 위해 우리가 동족끼리 한패가 된다는 건 지극히 자연스러운 일이었고 또 마땅히 그래야 할 일이었다.

암시장에서 달러를 바꾸어 수지맞을 만한 상품을 사놓는 일은 우리 점원들 일이었고, 그걸 외부로 운반해서 시장에 넘기는 건 청소부의 일이었고, 청소부를 무사히 외부로 통과시키는 일은 여순경의 일이었다.

이득의 분배에 참여하기 위해선 각자의 맡은 일만 충실히 하면 됐다. 가장 엄수해야 할 일은 사고가 나면 그 책임은 각자가 질 뿐, 절대로 연루자를 만들지 않는 일이었다.

제일 위험한 일을 하는 청소부 아줌마들은 그 일을 위해 독특한 복장을 하고 있었다. 주름이 많이 잡히고 풀이 잘 서는 무명 통치마에 품이 넓은 저고리를 입고 머리엔 수건을 쓰고 어기적어기적 일부러 느리게 걸어다녔다. 양키 앞에서 귀가 어두운 흉내를 내거나, 눈이 어둡거나 머리가 모자라는 티를 내서 양키한테 미리 치지도외당하는 수법을 쓰는 청소부도 있었다.

매장마다 아침 진열이 끝나면, 빈 상자가 산더미처럼 쌓인다. 그중 하나 둘은 빈 상자가 아니었고 청소부가 빈 상자를 치우는 척하면서 그중 한두 상자를 여종업원 전용 화장실까지 갖고 가는 데는 거의 난관이 없었다.

양키들은 PX에서 일하는 한국 사람은 일단 도둑놈으로 보는 고약한 심보를 가지고 있었지만 여자 화장실까지 넘볼 수 없다는 어수룩한 신사도 또한 가지고 있었다.

빼돌린 PX 물건을 몸에 차는 일은 주로 화장실에서 이루어졌다. 청소부들은 오뉴월 복중에도 긴 메리야스 내복을 입고 있다가 그걸 발목까지 내리고 발목서부터 담배나 치약, 초콜릿 따위를 한 줄 뺑 둘러 쌓고 그만큼만 내복을 올리고 고무줄로 동여 고정시키고는 같은 방법으로 그 다음 줄을 쌓는 일을 되풀이해 발목에서 종아리로, 종아리에서 넓적다리로, 넓적다리에서 엉덩이로, 엉덩이에서 허리까지 물건을 한 켜 입히면 어마어마한 부피의 물건도 감쪽같았다. 껌이나 면도날같이 얇은 물건은 같은 방법으로 상체에 입혔다.

이렇게 온몸에 미제 물건을 갑옷처럼 입고 나서 허름하고 넉넉한 치마저고리를 입고 빗자루를 들고 서성대다가 점심시간만 됐다 하면 밖으로 나갈 수가 있었다.

출입문엔 MP가 지키고 있었지만 MP 하나 허수아비 만드는 건 문제도 아니었다. 여순경은 혹시 나중에 돌아올 분배에 속을까봐 몸 안에 물건의 부피를 정확하게 파악하려고 MP가 보기에도 너무한다 싶게 몸을 샅샅이 주물러보았고, 그럴 때마다 청소부는 까르륵까르륵 간지럼까지 탔다. 간지럼은 순전히 청소부의 쇼였다. 만약 이런 쇼에 능하지 못하고 어색하게 굴면 단박 MP가 의심하게 되고, MP가 의심하는 눈치만 보이면 여순경은 잽싸게 MP 편에 붙어야 하는 게 출입문의 비정한 생리였다. 모든 것은 그날의 운수 소관이었다.

PX에 취직했다 하면 아무리 막일꾼이라도 곧 일확천금할 것처럼 외부에선 알았지만 그런 달콤한 기대보다는 하루살이 신세를 각오하고 들어오는 게 편했다. 매일같이 무슨 트집이든지 잡혀 사람이 쫓겨나고 또 새로운 사람이 들어왔다.

껌 한 통 갖고 나오다 걸려도, 시계를 한 죽 차고 나오다 걸려도 걸렸다 하면 모가지 달아나긴 마찬가지니 이왕이면 크게 먹다가 걸리든지 한밑천 잡든지 해보자는 배짱은 너도 나도 있었지만, 그게 그렇게 뜻대로 되는 게 아니었다. 배짱이 좋아 하루살이 신세가 됐는지 하루살이 신세기 때문에 그런 배짱이 생겼는지 아무튼 그 시절의 우리의 삶을 지배하고 있던 의식은 PX라는 특수한 고장 아니더라도 하루살이스러운 것이었다.

무대소 아줌마는 남들의 이런 하루살이스러운 처세에 아랑곳없이 가장 오래 붙어 있으면서 가장 일 잘하는 청소부였다. 그렇다고 그녀가 남 다 하는 그 아슬아슬하고도 꿀맛 같은 돈벌이를 외면하고 온종일 쓰레질이나 하다 한 달 되면 월급 타는 것으로 만족하는 모범 청소부였던 것은 아니다.

그녀야말로 한몸에 가장 많은 물건을 감쪽같이 숨길 수 있는 초능력자였다. 남보다 곱절이 넘는 물건을 차고도 좀더 차지 못

해 걸근거렸다. 한없는 신축성을 가진 고무주머니처럼 그녀의 몸엔 물건이 한없이 들어갔고 욕심 또한 한이 없었다. 도대체 물건을 얼마나 앵기면 두 손 들까 알 수 없을 정도로 신비한 그녀의 몸의 수용 능력 때문에 무대소란 별명까지 붙었다.

나이는 몇살인지 짐작도 할 수 없었다. 얼굴에 주름은 없었으나 머리를 구식으로 틀어올리고 뻣뻣하게 선 검정 포플린 치마를 입고 사타구니에 밤송이라도 낀 것처럼 어기적어기적 안짱다리 걸음을 느리게 걷는 걸 보면 영락없이 몸이 굼뜬 중늙은이였다.

홀몸으로 일할 때도 꼭 이렇게 물건을 몸 하나 가득 찼을 때의 걸음걸이와 몸짓을 함으로써 그녀를 아는 매장의 양키나 MP들까지 그녀가 본디 그렇게 생겨먹은 줄 알도록 했다.

그러나 그녀가 여직껏 그렇게 운수가 좋았던 것은 그런 계획적인 의뭉스럼 때문만도 아닌 것 같았다. 그녀에겐 아무도 흉내 낼 수 없는 그녀만의 독특한 위엄 같은 게 있었다. 그녀의 처지로는 얼토당토않은 거였지만 묵살할 수도 없는 거였다.

아무리 경험 많고 뱃심 좋은 청소부라도 몸에 겹겹이 물건을 두르고 나가다가 매장 책임자인 싸진과 뜻하지 않은 곳에서 맞닥뜨리기라도 하면 안색 먼저 흔들리는 법이다. 그래서 '도둑이 제 발이 저리다'는 도둑 잡기의 초보적인 상식이요 만고의 진리건만 무대소는 언제 어디서나 한결같이 오만하고 당당했다. 양키가 의심할 허점을 보이지 않았다.

그러나 제가 무슨 뼛속까지 귀족이라고 우리한테까지 오만하

공항에서 만난 사람

게 구는 데는 질색이었다. 누구한테나 해라요, 누구한테나 함부로 욕이었다.

아무리 청소부라도 PX 물을 한두 달만 먹으면 굿모닝이니, 헬로니, 하아이니 하면서 윙크를 던지는 방법쯤은 쉽게 터득해 안면이 있는 양키한테 친한 척 써먹건만 그녀는 영어라면 욕 하나밖에 몰랐다.

그것도 웬만한 양키는 입에 담기 싫어하는 '선 오브 비치'라는 지독한 욕을 '쌍노메 베치'라고 고쳐서 써먹었다. 아마 우리의 욕인 '상놈의 새끼'하고 적당히 얼버무려서 그렇게 된 모양이다.

무대소는 말끝마다 아무한테나 이 '쌍노메 베치'를 함부로 써먹었다. 매장에서 점원과 청소부의 관계는 서로 이용하고 이용당하는 대등한 관계지만 그래도 칼자루를 쥐고 있는 쪽은 점원이었으므로 이윤의 분배의 몫은 점원 쪽이 많았고 청소부는 늘 우리 주위에서 맴돌면서 시중도 들어주고 눈치나 보고 가끔 옷이나 화장에 대해 칭찬도 해주고 점심시간에 졸졸 쫓아나와 점심값을 내주기도 했다.

그러나 무대소는 남 다 하는 이런 아부를 할 척도 안 했을 뿐아니라 도리어 우리를 깔보고 핀잔주고 했다.

특히 양키하고 살림 차린 점원한테는 맞대놓고 말끝마다 '쌍노메 베치' 아니면 '양갈보'였다. 그렇다고 그녀가 비교적 순진하고 나이 어린 우리들한테는 곰살궂게 굴었냐 하면 그렇지도 않았다. 양갈보만 빼고 '쌍노메 베치'였다.

"야들아, 느들이야말로 진짜 쌍노메 베치다. 아무리 난리통이지만 하필 피약솔 다닐 게 뭐야. 훗날 생각을 해야지. 점잖은 집에서 누가 피약소 다니던 계집앨 데려가냐. 느들 존 데 시집가긴 아저녁에 틀렸어야. 젠장 세상도 쌍노메 베치."

간혹 기분이 좋을 때는 이런 소리도 했다.

"느들 말이야, 이 담에 평화된 년에 꼭 이런 일 한번 생기고 말게다. 신랑 자린 맘에 들어 꼭 그리로 시집가곤 싶은데 신랑 자리 집에선 느들 피약소 다닌 것 갖고 트집 잡는 일 말이다. 그럴 땐 우물쩡대지 말고 즉시즉시 날 불러라. 그럼 내가 느들은 양놈 한번 거들떠도 안 보고 곱게곱게 피약소 다닌 걸 보증 서줄 테니깐, 알았쟈? 젠장 무슨 놈의 세상이 이렇게 가도가도 쌍노메 베친지."

무대소가 그런 걱정 할 만도 했다. 우리가 당시의 궁핍했던 서울바닥에선 너무 야하게 하고 다니기도 했고, 그중에는 정말 양키와 살림 차리고 사는 여자도 적지 아니 있어서 시중에서 PX 다니는 여자들에 대한 인식은 아주 나빴다.

여북해야 우리가 저녁에 한꺼번에 퇴근할 때면 주변의 쌔고쌘 거지, 구두닦이 소년들이 벌떼처럼 달려들며 "양갈보, 똥갈보, 어디를 가느냐, 엉덩짝을 흔들며 어디를 가느냐, 깜깜한 뒷골목 나 혼자 걸어서 하우마치, 완 타임 × 팔러 간단다" 이렇게 합창을 하며 따라왔고 질 나쁜 거지는 앙꽹이를 그린 얼굴을 험

공항에서 만난 사람

하게 찡그리고 오물이 든 깡통을 들이대며 "이 똥갈보야 돈 내놔, 안 내놓으면 옷에 똥 묻혀줄 테다" 하고 협박을 해도 당할 수밖에 없었다.

그러나 속사정을 아는 무대소가 우리들을 통틀어 깔보고, 때로는 불쌍해하고, 심지어는 양키들 앞에서까지 거침없이 당당하게 구는 까닭은 일종의 우월감 때문이었는데, 알고 보면 그 우월감 역시 터무니없는 것에서부터 비롯되고 있었다.

무대소의 남편이 국군이라는 것이었다. 그녀는 그 소리를 매우 엄숙하고 품위 있게 했다. 그러나 계급이 뭔지 지금 어디서 싸우고 있는지에 대해선 말하지 못했다. 1·4후퇴 당시 사십 세 미만의 장정은 일제히 소집됐고, 그때 나가서 아직 소식 없는 남편이 군인이 되어 최전방에서 싸우고 있겠거니 믿고 있을 뿐이었다.

그래서 그녀는 후방에서 군복에 줄 내고, 군화에 광내고 다니는 국군도 경멸했다. "쌍노메 베치, 지금이 어느 때라고 군인 나갔으면 전쟁터로 돌 것이지 서울바닥에 무슨 볼일이 있담. 쌍노메 베치."

이렇게 입이 걸고 안하무인인 무대소와 우리가 오래도록 거래를 계속했던 것은 물론 그녀의 무대소스러운 유능함 때문도 있었지만, 그 터무니없는 당당함에 압도당한 때문도 있었다. 그 무렵엔 참으로 당당한 사람이 귀했다. 그녀가 거침없이 잘난 척하는 게 밉살스럽다가도 문득 부럽고 보배로워지는 걸 어쩔 수 없었다.

그러나 무대소 아줌마도 쫓겨나는 날이 왔다. 딴 청소부들처럼 물건 차고 나가다 들켜서 한 번만 봐달라고 울고불고 빌붙다가 쫓겨난 게 아니라 가장 무대소답게 당당하게 쫓겨났다.

그때 서울의 전기 사정은 말이 아니었다. PX는 특선이었지만 정전이 잦았다. 지하에 스낵바가 새로 생기고 나서 얼마 안 되어서의 일이다.

무더운 여름날이었는데 온종일 전기가 나갔다.

다음날 이상한 소문이 꼬리에 꼬리를 물고 퍼졌다. 스낵바에 있는 대형 냉장고 속에 저장한 고기와 계란을 한강에다 갖다버린다는 거였다. 고기와 계란은 한 트럭도 넘는 부피라고 했다.

그들에겐 정해진 시간 이상 냉장고에 정전이 됐을 때, 그 속의 음식을 절대로 먹을 수 없다는 법이 정해져 있는데, 어제 정전은 바로 그 정해진 시간 이상 계속됐다는 거였다.

그러나 거기서 일하는 한국인 종업원의 말에 의하면 워낙 딱딱하게 얼은 고깃덩어리라, 언 것이 먹기 좋을 만큼 녹았을 정도지 상하려면 아직아직 멀었다는 거였다.

전기냉장고라는 게 어떻게 생겼는지 구경도 못 해본 때였다. 푸줏간에서도, 가운데 톱밥이나 처넣고 이중으로 만든 나무통에 얼음 몇 장 넣고 고기 넣고 팔면 위생적인 걸로 알아줄 때였다. 그리고 미군 부대에서 흘러나온 음식 찌꺼기를 모아서 한데 넣고 끓인 꿀꿀이죽이 서울 사람의 최고의 영양식이던 때였다.

저희가 못 먹을 거면 우리한테 선심이나 쓰면 어때서 그걸 실어다가 한강물에 던질 게 뭐냐 말이다. 아무리 배부른 족속이기로서니 하늘 무서운 줄을 알아야지. 세상에 벼락을 맞을 짓을 해도 분수가 있지.

우리 한국 사람들은 여기저기서 수군대며 칼끼리 칼을 갈듯이 양키들에 대한 우리의 적의를 서로 확인하고 맞비비고 날을 세웠다. 그러나 그날은 아무도 그들 앞에 세우진 못했다. 그들의 확고한 원리원칙에다 대면 우리의 날이란 게 얼마나 얼토당토않다는 걸 알고 있었기 때문이다.

스낵바에서 일하면서 양키 책임자한테 신임도 얻고 친하게도 지내는 한국 종업원 하나가 한강에 버릴 고기 중에서 집에서 기르는 개에게 주게 한 덩이만 달라고 해본 것이 고작이었다. 개의 생명도 사람의 생명과 마찬가지로 존중되어야 하거늘 어찌 사람이 못 먹도록 상한 걸 개에게 줄 수 있다고 생각하느냐고 면박만 당한 건 물론이다. 고기를 집에 있는 개 주고 싶단 말도 거짓말이었지만.

그때 우리는 양키들이란 우리가 상상도 못 하게 위생적이라는 것, 위생적이라는 것은 가장 사람을 위하는 일 같지만 실은 가장 비인간적인 것하고 통하는 것이라는 것 때문에 충격받고 혼란을 겪고 했지만 감히 그걸 내색하진 못하고 들입다 욕만 했다.

만일 그들이 우리에게 고기와 계란을 베풀었어도 우린 그들을 욕했을 것이다.

즈네들 못 먹을 걸 우리 먹으라고? 먹고 죽나, 배탈나나 실험해보려고? 그렇지만 죽지도 배탈도 안 날걸. 우리 뱃속은 적어도 고춧가루로 길들여진 뱃속이란 말이다. 이러면서 그 고기와 계란을 아귀아귀 포식하고 싶어서 너도 나도 환장을 할 것 같았다.

그날 점심시간이었다. 밖에 나가려고 출입문에서 몸수색을 기다리고 서 있는 줄엔 무대소 아줌마도 끼어 있었다. 그녀는 언제나 같이 몸집은 대부등만했고 거동은 거침없이 당당했다. 그녀가 지금 홑몸인지 아닌지는 만져본 여순경이나 알 일이지 아무도 짐작할 수 없었다.

그녀가 무사히 몸수색을 당하고 출입문 밖으로 벗어났을 때였다. 문 밖은 뒷골목이었고, 지하실 스낵바로 식료품을 나를 때만 쓰는 작은 철문이 나 있었다. 마침 그 문은 열려 있었고, 스낵바의 책임자 싸진이 진두지휘하는 중에, 잡역부들이 상자에 든 것들을 날라다가 대기하고 있는 트럭에 얹고 있었다.

싸진뿐 아니라 MP들까지도 철문과 트럭 사이에 도열하여 물샐 틈도 없는 삼엄한 경비를 하고 있었다.

우리는 누구나 한강에 갖다버릴 고기와 계란을 실어내는 중이라고 짐작했다. 폭탄이라도 실어나르는 것처럼 삼엄한 경계를 하고 있는 꼴이라니, 가관 중에도 가관이었다. 우리는 모두 발길을 멈추고 냉소로 얼굴을 일그러뜨리고 그 구경을 했다. 그러나 그들이 조금이라도 허술한 틈을 보인다면 결코 그게 온전히 한강물의 고기밥이 될 수 없다는 걸 우리는 알고 있었다.

이때였다.

"쌍노메 베치!"

간담이 서늘하도록 노여웁고 우렁찬 외침과 함께 무대소 아줌마가 표범처럼 날렵하게 싸진한테로 돌진했다. 성성이처럼 털이 무성한 팔에 매달리면서 "윽" 하더니 그녀의 이빨이 싸진의 팔뚝에 깊이 파고들었다. 싸진이 발을 구르며 비명을 질렀다. MP들이 달려들어 그녀를 억지로 떼어낼 때까지 그녀는 조용히 확고부동하게 팔뚝을 물고 있었고, 눈을 말똥말똥 뜨고 있었다. 그녀의 눈은 멸종돼가는 맹수의 눈처럼 완벽하게 고독해 보였다. 그리고 그때의 '쌍노메 베치'야말로 그녀의 수없는 '쌍노메 베치' 중에서도 압권이었다.

그녀가 그때 홀로 맹수였다면 우린 얼마든지 간에 붙었다 콩팥에 붙었다 할 수 있는 토끼나 다람쥐 나부랭이였다.

무대소는 곧 MP한테 끌려가고 싸진은 피 흘리는 팔뚝에 응급치료를 하고 중상이라도 입은 것처럼 병원으로 실려갔다. 다행히 무대소가 해고당하는 것으로 그 일은 끝났다.

그녀는 해고당하고 나서도 조금도 기죽지 않고 큰소리 뻥뻥 쳤다.

"야들아, 글쎄 하필 그때 내가 홑몸이 아니었잖니? 그런 꼴로 헌병대에 끌려갔으니 어떡허니, 느들도 아다시피 내가 한번 찼다 하면 얼마나 미련하게 많이 차니, 그까짓 거 이판사판이다, 들통나기 전에 내 맘으로 쏟아놓자 싶어 치마를 훌러덩 걷고 허리에 찬 것부터 하나하나 꺼내놓기 시작했지. 느들도 알다시피 그렇게 찬 것이야 어디 한꺼번에 우르르 쏟아놓을 수나 있던. 하나하나 꺼내려니까 더 많은 것 같더라. 아랫도리에서 꺼낸 것만도 산더미만한데, 다시 윗도리엣것을 꺼내려고 하니까 MP가 별안간 숨넘어가는 소리로 스톱 스톱 하더니만 눈깔을 허옇게 뒤집고 기절을 하더라니까. 양키들이란 그저 허우대만 컸지, 간댕이는 형편없이 작은 것들이라니까."

그녀는 마지막으로 이런 얼토당토않은 거짓말로 우리를 웃기고는 쫓겨났다. 그후에 그녀가 여직껏 열 식구 가까운 시집 식구를 혼자서 벌어먹여왔다는 소문을 듣고 그런 처지에 어째서 그런 얼토당토않은 반항을 할 수 있었을까 이상하게 생각하다가 곧 그녀에 대해 잊어버렸다.

곧 휴전이 되고 정부가 환도하자 나는 PX를 그만두고 결혼했다. 아마 첫애를 낳고 나서였을 것이다. 길에서 우연히 무대소 아줌마를 만났다. 그녀 쪽에서 먼저 "미시 박, 미시 박" 하면서 반가워하지 않으면 못 알아볼 만큼 그녀는 날씬해져 있었고, 옷도 몸에 맞는 정상적인 것을 입고 있었다. 걸음걸이도 젊은 여자다웠다.

우리는 케이크집에 마주 앉았다. 나는 거기서 처음으로 그녀가 나보다 세 살밖에 더 먹지 않은 여자라는 것과 젊으나젊은 나이에 과부가 됐다는 걸 알았다.

"저런, 전사를 하셨군요?"

나는 그녀가 군인 나간 남편을 얼마나 자랑스러워했던가를 생각해내며 이렇게 물었다.

"전사면 좋게, 객사라니까. 굶어 죽지 않았으면 얼어 죽기밖에 더 했겠어."

그녀보다 열 살이나 위인 그녀의 남편은 몸과 마음이 남달리 허약한 편이었는데 당시 제2국민병으로 소집돼 후퇴해서 군인으로 뽑히지 못하고 해산당한 사람이면 누구나 겪어야 했던 고초를 이기지 못하고 집에 돌아오기도 전에 객지에서 그렇게 되고 말았다는 것이다. 무대소 아줌마는 남편 얘기를 하면서 계속해서 눈물을 흘렸다.

"사람이 아무 때 죽어도 한 번은 죽는 거, 나 그 사람이 전사만 했어도 이러지 않는다구. 지지리도 못난 사람, 그래도 전쟁 덕에 사람 노릇 좀 해보는구나 싶어 나 그 사람 군인 나갈 때 좋아서 엉덩춤을 춘 사람이라구. 그런데 그렇게 명목 없이 죽어버리다니……"

나는 처음에 무대소 아줌마를 잘 못 알아본 게 그녀가 날씬해졌기 때문이 아니라 풀이 죽어 있기 때문이라고 알아차렸다. 무대소가 풀이 없다는 건 고추가 맵지 않은 것과 같았다.

나는 터무니없이 오만하던 때의 그녀가 좋았으므로 세상도 좋아졌겠다, 이제부터 재미난 세월 살아도 늦지 않으니 어서 기운을 내서 재혼할 생각이나 하라고 부추겼다.

"기운을 냈으니까 내가 지금 이만이나 하지. 그 사람 죽은 거 알고 나서 처음엔 나도 꼭 따라 죽을려고 했다니까. 내가 이래 봬도 한다면 꼭 하고 마는 성민 거 알지? 곡기라곤 미음 한 숟갈 안 마시고 빼빼로 일 주일을 누워 있으려니까 아닌게 아니라 정신이 들락날락 저승과 이승을 오락가락하는데, 이승보다는 저승에 가 있는 시간이 점점 더 많아지는 게 죽을 날이 가깝더구만. 하나도 무섭지도 않고 어디 아프지도 않고 마음이 그렇게 편할 수가 없는 기라. 그때 그냥 놔두면 곱게 눈감는 건데, 친정어머니가 어디서 소식을 듣고 오셔갖고 울고불고 애걸을 하시더군. 어쩌면 어머니가 그러시는데도 살고 싶은 마음이 요만큼도 안 우러나는지 사람이 죽기 전에 먼저 목석이 되더군. 그런데 어머니가 무슨 생각을 하셨는지 부엌으로 나가셔서 밥을 지으시잖아. 이윽고 문구멍으로 뜸 들이는 냄새가 솔솔솔 들어오는데, 세상에 이런 일도 있어? 정신은 여전히 가물가물 손끝 하나 까딱할 수 없는데 별안간 뱃속에서 뭔가가 불끈 들고 일어나는 거야. 그래가지고 꼭 성난 짐승같이 요동을 치는데 당최 걷잡을 수가 있어야지. 나중 생각하니 그놈의 짐승이 아마 목숨이었나봐. 나는 그때까지도 사람 마음하고 사람 목숨하곤 같은 건 줄 알았는데 그게 아니더라니까. 마음 따로, 목숨 따로야. 그래서 어머니가 해들여온 밥을 미친년처럼 퍼먹었는데 세상에, 세상에 안 먹고 죽기는커녕 열이 먹다 아홉이 죽어도 모르게 맛있더라니까. 정작 죽을 뻔한 건 그때 너무 먹어 관격을 해서였으니……"

그녀는 오랜만에 이렇게 나를 웃겼다.

그후 다시 십여 년이 흘렀다.

우리집에 놀러 와서 같이 점심을 먹고 난 친구가 음식 칭찬을 안 해주고 우리집 그릇들이 보잘것없다고 흉을 봤다. 그러고 나서 미제 물건 장수가 이태원에 사는데 그 집에 가면 탐나는 외제 그릇이 쌔고쌨으니 한번 구경가보지 않겠느냐고 했다.

그때는 나도 단산도 하고 살림 형편도 좀 넉넉해졌을 때라 그런 말에 쉽게 솔깃했다. 나뿐 아니라, 우리 둘레의 사람들이 거의 다 먹기 걱정을 일단 놓고 먹는 그릇 걱정을 해야 할 만큼 살림들이 자리를 잡혀갈 무렵이었다.

친구하고 같이 찾아간 그 외제 장수는 이태원에 있는 아담한 이층집에 살면서 방마다 화장실과 부엌이 딸리게 꾸며서 미군하고 살림하는 양부인한테 빌려주어 월세 받고 또 거기서 흘러나오는 외제 물건을 사서 장사도 하면서 이중으로 짭짤한 재미를 보는 멋쟁이 과부였다.

그 집엔 참 예쁜 외제 그릇이 많기도 했다. 이것저것 다 사고 싶은 것들뿐이었다. 뚝배기보다는 장맛을 믿어온 내 살림 솜씨가 미련하고 부끄럽게 생각됐다. 그러나 부르는 값은 엄청났다.

"값을 국산하고 비교하면 생전 이런 거 못 사십니다. 질을 비교해야죠. 질을 비교할 줄 알게 되면 이게 아무리 비싸도 비싼 게 아니라는 걸 알게 되죠."

외제 장수는 얕잡는 것처럼 나에게 말했다.

이때 이층에서 많은 유리그릇이 한꺼번에 깨지는 소리가 났다. 이어서 장작 패는 소리가 났다. 아이들이 악머구리 끓듯 우는 소리가 났다. 그리고 여자의 "쌍노메 베치, 쌍노메 베치……" 하는 소리가 났다.

나는 숨을 죽였다. 아이들 우는 소리가 더 높아지고 남자의 알아들을 수 없는 낮은 소리가 계속되는 가운데 "쌍노메 베치" 소리가 지겹도록 가속되고 고조됐다.

"또 지랄났군. 사흘이 멀다고 저 지랄이니, 창피해서…… 미안합니다, 손님."

외제 장수가 상냥하게 사과를 했다.

우당탕 소리가 나면서 늙고 보잘것없는 양키가 계단을 굴러떨어지더니 가까스로 일어나 씩 웃고는 밖으로 나가버렸다. "쌍노메 베치, 쌍노메 베치" 하면서 계단을 반쯤 쫓아 내려오던 여자가 지친 듯이 뒷짐을 지고 서더니 한숨을 쉬었다.

나는 쌍노메 베치 소리를 처음 들을 때부터 무대소 아줌마 생각이 나긴 했지만 정작 거기 그렇게 뒷짐 지고 서 있는 여자가 무대소 아줌마인 데는 놀라지 않을 수가 없었다. 그 동안 고생이 심했던 모양으로 짙은 화장이 민망하도록 폭삭 늙어 있었지만 싸움에 이겨서 그런지 예전처럼 거침없이 당당해 보였다. 우리가 안에서 엿보고 있는 걸 알 리 없는 무대소는 이층으로 올라가버렸다. 뒷짐 진 손에 방망이를 들고 있었다.

집 안이 다시 조용해졌다. 외제 장수는 자기 집에서 일어난 일에 지나치게 신경을 쓰며 묻지도 않는 말을 늘어놓았다.

"모르는 사람들은 양놈하고 살면 호강하는 줄 알아도 그렇지도 않아요. 양놈 중에도 별의별 악질이 있답니다. 사흘들이로 계집 패는 놈이 없나, 주사 부리는 놈이 없나, 노름꾼이 없나, 난봉꾼이 없나. 우리 이층 여편네는 그래도 제가 때리긴 해도 매는 안 맞아요. 그러니 또 오죽합니까. 아무리 양놈 서방이기로서니 서방한테 매 드는 년은 오죽해야 들겠어요. 서방이 순 거지 건달이에요. 손끝 하나 까딱 안 하고 계집 등골을 빼서 편안히 먹고 노름하고 계집질까지 하는……"

"남자가 군인 아닙니까?"

"동거하긴 군인 때부터였대요. 여자도 처음부터 양색시질 했던 건 아니고, 양색시들 집에서 식모처럼 일하다가 지금 저 녀석하고 눈이 맞았는지 겁탈을 당했는지 글쎄 트기를 하나 낳았대지 뭐예요. 그래놓고 본국으로 돌아가게 되니까, 그 작자 새끼가 신통했든지, 계집이 쓸 만했든지 글쎄 제대하면 꼭 돌아와서 결혼하겠다고 벼르더래요. 그렇지만 그걸 누가 믿었겠어요. 이 바닥에서 양놈의 그런 헛소리 믿을 사람 아무도 없습니다. 그랬는데 정말 돌아와서 저렇게 같이 살고 정식 결혼신고도 했답니다. 어수룩한 한국 여자 등을 빼 일생 놀고먹기로 아주 작정을 하고 온 거죠. 그것도 모르고 여자가 워낙 무식해놔서 양놈하고 사는 걸 무슨 벼슬이라도 하는 줄 아는지 어찌나 거만하게 구는지 말도 못 해요. 하긴 양놈하고 산다는 것만 가지고도 밥 벌어먹기는 문제없으니 그것도 벼슬이라면 벼슬이지만……"

"양놈하고 사는 것만 가지고도 벌어먹긴 문제없다뇨?"

"카미서리니 피엑스니 맘대로 드나들며 달라로 물건을 살 수 있으니까요. 그래도 여자가 그 짓을 워낙 너무 해먹으니까 걸려들기도 여러 번 걸려들었나봅디다. 걸렸다가 나와서도 창피한 줄도 모르고 으스대는 꼴은 또 말도 못 해요."

"으스대다뇨? 어떻게요?"

"내가 나 먹자고 이 짓 하는 줄 아느냐. 미국놈 먹여살리려고 이 짓 한다. 네놈들은 우리 삼천만이 다 네놈들 덕 본 걸로 알지만 한국 사람 덕으로 굶어 죽지 않고 사는 미국놈도 있단 말이야. 내가 바로 미국놈 먹여살리는 한국인이고 내 남편은 그 미국놈이다. 이렇게 호령을 하면서 뻐긴다는 거예요. 그렇지만 그걸 누가 믿어요."

"왜 못 믿으세요?"

나는 따지듯이 물었다.

"그 무식한 여자가 그렇게 길고 어려운 영어를 어떻게 했겠어요. 애를 셋씩이나 낳고 십 년이나 넘어 사는 제 남편하고도 한다는 소리가 싸울 때는 쌍노메 베치, 한창 좋을 때라야 아이 러뷰가 고작인걸요. 여북해야 아이들도 생긴 것만 트기지, 제대로 영어 한마디 못 한다니까요."

이치로 따지면 옳은 소리였다. 나는 그 말을 무대소 아줌마가 했을 것을 믿었다. 못 알아들으면 대순가. 우리말로라도 그 말을 했을 것이다. 삼천만이 양키 덕을 입는 입장이거늘 그녀 혼자 그것을 거슬러 홀로 양키에게 덕을 베풀려 들다니, 그것은 얼마나 고독하고 얼토당토않은 짓인가. 그렇지만 그녀라면 할 수 있었을 것이다.

나는 오래 전 그녀가 얼토당토않게도 굶주린 동포의 설움을 분풀이해야 할 책임을 홀로 걸머지기라도 한 것처럼 스낵바 싸진의 팔을 물어뜯었을 때의 그 완벽하게 고독했던 얼굴을 떠올리며 그렇게 믿었다.

그러나 거기 대해 외제 장수한테 설명하진 않았다.

그날, 나는 외제 그릇을 비싸다는 핑계가 아니라 가지고 가기가 겁난다는 핑계로 안 샀기 때문에, 그후로는 외제 장수가 우리 집을 드나들게 됐다. 외제 그릇은 살 듯 살 듯 하기만 하고 안 사고 기껏 후춧가루나 핸드로션 따위나 하나씩 샀기 때문에 외제 장수의 발걸음은 차츰 뜸해졌다. 그러나 그녀를 통해 무대소 아줌마의 소식은 가끔 들을 수 있었다. 너무 싸움이 잦아 내쫓았다고 했고, 그 근처로 이사해서 그럭저럭 산다고 했고 워낙 술이 과하던 늙은 양키가 어느 날 갑자기 죽어서 무대소 아줌마가 다시 과부가 됐다는 소식을 마지막으로 외제 장수는 발길을 끊었다.

그리고 이렇게 만난 것이다.

"어디 가세요?"

나는 시장 가다 만난 이웃집 아줌마한테 말하듯이 가볍게 물었다.

"미국, 이 상놈의 새끼들을 어떡허든 사람 만들어야겠기에."

"아줌마, 쌍노메 베치는 어떡허구 자꾸 상놈의 새끼래."

나는 그 마당에 엉뚱하게도 그녀의 말을 고쳐주려고 했다.

"아냐, 내가 미국만 가봐. 그까짓 혀 꼬부라진 미국 욕 안 한다구. 내 나라 말로 실컷 내 나라 욕하면서 살지."

그녀는 미국 가는 목적이 실컷 욕이나 하는 데 있는 것처럼 희망찬 소리로 말했다. 나는 잠자코 고개만 끄덕였다.

발등을 밟히고도 오히려 "엑스 큐스 미" 한다는 간사한 문명인들 사이에서의 홀로의 무서움증을 욕이라도 하지 않고는 어찌 감당할까.

아무도 알아듣지 못하는, 아무에게도 전수되지 않을 고독한 욕을 유일한 밑천 삼아 타국에서 고달프게 부대낄 아줌마를 위해서 나는 우리의 욕이 풍부하고 다양하다는 걸 축복스럽게 생각했다.

드디어 그녀도 세 아이를 데리고 출구를 나갔다. 그녀가 보이지 않게 되고 나서도 나는 멍하니 서 있었다.

생각해보니 그 동안 참 많은 친척과 친구를 그 출구를 통해 내보냈다. 공부를 하러, 학위를 따러, 달러를 벌러, 구경을 하러, 자유의 여신상에 연정을 호소하러 많은 사람들이 떠났고 나는 배웅했다.

그러나 아무리 친한 친구나 동기를 떠나보내고도 이렇게 쓸쓸했던 적은 없었던 것처럼 느꼈다.

| 해설 |

모성, 그 생명과 평화
— 박완서 초기소설론

하응백(문학평론가)

1

한국소설사에서 부계문학의 전통은 완고하고도 집요하다. 근대소설의 초입에 있는 이광수의 『무정』이 가짜 아버지를 찾아나선 것이었다면, 염상섭의 『삼대』는 부계의 계통 세우기 소설이었다. 이런 전통은 6·25와 분단의 비극적 현대사가 점철되면서 7, 80년대는 김원일·이문열·임철우의 소설로, 90년대는 김소진의 소설로까지 연결된다. 이들의 소설에서 아버지는 부재하거나 있다 하더라도 제 구실을 하지 못함으로 인해, 아들은 아버지를 찾아나서거나 스스로 아버지가 되어야 했고, 그것이 여의치 못할 때는 어떻게든 아버지를 복권시켜야 했다. 그것은 자신의 아들을 위한 일이기도 했다.

아버지가 부재하거나 제 구실을 못할 때 자식의 교육과 성장은 어머니가 전적으로 맡게 된다. 이때의 어머니는 모성과 부성을 동시에 가질 수밖에 없다. 이 어머니는 대개 불완전하게 마련이어서 아들은 어머니에게서 모성과 부성의 결핍을 동시에 발견한다. 때문에 아들은 어머니에게 반발하거나 연민을 느낀다. 그러한 결손의식 속에서 한국의 남성 작가들은 스스로 아버지를 찾고 스스로 아버지가 되어야만 했다.

한편 딸은 어떠할까. 공적인 부성 회복이 최고의 명제였던 한국의 상황과 가부장적 사회구조 속에서 딸의 성장과 어머니 됨은 아들의 아버지 찾기나 아버지 됨에 비해 부차적인 문제로 인식될 수밖에 없었다. 한국 근대사에서 남편의 부재는 아내에게 집 지킴과 자식의 양육이라는 이중의 과제를 부과했고, 딸은 아들의 후원자 혹은 보조자로 기능할 수밖에 없었다. 예컨대 『토지』의 주인공 서희는 할머니의 고토(故土)를 되찾고 지키는 것과 함께 자식의 생산과 교육을 절대적인 사명으로 받아들였던 것이다. 『토지』의 서희를 어머니 세대로 본다면, 그녀의 딸 세대인 김원일이나 이문열 소설들의 누이는 역할이 미미하거나 거의 존재하지 않는다. 이것은 딸의 성장이나 어머니 됨의 문제는 남성문학의 주류에서는 괄호 속에 넣어져 있음을 의미한다.

바로 이 소외된 지점에서 박완서 문학은 출발한다(『나목』). 이 소설은 박경리의 소설과 더불어 한국 모계문학의 발원지 역할을 한다. 박완서는 유년기에 아버지를 잃었다. 게다가 6·25로 가족의 아버지 역할을 담당할 오빠마저 잃었다. 전쟁으로 인해 겪은 고향 상실과 남성 상실의 이중적인 고통은 박완서로 하여금 "벌레의 시간"(『그 많던 싱아는 누가 다 먹었을까』)을 증언할 결기를 품게 만든다. 애당초 남성 부재의식에서부터 출발하기에 박완서 소설의 상당수는 남성이 부정적으로 그려지거나 부재한다. 그것은 박완서의 배타적인 남성관 혹은 여성 편향적인 속성 때문이 아니라, 여인 가족에서 성장한 딸이 어떻게 정상적인 가족 속에서의 어머니가 되느냐 하는 문제에 그녀의 문학적 촉수가 더 가닿기 때문이다.

박완서 문학에서는 아들보다는 딸이, 아버지보다는 어머니가, 남편보다는 아내의 이야기가 주류를 이룬다. 그것은 가부장적 사회구조에서 소외될 수밖에 없었던 여성의 목소리를 문학적으로 형상화하는 것이기도 하다. 때문에 박완서의 문학은 남성적 사고에서 본다면 중심이 아닌 주변부의 이야기이다. 그러나 주변부의 목소리를 사랑하고 변호하고 위무하는 것은 문학의 본질적 사명 중의 하나이다. 박완서의 문학은 작고 소박하고 권력욕이 배제된 목소리를 내지만, 그것은 여성성의 본질을 포함하고 있기에 끈질긴 생명력을 갖고 있다.

박완서의 문학은 수다스럽다. 남성적 사고에서 본다면 부정적이기도 한 이 수다는 여성적 동지애와 정서적 친밀감을 강화시킨다. 또한 박완서의 수다에는 옳지 못한 것에 대한 비판과 모성적 사랑이 담겨 있다. 바로 이 비판정신과 모성적 사랑이 박완서 문학의 두 기둥이다.

2

마을에 여자들만 남게 되자 서로 모함해서 생사람 잡는 일이 다시는 일어나지 않았다. 서로 모함하고 싶고 죽이고 싶은 충동은 마을 어귀에 있는 분교 건물서부터 왔는데, 그곳에 국군이 머무르느냐 인민군이 머무르느냐에 따라서 미운 사람 **빨갱이로 고발하고 싶기도 했다가 반동으로 쳐죽이고 싶기도 했다가** 했던 것이다.
—「그 살벌했던 날의 할미꽃」, 283쪽(강조는 인용자)

강조 부분은 대단히 상징적이다. 6·25전쟁이 이데올로기 전쟁이든 냉전체제의 모순이든 어쨌든 그것은 남자들이 주인공인 전쟁이었다. 마을에 남자들이 없어지자 "생사람 잡는 일"은 사라졌다. 생사람을 잡았기에, 당연히 많은 남자들이 죽어갔다. 아버지와 남편과 아들이 죽어갔다. 팔십만의 전쟁 미망인이 생겨났다. 남편의 부재 혹은 육체적 불구는 그녀들에게 무엇보다 경제적 가장의 역할을 부여했다. 자신과 가족의 생존을 위해 그녀들은 무엇보다 억척스러워질 필요가 있었고, 그 억척스러움은 가족애의 뒷받침을 받으면서 당당해졌다.

「공항에서 만난 사람」에서의 무대소 아줌마가 바로 그런 경우다. 전쟁 때 미군 PX 청소부로 근무했던 이 여자는 PX 물건을 몸에 많이 숨겨 빼돌린다고 해서 별명이 무대소다. 그녀는 혼자벌이로 무능한 남편을 비롯한 십여 명의 가족을 먹여 살려야 했고, 때문에 PX에서의 정기적인 물건 빼돌리기에도 당당할 수 있었다. 그녀가 PX에서 해고된 것은 정작 엉뚱한 사건 때문이다. 미군이 보관시한을 넘긴 육류를 폐기처분하려 하자 미군 헌병에게 달려들어 그의 팔뚝을 깨물었던 것이다. 그녀는 음식을 버리는 것은 죄악이라는 전통 농경사회의 규범에 익숙한 토종 한국인이었던 것이다.

그녀는 남편이 전쟁의 와중에서 객사하자, 다시 미군과 결혼해 아이 셋을 낳는다. 그 남편이라는 것이 역시 신통치 못해 그녀는 여전히 생계를 도맡고, 그 남편마저 죽자 그녀는 아이들을 데리고 미국행을 택한다. 공항에서까지 그녀는 아이들에게 욕설을 퍼붓고 있다. 그녀는 늘 당당했다. 그 당당함의 배경에는 가족을 먹여 살려야 한다는 대의명분이 있기 때문이다. 대부분의 한국인이 먹고산다는 혹은 먹여 살린다는 절대 명제에서 벗어난 것은 그리 먼 과거의 일이 아니라는 점을 유의하기 바란다. 6·25 이후 한국인이 그래도 근근히 먹고산 것은 심정적으로 말한다면, 미국의 구호품이나 원조 식량 때문이 아니라 이러한 무대소 아줌마들의 가족을 위한 헌신적인 먹여 살림의 노력이 있었기 때문이다. 이 무대소 아줌마의 변형이「흑과부」의 주인공이다.

'흑과부'는 허드렛일도 하고 광주리 행상도 하는 중년 여성의 별명이다. 그녀는 중산층 중년 주부인 화자 '나'의 동네를 무대로 생계를 이어나간다. 과부 행세를 하며 동네 사람들의 동정심을 호소하던 그녀가 사실은 병든 남편을 학대한다는 소문이 들리자 동네 사람들은 그녀를 배척하기 시작한다. 그러나 그녀의 장사 수단은 워낙 노회해서 동네 주부들의 흑과부 배척 동맹은 깨지고 마침내 실제 그녀의 남편이 죽는 날이 온다. 그 과정을 통해 화자는 그녀의 강인한 생명력과 가족을 위한 헌신적인 희생을 보게 된다. 그녀의 육체노동과 내핍은 자식에게 번듯한 집 한 채라도 남기기 위한 필사적인 모성임을 알게 된 것이다. 이 소설 말미에서 화자는 흑과부의 목욕하는 모습을 보며 그녀의 나체에서 "쇠뭉치로 골통을 한 대 얻어맞은 것" 같은 충격을 받는다. 노동에만 익숙해 있을 것 같은 그녀의 육체에서 아름다운 가슴과 매력적인 속살을 발견했던 것이다. 가족을 위한 희생에는 여자다움의 포기마저 포함되어 있었던 것이다. 화자는 그제야 자신의 안일한 소시민성을 반성한다.

「겨울 나들이」에서도 전쟁으로 인한 비극을 극복해나가는 헌신적인 여자의 이야기가 그려진다. 전쟁 때 시어머니의 실수로 남편이 퇴각하는 인민군의 총에 맞아 죽고, 그후 망령 든 시어머니와 남은 아들을 키워내는 여인숙 주인의 삶에서 화자는 북에 있는 아내를 그리는 남편과 화해하게 된다.

이 세 편의 소설은 척박한 환경 속에서도 가족을 지키기 위해 강인한 생명력과 모성성을 발휘하는 여성을 형상화하고 있다. 「조그만 체험기」「엄마의 말뚝」 연작과 함께 박완서 문학의 탁월한 성취로 평가할 수 있는 「그 살벌했던 날의 할미꽃」도 이 계열의 소설이다.

「그 살벌했던 날의 할미꽃」에는 두 명의 노파가 등장한다. 첫째 노파는 전쟁으로 인해 피폐해진 마을의 가장 나이 많은 여자이다. 전선이 오르락내리락하면서 마을 남정네들은 이리 죽고 저리 죽고 하였으며, 남아 있는 남정네들도 목숨을 부지하기 위하여 다른 곳으로 피난을 갔다. 여인네들만의 마을이 된 것이다―이러한 설정 역시 대단히 상징적인데 여인들만이 남아 있는 이 마을은 여성 가족의 확대형이면서 삶의 터전을 지키는 것은 결국 남자가 아닌 여자라는 것을 말해준다―남자들이 사라지고 나서야 이 마을에는 평화가 온다. 그러나 이 평화는 항구적인 것이 아니어서 또다른 남자(미군)의 출현으로 깨어지기 일보직전이다. 마을의 여자가 통째로 강간당할 위기에 처하자 노파는 자처하여 희생양이 되고자 한다. 미군 성욕의 제물로 스스로를 인신 공양하려는 것이다. 상식을 깨는 노파의 돌출적인 행동은 마을의 평화를 지키려는 모성적 보호본능의 발현이다. 노파의 자청으로 마을의 여자들이 위기에서 벗어났다는 결과론이 중요한 것이 아니라, 위기상황에서 집단을 보호하려는 모성성이 훨씬 돋보이는 것이다.

둘째 노파는 전쟁터에서 자식과도 같은 나이의 군인과 자발적으로 성관계를 가진다. 이 에피소드에서 노파는 여자를 구하러 나온 김일병의 총각 딱지를 떼주며 엑스터시를 느낀다. 전쟁이 끝난 후 김일병은 여자에 대한 멸시감과 혐오감을 가진다. 김일병의 이러한 여성 혐오는 애인이 조상의 무덤 앞에서 보여준 육욕적 행동과, 자식 또래의 남자와 육체적 쾌락에 탐닉한 것처럼 보였던 노파의 태도에서 기인한다. 김일병은 전쟁중 가지게 된 혐오감으로 인해 그후에도 여자를 한갓 성적 대상으로밖에 파악하지 않는다. 당연히 그는 바람둥이가 되었고 고목나무에도 꽃을 피울 수 있었다고 자신의 성적 능력을 과신하게 된다. 김일병이 노파의 엑스터시는 성적인 것이 아니라 자기 희생적인 모성이었음을 깨달은 것은 오랜 세월이 흐른 뒤였다. 노파의 엑스터시는 모성적 환희였던 것이다. 그 살벌했던 전장에서 할미꽃으로 표징되는 모성은 생명 있는 것들을 살리기 위해 안간힘을 썼던 것이다. 이 두 노파의 이야기 뒤에 박완서는 자신의 육성을 남긴다.

성적인 의미의 여자라도 좋고, 나의 할머니가 툭하면 몸서리를 치면서 전생으로부터 특별히 많은 죄를 짊어지고 태어났다고 믿는 족속으로서의 여자라도 좋고, 심심한 남자들이 각별히 심심한 시간에 그 족속들에게도 영혼이라는 게 있나 없나를 무성의하게 회의하는 대상으로서의 여자라도 좋고, 아기들이 이 세상에 태어나서 제일 먼저 얼굴과 호칭을 익히는 엄마로서의 여자라도 좋다. 아무튼 그 노파들은 여자였다고, 죽는 날까지 여자임을 못 면했었다고 말해주고 싶다.
　　　　　　　　　　　—「그 살벌했던 날의 할미꽃」, 417쪽

'여자라고밖에는' 할 수 없는 '죽는 날까지 여자'임을 면치 못한 노파들. 어떤 노파도 노파로 태어나지 않는다. 여자아이로 태어나 여자의 본을 받으며 소녀가 되고 결혼하면 어머니가 된다. 그 어머니가 세월이 가면 노파가 된다. 한 노파의 삶의 껍질을 벗기면 양파처럼 차례대로 점점 젊은 여자가 나온다. 그 여자의 근본적인 속성이 바로 모성이다. 모성은 생명이 위급할 때 훨씬 더 강력한 보호본능을 드러낸다.「그 살벌했던 날의 할미꽃」의 노파가 바로 그런 경우다. 때문에 '죽는 날까지 여자 됨'은 수동적인 혹은 굴욕적인 삶을 죽는 날까지 계속해야 한다는 부정적 의미의 여자 됨이 아니라, 생명을 탄생시키고, 그 생명을 지키는 당당함의 여자 됨이다. 때문에 이 노파들을 말할 때 박완서는 무대소 아줌마나 흑과부를 말할 때처럼 당당하다. 그 당당함은 어려운 시대를 인내해온 모성의 당당함이다. 무대소 아줌마, 흑과부, 여인숙 여인, 할미꽃의 노파들은 어려운 시대를 살면서 자기 역할에 최선을 다했다. 남성이 부재할 때 가족은 그들에 의해 보살핌받고 산업사회를 뒷받침할 물적 재생산의 토대를 마련했던 것이다.

가족이 성립되기 위해서는 구성원이 있어야 하고, 그 구성원들이 일정한 경제적 기반을 가져야 하며, 가족간의 사랑이 있어야 한다. 한국적 상황에서 본다면 전통 농경사회의 대가족은 일제의 침탈과 분단과 전쟁, 그리고 점진적으로 진행되는 산업화에 의해 일거에 혹은 서서히 해체되었다. 전쟁과 같은 혼란기에는 이산(離散)과 구성원의 갑작스런 죽음으로 인해 가족은 경제적 토대와 구성원의 상실로 붕괴의 위협에 직면했다. 때문에 1950년대를 배경으로 한 한국소설의 가족 지키기는, 살아남은 자의 살아남기 위한 강인한 생명력과 억척스러움이 주된 양상으로 나타날 수밖에 없었다. 주로 여성인 살아남은 자는 다음 세대의 융성을 위해 헌신적으로 자기를 희생한다. 1970년대에 이르면 전통적 대가족은 핵가족으로 재편된다. 50년대의 가족에게는 생존 그 자체가 가장 중요한 것이었다면, 70년대의 가족에게는 부의 축적과 가족 구성원들의 사랑이 문제가 된다. 그러나 경제적 측면과 정서적 측면이 상충될 때가 있다. 박완서는 바로 이 지점에서 남성 작가들이 포착하기 어려운 여성의 심리적 소외를 소설화한다. 그 작품들이 「포말(泡沫)의 집」「여인들」「집 보기는 그렇게 끝났다」 등이다. 이 소설들에 등장하는 여성들의 일탈에 대한 갈망은 경제 제일주의에 대한 반발이면서 사랑으로 이루어진 가정에 대한 동경이다.

「포말의 집」에서 화자 '나'는 시어머니를 모시고 아들을 키우는 평범한 주부다. 회사원인 그녀의 남편은 미국 지사에 근무하다가 한국으로 발령되자 회사를 그만두고 미국에 체류한다. 남편은 삼 년 안에 미국에서 가게를 갖고 가족을 미국으로 이주시키기 위해 성실한 돈벌이를 계속한다. '나'는 남편의 그 결심이 틀림없으리란 것을 믿어 의심치 않는다. 남편은 그들의 하나밖에 없는 아이를 위해 불철주야 노력한다. 그러나 '나'는 허전하다. 그녀는 남편의 목표가 삶의 최종적인 목표가 될 수 없음을 어렴풋이 감지한다. 이때 '나'는 허전함의 대가로 성적인 방종을 획책한다. 거품으로 이루어진 포말의 집을 설계한 대학생을 집으로 유인해 그와 성관계를 가지려는 것이다. 가난한 대학생으로 허황한 집을 설계한 그의 꿈은 돈 많은 과부로부터 경제적 지원을 받는 것이다. 그러나 포말의 집이 거품인 것과 같이 '나'의 기대도 대학생의 꿈도 이루어지지 않는다. 모두 거품의 꿈인 것이다.

「여인들」도 비슷한 주제를 다루고 있다. 여인의 남편은 중동에 외화를 벌러 갔다. 건설회사에는 중동 근무 사원 아내들을 불러 위로 파티를 한다. 돌아오는 길에 같은 처지에 있는 이십대, 삼십대, 사십대 여인들이 신세 한탄을 한다. 이십대 여인은 사십대 여인에게 호소한다.

그이가 유학을 가서 저를 천둥 치는 밤에 혼자 외롭게 떨게 했다면 그까짓 거 바람나고 말 테야요. 그렇지만 그게 아니잖아요. 저도 의리가 있지, 잘살아보려고 외화를 벌어들이려고, 술도 여자도 없는 고장에서 고생하는데 어떻게 바람을 피우냐 말예요. 그인 술을 좋아하는데, 아마 여자도 무지무지하게 좋아할 거예요. 그인 날 무지무지하게 좋아했으니까요. 그 좋아하는 걸 다 버리고 그인 외화를 벌어요. 그런데 어떻게 제가 바람을 피워요. 의리가 있지, 못 피워요. **외환** 정조보다 강해요. 아아 아주머니, 사람

사는 게 왜 이렇게 재미가 없을까요.

—「여인들」, 277쪽(강조는 인용자)

외화는 정조보다 강하다. 남편이 벌어들이는 외화 때문에 정조를 지킬 수밖에 없다. 다른 말로 돈벌이는 경제개발 시대의 신화다. 그렇지만 이십대 여인의 고백처럼 남겨진 여인들은 사는 것이 재미가 없다. 주인공인 삼십대 여인도 마찬가지다. 돈벌이에 대한 약속이 현실의 육체를 다스리지는 못하는 것이다. 이 여인도 「포말의 집」 여인처럼 수면제에 의지해 잠이 든다. 이 두 작품이 경제와 사랑의 갈등을 다룬 작품이라면, 「집 보기는 그렇게 끝났다」는 현모양처 효부 이데올로기의 억압 속에 여자가 내면적으로 얼마나 억압받고 있는가를 묻고 있는 작품이다.

주인공의 남편은 점잖은 사회학과 교수, 그는 무엇 때문인지 몰라도 정보기관에 연행되어간다. 여자는 남편이 부재하는 동안 현모양처 이데올로기에 얼마나 질식되어 살아왔는지를 깨닫는다. 그녀는 시어머니를 불경하게 대하고 남편이 애지중지하던 분재(盆栽)를 내팽개치고서야, 온몸으로 증오를 발산하고서야, 비로소 생기발랄한 자유를 얻는다. 제도의 가식과 허례의 위악을 여자는 똑똑히 본 것이다. 박완서가 이 소설에서 말하고 싶은 것은 진정한 부부간의 혹은 가족간의 사랑이다. 7, 80년대의 한국문학의 주류는 이런 식의 박완서 소설의 여성 주인공의 항변에 제대로 귀를 기울이지 않았다. 90년대를 넘어서면서 한국문학은 개인 욕망의 분출을 백화제방식으로 뱉어내기 시작했다. 박완서가 여성의 미세한 욕망을 70년대 소설에서부터 조심스럽게나마 포착할 수 있었던 것은 태생적이기도 하거니와, 주변부의 목소리에 귀를 기울이려는 소설적 태도에서 기인한다. 소외된 자는 가정으로 말하자면 늘 주변부에 해당하는 여자였기 때문이다. 만약 전통적 윤리에 입각한 남성의 시각으로 본다면 남편의 부재―그것도 대의명분을 위하다 정보기관에 연행되어 가거나 외화를 벌러 간 틈을 타서―를 이용해 억눌린 욕구를 출분시킨 주인공은 용서받지 못할 여자일 것이다. 박완서의 주인공들이 대부분 외도에 실패하는 것은 이러한 완고한 도덕주의의 억압이기도 하지만, 한편으로는 박완서의 소설이 90년대의 가족제도 자체에 반기를 드는 일부 페미니즘소설과는 달리, 근본적으로는 물질 제일주의나 제도적 위선을 넘어서는, 진정 사랑하는 부부가 만들어내는 행복한 가정을 꿈꾸기 때문이다. 전쟁으로 인해 풍비박산 난 가족을 다시 끌어모으고, 그 가족 중의 일부가 결혼하여 가정을 이루고, 그렇게 이룬 가정이 돈벌이와 같은 시시한 것에 방해받지 않고 행복하게 살아가는 것, 그것이 박완서 가족 지키기 계열 소설의 기본적인 태도이다. 그것을 가족이기주의라고 비난할 수는 없다. 왜냐하면 가족 지키기는 박완서 세대의 숭고한 사명이기도 하거니와 그러한 소설이 정당한 인문학적 균형을 갖고 있기 때문이다. 그 균형감각은 지식인의 허위의식 비판, 소시민의 물욕 비판, 부당한 권력에 대한 문학적 저항 등으로 소설화된다.

3

　박정희 시대 경제성장기의 국민에게 널리 유포된 이데올로기는 '잘살기' 이데올로기였다. "잘살아보세, 우리도 한번 잘살아보세"로 표징되는 잘살기 이데올로기는 독재라는 채찍 속에 숨겨진 박정희 정권의 당근이었다. 한일협정, 월남전 참전, 공업화, 수출 드라이브 정책, 중동 건설 붐 등은 그 정치적 위상이 어떻든 간에 결국 당근의 양을 늘리는 정책의 일환이었고, 온 국민은 그 당근의 맛에 길들어 가고 있었다. 그러나 한국의 정치적 후진성은 당근의 부당한 분배를 가속화시켰고, 그것은 막 대두한 소시민들에게 이중의 의식을 심어주게 된다. 부자가 되기를 원하면서도 부자를 미워하고 경멸하기가 그것이다. 정당한 방법과 절차로 부자가 될 수 있고, 또 현실적인 부자가 그랬다면 누가 부자를 미워할 것인가. 하지만 부정부패와 70년대 강남 개발 열풍으로 대표되는 땅값 상승은 벼락부자를 양산했고, 그러한 천민자본주의적 사회 분위기는 소시민에게 상실감과 함께 '잘살기'의 허욕에 물들게 했다. 성실하게 일해서 잘살자는 본래적 의미의 자본주의는 한탕해서 잘살자는 천민자본주의의 위력 앞에 무릎을 꿇어가고 있었다. 70년대 박완서 소설에 부자에 대한 혐오감과 소시민의 물욕 비판이 동시에 나타나고 있는 것도 그 때문이다.

그러나 나는 내 제자를 결코 사랑하진 않았다. **골이 빈 부잣집 딸년들을 경멸하고 미워했다.**
―「저렇게 많이!」, 36쪽(강조는 인용자)

과외로 생계를 잇는 영문과 출신의 여자 주인공의 독백이다. 그렇다고 그녀가 돈을 싫어하는 것은 아니다. 그녀 역시 돈을 좋아했고, 돈이 없는 애인을 포기했다. 그녀는 과거 한이라는 동창생을 사랑했고 한도 그녀를 사랑했다. 하지만 그들은 그들의 사랑보다 벼락부자가 되는 것을 더 사랑했기 때문에 헤어진다. 칠 년 후 그들은 우연히 해후한다. 재벌의 사위가 되겠다던 한은 '더러운 기름기'로 가득한 돈 잘 버는 무당의 남편이 되어 있고, 여자는 일 주일에 한 번 가발을 뒤집어쓰고 외출하는 정신 나간 여자가 되어 있다. 한과 헤어진 뒤 여자는 가발―허위의식과 물욕―을 벗어던지며 심정적으로 자신의 허욕을 효수한다. 그러면서 여자는 육교를 건너는 수많은 사람의 물욕을 본다. 엘리엇의 시구(詩句) "저렇게 많이, 나는 죽음이 저렇게 많은 사람을 멸망시켰다고는 생각지 못했다"를 변형시켜 물욕에 젖어 있는 사람 모두를 죽음으로 보는 것이다.

하지만 박완서는 실상 이 소설의 주인공이 표면적으로 드러냈던 것처럼 부자라고 무조건 미워하는 것은 아니다. 위의 인용문

중 "골이 빈 부잣집 딸년들을 경멸하고 미워했다"가 바로 그 증거라 할 것인데, '골이 빈' 부자만을 미워하는 것이다. 이때 '골이 빈'이란 단순히 무식을 지칭하는 것은 아니다. 그것은 '지성이나 지식이 없는' 것이며, '자기 통제력을 상실한' 혹은 '분수를 모르는' 것이며, 나아가 천민자본주의적 욕망에 대한 경멸이다. 「어떤 야만」과 「낙토(樂土)의 아이들」은 바로 통제력을 상실한, 천민자본주의적 벼락부자에 대한 작가의 경멸을 담고 있다.

「어떤 야만」에서 철이 엄마가 바로 허욕에 물든 대표적 여인이다. 재일교포 친척 덕에 벼락부자가 되어보려던 그녀의 꿈은 산산조각 나고, 그녀에게 남은 것은 교포가 남기고 간 강아지 한 마리밖에 없다. 남겨진 강아지는 그녀의 허욕의 몰락을 대변할 뿐이다. "사아, 봇짱, 운도오 시마쇼오네"가 "이 육시랄 놈의 개야, 이 우라질 놈의 개새끼야, 처먹어라, 처먹어"로 변한 것은 '골이 빈' 철이 엄마에 대한 화자의 경멸이자 조소이지만, 한편으로 그것은 소시민적 양식의 통쾌한 승리이기도 하다. 철이 엄마가 욕설을 퍼붓고 그악스러운 여자로 돌아왔을 때 화자의 변비는 해소된다.

지질학 강사인 중년 남자를 화자로 내세우고 있는 「낙토(樂土)의 아이들」도 부동산 투기로 인한 벼락부자와 주입식 경쟁교육 풍토를 비판하는 소설이다. 부동산학 석사학위를 받고 부동산학 '교수'가 되어 으스대는 복덕방 주인과 아내는 부동산을 '답사'하러 다니느라 정신없고, 무릉국민학교에 다니는 아이들은 어른들의 돈잔치에 꼭두각시가 되어 행복하게 살아간다. 화자는 아내나 부동산 업자나 교육 풍토를 비판하지만, 그것을 바로잡을 용기도 자신도 없다. 고작 아내가 부동산업자와 수상한 외출을 한 뒤 아이들에게 '벌거벗은 임금님' 동화나 읽어줄 뿐이다. 그러면서 그는 생각한다. 과연 무릉국민학교에 다니는—나중에 오렌지족의 원조가 되는—이 아이들은 벌거벗은 임금님이 나타나면 "하하하, 임금님 좀 봐. 임금님은 벌거벗고 길에 나오셨다, 하하하……"라고 당돌하고 신선하게 외칠 수 있을까 하고. 아이들이 비판의식을 상실할지도 모른다는 걱정이지만, 기실 문제가 되는 것은 화자의 엉거주춤한 소시민적 근성이다. 소설의 말미에서 화자는 소시민적 근성에 대한 자기 각성에 이른다.

> 나는 그 아픔으로 하여 내가 속한 편안한 세계를 수면의 세계처럼 느끼기 시작하고 있었다. 그렇다. 그 아픔은 아득한 것 같으면서도 실은 인접한 각성(覺醒)의 세계에서 오는 아픔이요, 그걸 통해 각성의 세계로 갈 수 있는 아픔이기도 했다. 나는 잠에서 깨어나고자 할 때 살갗을 쥐어뜯듯이 그 아픔에 나의 온 의지력을 모아 쥐어뜯기 시작했다.
> —「낙토의 아이들」, 329쪽

「낙토의 아이들」이 소시민의 비판 기능 상실을 우려한 자기 점검의 작품이라면, 「배반(背叛)의 여름」은 주로 소위 지식인의 허위의식을 문제삼고 있는 작품이다. 이 소설에서 화자인 청년은 '전구라'라는 사상가이자 문필가이자 명교수를 흠모한다. 그런데 무식쟁이이자 건물 수위에 불과한 아버지가 그 사람의 실체를 까발려준다. 약한 자에게는 강하고 강한 자에게는 약한 전구라의 표리부동한 실체를. 아버지의 폭로는 체험적 진실이기에 청년은 믿지 않을 수 없다.

특이한 것은 이 소설이 일면적으로 전구라로 대표되는 위선의 지식인 비판에만 놓여 있지 않다는 점이다. 청년은 어릴 때 물을 무서워했고, 아버지에 의해 강제로 수영장에 넣어졌다. 그는 공포감으로 발버둥치며 죽을 기를 쓰고 허우적댔다. 가까스로 수영장가의 손잡이를 잡고 서보니 물의 깊이는 겨우 가슴을 넘는 것이었다. 이것이 첫번째 배신이다. 청년은 검은 바탕에 금술을 놓은 제복을 입은 한없이 위대한 인물인 줄 알았던 아버지가 고작 시내 건물의 수위였다는 사실을 알고 난 다음 두번째 배신을 당한다. 전구라에 대한 배신까지 청년이 당한 세 번의 배반은 무엇을 말하는 것일까. 그것은 진실 찾기의 어려움에 대한 토로이다. 세상의 실체는 왜곡되어 있게 마련이고 진실은 갖은 방해물로 가려져 있다. 드러나 있는 현상은 단지 실체의 껍질일 뿐이다. 지배권력의 진실 감추기에 대한 경고로도 읽히는 이 소설은 70년대적 상황에서는 상당히 불온한 소설이었다.

「돌아온 땅」도 불온하기는 마찬가지다. 화자는 월북한 삼촌으로 인해 고통받고 있는 가족이다. 화자의 아들은 연좌제에 의해 국가기관 취직에 실패했고, 딸은 사랑하는 사람과의 독일행이 좌절되었다. 딸은 어머니에게 고향에 가보기를 원했고, 모녀는 고향에 갔다가 별 소득 없이 귀경하는 버스를 탄다. 이때 취객이 버스에 탄 아가씨에게 노래 부르기를 강요한다. 그 강요는 집요했고, 한 승객의 저항에도 불구하고 계속된다. 헌병의 검문에도 그 사내는 교묘히 빠져나와 오히려 자신을 끌어내리려 한 승객을 빨갱이로 몰아세운다. 사내는 계속해 나머지 승객을 빨갱이로 몰아세운다.

"너도 빨갱이지? 응 너도 빨갱이야. 너도 날 내쫓자고 했지?"
이상한 일이었다. 승객은 한결같이 취한의 좀 전의 횡포는 접어둔 채 취한의 너도 빨갱이지? 하는 지적이 자기 가슴에 떨어질까봐 그것만 전전긍긍하고 있었다.
입장이 완전히 뒤바뀌어 승객이 죄인이 되고 취한은 죄인을 응징하는 입장이 되어 있었다.
취한은 이 땅에 태어난 사람이라면 누구나 치를 떨며 미워하는 빨갱이라는, 악 중에도 최악을 내세워, 자기가 저지른 악을 최소한으로 축소하고 마침내 무화(無化)하는 데 성공한 것이다. 이 땅의 모든 악이란 악은 빨갱이라는 강렬한 최악만 만나면—그게 설사 허상이더라도—맥을 못 추고 위축되는 이 땅 특이한 풍토를 이 취한은 취중에도 교묘히 이용한 것이다.
―「돌아온 땅」, 172쪽

결국 이 사내의 강요에 못 이겨 아가씨는 노래를 부르고 화자는 심한 멀미를 한다. 기실 이 멀미는 차멀미가 아니라 반공으로 무장한 박정희 정권에 대한 멀미이며, 당시의 시대적 상황으로는 최대한의 문학적 저항이었던 것이다. 이 소설은 연좌제라는 것을 소재로 당시 권력의 횡포를 우회적으로 비판하고 있다. 권력을 취한으로, 박정희 정권이 지배하는 대한민국을 버스로 비유하고 있는 소설인 것이다.

「돌아온 땅」이 권력의 매카시즘에 대한 우회적 저항이라면, 「조그만 체험기」는 제목이 나타내는 것처럼 작가의 체험을 바탕으로 한 남편의 옥바라지 이야기다.

화자의 남편은 엉뚱하게 사기사건에 걸려 구치소에 수감되는 피의자 신분이 된다. 화자는 검찰청과 구치소를 드나들면서 그동안 무심하게 지냈던 사회의 그늘진 곳에 온갖 부당한 일들이 만개해 있음을 직시한다. 검찰청에 출입하는 일부터 시작해서 줄서서 기다리고 사식이나 옷을 차입하고 하면서 세상이 법과 말대로 정직하게 이루어져 있지 않음을 알게 되는 것이다. 무엇보다 화자의 양심을 일깨운 것은 범죄자들만이 수용되어야 마땅할 구치소에 그렇지 않은 억울한 사람도 많다는 것과 그 세계에서도 가진 자와 못 가진 자의 층위가 뚜렷하다는 점이다. 화자는 무성의한 변호사의 변론을 거부하고 검찰 직원의 뇌물 요구에도 불응한 채 법대로 남편의 재판을 진행시킨다. 남편이 풀려나자 그녀의 일상도 제자리를 찾는다. 그 사건은 그녀에게 상처를 주었지만 소중한 교훈도 주었다.

그러나 그런 일이 있은 후로는 하고많은 자유가 아무리 번쩍거려도 우선 간장종지처럼 작고 소박한 자유, 억울하지 않을 자유부터 골라잡고 볼 것 같다.
—「조그만 체험기」, 135쪽

"간장종지처럼 작고 소박한 자유"가 소중함을 깨달은 것은 개인으로서는 대단히 중요한 것이다. 그러나 정작 이 소설이 의미심장하게 읽히는 까닭은 자신의 '작고 소박한 자유'가 소중하기에 타인의 '작고 소박한 자유' 역시 중요하다는 깨달음 때문일 것이다. 이때 타인이란 주로 학맥, 인맥 등의 연줄도 없고, 변호사를 고용하거나 조금의 뇌물도 쓸 수 없을 만큼 가난하고 소외된 사람을 말한다. 박완서의 다음과 같은 경고는 세월이 흘러도 여전히 경청해야 할 대목이다.

자기나 자기 가족에 대한 편애나 근시안에서 우러나는 엄살로서의 억울함에는 그래도 소리가 있지만, 약하고 가난한 사람들에게 숙명처럼 보장된 진짜 억울함에는 더군다나 소리가 없다. 다만 안으로 안으로 삼킨 비명과 탄식이 고운 피부에 검버섯이 되어 피어나기도 하고, 독한 한숨으로 피어나기도 하고, 마지막엔

원한이 되어 공기중에 떠 있을지도 모른다.

—「조그만 체험기」, 136쪽

「조그만 체험기」는 체험의 절실함과 타협하지 않는 양심과 소외계층에 대한 애정이 화해롭게 결합하여 박완서 문학의 한 전범을 보여준다. 이 소설에는 '조그만'이라는 수식어가 붙어 있지만, 이 소설이 다루고 있는 세계는 작지 않다. 계보적으로 말한다면, 이 소설은 소시민 주인공을 내세우고 있다 하더라도 황석영, 조세희의 소설과 함께 80년대 민중문학으로 바로 이어지는 것이다.

4

누구도 성장기의 정신적 외상을 내재화하지 않을 수 없다면, 박완서의 문학은 애당초 아버지, 오빠로 이어지는 남성 부재와 여성으로서의 가족 이루기와 가족 지키기, 어머니 됨이라는 전제에서 출발한다. 박완서의 소설은 비극적 현대사 속에서의 딸이 어떻게 어머니가 되어가는가 하는 과정을 보여주는 문학사적 사건이라 아니할 수 없다. 그것은 박완서 개인 가족의 어머니 됨만이 아니라, 그 시대를 살아온 보편적인 어머니 됨과 맞물린다. 아들이 아버지 되기가 우리 소설의 큰 줄기였다면, 그 대응되는 자리에서 박완서 문학은 딸이 어머니 되기에 몰두했던 것이다.

보편적인 어머니가 가지는 가장 큰 덕목은 모성이다. 모성은 임신·출산·육아의 단계에서 여성이 자연스럽게 획득하는 자식에 대한 사랑이다. 이 모성의 핵심은 사랑과 평화이다. 또한 사랑과 평화로 충만된 모성은 여성성의 근간이다. 이러한 모성에 기초한 여성성은 단절과 도전을 통해 지위를 획득하는 남성성과는 달리 수평적이며 자연 순응적이다. 「그 살벌했던 날의 할미꽃」과 같은 박완서의 소설은 페미니즘의 기치 아래 생산된 90년대의 페미니즘소설과 달리 도식을 뛰어넘어 근본적인 모성성에 맞닿아 있다. 그것은 대결의 페미니즘이 아니라 살림과 포용의 페미니즘이다.

박완서의 작가활동이 우리 사회가 산업사회로 접어들어 경제 성장의 가속도를 붙이기 시작한, 그러면서도 유신 정권의 독재가 고착화되기 시작한 70년대에 시작되었다는 점은 모성성의 원리와 함께 박완서 문학의 방향성을 충분히 규정지을 수 있는 항목에 속한다. 박완서 소설이 천민자본주의에 대한 경고를 담으며, 소시민의 속물근성과 지식인의 허위의식을 비판하고, 소외된 자에 대한 깊은 애정을 담고 있는 것도 시대적인 비판의식과 아울러 사랑과 평화의 사회를 지향하고자 하는 모성적 관점에서 비롯된 것이리라.

가족을 이루고, 가족을 지키고, 그 가족 지킴의 모성적 원리를 사회로 확산하는 것, 그래서 사랑과 평화의 가족과 공동체를 이루는 것, 그것이 박완서 문학의 한결같은 모습이다.

| 작가 연보 |

1931년　　10월 20일 경기도 개풍군 청교면 묵송리 박적골에서 출생. 아버지 박영노(朴泳魯), 어머니 홍기숙(洪己宿). 열 살 위인 오빠 있음.

1934년　　아버지 별세. 어머니는 오빠만 데리고 서울로 떠남. 조부모와 숙부모 밑에서 어린 시절을 보냄.

1938년　　서울로 와서 살게 됨. 매동국민학교 입학.

1944년　　숙명여고 입학.

1945년　　소개령(疎開令)이 내려져 개성으로 이사, 호수돈여고로 전학. 고향에서 해방을 맞음. 서울로 와 학교를 계속 다님. 여중 5학년 때 담임을 맡은 소설가 박노갑 선생에게서 많은 영향을 받음.

1950년　　서울대학교 문리대 국문과 입학. 6월 초순에 입학식이 있어서 학교를 다닌 기간은 며칠 되지 않음. 전쟁으로 오빠와 숙부가 죽고 대가족의 생계를 책임지게 됨. 미군 부대에 취직, 미8군 PX(동화백화점, 곧 지금의 신세계백화점 자리)의 초상화부에 근무. 거기서 박수근 화백을 알게 됨.

1953년　　호영진(扈榮鎭)과 결혼, 이후 1남 4녀의 자녀를 둠(1954년 원숙, 1955년 원순, 1958년 원경, 1960년 원균, 1963년 원태).

1970년　　『나목』으로 『여성동아』 여류장편소설 공모에 당선.

1975년   『도시의 흉년』을 『문학사상』에 연재.

1976년   첫 소설집 『부끄러움을 가르칩니다』(일지사) 출간. 『휘청거리는 오후』를 동아일보에 연재.

1977년   남편의 옥바라지 체험을 바탕으로 전해에 발표했던 단편소설 「조그만 체험기」에 얽힌 기사가 일간지에 실렸는데, 개인의 명예를 생각하지 않고 검찰측의 입장만 밝혀서 문제가 됨. 『휘청거리는 오후』(창작과비평사, 전2권), 중편집 『창 밖은 봄』(열화당), 산문집 『꼴찌에게 보내는 갈채』(평민사), 『혼자 부르는 합창』(진문출판사) 출간.

1978년   소설집 『배반의 여름』(창작과비평사), 장편소설 『목마른 계절』(원제 『한발기』, 수문서관), 산문집 『여자와 남자가 있는 풍경』(한길사) 출간.

1979년   『도시의 흉년』(문학사상사, 전3권), 『욕망의 응달』(수문서관, 이 책은 1985년 같은 출판사에서 『인간의 꽃』으로, 1989년 원제대로 우리문학사에서 재출간), 창작동화 『달걀은 달걀로 갚으렴』(샘터, 『마지막 임금님』으로 재출간) 출간.

1980년   「그 가을의 사흘 동안」으로 한국문학작가상 수상. 전해부터 동아일보에 연재했던 『살아 있는 날의 시작』(전예원) 출간. 「오만과 몽상」을 『한국문학』에 연재.

1981년   「엄마의 말뚝 2」로 제5회 이상문학상 수상. 제5회 이상문학상 수상작품집 『엄마의 말뚝 2』, 소설집 『도둑맞은 가난』(민음사, 「나목」이 재수록되어 있음), 콩트집 『이민가는 맷돌』(심설당) 출간. 20년간 살던 보문동 한옥을 떠나 강남의 아파트로 이사.

1982년	10월, 11월 문공부 주최 문인해외연수에 참가하여 유럽과 인도를 다녀옴. 소설집 『엄마의 말뚝』(일월서각), 장편소설 『오만과 몽상』(한국문학사, 1985년 고려원에서 재출간), 산문집 『살아 있는 날의 소망』(학원사) 출간. 『그해 겨울은 따뜻했네』를 한국일보에 연재.
1984년	7월 1일 영세 받음. 풍자소설집 『서울 사람들』(글수레) 출간.
1985년	11월에 '일본 국제기금재단'의 초청으로 일본을 여행함. 장편소설 『서 있는 여자』(학원사, 『떠도는 결혼』과 동일 작품), 작품선집 『그 가을의 사흘 동안』(나남) 출간.
1986년	산문집 『서 있는 여자의 갈등』(나남), 소설집 『꽃을 찾아서』(창작사, 1982년에서 1986년 사이에 창작한 중·단편을 수록) 출간.
1988년	남편과 아들을 연이어 잃음. 서울을 떠나는 일이 많아짐. 미국 여행을 다녀옴. 『문학사상』에 연재하던 『미망』을 10월부터 다음해 6월까지 쉼.
1989년	『그대 아직도 꿈꾸고 있는가』를 여성신문에 연재. 장편소설 『그대 아직도 꿈꾸고 있는가』(삼진기획) 출간.
1990년	『미망』(문학사상사, 전3권) 출간. 이 작품으로 대한민국문학상 우수상을 수상. 산문집 『나는 왜 작은 일에만 분개하는가』(햇빛출판사) 출간. 『그대 아직도 꿈꾸고 있는가』의 성공으로 출판사 주최 성지순례 해외여행을 다녀옴.
1991년	회갑 기념 소설집 『저문 날의 삽화』(문학과지성사), 콩트집 『나의 아름다운 이웃』(작가정신) 출간. 장편 『미망』으로 제3회 이산문학상 수상.

1992년　『그 많던 싱아는 누가 다 먹었을까』『박완서 문학앨범』(웅진출판사) 출간.

1993년　「꿈꾸는 인큐베이터」(『현대문학』 1월호)로 제38회 현대문학상 수상. 제38회 현대문학상 수상작품집『꿈꾸는 인큐베이터』(현대문학) 출간. 제19회 중앙문화대상(예술 부문) 수상. 장편소설『휘청거리는 오후』를 제1권으로『박완서 소설전집』(세계사) 출간 시작. 소설전집 제2·3·4·5권으로 장편소설『도시의 흉년』(상·하),『살아 있는 날의 시작』『욕망의 응달』출간.

1994년　「나의 가장 나종 지니인 것」(『상상』 창간호, 1993)으로 제25회 동인문학상 수상. 제25회 동인문학상 수상작품집『나의 가장 나종 지니인 것』(조선일보사), 소설집『한 말씀만 하소서』(솔), 창작동화『부숭이의 땅힘』(한양출판사), 소설전집 제6·7·8·9권으로 장편소설『목마른 계절』, 소설집『엄마의 말뚝』, 장편소설『오만과 몽상』『그해 겨울은 따뜻했네』출간.

1995년　장편소설『그 산이 정말 거기 있었을까』(웅진출판사), 산문집『한 길 사람 속』(작가정신) 출간.「환각의 나비」(『문학동네』 봄호)로 제1회 한무숙문학상 수상. 소설전집 제10·11권으로 장편『나목』『서 있는 여자』출간.

1996년　소설전집 제12·13권으로 장편『미망』(상·하) 출간.

1997년　티베트, 네팔 여행기『모독(冒瀆)』(학고재), 동화집『속삭임』(샘터) 출간. 장편소설『그 산이 정말 거기 있었을까』로 제5회 대산문학상 수상.

1998년	산문집 『어른 노릇 사람 노릇』(작가정신) 출간. 보관문화훈장(문화관광부) 받음. 소설집 『너무도 쓸쓸한 당신』(창작과비평사) 출간.
1999년	묵상집 『님이여, 그 숲을 떠나지 마오』(여백) 출간. 『너무도 쓸쓸한 당신』으로 제14회 만해문학상 수상. 『박완서 단편소설 전집』(문학동네, 전5권) 출간.
2000년	장편소설 『아주 오래된 농담』(실천문학사) 출간. 제14회 인촌상 수상.
2001년	단편소설 「그리움을 위하여」(『현대문학』 2월호)로 제1회 황순원문학상 수상.
2005년	기행산문집 『잃어버린 여행가방』(실천문학사) 출간.
2006년	『박완서 단편소설 전집』 개정판(문학동네, 전6권) 출간. 서울대학교 명예문학박사학위 수여. 제16회 호암상 예술상 수상.
2007년	산문집 『호미』(열림원), 소설집 『친절한 복희씨』(문학과지성사) 출간.
2009년	동화집 『세 가지 소원』(마음산책), 장편동화 『이 세상에 태어나길 참 잘했다』(어린이작가정신) 출간. 『문학동네』 가을호에 단편소설 「빨갱이 바이러스」 발표.
2010년	산문집 『못 가본 길이 더 아름답다』(현대문학) 출간.
2011년	1월 22일, 담낭암 투병중 향년 81세를 일기로 별세. 1월 24일, 정부로부터 금관문화훈장을 추서받음.
2012년	산문집 『세상에 예쁜 것』(마음산책), 마지막 소설집 『기나긴 하루』(문학동네) 출간.

2013년	『박완서 단편소설 전집』 개정판(문학동네, 전7권), 짧은 소설집 『노란집』(열림원) 출간.
2014년	티베트, 네팔 여행기 『모독』, 산문집 『호미』 개정판(열림원), 그림동화 『엄마 아빠 기다리신다』(어린이작가정신) 출간.
2015년	『박완서 산문집』(문학동네, 1~7권), 그림동화 『이 세상에서 제일 예쁜 못난이』 『7년 동안의 잠』(어린이작가정신) 출간.
2016년	대담집 『우리가 참 아끼던 사람』(달) 출간.
2017년	소설집 『꿈을 찍는 사진사』(문학판), 그림동화 『노인과 소년』(어린이작가정신) 출간.
2018년	『박완서 산문집』 제8·9권 『한 길 사람 속』 『나를 닮은 목소리로』(문학동네), 대담집 『박완서의 말』(마음산책) 출간.
2020년	『프롤로그 에필로그 박완서의 모든 책』(작가정신), 소설집 『복원되지 못한 것들을 위하여』(문학과지성사), 산문집 『모래알만 한 진실이라도』(세계사) 출간.
2021년	소설집 『지렁이 울음소리』(민음사), 장편소설 『그 많던 싱아는 누가 다 먹었을까』 『그 산이 정말 거기 있었을까』 개정판(웅진지식하우스), 장편소설 『그 남자네 집』 개정판(현대문학) 출간.
2024년	산문집 『사랑을 무게로 안 느끼게』 『한 말씀만 하소서』(세계사), 장편소설 『미망』(민음사, 전3권) 개정판 출간.
2025년	『박완서 산문집』 제10권 『다만 여행자가 될 수 있다면』(문학동네) 출간.

| **단편 소설 연보**(1975.9~1978.9) |

「겨울 나들이」, 『문학사상』, 1975. 9

「저렇게 많이!」, 『소설문예』, 1975. 9

「어떤 야만」, 『뿌리깊은나무』, 1976. 5

「포말(泡沫)의 집」, 『한국문학』, 1976. 10

「배반(背叛)의 여름」, 『세계의문학』, 1976. 가을

「조그만 체험기」, 『창작과비평』, 1976. 가을

「흑과부(黑寡婦)」, 『신동아』, 1977. 2

「돌아온 땅」, 『세대』, 1977. 4

「상(賞)」, 『현대문학』, 1977. 4

「꼭두각시의 꿈」, 『수정』, 1977

「여인들」, 『세계의문학』, 1977. 6

「그 살벌했던 날의 할미꽃」, 『문예중앙』, 1977. 겨울

「낙토(樂土)의 아이들」, 『한국문학』, 1978. 1

「집 보기는 그렇게 끝났다」, 『세계의문학』, 1978. 3

「꿈과 같이」, 『창작과비평』, 1978. 6

「공항에서 만난 사람」, 『문학과지성』, 1978. 9

박완서(1931~2011)
1931년 경기도 개풍 출생. 서울대 문리대 국문과 재학중 한국전쟁을 겪고 학업을 중단했다. 1970년 불혹의 나이에 『나목(裸木)』으로 『여성동아』 장편소설 공모에 당선되어 작품활동을 시작한 이래 2011년 향년 81세를 일기로 영면에 들기까지 사십여 년간 수많은 걸작들을 선보였다.
『부끄러움을 가르칩니다』『배반의 여름』『엄마의 말뚝』『그해 겨울은 따뜻했네』『꽃을 찾아서』『미망』『친절한 복희씨』『기나긴 하루』 등 다수의 작품이 있고, 한국문학작가상(1980) 이상문학상(1981) 대한민국문학상(1990) 이산문학상(1991) 중앙문화대상(1993) 현대문학상(1993) 동인문학상(1994) 한무숙문학상(1995) 대산문학상(1997) 만해문학상(1999) 인촌상(2000) 황순원문학상(2001) 등을 수상했다. 2006년 호암상, 서울대 명예문학박사학위를 받았다. 타계 후 금관문화훈장을 추서받았다.

박완서 단편소설 전집 2
배반의 여름
ⓒ 박완서 2013

1판 1쇄 1999년 11월 20일
2판 1쇄 2006년 8월 25일
2판 5쇄 2012년 6월 4일
3판 1쇄 2013년 6월 4일
3판 12쇄 2025년 4월 29일

지은이 박완서

펴낸곳 (주)문학동네 | 펴낸이 김소영
출판등록 1993년 10월 22일 제2003-000045호
주소 10881 경기도 파주시 회동길 210
전자우편 editor@munhak.com | 대표전화 031) 955-8888 | 팩스 031) 955-8855
문학동네카페 http://cafe.naver.com/mhdn
인스타그램 @munhakdongne | 트위터 @munhakdongne
북클럽문학동네 http://bookclubmunhak.com

ISBN 89-546-0194-4 04810
     89-546-0192-8 04810 (세트)

* 이 책의 판권은 지은이와 문학동네에 있습니다.
  이 책 내용의 전부 또는 일부를 재사용하려면 반드시 양측의 서면 동의를 받아야 합니다.

www.munhak.com